シュルレアリスム叢書

石の扉
キャリントン中・短篇集

The Stone Door and Other Stories
Collection “Le Surréalisme”

レオノーラ・キャリントン
野中雅代 訳

Leonora Carrington
talansrated by Masayo Nonaka

国書刊行会

Le Surréalisme
Le Surréalisme
Le Surréalisme
Le Surréalisme
Le Surréalisme
Le Surréalisme
Le Surréalisme
Le Surréalisme
Le Surréalisme
Le Surréalisme
Le Surréalisme
Le Surréalisme
Le Surréalisme
Le Surréalisme
Le Surréalisme
Le Surréalisme
Le Surréalisme
Le Surréalisme
Le Surréalisme
Le Surréalisme
Le Surréalisme
Le Surréalisme

函
Book sleeve: copperplate engraving in 19th century

表紙
レオノーラ・キャリントン《チキ、あなたの国》1944

本文挿絵

石の扉

目次

石の扉

キャリントン中・短篇集

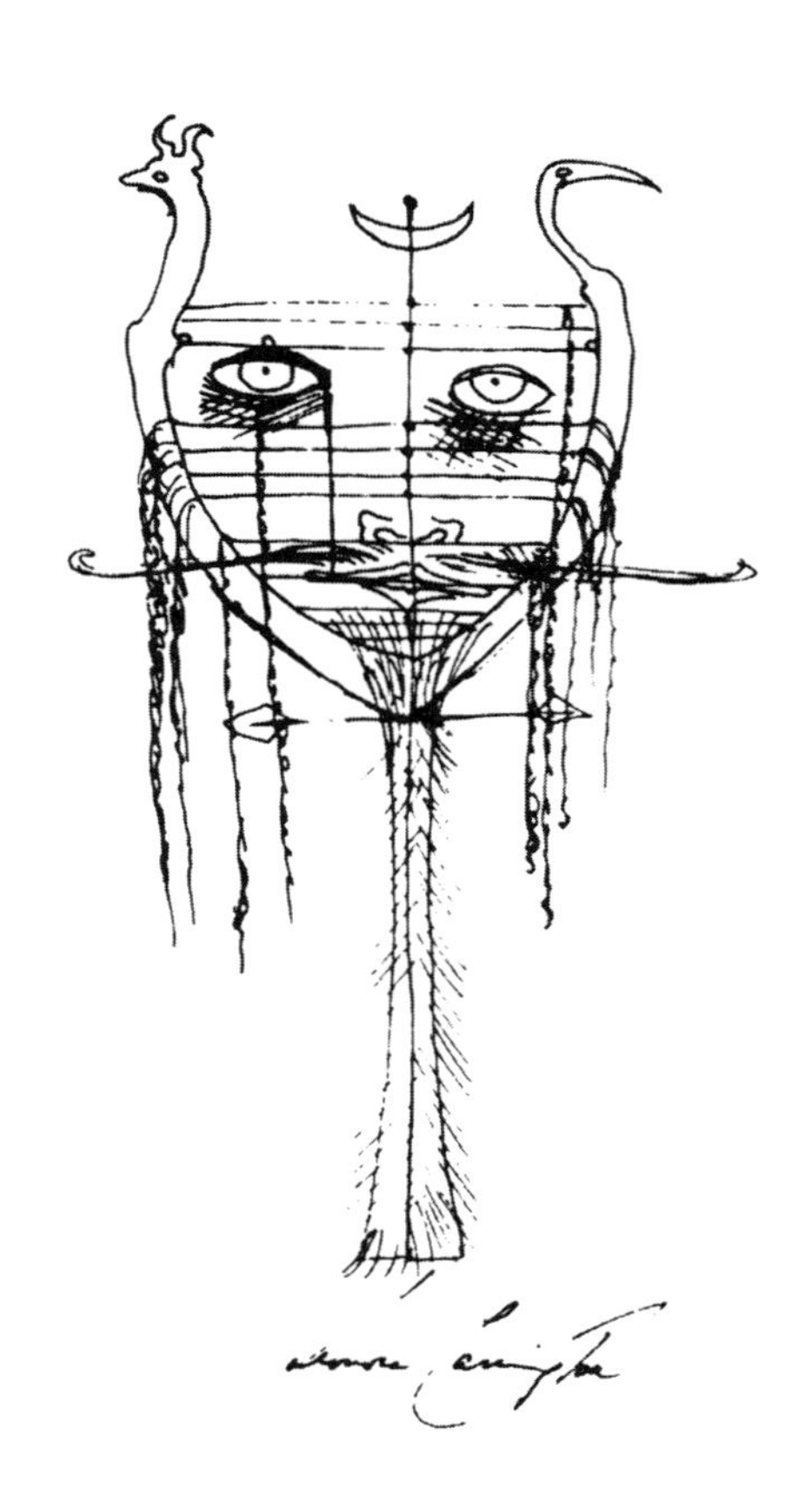

彼らが丘の斜面を駆けたとき

彼らが丘の斜面を駆けたとき、猫が爪を引っ込めるように木苺（きいちご）は棘を引き寄せた。

これは凄い光景だった。駆け抜けたのは五十四の黒猫と五十四の黄色い猫と、それに彼女で、彼女が人間なのか誰にもわからなかった。疑問を投げかけたのは、香辛料と猟鳥と猟獣、馬屋、和毛（にこげ）と草の混ざりあった彼女の匂いだった。

自転車に跨（また）がって、彼女は断崖の間を抜け木々を横切り最悪の道を駆けた。自転車に乗ったことのない者には難しいと思われただろうが、彼女はそれに慣れていた。

彼女の名はヴァージニア・ファーで、たてがみのような長い髪は数メートル伸び、手は並はずれて大きく爪は汚れていた。しかしそれでも山の住民は彼女に敬意を払ったし、彼女もいつも彼らの風習（ならわし）に敬意を払った。そう、山の住民とは植物と動物と鳥たちで、さもなければ事情は違ったであろう。もちろん、彼女はときに猫の辱めに耐えなければならなかったが、彼女も同様に声を張り上げて猫語で応酬した。彼女、ヴァージニア・ファーは、人間が見捨てて久しい村に住んでいた。彼女の家は至るところ穴だらけで、穴に彼女は台所に生えた無花果（いちじく）の木を刺し通していた。

自転車置き場を除けば、すべての部屋に猫がいた。全部で十四匹だった。

毎晩彼女は自転車に乗って狩りに出た。しかしどれほど彼女に敬意を払ってはいても、山の獣たちはそれほどやすやすとは殺戮されず、それで彼女は週の数日は迷った牧羊犬を食べて生きなければならず、ときたま羊肉や子供を食べたが、しかし誰もそこには来なかったので、この最後の獲物は稀だった。

驚いたことに彼女が動物より重い足取りで追跡されていると気づいたのは、ある秋の夜のことだった。それは急速に近づいてきた。

人間の吐き気を催す匂いが彼女の鼻孔に漂ってきた。彼女は全速力でペダルを踏んだが、無駄だった。追跡者がそばに来たとき、彼女は漕ぐのをやめた。

「わしは聖アレクサンダーだ」と彼は言った。「ヴァージニア・ファーよ、自転車を降りなさい、わしはおまえと話がしたい」

これほど親しげに話しかけるこの人物はいったい誰だ？　おまけに稀なほど不潔で、修道服の人物。猫たちは軽蔑して近づかなかった。

「わしはおまえに教会に来てほしい」と彼は続けた。「おまえの魂を説き伏せたい」

「私の魂だって？」ヴァージニアは答えた。「魂などずっと昔に一キロのトリュフと引き換えに売り払った。そんなことは猪のイナムに会って頼め」

彼は緑がかった長い顔を傾げてこれを熟慮した。ついに彼は狡猾に微笑みながら言った。

「ここからそう遠くないところにわしのきれいな小さい教会がある。そこは驚嘆すべきところだ、なんという慰めだろうか！　わが友よ！　そこには毎夜幽霊（アパリション）が現われる。おまえは墓地を見るべきだ、ほんとうだよ、そこは夢のようだ！　周囲の山が百六十キロ、いやもっと先まで見渡せる。ヴァージニア、一緒に来なさい」彼は穏やかな声で続けた。「幼子イエスに誓っておまえに約束するが、わしの墓地には格別に美しい場所がある、聖処女像のすぐ隣だ（いいかね、それはまさに至高の場だ）。わし自らがおまえの葬儀を執り行ってあげよう。偉大な聖アレクサンダーが挙行する葬儀を想像してみるがいい！」

　猫たちは苛立って唸（うな）り声をあげたが、ヴァージニアは彼の言葉を思案していた。彼女は教会にはひと揃いのいい食器があると聞いていた。金のものもあるだろうし、残りもかならずそれなりに役立つだろう。彼女は猫語で猫たちを黙らせると、聖人に言った。「神父さん、あんたの話にある程度興味はあるが、狩りを中断するのは私の主義に反する。もし行くとすれば、あんたと食事をしなければならない、もちろん百匹の猫も一緒だよ」

　彼は幾分不安げに猫たちを見たが、それから同意して頷いた。

「おまえを真実の光の道に導くために」彼は呟いた。「わしは奇跡の手はずを整えよう。だがいいか、わしは貧しい、非常に、非常に貧しいのだ。わしの食事は週一度だけで、その侘（わび）しい食事は羊の糞だ」

猫たちは退屈していなくなった。

「聖アレクサンダー教会」から九十メートルほど離れて、彼が「我が禁欲の小さな花々の庭」と呼ぶ場所はあった。そこには針金製の椅子（「わしはそれらが白熱しているときに腰かけ、冷めるまで坐っている」）や、微笑するかのように尖った毒性の歯を残す髑髏、コンクリートで補強され蠍や鎖蛇が棲息する下着、聖なる臀部の不在時に無数の黒鼠が我れがちに齧るクッションなど、大げさに哀れをそそる多くの道具類が半ば地面に埋もれていた。

聖アレクサンダーは一道具ずつ自慢げに説明しつつ庭を誇示していった。「聖テレサは下着がコンクリートで補強されるなど考えもつかなかっただろう」と彼は言った。「実のところ、誰がそれを考案したのかわしには思い出せない。しかしまあ、我々みなが天才というわけにはいかない」

教会の入口には人生の折々の時期の聖アレクサンダー像が並んでいた。イエス・キリスト像もいくつかあったが、それらはずっと小さかった。教会の内部は非常に快適だった。灰色がかったピンクのビロードのクッション、純銀の聖書類、青緑色の宝石で装丁されたアレクサンダー自身の著作『汚点なきわが人生、または、聖アレクサンダーの魂のロザリオ』が置かれていた。壁の琥珀色の浅浮き彫りには聖アレクサンダーの幼年期の個人的出来事が詳細に描かれていた。

「みな集合」と聖アレクサンダーが言うと、百匹の猫が百個の灰色がかったピンクのクッシヨンに坐った。
ヴァージニアは立ったまま興味深く教会を調べた。祭壇の匂いを嗅いだとき、微かに馴染みがあると思ったが、どこで嗅いだのか思い出せなかった。
聖アレクサンダーは説教壇に上がると、これから奇跡を行うと説明した。みなが彼は食べ物について話すのだろうと期待した。
彼は水の入った瓶を取ると、水滴をあたり一面に振りかけた。

清純の雪

彼は非常に低い声ではじめた。

美徳の柱
美の太陽
芳しい香り……

雲が、酸っぱい牛乳のような雲が、祭壇から湧き出るまで、彼はこの調子で続けた。すぐに雲は破壊的な目をした太った仔羊の形になった。時を移さず聖アレクサンダーは大声で叫んだ。声はますます大きくなり、仔羊は天井まで漂い上った。
「神の仔羊、最愛のイエス、哀れな罪びとのために祈り給え」と聖人は叫んだ。しかし彼の声は最高潮に達したのちに途切れた。巨大化していた仔羊は、破裂してばらばらになり四分裂して地面に落ちた。動かずに奇跡をじっと見ていた猫たちは、この瞬間に大きく跳ねて仔羊に跳びかかった。それは猫たちのその日の最初の食事だった。

彼らはすぐに仔羊を食べ終えた。聖アレクサンダーは立ち上る埃の中に姿を消し、あとには神々しい香りだけが残った。弱々しい冷やかな声が囁いた。「イエスは今血を流された、イエスは死んだ、聖アレクサンダーは復讐するであろう」

ヴァージニアはこの好機を逃がさずに、神聖な皿を自分の袋に詰め込むと、百匹の猫を従えて教会を去った。

自転車は風を切って森を駆け抜けた。蝙蝠（こうもり）や蛾（が）たちがヴァージニアの髪に閉じ込められた。彼女は獣たちに狩りは終わったと奇妙な手つきで合図した。彼女が口を開けると、目の見えないナイチンゲールが飛び込んだ。彼女はそれを飲み込んで、ナイチンゲールの声で歌った。
「幼子イエスは死んだ、そして私たちは素敵な晩餐をした」

一匹の猪がヴァージニアの家の近くに住んでいた。この猪には黒い巻き毛に囲まれた額の真ん中に目がひとつだけあった。彼の後軀は厚い赤褐色の毛に、背中は非常に硬い粗毛に覆われていた。ヴァージニアはこの動物をよく知っていたが、彼がトリュフの潜む場所を知っていたので、彼を殺さなかった。

猪はイナムと呼ばれ、自分の美しさに満足していた。彼は自分を果物、葉、草で飾るのが好きだった。小動物と昆虫の首飾りを手作りし、自分を優美に見せるためにしか彼らを殺さず、トリュフしか食べなかった。

毎晩月が輝くと、彼は湖に行って水面に映る自分の姿に見惚れていた。イナムがヴァージニアを愛人にしようと決心したのは、ある晩ここで月光を浴びて水浴びしていたときだった。彼は彼女の果物に似た匂いと、いつも夜行性動物をたくさんつけた長い髪を賛美していた。ヴァージニアは非常に美しい、おそらく処女だろうと彼は思った。ヴァージニアの魅力を考えながら、イナムは泥の中で享楽的に転げまわった。

「彼女が俺を拒絶する理由はない。俺は森で最も立派な動物ではないか?」

月と泥の沐浴を終えると、彼はヴァージニアに求婚する最も豪華な身支度を探そうと立ち上がった。

愛の晴れ着で盛装したイナムほど、華麗に見える動物も鳥もいなかった。彼は頭の巻き毛に若い夜鷹(よたか)を結んだ。毛むくじゃらの嘴(くちばし)と驚いた目をしたこの鳥は翼をばたつかせて、満月だけに現われる動物のなかに獲物をしきりに探していた。栗鼠(くりねずみ)の尾と果物で造った鬘(かつら)は両耳にかかり、イナムはそこに湖畔で見つけた、特別の機会用の二匹の死んだカワカマスを刺した。ひづめは疾走中に踏みつけた兎の血で赤く染め、敏捷な体は森から神秘的に現われた紫色のマントで覆った（彼は自分のすべての美を一度に見せたくはなかったので、赤褐色の後軀は隠した）。

イナムはゆったりと威厳に満ちた態度で歩いた。キリギリスは見惚れて沈黙した。彼がオークの木の下を通り過ぎるとき、ロザリオが木の葉の間にぶらさがっているのが見えた。彼はこのロザリオを身につけた人間がいるはずだと知っていたし、甲高く嘲（あざけ）るような笑い声が頭上から聞こえた。

今でなくてもいいとイナムは思い、顔の片側で微笑みながら、彼は振り向かずに進んでいった。

イナムはヴァージニアの家に着いた。ヴァージニアはシチュー鍋の前に膝をついて坐っていた。鍋は小さな心地いい音をたてて、火の上で揺れていた。猫たちは台所のあらゆる隅にじっと坐って、シチュー鍋を見つめていた。

イナムを見て、ヴァージニアはテーブルに跳びのった。

「おまえは森の外では立派に見える」彼の美しさに圧倒されて、彼女は言った。

イナムの目は青白く輝いた。夜鷹が甲高すぎて耳には聞こえないほと、か細く叫んだ。イナムは進み出て、火のそばに赤褐色の尻をついた。

「おまえは俺の愛の装いに気づいたか?・」イナムは厳粛に尋ねた。「ヴァージニア、俺はおまえのために着飾っているのがわかるか？　夜鷹の爪は俺の頭蓋骨に深く刺さっていると知っているか？　おまえのためだ、おまえを愛している。夜を見ると、俺は体を捩(よ)じって笑う、体が愛で炸裂しているからだ。答えてくれ、ヴァージニア、今夜は二人のためにあるのか？」

彼は口ごもった、準備してきた言葉はここまでだった。ヴァージニアは身を震わせ、悪態をつき、火に向かって激しく愛の言葉を吐露した。彼女はイナムの美を恐れた。そしてシチュー鍋に唾を吐くと、唇を沸き立つ液体に浸けてぐっとひと口飲み込んだ。凶暴な叫びを上げて、彼女は深鍋から顔を上げた。イナムの周りを跳ねながら、髪を根元から引きちぎった。イナムは立ち上がった、そして二人はともに恍惚のダンスを踊った。猫たちは発情期の鳴き声をあげて、互いの首に爪を立て、大きな塊(かたまり)となってイナムとヴァージニアに跳びついたが、二人は猫の山の下から姿を消した。それから二人は愛し合った。

猟師たちはめったに山に来なかったが、ある朝ヴァージニア・ファーは銃を持った二人の人間を見た。彼女は木苺の茂みに身を隠し、人間たちは彼女の匂いに気づかずにそばを通り過ぎた。彼女は彼らの醜さと不器用な動きにぞっとした。小声で彼らを罵りながら、彼女はイナムに警告しようと家に向かった。イナムは家にいなかった。

ヴァージニアは百匹の猫を伴って、ふたたび自転車で出かけた。

森でヴァージニアはいくつか殺戮があったことを知った。鳥の群れと野生動物の集団が、弔いの宴をしていた。悲しみに喘（あえ）ぎながら、彼らは胃袋を満たし、猟師たちを罵った。ヴァージニアは愛人を探しにいったが、彼の足跡も匂いも見つけられなかった。夜明け頃に彼女は穴熊（あなぐま）からイナムが死んだことを聞いた。彼は千羽の鳥と四十羽の野兎と四十頭の鹿と共に虐殺されたのだった。

穴熊は木の幹に坐って、一部始終を語った。

「猟師たちは、おまえも気づいていただろうが、聖アレクサンダー教会の近くを通った。聖人はコンクリートの下着をつけて坐っていた。彼は彼らが近づくのを見て、大声で祈っていた。猟師たちは彼に獲物の情報を尋ねた。

『私は神の小さな動物たちの保護者です』と彼は答えて言った。『しかし私の教会には貧者への献金箱があります。もしいくらかでも寄付して下さるならば、神は毎晩大きな野生の猪が出没する湖をお示し下さるでしょう』

猟師たちが箱にいくら入れたかを確認すると、聖アレクサンダーは彼らを湖に導いた。イナムは水に映る自分の姿に見入っていた。猟師たちは発砲し、猟犬たちが彼にとどめを刺した。彼らはイナムを大きな袋に入れて、言った。『これはグランの居酒屋（ビストロ）で売れる。少なくとも百フランにはなるだろう』

ヴァージニアは家に帰り、猫たちもあとに続いた。台所で彼女は七匹の小さな猪を産んだ。感傷に浸ることなく彼女は最もイナム似の一匹を残すと、残りを茹（ゆ）でて自分と猫たちの弔いのご馳走にした。

自転車、猫たち、ヴァージニアは、木々と風に溶け込んだ。黒い不穏な彼らの影は、山々の斜面を異常なスピードで走り抜けた。彼らは何か叫んでいて、夜鳥たちが応答した。「どい〜〜つだ？　聖フランシスか？　また、あの退屈な奴か！　彼を殺そう！　彼はまだ死んでいなかったのか？　あいつのいまいましい愚行はもうたくさんだ。彼じゃないのか？　では誰だ？　ああ、やはり、聖アレクサンダーか、ああ〜そうか！　彼も殺せ、彼は聖人だ」そして彼らは「か〜〜れを殺〜〜せ！　か〜〜れを殺〜〜せ！」と叫びながら、影たちと一緒に飛んだ。

すぐに大地は、「か〜〜れを殺〜〜せ！」と叫びながら住処の穴から出てくる獣たちで動きだした。

九万頭の馬が跳ね上がり、馬屋から跳びだして疾走し、地面をひづめで打ち、「か〜〜れを殺〜〜せ、卑劣なアレクサンダーに死を！」と嘶（いなな）いた。

黒い服を着た二人の婦人が雪の中を歩いていた。ひとりは饒舌で、もうひとりは歩き疲れたように見えたが、義務に忠実な婦人特有の冷やかな目つきをしていた。前者はやつれて干からびた顔で、水晶のように澄んだ声で話した。それは列車の車両で眠いときにいらいらさせる類の声だった。

「夫は」彼女は話していた。「私をとても愛しているのよ。彼はとても有名人なの。でもほんの子供なの。彼は浮気をしているけれど、私は最愛の愛しい夫には好きにさせているわ。それに私はとても具合が悪くて、もうすぐ死ぬの、一ヶ月で死んでしまうわ」

「まあ、そんなこと」もうひとりは言ったが、彼女の関心はそこにはなかった。「山の雪景色にはうっとりしないこと?」

饒舌な婦人は笑った。「ええ、ほんとうに。でも私にはこんなに人里離れた小村で喘いでいる貧しい人々しか目に入らないの。私の心は愛と憐れみで張り裂けそう」彼女は自分の平たい胸を叩き、義務に忠実な婦人は「彼女の心に空きはないわ、胸囲(バスト)が小さすぎるもの」と思った。

道は突然登りになり、長い小道のはずれに修道院が見えた。

「死ぬのになんと美しい場所でしょう。〈イエスの苦悩の小さな微笑〉修道院の修道女たちといると私は心から純粋に感じるの。そこで祈ると、最愛の愛しい夫の魂を取り戻せるとわかるの」

二人の男が小道を降りてきた。彼らは美しい猪の死骸を運んでいた。

「私がその猪を買って修道女たちに差し上げます」と婦人は言った。「私はとても寛大ですからね。夫によく小言を言われましたのよ、私は窓からお金を投げ捨てるとね。でも修道女たちは喜びませんこと?」彼女は猟師たちにいくらか支払い、彼らは猪を修道院に運ぶと言った。「私自身はほとんど食欲はありませんのよ、具合が悪すぎて。もうすぐ死ぬのです、もうすぐに」

「修道院はもうすぐよ」もうひとりの婦人は言って、溜息をついた。

「私の親愛な可愛いエンガディン、キスして頂戴」話し好きの婦人は言った。「私はただの気まぐれなのよ」彼女は連れに顔をしかめて見せた。「私はほんの子供だと夫は言うの」

エンガディンは聞こえないふりをして歩調を早めた。彼女の連れは病人特有の吐き気を催す不快な臭いがした。彼女は歩調を早めた。太陽は垂れこめる黒い雲に隠れた。山羊の群れが通りかかり、一頭の雄山羊が彼女たちを悪魔の目つきで威嚇した。

「怖いわ、この山羊たち、とても嫌な臭いがする。なんて凶暴な臭いなの!」雄山羊は彼女を凝視し続けた。

道は険しくなっていった。山々は暗くなって粗暴な動物の形になった。彼女たちは馬たちの疾走が遠くで聞こえたような気がした。

二人は修道院の入口で呼び鈴を鳴らした。レモンから生まれたような、非常に萎(しな)びてとげとげしい女が扉を開けた。「大修道院長は今お祈りの最中です」彼女は喘ぐように息をした。

「女子修道院長は跪いてお祈り中です。どうぞ、礼拝堂に来てください」

二人は女のあとについて廊下を通り礼拝堂に着いた。大修道院長はちょうど祈りを終えたところだった。〈イエスの苦悩の小さな微笑〉の女子修道院長は、灰色がかった肉の重みで負担がかかる膝でやっと立ち上がった。

「神の哀れな娘」と修道女は小声で言った。「さあ、応接室に参りましょう」

応接室に着くとすぐに、巨大な女性は太った屈強な抱擁で相手を包み込んだ。そして二人は話しはじめた。

「私はあなたの修道院で最期を迎え、愛しい夫の魂を取り戻すために参りました……」

「食費と滞在費は月五百フランです……」

「私は重い病気なのです、重症です……」

「完全看護は一千フランの追加費用がかかります」

「私の最愛の夫はたびたび見舞いに来ることになります……」

「食事にもう一千フラン必要となります、もちろんですが」

「私は朝から晩まで愛しい夫のために祈ります」

「私たちのような共同体は非常にお金がかかるのです」

彼女たちはこのように数時間話し合った。

六時半に死者を悼む巨大な鐘が鳴り響いた、そして夜の食事が厳格な沈黙のなかでとられることになっていた。祝祭日には、校長のシスター・イグナティウスが声高に朗読した。小さな鐘を鳴らし、みなが食事をはじめたとき、校長は発表した。「今夕時は私たちの教会にとって特別の最も重要な機会となります。かの偉大な聖アレクサンダーが来られて七時半に礼拝堂で説教なさいます。そのあとこの機会を祝して大広間で会食をします」

百人の修道女の目が喜びで輝いた。

「さて」とシスター・イグナティウスは続けた。「二〇巻一九一三章の、『子供たちに話されるキリストの人生』を続けましょう」百組の目の光が消えた。

礼拝堂に修道女たちが集合すると、オルガンが聖人の荘厳な入場に備えて、壮大で厳粛な聖歌を奏でた。金と紫色の衣を纏(まと)い五人の少年を従えて、聖人は祭壇の前に跪いた。

聖歌隊のひとりが歌いはじめた。それはおそらくは讃美歌だったであろうが、非常に早く歌われたので、修道女のほとんどは歌うのが二〜三行遅れた。その光景は異様で、女子修道院長は不安げに見えた。聖人が六匹の太った猫に従われて説教壇に上がったとき、彼女は汗を流していた。

「修道女の方々、私は遠くから神の言葉であなたたちを喜びで満たすためにやってきました」

祭壇はあたかも猫、金色や黒い猫で密集しつつあるように見えた。

「人生の厳しさ、肉の誘惑、善人の美徳……」

強烈な野生の臭いが教会中に漂った。修道女たちは視線を上げ、一匹の大穴熊が聖アレクサンダーの頭を静かに上っていくのを見て震えあがった。彼は話し続け、時々手で何かを追い払う仕草をした。

「罪深い考えに用心しなさい……」

聖歌隊はまだ歌っていたが、それは賛美歌とは似ても似つかぬものだった。聖アレクサンダーは聞き取れるように叫ばざるをえなかった。

「神はあなた方の最も密やかな考えをご存じです……」天井は「卑劣なアレクサンダーに死を……」と鳴き叫ぶ無数の夜鳥で覆い尽くされた。

彼はあらんかぎりの荘重さで説教壇から降りて退出し、修道女たち、猫たち、穴熊、無数の夜鳥があとに続いた。

食堂の巨大なテーブルは獣肉料理の大皿類、ケーキ類、大量の細口ワイン瓶の重みで軋んでいた。聖人はテーブルの最上部の名誉席に腰を降ろし、神に食事をする許可を求めた。神は答えず、みなは着席して旺盛な食欲で猛然と食べはじめた。

女子修道院長は聖人の気を損ねまいと、小声で言った。「神父さま、あなたの崇高なお説教時に差支えはなかったでしょうか?」

「差支え?」彼は驚いた声で尋ねたが、顔は引っ掻き傷で覆われていた。「差支えとは、どのような?」

「いいえ、なんでもありません」修道院長は赤面して答えた。「教会に蝿が数匹いたものですから」

「私は神に話しかけているときには何も気づきません」と修道院に住みはじめた女性が言った。「蝿ですらです」

二人の女性は敵意ある目を見合わせた。

「奥さま、それは崇高なお考えです」と聖人は答えた。「あなたは私が若い頃書いた詩をご存じでしょうか。

リスボンで
私は侯爵でした
パリで私は教皇でした
でも神の御前では
私はただの
小鼠ではありませんか?[*1]」

「新鮮で、それでいてとても力強いですわ」婦人は恍惚として語気を強めた。「ああなんと、私は真の詩を愛していますことか」

「さらにもっとありますよ」と聖人は言った。「真の詩人は少ないとわかっているので、私は書かざるをえないのです」

女子修道院長は七匹の大きな猫が静かに部屋に入ってくるのを横目で見た。彼らは聖人のそばに坐り、しっぽを丸めて体に巻いた。彼女は蒼白になった。「あなたの最愛の愛しいご主人は、これほどしばしばあなたを独りにしておられてとても多忙な方ですね?」

「夫は」女性は甲高い声で答えた。「とても疲れているのです。休息しているのですわ」

「まあ、それでは」と女子修道院長は答えた。「おそらく、ご主人はリヴィエラ[*2]で休息されているのではないですか? 肉の誘惑を忘れてはいけません。もし私の夫が神でなく、仮に私がこの世の罪人のひとりと結婚していたら、夫がリヴィエラにいるときには穏やかではいられません。特に率直に申し上げますが、自分が若さの盛りを過ぎているときにはです」

その女性は怒りで身を震わせて指を握り締めた。「私の最愛の愛しい夫は私を熱愛していますわ。彼は愚行に走りはしますが、私たちはお互いのために作られているのですもの」

焼かれた肉が運び込まれるときがきて、誰もが期待を込めて台所に続く扉を眺めた。シスター・イグナティウスは立ち上がると、小さな革のトランペットで長い陰鬱な調べを奏でた。

「猪です!」

扉が凄まじい音をたてて開き、森のすべての動物が「彼を殺せ、彼を殺せ」と叫んで入ってきた。それに続く大騒動で、途轍もない速度で自転車を乗り入れ、動物たちと「彼を殺せ!」と叫ぶ人影を誰も判別できなかった。

訳註

＊1　この詩は英語版ではなく、キャリントンのフランス語原文詩に依拠する。

＊2　南仏〜イタリア北西部の地中海沿岸の風光明媚な上流階級のリゾート地。

三人の猟師

私は深い森で休んでいました。木々や野生の果物がよく実っていました。秋でした。眠り込もうとしたとき、重いものが私の腹部に落ちてきました。死んだ兎で、口から血を流していました。疲労し切って死んでいました。兎を取り払おうとしていると、雄鹿よりも機敏に、ひとりの男が私のそばに跳ねてきました。中背で赤ら顔で、白い長い髭を生やしていました。その顔から、私は九十歳くらいだと推測しました。

「お歳のわりに敏捷ですね」と私は言って、彼の服を見ました。狩猟ジャケットはダマスカスの薔薇色で、鮮やかな緑色の帽子にオレンジ色の羽根をつけ、黒い長いブーツには夏の花々を飾っていました。ズボンは穿いていませんでした。彼は興味津々で兎を見ました。

「哀れな獣が逃げられるように、わしはゆっくり進んでいたのだが」と彼は言いました。

「こいつは走り方を知らなかった。今後兎はマクフラナガンにまかせよう」

私は何か社交辞令を言おうと思いました。

「素敵な服装ですね」陽気に微笑んで私は言いました。

「ああ、これかね」と彼は答えました。「ある鑑識眼をもつ連中は高貴さに欠けると言うだろうがね。この色を着るのは狩猟時だけだ。わしが近づくのが見えたら、動物には逃げるチャンスがあるからね」そのあと彼の表情が変わりました。「その瓶はウイスキーかね？」

「ええ」と私は言いました。

「おやおや」と彼は言いました。「ほんとうかね？」

「ええ、そうです」

「なるほど」彼は私のそばに腰を降ろすと、催眠術にかかったようにじっと瓶を見て言いました。「きみは確かにウイスキーだと言ったかね？」

「一九〇〇年ものです」

「とてもいい年だ。わし好みの年代物だ」

「私も好きです」

「ああそうか」

「ええ」それで私は彼が少し飲みたいのだと思いました。一杯いかがですか、と私は勧めました。彼は快く受け入れました。

「わしは素晴らしいワイン貯蔵室をもっている。わしのワインを試飲したいかね？」

「ええ」と私は言いました。

「この小道を左にまっすぐ行きなさい、行きあたる小道をすべて越してね。わしの館は十八番目の十字路の先の最初の地所付き大邸宅だ」
「でもあなたも一緒ではないのですか？」
「わしは跳びはねるだけでな」と答えると、彼は一・五メートル巾に跳びながら、木々の中に姿を消しました。

私は歩きはじめました。真夜中頃に、私は大邸宅に着きました。四つん這いになった人物が扉を開けてくれました。

「正午から兄マクボロガンがお待ちかねだ。わしはマクフラナガンで〈森の恐怖〉だ。マクボロガンは〈森の呪い〉で、マクフーリガンは〈森の嫌悪〉で料理人だ」

私たちは縦四十五メートル、幅九十メートルの部屋に入りました。マクボロガンは六ダースの野兎、百羽の真鴨、十九頭の猪を前にしたテーブルについていました。

「マクフーリガン」とマクボロガンは叫びました。「食事の準備ができたぞ」

風が吹く音がしてマクフーリガンが稲妻のように入ってきました。彼は部屋の片側の端で止まれずに、壁にぶつかりました、そして血を流しながらテーブルにつきました。兄弟たちは憂鬱な表情で彼を見ました。

「マクフーリガンはあれより遅くは動けないのだ」まだ四つん這いのまま、マクフラナガンが言いました。おそらくマクフーリガンはマクボロガンより十歳は年上で、兄弟たちと同じように深い悲しみの表情をしていました。食事中に全員が皿に熱い涙を零（こぼ）しました。

食事の終わり頃、マクボロガンが言いました。「マクフラナガンは髭を剃るべきだ」それは長い沈黙ののちに彼らが発した最初の言葉でした。一時間後にマクフラナガンが「どうして?」と言いました。その二時間後にマクボロガンが「というのは」と言いました。マクフーリガンは何も言わずに、ただ激しく泣いていました。朝五時頃に、マクボロガンが言いました。「少し陽気にしようじゃないかね? わしは気晴らしがしたい」しかし二人が何も言わなかったので、彼は私に顔を向けました。「わしは狩猟の記念品を持っている。君は見たいかね?」

長い回廊を歩いていくと、ランプが明るく灯(とも)る部屋に着きました。そこはソーセージだらけでした。水槽にソーセージ、鳥かごにソーセージ、壁に掛かるソーセージ、豪華なガラス箱に入ったソーセージ。ただソーセージしかありませんでした。私はある程度驚きを示したかもしれません。マクボロガンは自分のソーセージを眺めました。

「それは」と彼は私に言いました。「運命のなせる業(わざ)だ」彼のそばに立って私は考えに浸りました。「永遠なるものは何もないと人間は悟らねばならない、何もないのだ」――彼はソーセージの光景をじっと見つめました。「究極的に善より強いものはない。わしの祖父アンガス・マクフルートの初聖体拝領以来、わが一族は窮境にあるのだ。わしの哀れな父ジャック・マクフィシュ・マクフルートは頭でしか歩けなかった。母ジェラルディーン(聖女だが!)は、ああ、……でしか歩けなかったし、ともかく細部は個人的すぎて口にはできない」

彼は数滴涙を零しました。

「だが、感傷的になるのはよそう。すべては祖父の初聖体拝領日にはじまったことだ。彼はほんの若造で、儀式の厳粛さを自覚していなかった。この聖日前夜、彼が神を迎え入れる前夜に、彼は一皿の豆を食べた。すると翌朝教会で……」マクホロガンは口ごもりました。「たまたまある音が彼から洩れて……」彼はソーセージの光景を眺め続けました。彼が感情を抑制しているのを感じました。「その日から我々に神の裁きがはじまったのだ。我々が保存しようとする狩猟記念品はすべて、ソーセージになってしまう。そして我々自身は……、つまり、ごらんのありさまだ」

彼は感きわまって顔を背けました。そして私には彼がぴょんぴょん跳んで大邸宅の奥に消えていく足音が聞こえました。

鳩よ、飛べ！

「道にひとが見える。遠目には見分けがつかないけれど、だれかが私に会いに来ている、変わったひとだわ」

私がバルコニーに寄りかかって見ていると、その姿は急速に大きくなりました、全速力で近づいていたからです。女性だと思いました、長く縮れていない髪が馬のたてがみに垂れていたからです。乗っている馬は大きく、成熟したたくましい骨格をして、熟れたプラムのような紫の陰影のある変わったピンク色をしていました。イギリスで糟毛と呼ばれる色です。動物のなかで馬だけがこの薔薇色をしていました。

騎手の服装はかなりだらしなく、私は大角羊の毛並みを思い出しました。しかし色彩は壮麗と言えるほど豊かで、金色のシャツがゆるいウールの撚り糸の間に見えました。よく見ると確かにシャツは穴だらけで幾分汚れてはいるものの、全体の印象は堂々としていました。

彼女はバルコニーの下で馬を止めて、私を見上げました。

「緊急のご返事を要するお手紙をお持ちしました」

それは男の声で、私はその人物の性別を完全に間違えていたと気づきました。

「どなたですか？」私は慎重に尋ねました。

「私の名はフェルディナンドで、セレスタン・デゼリヌ・ドリュエの使者です」

騎手の声は非常に穏やかだが、紛れもなく男の声でした。ヘリオトロープとバニラが汗と混合した匂いが私の鼻孔に立ち上ってきました。身を屈めて手紙を受け取る機会を利用して、私は彼の半分隠れた顔を見ました。真っ白な顔に赤紫の口紅をさしていました。馬は太った首を振りました。

「拝啓」と手紙ははじまっていました。「寛大なお心で私の深い悩みをお救い下さいますよう念じております。謝礼に関しましてはご意向に沿うよう計らいます。

名誉あるあなた様ご自身と、カンバス、絵筆、画家の仕事に必要な物すべてを、私の使者にお委ね下さい。

親愛なるご婦人、私の心底の悲嘆にくれた尊敬をお受け下さるよう懇願いたします」署名は「セレスタン・デゼリヌ・ドリュエ」でした。

便箋にはヘリオトロープの香りが薫き込まれ、金の王冠を羽根と剣とオリーブの枝が貫く装飾が施されていました。

私は主人のもとに戻るフェルディナンドに同行することに決めました。セレスタン・デゼリヌ・ドリュエという名に聞き覚えはなかったのですが、手紙に記された約束に非常に惹かれたのです。

ほどなく私は使者の馬の広い臀部に跨り、フェルディナンドの後ろに坐りました。手荷物は鞍に取り付けられました。

私たちは西に向かって出発し、大きな暗い森が続く原野を横切って進みました。

春でした。生ぬるい雨がどんよりした灰色の空から落ち、木々や野原の緑は強烈でした。時々私はうとうととして、何度も馬から落ちそうになり、フェルディナンドの毛織りの衣服にしがみつきました。彼は気にする様子はなく、他の考えに浸って、「枯れゆく薔薇の溜息」を歌っていました。

私の胸に冷たい花弁をゆだねた
〈私の薔薇〉の柔らかい肌を
そのヴェルヴェットを
私の熱い涙は　温められない
〈ああ　私の薔薇〉よ。

最後の歌詞で私はすっかり目を覚ましました、彼が左の耳元で耐えがたい金切り声をあげたからです。

「馬鹿！」私は激怒して叫びました。

フェルディナンドは静かに笑いました。馬が停止しました。私たちは大きな館から数百メートル離れた巨大な中庭にいました。この広大な館は暗い石造りで、その非常に物悲しい印象に、私は向きを変えて帰りたい気持ちになりました。窓にはすべて鎧戸が下り、どの煙突からも煙の立ち上る気配はなく、屋根のあちこちに烏（からす）が止まっていました。

中庭は館同様に寂れて見えました。

館の反対側に庭があるはずだと私は思いました、大きな錬鉄の門越しに木々や薄暗い空が見えたからです。その門は一風変わっていて、巨大な錬鉄製の天使が輪の中に坐り、頭を反らし苦悶する横顔を見せていました。右側には輪のてっぺんに向かって、やはり錬鉄の小波（さざなみ）が、天使の顔に向かって湧き出ていました。

「ここはどこ?」私は尋ねました。「もう着いたのですか?」

「エリヌ・ドリュエです」一瞬の沈黙ののちフェルディナンドは答えました。

彼は振り向かずに館を見ていました。誰か、何か、あるいは出来事を待っているように見えました。彼は動きませんでした。馬も動かず、まっすぐ前方を見ていました。

突然鐘が鳴りはじめました。私はこれまでこれほどの鐘の響きを聞いたことはありません。長くのびた木霊（こだま）が木立の中の私たちすべての周りに、金属の液体のように漂いました。狼狽して、烏たちは屋根から飛び去りました。

私が連れに尋ねようとしたとき、四頭の黒い馬に引かれた大型四輪馬車が、影のようにすばやくそばを通り過ぎました。馬車は門の前に止まり、私には彫刻と花で壮麗に飾られた霊柩車だとわかりました。四頭の馬は使者の馬と同種で、丸みを帯びて毛に光沢がありましたが、マスカットのような黒でした。

館の扉が開いて、四人の男が棺を担いで現われました。

フェルディナンドの馬が嘶(いなな)きはじめ、黒い馬たちはそれに応じて、頭を私たちの方に向けました。

棺を運ぶ男たちはフェルディナンドと同じ装いで、唯一の違いは彼らの羽織るゆるやかな礼服の色で、紫、黒、非常に深い深紅でした。顔は非常に白く、フェルディナンドのように化粧をしていました。長く夥しい髪は櫛目がなく、数年屋根裏に放置された昔の鬘(かつら)のようでした。

私がこれらすべてを観察するかしないうちに、フェルディナンドは馬に鞭を当てました。私たちは泥や石を跳ね上げながら、館の玄関から伸びる並木道を猛然と全速力で突進しました。

あまりにも性急な道のりに、私は周囲を眺められませんでした。ただ森を抜けている感じがしました。ついにフェルディナンドは森の空き地に馬を止めました。そこは木々に囲まれ、地面は苔(こけ)や野草で覆われていました。緑と藤色のビロードが優雅に掛かった肘掛け椅子が、私たちの数メートル先に置かれていました。

「馬を降りていただけますか?」フェルディナンドは言いました。「日陰に画架（イーゼル）を立てて下さい。喉は渇いていますか?」

彼に飲み物がほしいと言って、私は馬の背から滑り降りました。フェルディナンドは非常に甘い液体の入った携帯用酒瓶（フラスコ）を勧めました。

「すぐにみえます」彼はずっと森の奥を覗き込んでいました。「太陽がまもなく沈みます。画架をこのあたりに立てて下さい、ここであなたは肖像画を描くのです」

私があわただしく画架の準備をする間に、フェルディナンドは馬から鞍と馬勒（ばろく）を外して地面に横たわり、馬はそばに控えていました。

空は赤、黄、藤色になり、黄昏が訪れました。雨が降りはじめ、大きな雨粒が私とカンバスに落ちました。

「ほらやってきました」突然フェルディナンドが叫びました。

すぐに森の空き地はひとでいっぱいになりました。これらの人々は、ベールを被っていたのですが、実際は棺を運んでいた男たちのように見えました。彼らはかなり大きな輪を描いて私と肘掛け椅子を取り囲みました。低い声で話し合い、時々ひとりが甲高く笑いました。総勢四十人ほどでした。

まもなく澄んだ甲高い声が輪の背後から聞こえました。「こうだよ、グスタフ。いや、違う、違う、困った友だな、もっと左だ」

「彼女がこれほど重いとは誰が予想しただろう」別の低い声が答えました。「それに彼女は太ってはいなかった」

　笑い声が羊の鳴き声のように響き、周りを見まわして私が受けた鮮烈な印象は、陰鬱な礼服を着た奇怪な羊の群れに囲まれたことでした。

　輪の一部が脇に退くと、以前見た四人の男たちが後ろ向きに、棺を担いで輪に入ってきました。

　長身の痩せた人物が彼らに続き、甲高い澄んだ声で言いました。「彼女を肘掛け椅子のそばに置きなさい。掛け布（ドレーパリィ）に香水はつけたかね？」

「はい、デゼリヌ・ドリュエさま、仰せの通りに」

　私は興味をもってその紳士を見ました。顔は見えず、白い片手が象の鼻のような仕草で指示するのが見えました。巨大な黒い鬘を被り、堅い巻き毛は足まで達していました。

「画家はいるか？」彼は尋ねました。

「はい、旦那さま、こちらです」

「ああ、わかった。敬愛するご婦人、このような名誉に与り（あずか）、ご厚意に深く感謝します。ようこそいらっしゃいました」

　彼は私に近づくと、顔を隠していた髪の房を掻き分けました。それは確かに羊の顔で、白い柔らかい皮膚で覆われていました。黒い両唇は非常に薄く、奇妙に表情豊かでした。私はかなり嫌悪を感じつつ彼の手を取りました。その手はなめらかすぎ、あまりにもなめらかすぎたからです。

「私はあなたの作品を賞賛してきました」デゼリヌ・ドリュエ氏は囁きました。「あなたは真に完璧な肖像を描けると思われますか？」彼は棺を示す素振りをし、その蓋は今開いていました。

二人の男が若い婦人の亡骸を取り出しました。彼女は美しく、髪はふさふさとして黒く艶やかでしたが、皮膚はすでに燐光性の光を発し、微かに青紫色でした。かなり不快な臭いが私の方に漂ってきました。私が思わず鼻に皺を寄せたのを見て、デゼリヌ・ドリュエ氏は魅惑的な謝罪の笑みを浮かべました。

「愛した……崇めた者の遺体と別れるのは」と彼は言いました。「とても難しいのです。あなたはこのことに関して、私の気持ちをおわかり下さると思っていました。妻は二週間前に亡くなりました。またこの蒸し暑い気候で状態は……」彼は最後までは口にせずに、美しい片手で思わせぶりな仕草をしました。

「簡潔に申し上げれば、尊敬するご婦人、どうかご辛抱いただけますように。さて私はお暇しますが、制作にとりかかって下さい」

私はチューブから絵具をパレットに絞り出して、デゼリヌ・ドリュエ夫人の肖像を描きはじめました。

羊のような人物たちは私の周りで「鳩よ、飛べ」遊戯をはじめました。「鳩よ、飛べ。羊よ、飛べ。天使よ、飛べ……」

黄昏は限りなく続くように思われました。今にも夜になりそうでいて、夜にならず、森の空き地にさす鈍い明かりは私が描き続けるのに十分でした。私はのちに気づいたのですが、木々に囲まれた円形の場に籠る明かりは、他ならぬデゼリヌ・ドリュエ夫人の遺体からきていたのです。森はまったくの闇でした。私は完全に制作に没頭していたので、死者と二人きりだったことにかなり長い間気づきませんでした。

私は肖像画が気に入って、構図全体を眺めようと数歩下がりました。カンバスに描きだされた顔は私自身でした。

私は自分の目が信じられませんでした。しかし死者から肖像画に目を移しても、その事実は否定できませんでした。遺体を見れば見るほど、これらの青白い顔立ちとの類似は顕著でした。カンバス上の顔は紛れもなく私の顔だったのです。

「敬愛するご婦人、肖像は並はずれた出来栄えです。お祝いを申し上げます」

デゼリヌ・ドリュエ氏の声が左の肩越しに聞こえました。

「今ちょうど正午ですが、この森では太陽に気づきません。それはさておき、芸術とは時間を溶解させ、数日さえも数秒に溶かしてしまう魔法です。そうではありませんか、敬愛するご婦人？　もうモデルなしで肖像画を仕上げられると思われますか？　私の哀れな妻は、ご存じのように、三週間前に亡くなりました。彼女は受けるに値する休息を切望しているはずです……逝去三週間後も働かなければならないのは稀なことです」

彼は自分の冗談を強調しようと少し笑いました。

「エリヌ・ドリュエに採光のいい快適な部屋を提供します。敬愛なるご婦人、私の馬車でそこにお連れいたしましょう」

私は夢遊病者のように、巨大な歩く鬘のあとをついて行きました。

アトリエは大きな部屋で、広いクロゼットが部屋の端までを占めていました。かつては豪華だった部屋で、刺繍のある絹の掛け布（ドレーパリィ）は裂けて埃に塗（まみ）れ、優美に彫刻された家具は壊れてところどころ金箔が剝落していました。白鳥や人魚を象（かたど）った大きないくつかの画架（イーゼル）が、別の物の骸骨のように、あちこちに立っていました。蜘蛛の巣がそれらに掛かり、部屋は化石化して見えました。

「ここはデゼリヌ・ドリュエ夫人のアトリエです。彼女はここで亡くなりました」

私はクロゼットをくまなく捜しました。大量の衣服や鬘や靴が乱雑に押し込まれていました。すべてが仮装の衣装のようで、サーカスを想起させるものもありました。

「生前彼女はここでひとり仮装して遊んでいたに違いありません——彼女は演技が好きだったそうです」

なかでも特に私の興味を引いたのは緑のビロードで装丁された日記でした。扉には彼女の名が、几帳面で奇妙に子供じみた筆跡で書かれていました。

「アガーテ・デゼリヌ・ドリュエ。どうかこの日記に敬意を払って下さい、内容はエレナー以外の目には触れないように。アガーテ・デゼリヌ・ドリュエ」

私は読みはじめました。

親愛なるエレナー
あなたはこの小さな日記を読んで、どれほど泣くでしょう。私はパチョリの香りを頁に染み込ませています、そうすればあなたは私をもっと思い起こしてくれるでしょう。私たちの最も鮮明な記憶は香水と香りで蘇ります。あなたはどれほど泣くでしょう！それはともかく、私は嬉しい。私はあなたにたくさん泣いてほしいのです。
今日は私の誕生日で、もちろんあなたの誕生日でもあります。同い年であるのはなんという喜びでしょう。私はあなたにとても逢いたい、でもそれはできないから、この日記であなたにすべてを話します――すべてを（ああ、セレスタンが私の言うことを聞いてくれれば！）。結婚はもちろん惨めなものだけれど――私の結婚といえば！――、母は手紙にこう書いています。『私はとても小さな物をあなたに、というよりあなたにとても近いだれかに編んでいます、最愛のアガーテ、すぐに生まれてくる誰かのためにね』

　ああ、エレナー、私がセレスタンと子供を持つのは、アトリエの椅子と子供をもつより不可能でしょう！　聞いて！　結婚初夜に（！）、私はどぎつい ピンクのカーテンが優美に垂れた巨大なベッドに横たわっていました。三十分以上たってドアが開き、私には亡霊が見えました。それは白い羽根を纏い天使の翼をつけた人物でした。「私はこれから死ぬのだわ、『死の天使』が現われたのだもの」と私は思いました。

　その天使はセレスタンでした。

　彼は衣服を脱ぎ捨てて、羽根のガウンを床に落としました。裸でした。もし羽根が白だとすれば、彼の体は目も眩むような白でした。何か燐光を発する絵具を身体に塗っていたにちがいありません、その体は月のように輝いていました。彼は赤い縞模様の青い靴下を履いていました。

「僕は美しい？」彼は尋ねました。「みんなそう言うよ」

　私はあまりの衝撃に竦んで答えられませんでした。

「僕のかわいいアガーテ」鏡で自分の姿を見ながら、彼は続けました。「君はもうそこらの田舎者ではないのだよ……」（ここでは私は「マダム」と呼ばれています）

　彼はふたたび羽根と翼をつけました。突然私は悪寒に襲われ、歯がガタガタと鳴りはじめました。そして、エレナー、よく聞いて。私がセレスタンを見れば見るほど、彼は軽く、羽根のようになっていくように思われました。彼は部屋を奇妙な身ぶりで歩きはじめました。両足は少しずつ地面から浮きあがっていくようでした。それから彼はドアを抜けて廊下に滑り出ていきました。私は起き上がってドアに急ぎました。セレスタンは闇に消えました……両足は宙に浮いていました……私があなたに話しているのはほんとうなの。彼はゆっくり翼をばたつかせ……でも……

だから私の結婚がどうはじまったかわかるでしょう！

私は一週間セレスタンに逢いませんでした。会ったのはガストンと呼ばれる老いた召使いだけでした。彼は私に食べ物を運んでくれました、いつも甘いものでした。私はアトリエに住み、それ以来ずっとここに住んでいます。私はとても悲しくて、エレナー、悲しすぎて、体が透き通ってきて、たくさん涙を流しました。痕跡を残さずに水に溶けていけるのかしら！ 私はずっとこれほど孤独だったので、鏡に映る自分と一種の情事をはじめました。でも、エレナー、最悪なことになってしまった——最近私には鏡に映る自分の姿が見えません。ええ、恐ろしいことに、ほんとうなの。自分の顔を見ると、顔が全部霞んでしまう。そして……そうだと思うけれど……いいえ、事実そうなのだけれど、私の背後にある物が私の体を透けて見えるのです。

今私は声をあげて激しく泣いていて紙が見えません、これ以上は書けません。

日ごとに、エレナー、私は少しずつ自分を失っていくけれど、これほど自分の顔を愛したことはありません。私は自分の肖像を描いて、そばにしっかり持っていようとしています、わかるでしょう。でも……私にはできない。自分を捉えられません。
そしてまた別のことが起こったの。私の周りの物がひどくくっきりと鮮烈になってきて、私よりもっとずっと生命を帯びていきます。ね、エレナー、怖い……聞いて、この部屋の椅子はとても古いし、残りの家具もすべてそうです。先週私には古い椅子のひとつに、小さな緑の芽がひとつ出ているのが見えました。春、木々に萌え出るような芽です。そして今……ああ恐ろしい……芽は葉になってしまった……エレナー！

数日後。

部屋はそれらでいっぱいです。すべての家具に新しい緑の植物が生え出て、多くの椅子はすでに葉を、薄緑の小さく華奢な葉をつけています。こんなに古く埃っぽい家具にこんな若葉が生えているのは、ちぐはぐで馬鹿げた光景です。
セレスタンがやってきました。彼は何も気づいていないようで、私の顔にあの柔らかい手で……あまりにも柔らかすぎる手で触れました……。彼は言いました。「アガーテ、君は永遠に子供のままだ。僕をごらん。僕は恐ろしいほど若くない？」そして黙ると笑いました。彼はとてもかん高く笑います。

「君はずっとひとりで演じているのかい？」彼は尋ねました。

そうではないの、エレナー……自分をより堅固で、より実体あるものにするために私は仮装服を着ているだけ。……しないように。……私が何を言おうとしていたか想像して！

「アガーテ、君は子供の頃に、〈鳩よ、飛べ！〉遊戯をしたかい？」

セレスタンは鏡を覗き込みながら、この奇妙な質問をしました。それは子供の頃にとても楽しんだゲームだと、私は答えました。

今部屋は羊のように装った奇怪な人物でいっぱいでした。でも、エレナー、彼らは裸でした……羊毛しか身につけていませんでした。みな男で、売春婦のように化粧していました。

「神の子羊たちだ」セレスタンは言いました。

私たちは丸テーブルの周りに坐り、突然二十組ほどの手が編んだ髪から現われました。爪にはマニキュアをして、とても汚れているのに私は気づきました。手は青白く灰色がかっていました。

これはほんの一瞬の印象でした。私の眼は現実にはセレスタンの手に釘付けになっていたからです。誓って言うけれど、エレナー、彼の両手は湿気で溶けて流れていきました……とてもなめらかで、奇妙な色で、真珠層のようでした。彼も秘密の微笑みを浮かべて自分の手を見ていました。

「鳩よ、飛べ！」彼は叫び、みんなの手が翼のように揺れて、宙に上がりました。私の両手も宙ではためきました。

「羊よ、飛べ！」セレスタンが叫びました。

手はテーブルで震えたけれど、上がりませんでした。

「天使よ、飛べ！」

そこまでは誰も間違えませんでした。

突然、セレスタンが鋭い叫び声を、恐ろしい叫び声をあげました。「セレスタンよ、飛べ！」

エレナー、愛しいエレナー、彼の両手が……

ここで唐突にアガーテの日記は終わっていました。

私は彼女の肖像画を振り返りました。カンバスは空白で、私は鏡に自分の顔を探す勇気がありませんでした。何が見えるのかわかっていました。私の両手は冷え切っていました！

シリル・ド・ガンドル氏

春の曇った穏やかな午後に、シリル・ド・ガンドル氏は淡い水色の長椅子(カウチ)で優雅に休息していた。物憂げな蛇のように身をくねらせながら、彼は猫と戯れていた。年齢にもかかわらず、彼は非常に美しかった。

「彼の顔はアルビノ蘭(らん)で」とガンドルの親しい友人ティボ・ラストルは言った。「青紫の貪欲な口は、蒼白い昆虫に似た有毒な蜜蜂蘭だ、それにどんな希少動物も彼の髪に匹敵する毛並みはしていないのではないか?」

シリル・ド・ガンドル氏は後光のように香水の香りを漂わせて溜息をつくと、午後のお茶の時間にすでに半時間遅れているティボのことを考えていた。

庭の緑は強烈で、彼は目を覆わなければならなかった。「おまえがじっと見つめると庭と同じに疲れる」と彼は猫に言った。「目をお閉じ」

彼はティボがモスローズのブーケをもって、静かに部屋に入ってきたことに気づかなかった。ティボはシリル・ド・ガンドルよりずっと若く、古い高級なリキュールに保存された子供の死体のような金色の肌をしていた。鱒（ます）の肉色の優美な部屋着を羽織り、顔は薔薇の背後で怒りに青ざめていた。

「ああ、ティボ」シリル・ド・ガンドルは疲れた声で言った。「こんなに待たせるとは、午後にいったい何をしていたのかね？　僕のお茶が五時なのはよく知っているはずだ……誰もが知っているようにね……」

　ティボは薔薇のブーケを猫に投げ、猫は唸（うな）ってシリルの腿を爪で裂き、悪意のある目で薔薇を見た。「それに」猫を花から離しながらシリルは続けた。「君と話したい大事な計画があったのだが……しかし君は僕より自然といるのが好きなようだから、僕は考慮中の計画を話すのを躊躇（ためら）っているよ」

　ティボは肩をすくめて言い返した。「どうしてあなたの庭にニンフ[*1]が出没するようになったのか、説明してほしいね？」彼の怒った声は低く鋭かった。

「ニンフだって？」シリルは尋ねた。「いったいどこでニンフを見たのかね？」胸のレースを整えながら、彼の手は少し震えた。

「池の近くで少女を見た」ティボは辛辣に言った。「彼女は誰だ？」

　シリルは目を閉じて少し考えていたが、猫を愛撫するのをやめなかった。「大切なティボ、鈴を鳴らしてシャンパンをもってこさせなさい、それから君に説明しよう」

　ティボはしぶしぶ従った。

「何よりもまず」シャンパンを満たした水晶の足付きグラスを手にして、シリルは言った。

「まず聞きたいのは、その少女は美しかったかね？」

「僕はほとんど彼女を見なかった」とティボは取り乱した様子で答えた。「なぜあなたはそれにこだわるの？」

「こだわるさ、僕の大切なティボ、その少女は恐らく僕の近親だからだ。僕の娘の可能性すらある」ティボは煙草をくわえた唇に苦しげな微笑を浮かべると、椅子の肘掛けを爪でつかんだ。

「ほんとうに？」

「そうだ。僕は二十年前に女性を抱くという過ちを犯した。さらに彼女と結婚した。彼女は極度に退屈で粗野で、ひどく繊細さを欠いていた。それは育った環境のせいでもあったがね、彼女は結婚六年後に妊娠した。その九ヶ月間の彼女の醜い体つきに僕はすっかり具合が悪くなった。娘の誕生後数週間は、大切なティボ、僕はベッドから起き上がれなかったよ。非常に苦しみ、僕自身が妊娠したと想像してね。やっと立ちあがれたのは、ひとえに中国人ワン・ツーのマッサージ治療のおかげだよ」

「それでそれから？」ティボは虚ろな声で尋ねた。

「それでそれから」シャンパンで唇を潤しながらシリルは言った。「僕は人魚と男女関係をもっていると想像しはじめた、重いたるんだ尾で永遠に僕を愛撫し、僕のピンクのガウンを濡らす人魚とね……」

ティボは苛立った様子で彼を遮った。「僕はあなたの精神状態の詳細を尋ねたのではない。この家庭的牧歌の結末を知りたかったのだ」

「そのことだが」シリルは溜息をついて答えた。「妻は普通の精神状態には戻らなかった。実のところ彼女は療養所にいる、もちろん、とても快適なところだ。彼女は奇妙な幻覚に苦しみ、不運にも知的機能が低下している。彼女には十年会っていない」

ティボは嫌悪に顔を歪めた。彼は酩酊者のようにふらついた。「お見事……お見事……」彼は乾いた唇で呟いた。「それで少女はどうなった?」

「娘は聖墳墓修道会の高位修道女たちの手に委ねた。この素晴らしい修道女たちは娘の精神と世俗教育に責任をもってくれている。娘の名はパンティルドで、母親の気まぐれからだ。最愛のティボ、さて君は僕の人生を、僕同様に知ったことになるよ」

ティボは立ち上がると、蒼白な顔で休息したいと言った。


「パンティルド」とシリル・ド・ガンドルは呟いた。「もしおまえが醜ければどうすればいいだろう? エメラルド色の池の水におまえを優しく沈めよう、僕は醜さには耐えられない。彼女は十四歳になったはずだ、難しい年齢だ……彼女が母親似でなければいいが。ああやっかいだ! 娘をどうすればいいのだろう?」

シリルは鈴を鳴らして召使いを呼んだ。彼は太った青年で、香ばしい煮汁で茹でた肉付きのいい鶏に似ていた。ドミニークという名でイエズス会修道士の物腰をしていた。

「ご用でしょうか?」シリルの頭の後ろのクッションをなおしながら、低い声で彼は言った。

「ドミニーク、私の多肉植物。おまえがイエズス会の平修道士だったとき、聖墳墓修道会の高位修道女たちについて聞いたことがあるかね?」

ドミニークは柔和な眼差しを地面に落とした。「旦那さま、折に触れて修道女たちにミサを執り行い、告解を聞きにきた僧院長がいました」

「なるほど、それで彼は修道女たちをどう思っていたのかね?」

「僧院長の入浴の手助けをしたコリオラン修道士が言うには、僧院長は聖墳墓修道院訪問後はいつも陽気だったそうです。僧院長はいつも訪問の前日には苦いアーモンドの香りをつけていました。人生の心地好い機微の味わい方をご存じだったと付け加えてよろしいでしょうか?」

「ドミニーク、下がって私のローズウォーターの入浴を準備しなさい。今夜はピーコック・グリーンの粉おしろいで化粧する。あと庭に行って少女を探してほしい、池のそばで遊んでいるから。

ドミニークはお辞儀をすると、後退りして出ていった。

「アンゴラのガウンを広げておくように」シリルは目を閉じたまま言い添えた。「それとローマ教皇の縞のソックスもだ＊2」

　化粧の仕上げにシリル・ド・ガンドルは、アヘンのエキスを数滴耳の後ろに垂らした。彼は鏡に映る自分の姿に満足げだった。彼の耳は非常に美しく、ゼラニウムの葉のように繊細だった。屈み込んで鏡に映る唇に口づけすると、彼は飛翔する深紅の鳥のマークをつけた。

「大切なミイラ」と彼は呟いて声をあげて笑った。「結局わからない。つまりは楽しめばいいのではないか？」

　ゆっくり彼は大理石の階段を降りていった。

　パンティルドは客間の中央に立っていた。二人は無言のまま見つめ合った。シリルの目に映ったのは、修道院学校の生徒のような服装の十四歳の少女だった。堅い黒生地の服の喉もとには小さな白い襟がついていた。痩せた脚は黒いウールで覆われていた。麦藁帽子が顔を隠していた。長い黒髪はきちんと三つ編みに編み上げられ、二・五センチかもう五センチほど伸びれば地面に届いていただろう。

　一瞬の沈黙ののち、シリルは彼女に歩み寄って、用心深く彼女の帽子をとった。彼は彼女の倒錯的な美に驚愕した。彼女は非常に彼に似ていた。

「パンティルド」彼はやっと言った。「おまえは父がわからないの？」

　彼女は彼に虚ろな視線を投げて首を振った。

「いいえ、ムッシュー、私はあなたを知りません」

「いつからここにいるのかね?」やっとの思いで彼は尋ねた。パンティルドの唇に浮かんですぐに消えた微かな微笑に彼は苛立った。

「わかりません……ずいぶん長くここにいたと思います。私は毎日僧院長に学んでいます」

シリルは極度の疲労を感じて、寝椅子に寄って横になった。彼は独特の没薬の匂いのする巻き煙草に火をつけた、そしてすぐに眠り込んだが、ぼんやりと意識は残っていた。彼はパンティルドが頭のそばで子供のかん高い声で歌っているのを感じていた。

パパ泣かないで　いつか買ってあげるわ
お馬車で抱ける　お人形さんを!

ぼんやりとした眠りの中で、彼はパンティルドがポケットから小さな広口瓶を取り出して、唇を粘着性の黒い中身に浸し、顔を彼の顔に近づけるのを見た。彼女の唇はかぶと虫の背のように黒く光っていた。そのとき彼は、自分の意志に反して、彼女の唇をゆっくり味わいたい欲望に駆られた。彼は口を開くと彼女の方に体を向けたが、彼女は頭を背けて声をたてて笑った。彼は恐怖と欲望に震えた。

「パパは春がほしい」パンティルドは嘲る声で言った。「パパは春がほしい、パパは春がほしい」

彼女はその言葉の単調なリズムを詠唱しはじめた。

シリルは眠り込んだ。

彼が目覚めると、ティボが第二の皮膚のように身体にぴったり合ったスーツを着て、彼を見つめていた。

「おやおや」シリルは言った。「もうディナーの時間かね?」

ディナーは、いつも通り、しだれ柳のテラスに用意された。芥子(けし)の花を象(かたど)った青銅のテーブルを挟んでシリルはティボの向かいに坐り、庭と料理の香りで夢見心地だった。彼の目は疲れていた。ドミニークはテーブルの周りを静かな歩調で行き来して、繊細で美味しい料理を出していた。丸い太った鶏はつぐみの脳味噌と肝臓、トリュフと粉にした甘いアーモンドに、素晴らしいリキュールを数滴たらした砂糖漬けの薔薇詰めで、この鶏は生きたまま羽根をむしり取って、三日間マリネ漬けにし、最後に沸騰するパチョリの湯気で窒息させたものだった。肉は新鮮なマッシュルームのように滑らかで柔らかかった。

冷たいアスパラガス・ムースとクリームで煮た牡蠣(かき)のあとは、一連の変わったジューシーなケーキが続いた。ケーキはどれもみな白かったが、動物園の動物のように様々な形をしていた。天使の扮装をした少年が奏でる音楽を聞きながら、シリルとティボは料理を味わいつつ、時折会話した。

ティボは新しくあつらえるスーツの話をした。

「それは外出時に着るスーツではなくて」と彼は言った。「むしろ閨房での個人的な秘め事用で……二人でお茶のようなね……。ズボンは薔薇色がかったベージュの毛皮で、異なる色の非常に繊細な縞を入れる、ペルシャ猫のズボンのようにね。シャツは瀕死のカワセミの羽根のような非常に淡い緑で、刺激的な青いジャケットに半分隠す、魚の鱗のようにきらめくジャケットにだよ。どう思う？」

「うっとりするね」シリルは果物をひと齧(かじ)りしながら答えた。「だが僕なら黄土色(オークル)に近い緑のヴェルヴェットのシャツを作るね、モスグリーンだ」彼は不意に話をやめて、額に手をかざした。薔薇色の石の壁に、二頭の馬が恐ろしく獰猛に争っている影が見えた。

凄惨な闘いは数秒続いただけだった。影は薄れ、シリルが蒼ざめて振り返ると、背後に司祭が立っていた。

「旦那さま、ジヴルの僧院長です」ドミニークの声がした。僧院長のスーダン[*4]は埃をかぶって灰色で、蛾(が)に食われて穴だらけだった。顎と剃った頭は青く、陰気な顔つきをしていた。僧院長が差し出した手を拒否できずに、ド・ガンドルは吐き気に襲われた。その手は女性のように長くほっそりして、脱皮した蛇の皮のようだった。

「ド・ガンドルさま」僧院長は穏やかな声で言った。「ついにこのすべてを知るに至るとはなんという喜びでしょう」彼は彼の周りに輪を描く身振りをした。「私はすぐにでもお会いしたいと思っていたのですが、聖職者の勤めからお会いすることを控えてきました。しかしながら、今私は大変喜ばしいことに、ほんの少しド・ガンドル嬢の勉学のお役に立っています」

彼は感じのいい率直な微笑みを浮かべて椅子をひくと、シリルのそばに腰かけた。彼はティボを無視した。

「このうっとうしい天気は」非常に大きいバニラ風味のアネモネ・ケーキを自分で取りながら、僧院長は続けた。「精神に催眠的影響を与えます、そうは思われませんか、ド・ガンドルさま？　しかしあなたのうっとりするほど魅力的な庭は、まさに花々の揺りかごです。そして、私がたびたび花咲くアーモンドの木々の下を散歩すると、動物が眼の前で秘密の小道を走り過ぎます」

「たびたび？　きみはたびたび私の庭を散歩するのかね？」シリルは驚いて尋ねた。「詮索して申し訳ないが、きみはどれほど頻繁に私の私有地に立ち入っているのかね？」

「たびたびです！」僧院長は熱烈な口調で繰り返した。「私はすべての花、植物……すべての木を知っています。ジヴルの僧院長はド・ガンドルの庭の守護精霊だとおっしゃってもよろしいかと」彼は胸からスイカズラの枝を取ってシリルの鼻にかざし、シリルはその匂いを貪欲に嗅いだ。

シリルの深紅の唇は花に触れて黒くなり、顔は快感に疲れて青白かった。ティボは身じろぎしなかったが、目は乾いて獰猛だった。新月が空から降りてしだれ柳の葉の間をすべるように動き、最後に司祭の頭上に静止すると、三日月の切っ先を彼の輝く頭蓋骨に突き刺すように、彼には思われた。

パンティルドがそのとき庭から姿を見せたが、立ったまま近づこうとはしなかった。しかし陰気な目で三人の男を眺めた。

「パンティルド、そこにいるのかね？」僧院長はシリルに目をやり、やっと幾分不安を押し殺した声で尋ねた。「もう月の光で遊ばないのかね？」彼女は怒って目をぎょろつかせた。「ここに来なさい」僧院長は続けた。「ここに来て、おまえのパパにこんばんはと挨拶しなさい」

ティボは身震いして、テーブルを爪でつかもうとした。パンティルドは動かなかった。彼女は苦しげにテーブルを見て、激しく息を吐いた。

「あの匂いだ」シリルはしゃがれ声で言った。「僕は気分が悪い」

彼は立ち上がろうとしたが、僧院長は彼の腕をしっかりつかみ、声をあげて笑った。

訳註

＊1　ギリシャ・ローマ神話の海・川・山・森などに住むといわれる半神半人の美少女の妖精。

＊2　エルンストがモデルと思われる人物が履く縞模様のソックスのイメージは、キャリントンの絵画《マックス・エルンストの肖像》（一九三九年頃）にも登場する。当時男性の縞の靴下は俗悪でけばけばしいとされた。このイメージにはキャリントンのカトリック批判や聖職者の込みいった衣装への揶揄を含むと思われる。
＊3　シリルの眠るカウチ（寝椅子）とコウチ（馬車・霊柩車）をかけている。
＊4　裾長の僧服。

悲しみにうちひしがれて

悲しみにうちひしがれて、私は遥かな山に歩きました。そこには武器にできるほど鋭い糸杉が生え、木苺は鉤爪ほど大きな棘をつけていました。蔓植物や奇妙な花をつけた雑草が生い茂る庭に行き着きました。大きな門から、小柄な老婦人が雑然とした植物の手入れをしているのが見えました。藤紫のレースの服を着て前世紀の大きな帽子を被っていました。雉の羽根飾りのついた帽子は傾き、髪がはみだしていました。私は物思いに沈む歩みを止めて、小柄な老婦人に水を一杯下さいと頼みました、喉が渇いていたのです。

「よろしいことよ」彼女はあだっぽく言うと、花を一本大きな耳の後ろに挿しました。「庭にお入りなさい」

異常な機敏さで跳ねて近づくと、彼女は私の手を取りました。庭は動物の古い彫像でいっぱいでしたが、ほとんどすべてが崩れかかっていました。あらゆる種類の植物が夥しく混生し、熱帯の壮麗さで生長していました。彼女は左右に跳んで花を摘むと、私の首にかけてくれました。

「ほらね、綺麗になったわ」首を傾げて私を見ながら、彼女は言いました。「私たちはおしやれしないひとに庭に入ってほしくないの。個人的に私は着こなしにとても注意を払うのよ、かなりあだっぽい女（コケット）だと言えるでしょうね」彼女は汚れた片手で顔を隠すと、指の隙間から私を覗きました。「悪くはないわ、そうよね」と彼女は囁きました。「私の媚は無邪気だし、それ以外ではないもの」そう言って彼女が長いスカートを少したくしあげると、非常に小さな足が見えました、鹿革のブーツを履いていました。「私の足はとても綺麗だと言われるの。でもお願いだから、あなたに見せたことは誰にも言わないでね……」

「奥さま」と私は言いました。「私はすでに数え切れないほど多くの悩みを抱えていますし、それにあなたにとても感謝しています、今まで見たことのない美しいお御足を見せて下さったのですから。あなたはナイフの刃のような小さい脚をお持ちです」

　彼女は私の両腕に跳び込んできて数度キスしました。それから威厳をこめて言いました。

「あなたは素晴らしい知性の持ち主ね。私の館にご招待したいわ。後悔なさいませんことよ」

　こうして私はアラベル・ペガセと知り合いました。私は彼女の黒い眼や脚を決して忘れないでしょう。彼女は私を庭の小さな池に導いて、飲み物を勧めました。しだれ柳がこの池を取り囲み、澄んだ水に垂れていました。アラベルは水に映る自分の姿をじっと見ました。

「私はここでそれはたくさん涙を流してきたの」と彼女は言いました。「私の美しさは感動的だとわかっているわ。夜な夜な私は水中に豪華な髪を引き摺りながら、体を洗ってきたの、

『おまえは月に劣らず美しい、おまえの肉は月の光より輝いている』と体に言いながらね。私の体は月にとても嫉妬するから、体を喜ばせるためにこう言ったのよ。そのうち夜にお誘いしてお見せするわね」

身震いして、私は水中深く覗き込みました。

ひと群れの孔雀が池の対岸を行き過ぎるのが見えました。耳障りな鳴き声が聞こえました。

「私はいつもピーコックブルーの下着をつけるのよ」アラベルは続けました。「もちろん絹で、いたるところに眼を刺繍してあるの。眼はそこで見ているわ——何を見ているのか当ててごらんなさい」

私は首を振りました。「わかりません」と言いました。

彼女はもう一度片手で顔を覆うと、若い娘のように頬を染めました。

「だって……私の体を見ているの！」と彼女は言いました。「朝から晩までずっと見ているのよ、刺繍の眼たちは幸運じゃないこと？」この質問に狼狽して私は答えられませんでした。アラベルは気づかずに続けました。「私はあらゆる種類の青と緑のペティコートをたくさん穿（は）くの。それに私のニッカーズ[*1]をご覧になれば、ひとつひとつが美しいのよ。私は芸術家としてお話ししているの、おわかりでしょう、ただ芸術家としてね。猫の頭だけで作ったドレスももっているわ。とても美しいのよ。ご覧になればね……それはかつて最先端のファッションだったわ」

長く青い夕暮れの影が、私たちの周りで濃くなっていきました。アラベルの顔は靄（もや）の中で、夏の日の風景のようになりました。池の向こう側のどこかから鐘が響きました。

「ディナーよ」アラベルは言って、突然私の腕を取りました。「それにわたしは正装していないわ。急ぎましょう、ドミニークにまた叱られるわ」私を引っ張りながら、彼女は話し続けました。

「ドミニークはとても優しいの、でもとても神経質で……あれほど繊細な人たちには注意しなければならないわ。彼は午後ずっと祈っていたから、きっと空腹よ、私たちはここで遅れてしまったわ。大変、急ぎましょう」

私たちは草と苔（こけ）が蔓延（はびこ）る小道を進みました。そして館の前に立ちました、彫像に覆われた大邸宅で、テラスがひとつまたひとつ気絶しそうなほど荒れ果てたまま庭に降りて、傾斜していました。

アラベルは正面入口を開け、私たちは室内植物の果樹が至るところに生える大理石の大広間に入りました。部屋の中央の長いテーブルにディナーが準備されていました。

「少し失礼するわ、着替えをしますから」とアラベルは言いました。「お待ちの間に自由にワインとケーキを召し上がれ」彼女は巨大な赤ワイン・カラフと濃厚なケーキを残して立ち去りました。私はワインを注いで、静かにあたりを見まわしました。するとそのとき自分が独りではないと気づきました。ひとりの若者がそばに立って、敵意ある目で私を見ていました。この若者は非常に蒼白で生きているとは思えませんでした。司祭のような出で立ちで、私はイエズス会修道士だと思ったのですが、着ている修道服（カソック）は食べ物やあらゆる汚物で汚れていました。彼の存在に私は思わず後退りしました。

「なぜここにきたのか説明しなさい」十字を切って彼は言いました。「私は訪問者は望まない。それに私の神経は極度に過敏で健康にもよくないのだ」彼は一リットルのワインを注いで一気に飲み干しました。

「自分がここで何をしているのかわかりません」と私は答えました。「頭が重くて適切に判断できませんし、今すぐここを去りたいだけです」

「あなたは立ち去れない……今は」と彼は言いました。「今は適切な時ではない」

大粒の涙が彼の頬に伝うのを見て、私は狼狽しました。「あなたが言っていることはよくわかる」ドミニークは続けました。「あなたがなんのあとについてこの恐ろしい館に来たか、私が知らないと思わないように。それどころか私は午後中あなたのために祈り続けていた」彼は口ごもると、苦痛で声を詰まらせました。「私はあなたの哀れな魂のためにずっと涙を流していた」

このときアラベル・ペガセが姿を見せました。駝鳥の羽根とレースと宝石をつけて、最も贅沢なファションに身を包んでいたのですが、すべてが薄汚れて皺だらけでした。彼女はドミニークに近づくと、彼の耳を唇で噛んで言いました。「怒らないでね、愛しいドミニーク、あなたのために着飾っていたの」そしてそれから突然私の存在に気づいたようでした。すぐに後退りしたからです。

「ドミニークは私の息子なの」と彼女は言いました。「母の心はとても優しく脆いのよ」

「庭は今とても美しいわ」と彼女は言いました。「ドミニーク、愛しいひと、私が夢見るのはあなたと池を散歩することだけ」ドミニークは彼女に恐ろしい視線を投げました。私は彼が気を失うだろうと思いました。

「私たち、私と息子の精神はとても親密なの」とアラベルは私に向かって言いました。「それに私たちは詩への素晴らしい感性を共有している、そうでないこと、ドミニーク、愛しい私の坊や？」

「その通りだよ、僕の心のお母さん」ドミニークは震える声で答えました。

「あなたが幼かった頃どんなふうに一緒に遊んだか覚えている、私もあなたのように子供だったわね？　覚えている、ドミニークちゃん？」

「ええ。愛しいお母さん」

「あの当時は素晴らしかった、私たちが一緒だった頃。あなたは一日中私を両腕で抱きしめて、私を妹と呼んだわ」

私は当惑しました。立ち去りたかったのですが、できませんでした。

「ひとり息子をもつと」アラベルは続けました。「他には何も考えることも夢見ることもないの」

蠟燭の明かりで私は突然にひとりの少女がアラベルのそばに立っているのに気づきました。彼女は静かに不可解に部屋に入ってきていました。美しい少女でした。彼女の黒い服は周りの影と溶け合い、私には彼女の顔が宙を漂っているように思われました。ドミニークはこの少女を見ると、激しい震えの発作に襲われて、彼の骨が砕け落ちるのではないかと思われるほどでした。突然にアラベルは非常に老いて見えました。少女は無表情に母と息子を見ました。二人は立ち上がり、私はなぜかわからないままにあとを追いました。最後に少女が扉の方に歩きました。私たちは庭に出て池に着きましたが、まだ無言のままでした。水面に映る月が見えたのですが、空には月が出ていないのを見て私はぞっとしました。月は池で溺死していたのです。

「あなたの美しい体を見ましょうよ」アラベルに向かって少女は言いました。

ドミニークは叫び声をあげて、地面に倒れました。アラベルは服を脱ぎはじめました。すぐに汚れた服が彼女のそばに積み重なり、彼女は激怒に駆られたように脱ぎ続けました。ついに完全に衣服を脱いだとき、その体は骸骨にすぎませんでした。少女は両腕を胸に組んで待っていました。

「ドミニーク」少女は言いました。「あなたは生きているの?」

「彼は生きているわ」と母は叫びました。私はすでに百回となく繰り広げられてきた光景を見ている気がしました。

「僕は死んでいる」とドミニークは言いました。「静かに眠らせてくれ」

「彼は死んでいるの、それとも生きているの?」少女は響き渡る声で尋ねました。

「生きているわ」と母は叫びました。

「それでも彼はずいぶん昔に埋葬されたわ」少女は答えました。

「おいで、お前を殺してやる」老婦人は金切り声をあげました。「おいで、お前を百二十回目に殺してやる」

二人の女性は取っ組み合いで凶暴に争いました。激しく強打し合いながら、二人は水に入って行きました。

「月は不滅よ」少女は大声で叫ぶと、両手で老婦人の喉を絞めました。「あなたは月を殺した、でも月はあなたの息子のように朽ち果てはしない」

老婦人が弱っていくのが見えました。やがて彼女は水中に姿を消し、続いて少女も沈んでいきました。吐息を漏らして、ドミニークは崩れ落ちて塵芥に帰しました。私はひとり夜の闇に取り残されました。

訳註

＊1　ブルマー風の女性用下着。

姉妹

「ドリュジル」と手紙には書かれていた。

ドリュジル、もうすぐわたしはおまえのそばに行く。わたしの愛は常におまえと共にある、愛の翼はわたしの肉体よりも早い。おまえと離れていると、わたしは哀れな剝製の鳥にすぎない、おまえはわたしの内臓と心と思考の守護神だからだ。

ドリュジル、わたしは南風を抱擁する、おまえの方に吹く風だからだ。ドリュジル、わたしの生命！　おまえの声はわたしを雷鳴よりも駆り立て、おまえの目は稲妻よりも強烈だ。ドリュジル、素晴らしいドリュジル、愛している、愛している、雨の中に坐り、長く獰猛な顔をこの手紙に近づけて読むおまえを、愛している。

雷鳴がドリュジルの周りで轟（とどろ）き、風は濡れた髪で彼女の顔に打ちつけた。猛烈な嵐は花々を茎から引き裂くと、濁流はそれらを未知の運命に運び去った。花々だけが犠牲者ではなく、濁流は押し潰された蝶、果物、蜜蜂、小鳥たちも押し流していった。

ドリュジルはこの暴風雨の最中に、庭に坐って笑っていた。耳障りな笑い声をあげて、手紙を胸に抱きしめた。片足に坐った二匹のひき蛙が、「ドリュジル、わたしのベルザミーヌ、ドリュジル、わたしのベルザミーヌ」と単調に鳴いて、この思いをからかった。

にわかに太陽が雲を裂き、黄色い熱気を湿った庭に注いだ。ドリュジルは立ち上がって館に入った。

女中（メイド）のアンガディーヌが床に坐り、両手に野菜を抱えて、夕食の準備をしていた。彼女は小さな抜け目ない目で女主人を見た。

「王のお部屋を準備しなさい」ドリュジルは言った。「今夜ここに王が見える。急いでシーツに香水を振り撒くのよ」

「すべて心得ています」とアンガディーヌは言った。「手紙をお渡ししたのは私ですから」

ドリュジルは女中（メイド）の腹を蹴っとばした。「お立ち、この役立たず」アンガディーヌは苦痛で顔を歪（ゆが）めて、立ち上がった。

「ジャスミンにしますか、それともパチョリですか？」

「枕にパチョリ、シーツにジャスミン、紫色の毛布には麝香（じゃこう）だよ。ベッドには緋色のパジャマとライラック色のガウンを用意して。お急ぎ、ぐずぐずすると顔をひっぱたくよ」

台所ではケーキや莫大なタルト類が炎色に染まって、オーブンから取り出されていた。

雲雀（ひばり）の肉詰めの石榴（ざくろ）やメロンが台所を埋めていた。牛の肉のあらゆる部位が焼き串に刺されてゆっくり回り、雉（きじ）や孔雀や七面鳥が料理されるのを待っていた。豪華な果物の詰まったいくつもの大型収納箱（チェスト）が廊下を雑然と塞いでいた。

ドリュジルはこの食べ物の森をゆっくり歩きまわって、ところどころで雲雀やケーキを味見した。

地下の貯蔵庫には、古い木造の樽に赤い果汁や蜂蜜やワインが保存されていた。ほとんどの召使いは酔い潰れて床に眠り込んでいた。ドリュジルは蜂蜜のデミジョン[*1]をスカートの下に忍ばせて抜けだすと、屋根裏に上がって行った。最上階は深い沈黙で、螺旋階段には鼠（ねずみ）と蝙蝠（こうもり）がひしめいていた。扉に辿り着くとドリュジルは、首から鎖で下げた大きな鍵で開けた。

「ジュニペル？」彼女は言った。「そこにいる？」

「いつも通りよ」薄暗闇から返事が聞こえた。「じっとしているわ」

「食べ物をもってきたわ。今日は具合はいいの？」

「私はいつも素晴らしく健康よ、姉さん」

「おまえは病気なの」ドリュジルは苛立つ声で答えた。「可愛そうな妹」

「今日は木曜？」

「そう、木曜よ」

「では蠟燭を貰えるのね。もってきてくれた？」

ドリュジルは一瞬躊躇したが、やっと言った。「ええ、一本ね。私はあなたにやさしいもの」

沈黙。

ドリュジルが灯した蠟燭で、狭く汚い屋根裏が浮かび上がった、窓はなかった。天井近くの梁に異常な生きものが止まり、見えない目で光を見た。彼女の白い体は裸で、両肩から乳房の周りに羽毛が生えていた。白い両腕は翼でも腕でもなかった。顔の肌は大理石のようで、その周りに白髪がどさりと垂れていた。

「食料に何をもってきてくれたの？」止まり木の上で跳ねながら、ジュニペルは尋ねた。生きものが動くのを見た瞬間に、ドリュジルは背後の扉をぴしゃりと閉めた。しかしジュニペルは蜂蜜以外は何も見ていなかった。

「これで少なくとも六日はもたせるのね」とドリュジルは言った。

ジュニペルはしばらく黙って食べた。

「飲み物」とジュニペルは最後に言った。ドリュジルは水のグラスを差し出したが、ジュニペルは首を振った。

「今日はそれじゃない。赤がほしい……」

ドリュジルは笑った。「いいえ、駄目……この前おまえは赤を飲んで私を嚙んだわ。赤はおまえには刺激的すぎる。渇きには水がいいのよ」

「赤」ジュニペルは抑揚のない声で言い張った。「くれないと悲鳴をあげるから」

ドリュジルは乳房の間からすばやくナイフを取り出した。彼女がナイフを妹の喉に当てると、ジュニペルは止まり木の上で跳ねて、孔雀のような耳障りな声で叫んだ。

すぐにジュニペルは涙で喉を詰まらせて言った。「姉さんを傷つけるつもりはないわ。小さなグラスで一杯だけほしい、それだけよ。私はとても喉が渇いている、からからよ。ねえドリュジル、一滴だけ頂戴……そのあと美しい新月を五分間だけ見させて……誰にも見られないわ、誰にも。約束する、誓うわ。屋根に寝転んで月を見るの。逃げないわ、月を見たら戻ってくるから」

ドリュジルは声を立てずに笑った。「そしてそれからなんだって？　私に月を捕まえて屋根裏を照らしてほしいとでも言うの？　いいこと、ジュニペル。おまえは病気よ、重症なの。私はおまえのためを思っているの。それに外に出て屋根に登れば、おまえは風邪をひいて死んでしまうよ……」

「今夜月を見られなければ、私は明日に死んでいるわ」

ドリュジルは激怒して叫んだ。「お願いだから黙ってくれない？　もう十分でしょう？」

突然二人の耳に階下で車が近づく音が聞こえた。召使いたちは仕事の段取りを叫んで罵り合いをはじめた。

「もう行くわ」ドリュジルは体を震わせて告げた。「さあお眠り」

「誰なの?」ジュニペルは止まり木の上で跳ねた。

「おまえには関係ないよ」ドリュジルは答えた。

「私の相手は鼠と蝙蝠と蜘蛛だけね」

「ソックスを編む物をあげたわ。お編み」

ジュニペルは飛び去りたいかのように、奇妙な両腕を上げた。

「私の両腕は編み物には向いていないわ」

「では足でお編み」そしてドリュジルは急ぎすぎて、扉に錠を掛け忘れた。


先国王ジュマールは旧式のロールスロイスから降りた。蝶と王室のモノグラムを刺繡した緑の繻子(しゅす)の上着に、鉄灰色の長い顎鬚がすらりと垂れていた。荘厳な頭には巨大な金髪の鬘(かつら)を被り、その薔薇色の陰影は蜂蜜の滝の流れのようだった。鬘のあちこちに挿(さ)した花々が風に揺れた。彼はドリュジルに両手を差し伸べた。

「ドリュジル、わたしのベルザミーヌ」

ドリュジルは感極まって身を震わせた。

「ジュマール! ジュマール!」彼女は彼の両腕に身を投げて、嗚咽しつつ笑った。

「あぁドリュジル、なんと美しい! わたしはおまえの香りとキスをどれほど夢見ていたことか」二人は腕を絡ませて庭を歩いた。

「わたしは破産してしまった」ジュマールは溜息まじりに言った。「わたしの金庫は空だ」

ドリュジルは勝ち誇った笑みを浮かべた。「では私の館にずっと滞在されますわね！　私はあまりに長く孤独だったのですもの」

長い耳障りな叫び声が庭の蒸し暑く淀んだ空気を引き裂いた。ドリュジルは蒼白になってつぶやいた。「そんな、あり得ないわ」

「あれはなんだね、わたしのベルザミーヌ？」

ドリュジルはハイエナの笑い声をあげて頭を反らせた。「空のせいですわ」彼女は言った。「こんなに黄色い雲が垂れこめて、今にも頭に落ちてきそうで不安でした！　それにこの嵐になりそうな天気で片頭痛がしますわ」

「キスしておくれ」王はやさしく囁いた。「おまえの片頭痛を食べてあげよう」

彼はドリュジルが亡霊のような顔をしているのに気づいた。ぞっとして、彼は生きているのを確かめようと彼女の手を取った。

「顔色が悪いね」彼は低い声で言った。「目の下に濃い隈ができている」

「木の葉の影ですわ」額に汗を滲ませてドリュジルは答えた。「感情が高ぶって疲れました、三ヶ月もお逢いしていなかったのですもの」そして彼女は彼の腕を激しくつかんだ。「ジュマール、私を愛している？　愛していると誓って……今すぐ誓って」

「おまえにはよくわかっているはずだ」ジュマールは驚いて言った。「わたしのドリュジル、いったいどうしたのだね？」

「どの女性よりも私を愛している？　他の誰よりも私を愛している？」

「そうだよ、ドリュジル。そしておまえも同じようにわたしを愛しているかい？」

「ああ」とドリュジルは声を震わせて言った。「とても愛しているわ、あなたには想像できないくらい。私の愛は底無しの淵よりも深い」

　庭の隅の葉叢で何かが動き、王は注意を向けた。彼の表情は恍惚となり、両眼は煌(きら)めいた。

「何を見ていらっしゃるの？」ドリュジルは突然に叫んだ。「どうしてそんな奇妙な表情であそこを見つめていらっしゃるの？」

　ジュマールはふと我に返り、夢見るような声でつぶやいた。彼は覚醒しつつあるようだった。「この庭はとても美しい、ドリュジル、夢を見ているようだ」

　ドリュジルは息を詰まらせていた。彼女は苦しげに微笑み返した。「それとも悪夢を見ておられるのかしら——ときにそのふたつは見分けがつきませんわ。なかに入りましょう、ジュマール、日は沈んだし、すぐに晩餐が整います。テラスでお食事しましょう、月の出が楽しめますわ。今夜の月はこれまでになく青くおぼろげで美しいでしょう。月光を見るとあなたのお鬚を見ているようですわ」

　ジュマールは吐息をついた。「黄昏には魔力があるね、うっとりする。しばらく外に出ていよう。庭は魔力に満ちている。どんな美しい幻がこの紫の陰から現われるかもしれない」

ドリュジルは両手で喉を抑え、甲高い鋭い声で言った。「お願い、なかに入りましょう。夜になったし、寒くて震えますわ」

「おまえの顔は薄緑色した木の葉だ、新月の光の下で生え出たにちがいない。おまえの目は大地の真下の洞窟で見つかった石だ、残忍な目だね」

ドリュジルの声は辛辣になった。「あなたは狂ってしまった、正気を失われたわ。存在しないものを視（み）ていらっしゃる。さあお手を、館に入りましょう」

「バン、バン、銃で撃つよ。二人のどちらが狂っているのかな?」鬚をねじりながらジュマールは答えた。「わたしに説教しないでおくれ。領地と城を失っても、わたしは最も幸せな男だからね」

先国王はうっとりと自分の思いに浸り、両手を擦り合わせてダンスのステップを数歩踏んだ。ドリュジルは木々を見て、果実がいくつもの小さな死体のように見えると思った。空を見上げると、雲の中にいくつもの溺死体が漂うのが見えた。彼女の目は恐怖に満ちていた。

「私の頭は思考の棺台、私の体は棺」王の後ろをゆっくり歩きながら、ドリュジルは両手を身体の前で握りしめた。

晩餐の鐘が響いた。

アンガディーヌが台所から出てきた。彼女はナイチンゲール詰めの子豚を運んでいた。叫び声をあげて彼女は立ち止まった。狂喜した白い奇怪な亡霊が彼女の前を遮った。

「アンガディーヌ！」

「ミス・ジュニペル、ああ悪魔……」

「アンガディーヌ、なんておまえは赤いの」

アンガディーヌは後退りした。亡霊は跳ねて近づいた。

「ずっと台所にいたのです」アンガディーヌは言った。「あそこは熱いです」

「そして私は——全身真っ白だよ、アンガディーヌ。なぜ私が幽霊のように白いかわかるかい？」

アンガディーヌは黙って首を振った。

「それは日に当たらないからだよ。私の大事な可愛いアンガディーヌ、それに私は今とても、い、ほしい、い」

「何がですか、何が？」女中(メイド)は囁き、体はガタガタと震え、子豚は床に落ち大皿は粉々に砕けた。

「おまえはとても赤いね……とても赤い」この言葉を聞いて、アンガディーヌは長い恐ろしいセイレンの叫びをあげた。その瞬間ジュニペルは跳ねた。二人は地面に倒れ込み、ジュニペルは上になって、アンガディーヌの喉に口を押しつけた。

ジュニペルは啜(すす)り、啜り続けた、するとその体は巨大になり、光を発して荘厳になった。

羽毛は太陽を浴びた雪のように輝き、尾は虹の七色に煌めいた。彼女は頭を反らして、夜明けを告げる雄鶏の叫びをあげた。そのあと彼女は整理簞笥の引き出しに死体を隠した。「さあ月だ」テラスの方に跳びはねながら、彼女は歌った。「さあ月だ！」

ドリュジルは胸を乳房まで露わにし、両腕をジュマールの首に絡ませていた。肌はワインの熱で炎のように熱く、汗ばんで光っていた。髪は黒い毒蛇のように蠢き、石榴の液が半開きの唇から滴っていた。

肉、ワイン、ケーキが、半ば食べ残し飲み残しのまま、恐ろしいほど贅沢に、二人の周りに積み重なっていた。巨大な壷入りジャム類は床にこぼれ、二人の足元でべたつく湖になっていた。ジュマールの頭を孔雀の死骸が飾っていた。鬚にはソース、魚の頭、押し潰された果物類がべっとり付着していた。ガウンは裂けあらゆる食べ物の染みに塗れていた。

訳註

＊1　籠に包んだ細首の大容量の瓶。

白兎たち

ペスト通り四十番地で起こった事件について、私がお話ししなければならない時がきたようです。近辺の家々は、赤茶けて黒く、ロンドンの大火[*1]から神秘的に現われたかのように見えました。私の窓に面した家は、ところどころに蔓植物の束が這い、疫病がはびこりやがて炎と煙に呑み込まれる住居のように、黒く空虚に見えました。これは私が想像していたニューヨークの風景ではありません。

とても暑かったので私は動悸がして、思い切って通りに出ました。そして坐って向かいの家をじっと見ながら、時々汗ばむ顔を湿らせていました。

ペスト通りの光は常にそれほど強くはありませんでした。いつも煙を思い出させるものがあり、視界は悪く靄（もや）がかかっていましたが——それでもまだ向かいの家を、じっくりと、正確に観察することはできました。それに私の視力はいつも抜群だったのです。

私は数日向かいの家に何か動きがないか調べましたが、何も動く気配はなかったので、ついには開いた窓の前で気軽に服を脱ぐと、ペスト通りの空気の中で楽天的に息をはずませる運動をしはじめました。私の肺は家並みのように黒くなったに違いありません。

ある午後私は髪を洗って、バルコニー代わりになっている小型の三日月形の石に坐って髪を乾かそうとしました。両膝の間に頭を置いて、両足の間で青蠅が干からびた蜘蛛の死骸を吸うのをじっと見ていました。頭をあげると長い髪越しに、何か黒いものが空に見えました、飛行機にしては不気味に静かでした。髪を掻き分けて見上げると、向かいの家のバルコニーに大きな渡鳥(わたりがらす)が止まっているのが目に入りました。欄干に止まって人気のない窓をじっと見つめているようでした。それから烏(からす)は頭を翼に埋めて、虱(しらみ)を探していました。数分後に二重窓が開いて、ひとりの女性がバルコニーに姿を見せても、私はあまり驚きませんでした。彼女は大皿に盛った骨を床にばら撒きました。烏は短く嬉しそうな鳴き声をあげて跳び降りると、不快な食べ物を突っつきました。

女性はとても長い黒い髪で皿を拭きました。それから私をまっすぐ見つめ、親しげに微笑みました。私は微笑み返し、タオルを振りました。これに励まされたかのように、彼女はあだっぽく頭を傾げると、女王の流儀に倣(なら)ってとても優雅に会釈しました。

「そちらに少し不用の腐肉はおありかしら?」彼女は大声で言いました。

「少しなんですって?」聞き間違えたかと訝(いぶか)って、私は問い返しました。

「悪臭のする肉はないかしら?　腐敗した獣肉は?」

「今は特に」彼女はふざけているのかと訝り、私は答えました。

「週末頃にはおありかしら？　もしそうなら、お持ち下さると、とても嬉しいのですけれど」

そう言うと彼女は人気のない窓に戻って姿を消しました。渡鳥は飛び去りました。

向かいの家と住民への好奇心に駆られて、翌日私はすぐに肉の大きな塊（かたまり）を買いました。バルコニーに敷いた新聞に肉を置いて、経過を待ちました。比較的短時間に悪臭が耐えられなくなったので、私は丈夫な紙挟みで鼻先をつまんで、日課をしなければなりませんでした。時々私は通りに降りて息を吸い込みました。

木曜の夕方頃に、肉の色が変化してきたので、私は煩（うるさ）い金蠅を追い払いながら、肉を掬（すく）って携帯洗面用具入れに入れて、向かいの家に出かけました。私は階段を降りながら、女主人が私を避けようとしているらしいのに気づきました。

向かいの家の正面玄関を見つけるのにしばらく時間がかかりました。玄関は何かたくさんの物の下に隠れていると判明し、この家には何年も人の出入りがない印象を与えていました。呼び鈴は旧式の引くタイプで、私が思いのほか強く引くと、それは取れて手に落ちました。苛立って扉を押すと内側に開いて、腐肉のぞっとする臭いが鼻を突きました。玄関は木造の彫刻が施してあるようでしたが、ほとんど真っ暗でした。

女性は衣擦れの音をさせて、懐中電灯を手に階段を降りてきました。

「はじめまして、はじめまして」彼女は堅苦しく呟き、私は彼女が美しい時代がかった緑色の絹の服を着ているのに驚きました。しかし近づいてきたとき、彼女の肌は死人のように蒼白で、たくさんの微小な星の斑点を付けたように煌めいていました。

「来て下さるなんてご親切じゃないこと?」彼女は煌めく手で、私の腕を取って繰り返しました。「私の哀れな小さな兎たちは喜ぶのではないかしら?」

私たちは階段を上りましたが、連れが非常に慎重に歩くので、私は彼女が怯えているのだと思いました。

階段の最上段は婦人の私室に通じていて、そこには黒ずんだバロック様式家具が備わり赤いフラシ天が掛かっていました。齧った骨や動物の頭蓋骨が床に散乱していました。

「お客さまは本当に稀なのです」と女性は微笑みました。「だから、みんな散り散りに自分の小さな隅に隠れますのよ」

彼女は低く甘く口笛を吹き、私はその場に立ちすくみました。百羽ほどの純白の兎が用心深くあらゆる隅から出てくると、大きなピンクの眼で瞬きもせず女性をじっと見つめました。

「おいで、可愛い子ちゃんたち! さあ、おいで!」彼女は優しく囁くと、片手をすばやく私の洗面用具入れに突っ込んでひと握りの腐肉を引き出しました。

私は激しい嫌悪感に襲われて隅に後退りし、彼女が腐肉を兎に投げるのを見ていました。兎たちは狼のように争って腐肉に食らいつきました。

「誰でも彼らが大好きになりますよ」女性は続けました。「みなそれぞれちょっとした癖があるのですもの！　兎がどんなに個性的かあなたも驚かれますよ」

当の兎たちは鋭い反歯で肉を食いちぎっていました。

「私たちはもちろんときに兎を食べますわ。夫は毎週土曜日の夜にとても美味しいシチューを作りますの」

そのとき隅で気配がして、私は部屋に第三の人物がいるのに気づきました。女性の懐中電灯の明かりの前方に浮かび上がったのは、クリスマスツリーの金属飾りとまったく同じに、きらきら光る皮膚をした男の顔でした。赤いガウン姿で、横顔を私たちに向けたまま彼はじっと硬直したように坐っていました。私たちの存在にも、彼の膝に坐って厚切り肉の塊を嚙む大きな雄の白兎にも気づかないようでした。

女性は私の視線を追うと含み笑いをしました。「あれは主人ですの。息子たちは彼をラザロ[*2]と呼んでいましたわ——」

この聞き覚えのある名を耳にして、彼は私たちに顔を向け、彼が両眼に包帯をしているのが見えました。

「エセルか?」彼はかなりか細い声で尋ねました。「僕はここに来客は迎えられない。僕がそれを厳しく禁じられているのはよく知っているはずだ」

「ラズ、また蒸し返さないで」彼女は悲しげな声で言いました。「少しばかりお仲間に会ってもいいでしょう。もう二十年余り誰にも会っていないのですもの。それに彼女は兎たちに肉をもってきて下さったのよ」

彼女は振り向いて私を傍らに手招きしました。「あなたはここに滞在されたいのよね、そうでしょう？」私は突然恐怖に駆られて、この恐ろしい銀色の人たちと肉食性の白兎たちから逃げ出したくなりました。

「もうお暇（いとま）しなくては。夕食の時間ですし――」

椅子に坐っていた男が甲高く爆笑し、彼の膝にいた兎は恐れて床に跳び降りて姿を消しました。

女性は顔を私の顔にぐっと近づけ、彼女の吐き気を催す病的な息に私は失神しそうになりました。「あなたは少しここに住んで、私たちのようになりたくない？　七年たてばあなたの肌は星のようになり、七年ちょっとたてば聖書の聖なる病『ハンセン病』に罹（かか）るでしょう！」

私は恐怖で息も絶え絶えに、よろめきながら走りました。正面玄関に着いたとき、私はある不純な好奇心から肩越しに振り返りました。彼女が階段の手すりにもたれて片手を振っているのが見えました。そして彼女が手を振ったとき、指が抜け落ちて、流れ星のように床に落ちました。

訳註

＊1　ロンドンは七九八年、一二一二年、一六六六年の三度にわたって大火に見舞われ、なかでも一六六六年のロンドン大火は近代史上最大の大火とされた。これによりロンドンでは煉瓦造り、石造り以外の建物の建築を禁ずる法律が制定され、ロンドン消防隊が創設された。

＊2　『ルカによる福音書』十六章十九～三十一節で、イエスのたとえ話に登場する全身が腫(は)れ物でただれた乞食。

待ちながら

通りで二人の老婦人が、怒った一対の黒いロブスターのように、つねり合って喧嘩していた。一人か二人夜間のうろつき者が、面白がって彼女たちを眺めた。

喧嘩がどのようにはじまったのか誰にもわからなかった。

ひとりの若い女性が通りの反対側で、この喧嘩を眺めてはいたが、彼女の関心は次々に明かりが消えていく、頭上の窓に向けられていた。眠る時間で、明かりが消えていくにつれて夜は更けていった。

もうその若い女性をじろじろと見るひとはいなかった、彼女は長い間そこに立ちつくしていたのだから。彼女は見慣れた幽霊に似ていたが、その様子は異様だった。長すぎる服は垂れ下がり、髪はぼさぼさで、溺死寸前にかろうじて救助されたかに見えた。朝には少し早すぎる時間で、誰かが目を背けて足早に通り過ぎたが、翼のある生きものが彼女の口に付着していても、彼女は身動きしなかったからだ。

今はその生きものは神秘的任務に向かって飛び去り、彼女の口には微(かす)かに赤い染みが残っていた。

彼女にはなぜ通りの人々が、彼女の頭で鳴り続ける単調なリズムに合わせて踊っていないのか不思議だった。それは騒々しく危険で、素晴らしい音楽だった。

ひとりの長身の女性が通りの角から大股で歩いてきて、若い女のそばに立ち止まった。彼女は二匹の大きな犬を皮紐で引いて散歩していた。犬の毛色が彼女の髪と同じブロンドだったので、彼女の頭の上にもう一匹犬が坐っているかのようだった。

犬は興奮して、彼女を若い女性のほうに引っ張った。

「何をしているの?」彼女は言った。「こんな時間に……」

彼女は前屈みになって、犬に話しかけるように見えた。

「何時間も飛び跳ねているのよ、この猟犬たちといったら……ここに私を連れてきたのはこの犬たちよ」

「私はフェルナンドを待っているの」

「それであなたにはもう涙は残っていないの?」

「ええ、もう一滴も」と若い女性は認めた。「私は乳房をもぎ取って死のうと考えたけれど、駄目だった。それでここに出てきたの」

ブロンドの女性は腕にかけた羊の毛皮を取って、若い女性を包んだ。「いらっしゃい」と彼女は言った。「あなたは解放されなければならないわ、殺すと叫ぶことから、彼の髪を掻きむしることから、逃げてまた戻って笑うことからね」

「彼の髪はとても長くてまっすぐで、青、そう青灰色よ。私はそれをとても愛しているの」

彼女は黙り込んで熱烈な愛の思いに浸った。

「気をつけなさい。平手打ちするわよ……」と苛立ってブロンドの女性は言った。

「血を抜きとって指を浸しそれを味わうまでは、ひとを愛したとは言えないのよ」

二人は大きなブロンド犬に引っ張られ、時折悪臭を放つ汚物に惹かれる犬たちに引き摺られながら通りをジグザグに横切った。

「私の名は」とブロンドの女性は言った。「エリザベスよ……私にふさわしい立派で美しい名前」

「私は」若い女性は悲しげに言った。「マーガレット。マーガレットよ」

「響きのいいマーガレット」とエリザベスは勝ち誇って高笑いし、犬たちは前方に飛びあがった。

「まだ駄目よ!」とエリザベスは叫んだ。「まだ駄目……犬は些細なことでは私に従うけれど、私は他では彼らの言いなりよ……彼らは私を導き、私は彼らを無条件に信頼する」

犬は木々と優美な窓の家並みに囲まれた魅力的な小さな広場を通り抜け、迷わず二人を七番地に引っ張っていった。彼女たちは中に入り、かなり殺伐とした大理石の階段を上った。最上階の踊り場まで上りつめて、小さな青い扉を通り抜けると、玄関入口の小部屋には美しい色の幾分汚れた衣服が散らかっていた。二人が入ってきたのに驚いて、豊かな毛並みの毛皮のコート類の中で平穏に食していた衣蛾(いが)たちが舞い上がった。

どこかでオルゴールが遠い昔の調べを奏でた。

「過去」犬の首輪を外しながら、エリザベスは言った。「生き続ける魅力的な過去。ひとは過去に耽溺、ただ耽溺すればいいのよ。過去の亡霊たちを常識で追い払えば、高等な人間になれるとでもいうの?」

彼女は荒々しくマーガレットに振り向くと、面と向かって笑った。

「あなたは、過去は」と彼女は続けた。「死ぬと思う?」

「ええ死ぬわ」とマーガレットは言った。「もし現在がその喉を掻き切ればね」

「その小さな白い手では誰の喉も切り裂けないわよ」

エリザベスは笑いすぎて部屋の中でよろめいた。

「フェルナンドは何歳?」彼女は突然聞いた。「あなたより年上でしょう?」

「ええ」とマーガレットは言ったが、気分が悪そうに見えた。「フェルナンドは四十三歳」

「四十三、四と三を足せば七になる……美しい数字だわ」

犬たちは絹と毛皮の中で官能的に転げまわった。

エリザベスはマーガレットを台所に連れていった。そこには長く使われた形跡のない焜炉(こんろ)が、料理道具や緑色の食べ物らしいものが半分残った台所用具と散らかっていた。しかしマーガレットには緑色は毛羽だった菌類だとわかった。床にあるほとんどの瀬戸物も綿毛で覆われていた。

「私たちはディナーを終えたばかりよ」とエリザベスは言った。「私はいつもあり余るほど料理するの。……おわかり、私は普通の食事は嫌なの、ご馳走しか食べないわ」

彼女はスプーンを詳細に確かめて、近くの大きな深皿に浸した……

「先日手洗い鉢に落ちてしまったの」と彼女は説明した。「食器を洗って片づけていたときにね。空腹かしら?」彼女は尋ねた。

マーガレットは空腹でないと言った。

「では、いらっしゃい……」エリザベスは言った。「話しましょう」

オルゴールがふたたび鳴りはじめ、マーガレットはその曲を思い出した、フェルナンドがいつも嫌っていた曲だったから。彼はかつて、その曲を聞くよりは、煮えたぎった油を鼓膜に流し込む方がいいと言ったことがあった。題名は「私はいつも帰ってくる」だった。

三番目の部屋は寝室で、暗い苺(いちご)色の壁は時代がかった染みがあった。乱雑さは恐らく台所や玄関の間よりもひどく、ベッドは皺だらけで、まだ愛の行為の温もりが残っているかのように見えた。

エリザベスは戸口に立って微笑みながらベッドを眺めると、かがみこんで繻子(しゅす)の靴の片方を拾い上げて部屋の向こうに放り投げた。二匹の二十日鼠(はつかねずみ)が皺になったシーツから跳びだし、女性たちを怖がらせる柔らかい短い脚ですばやくベッドカバーを走り降りるのを見て、マーガレットは悲鳴をあげた。

「ここは濃密な愛の場だから二十日鼠まで戻ってくるのね」とエリザベスは言った。「それは時計がチクタクと音をたてるのに似ている。最初は聞こうと耳を傾けるが、聞き取ってしまうとその音が耳について離れなくなる」

「そうね」とマーガレットは言った。「そうね、その通りだわ」

彼女は両手をスカートで拭き続けた、手は汗で湿っていた。二匹の犬はベッドの端近くに坐って、聞いていた。

「私はいつも耳に綿を詰めるわ」エリザベスは続けた。「そうでないと外の騒音がうるさくて。私は人間なの、彼らとは違うわ……」彼女は犬たちを見た。

「私は彼の足の爪を切ってあげるの。そして彼の体の隅々まで知っている、髪と肌の匂いの違いもね」

「誰のこと?」マーガレットは囁いた。「フェルナンドではないでしょう?」

「そう、フェルナンドよ」エリザベスは答えた。「フェルナンド以外の誰だというの」

七頭目の馬

奇妙な姿の生きものが木苺の茂みの真ん中で跳ねていた。木苺に長い髪をしっかりつかまれて、前にも後ろにも動けなかった。彼女は悪態をついて跳ね続け、ついには体に血が滴り落ちた。

「あんなもの見たくないわ」薔薇園を訪れようとしていた二人の婦人のひとりが言った。

「若い女性のようだけれど……それにしても……」

「ここは私の庭だから」ともうひとりの、棒切れのように痩せてそっけない婦人が答えた。

「絶対に誰にも無断で立ち入らせないわ。許したのは私の哀れな愚かな夫でしょう。まるで子供ですもの」

「私は何年もここにいる」とその生きものは怒って金切り声をあげた。「でもあなたたちは愚かだから私が見えなかったのよ」

「それに生意気ね」とミス・マートルと呼ばれた最初の婦人が言った。「庭師を呼んだ方がいいわ、ミルドレッド。近づくと危険よ。あの生きものには慎みがまったくないようだから」

ヘヴァリーノは怒って絡んだ髪を強く引くと、ミルドレッドと連れに跳びかかろうとした。二人の婦人はヘヴァリーノに憎悪の視線を投げて、その場を立ち去った。

庭師がヘヴァリーノを茨から解き放ちにやってきたのは、春の夕暮が深まりつつある頃だった。

「ジョン」草の上に横たわってヘヴァリーノは言った。「おまえは七まで数えられる？ 私は七七〇〇万年間休むことなく憎み続けられるわ。あの哀れな連中におまえらの命運は尽きたと言ってやってよ」住処の馬屋に足を引き摺りながら、彼女はずっと「七十七、七十七」と呟いていた。

庭には花々や木々や植物類が絡まり合って繁る場所があった。最も日差しの強い日でもそこは青い陰になっていた。見捨てられ苔生した彫像や静かな泉、首のとれた古い玩具類がそこにはあった。ヘヴァリーノ以外にそこを訪れる者はいなかった。彼女はきまってそこで膝をついては短い草を食べ、自分の影から決して離れない太った魅惑的な鳥を見つめていた。昼が過ぎて頭上に月が昇っても、鳥は自分の影が周りを過ぎるがままにじっと動かなかった。いつも毛に覆われた口を大きく開けて坐り、そこに蛾や小さな昆虫が飛び込んでは跳び出ていった。

木苺に絡まった日の夜に、ヘヴァリーノはその鳥が食事をするのを見にいった。六頭の従者の馬が随行した。彼らは太った鳥の周りを黙って七度回った。

「誰だ、そこにいるのは?」と鳥はついに囀(さえず)った。

「私、ヘヴァリーノよ、私の六頭の馬と一緒」

「おまえたちの重い足取りと荒い鼻息がうるさくて眠れない」と悲しげな声が返ってきた。

「眠れなければ、わしは過去も未来も見えない。おまえたちが立ち去らずわしの眠りを妨げれば、わしは衰弱してしまう」

「おまえを殺しにくる者がいる」とヘヴァリーノは言った。「起きていた方がいいよ。おまえを熱い油で炙(あぶ)って、パセリと玉ねぎを詰めて食べよう、と言うのが聞こえたから」

　肥満した鳥はヘヴァリーノに不安げな視線を投げ、ヘヴァリーノは彼をじっと見つめた。

「どうして知っているのかね?」鳥は息を呑んだ。「理由を言ってくれ」

「おまえは太りすぎて飛べない」ヘヴァリーノは容赦なく続けた。「飛ぼうとすれば、ひき蛙の死の舞踏のようになるだろうよ」

「どうして知っているのかね?」鳥は叫んだ。「誰にもわしの居場所はわからないはずだ。わしはここに七十七年間ずっと住んでいる」

「今はわからない……まだ今はね」ヘヴァリーノは顔を鳥の開いた嘴(くちばし)に近づけた。彼女の唇は大きく開き、鳥には彼女の長い狼の歯が見えた。

　鳥の肥大した小さな体はゼリーのように震えた。

「わしにどうしてほしいのかね?」

ヘヴァリーノは口元を歪(ゆが)めて微笑した。「そうこなくてはね」ヘヴァリーノと六頭の馬は輪になって鳥を取り囲み、馬たちは突き出た無慈悲な眼で鳥を眺めた。

「あの館で何が起ころうとしているのか正確に知りたい」と彼女は言った。「今すぐにね」鳥は怯(おび)えた視線を周囲に投げたが、馬たちが坐っていた。逃げ道はなかった。彼は汗まみれで、羽毛は汚れて太った腹にくっついた。

「わしには言えない」彼は喉を絞められたような声でやっと言った。「わしが見えることを話したら、恐ろしいことが我々に降りかかるだろう」

「熱い油で炙られて食べられることになるよ」ヘヴァリーノは言った。

「自分に関わりのないことを知りたがるとは、おまえは狂っている……!」

「待っているのよ」とヘヴァリーノは言った。鳥は発作的に身を長く震わせると、膨(ふく)れて見えなくなった目を東に向けた。

「彼らは夕食をするところだ」ついに鳥が口を開くと、大きな黒い蛾が飛び出した。

「テーブルは三人用に準備されている。ミルドレッドと夫がスープを飲みはじめた。彼女は夫を疑り深く見つめている。『今日庭で不快なものを見ましたの』と彼女は言って、スプーンを置く。彼女がそれ以上食べるかどうかはわからない。

『それはなんだったのかね?』彼は尋ねる。『なぜおまえはそれほど不機嫌なのかね?』

ミス・マートルが今部屋に入ってきた。彼女は二人の顔を交互に眺める。二人が何を話しているのか推測しているようだ。というのも彼女は言う。『ええ、そうよ、フィリップ。あなたは誰を庭に入れるのか、もっと注意を払わなければいけませんわ』

『きみたちはなんの話をしているのかね？』と彼は怒って言う。『何を話しているのかわからないのに、どうやって阻止しろというのかね？』

『不愉快な半裸姿の生きもののことですわ、木苺の茂みに絡まれて動けなくなっていましたの。目を背けなければなりませんでしたわ』

『もちろん、その生きものを解放してやっただろうね？』

『まさか、しませんでしたわ。罠に嵌まっているのは当然だと思いましたの。残酷な顔つきから、私たちにひどい危害を加えただろうと思いますわ』

『なんだって！　おまえはその哀れな生きものを木苺に絡まれたまま放置したというのか？　ミルドレッド、おまえには吐き気を催すことがある。おまえが村を歩きまわって、貧しい者を信心深い前置きで煩わすのにはうんざりするが、今自分の庭で哀れな生きものを見ても何もせず、慎み深さを偽って身を震わせるだけだというのかね』

ミルドレッドは憤慨して叫び声をあげ、少し汚れたハンカチで顔を覆う。『フィリップ、どうして妻の私にそんなひどいことが言えるの？』

フィリップは諦め苛立った表情で尋ねる。『その生きものの特徴を話してごらん。それは動物かね、それとも女性なのかね？』

『これ以上話せませんわ』と彼女はむせび泣く。『あんなことを言われては気が遠くなりそう』

『あなたはもっと注意してあげなくては』とミス・マートルが囁く。『彼女はデリケートな状態ですのよ！』

『デリケートな状態とはどういう意味かね？』苛立ってフィリップが尋ねる。『持ってまわった言い方はやめるべきだね』

『まあ、もちろん、あなたはご存じでしょう』とミス・マートルは作り笑いをする。『もうすぐパパになるんですよ……』フィリップは怒りで蒼白になる。『これほど馬鹿げた嘘には我慢できない。ミルドレッドが妊娠するはずはない。彼女はまる五年は寝床に優雅な趣を添えてくれなかったし、この館に聖霊がいないかぎり、それは起こりようがない。ミルドレッドは不愉快なほど貞淑で、誰かに身をまかせるなど想像できないからね』

『ミルドレッド、ほんとうなの？』ミス・マートルはそう言うと、好奇心に身を震わせて答えを待つ。ミルドレッドは悲鳴をあげて泣きじゃくる。『彼は嘘つきよ、もう三ヶ月で最愛のかわいい赤ちゃんが生まれるわ』

　フィリップはスプーンとナプキンを投げて、立ち上がる。『七日目の七回目の夕食を僕は階上ですませる』と彼は言うと、その言葉がある記憶を呼び覚ましたかのように少し沈黙する。彼は記憶を振り払って首を横に振る。『泣きごとを言ってついてこないでくれ、頼みたいのはそれだけだ』と妻に言うと、彼は部屋を出ていく。彼女は悲鳴をあげる。『フィリップ、私の最愛のあなた、戻ってスープを飲んでちょうだい。もう悪ふざけはしないと約束するわ』

『手遅れだ』階上からフィリップの声がする。『もう遅すぎる』

彼は前方を見ながら、ゆっくり最上階に上がる。悪夢と消え失せた現実の間でざわめく遠い声々を聞こうと努めているかのように、その顔は緊張している。館の頂上の屋根裏に上がると、彼は大型の古い旅行鞄に腰をかける。旅行鞄には時代物のレース、フリルのついた女性用下着、衣類が詰まっていると思う。だがそれらは古くて朽ちている。一匹の黒い蛾がそれらをご馳走にし、フィリップは坐って窓を眺めている。彼は炉棚に置かれた剝製の針鼠(はりねずみ)を見つめ、苦悩でやつれて見える。フィリップはこの屋根裏の空気に息苦しくなったようだ。彼は窓を押し開けて、長い……」

ここで鳥は話を中断した、すると長い不快な馬の嘶(いなな)きが夜を引き裂いた。六頭の馬は跳ね上がると鋭い嘶きで応じた。ヘヴァリーノは微動だにせず、唇をひきつらせ鼻孔を震わせた。「フィリップ、馬たちの友……」六頭の馬は、遠い過去からの呼び出しに従うかのように、地響きをたてて馬屋に向かって走り去った。ヘヴァリーノは喘(あえ)ぎながら、髪を背後になびかせてあとを追った。

馬たちが到着したとき、フィリップは馬屋の入口にいた。彼の顔は輝き雪のように白かった。馬たちは疾走し、彼は馬を七頭数えると、七頭目のたてがみをつかんで背に飛び乗った。雌馬は、心臓が破裂するかのように、疾走した。そして疾走し続けながらフィリップは愛に我を忘れた。自分がこの美しい黒い雌馬の背に変身し、自分たちはひとつの生きものだと感じていた。

夜明けにすべての馬は自分の居場所に戻っていた。そして皺だらけの小さな馬丁が夜のこびりついた汗と泥を擦り落としていた。まかせられた馬たちを念入りに磨きながら、彼は萎びた顔に抜け目ない微笑を浮かべた。彼は馬屋の空のひと仕切りにひとり立っている主人に気づかないように見えた。しかし彼は主人がそこにいるのを承知していた。

「私の馬は何頭かね?」フィリップはやっと言った。

「六頭です、旦那さま」と小さな馬丁は笑みを絶やさずに言った。

その夜ミルドレッドの死体が馬屋の近くで見つかった。彼女は踏み潰されたと信じられたが……。「馬はみな羊のようにおとなしいです」と小さな馬丁は言った。ミルドレッドが妊娠していたとしても、黒い立派な棺に納められたときその兆候は見られなかった。しかし七番目の空の仕切りにいつのまにか入ってきた奇形の子馬の存在を、誰も説明できなかった。

中性の男

私はこの逸話を秘密にしておこうと心に決めてきたのですが、結局はそれを書き留めておくことになりました。しかしある有名な海外居住者たちの評判に影響が及びますので、彼らの名誉のために偽名を用いざるをえませんが、それでも完全には隠し通せません。熱帯の国々に住む英国人の生活習俗を知る読者なら、登場人物を特定するのは容易でしょうから。

私は仮装舞踏会に出席を求める招待状を受け取りました。面食らいながらも、私は強烈な緑色と燐光を発する化粧クリームを顔に厚く塗りました。この下地の上に小さな模造ダイヤ粒をはたくと、私は夜空に星を散りばめたようになりました、それだけです。

それから幾分緊張して、私は都市郊外のエピガストロ将軍広場行きの路面電車に乗りました。広場にはこの高名な軍人の壮麗な騎馬半身像が聳(そび)えていました。像の制作者は古風な単純化手法を大胆に採用して、この記念碑造形に課された特異な難題を解決していました。将軍の馬の頭部の造形に精力を集中して、将軍の素晴しい半身像を作り上げていたのです。こうして偉大なドン・エピガストロ将軍は忠誠を誓う公衆の心に十分に刻み込まれているわけです。

マックフロリック氏の館はエピガストロ将軍広場の西側全域を占めていました。インディオの召使いが私をバロック様式の大広間に導きました。招待客は私を含め百名かそこらでした。熱のこもった雰囲気のなかで、招待状を鵜呑みにしたのは私だけだと気づきました。私以外に仮装した客はいなかったのです。

「あなたが巧みに意図されたのは」と館の主人マックフロリック氏は私に言いました。「チベットのある王女の仮装ですね。王の愛人で、ボン教[*1]の陰鬱な儀式、幸いにも今では時の彼方に失われた儀式を操って支配力を揮(ふる)ったあの王女です。ご婦人の前では、〈緑の王女〉の凄まじい行為を語るのはためらわれます。彼女は神秘的状況、今でも極東では様々の伝説が流布する状況で、亡くなったと言うだけで十分でしょう。その死体は蜜蜂の群れに運ばれ、蜜蜂はヴィーナスの花々の透明な蜜の中に今日まで死体を保存していると言われます。彩色した棺には王女ではなく、女性の顔をした鶴の遺骸が納められていると言う者たちもいます。また王女は雌豚の姿で蘇ったとも言われています」

マックフロリック氏は突然話をやめると、険しい表情で私を見ました。「マダム、これ以上はお話しできません、私たちはカトリック教徒ですから」

私は戸惑って、釈明するのを諦めて顔を伏せました。額から雨のように滴(したた)る冷汗で両足はびっしょり濡れていました。マックフロリック氏は生気のない表情で私を見ました。彼の眼は青っぽく、鼻は厚みのある大きな獅子鼻でした。この非常に高名な男、信心深く非の打ちどころのない徳の持ち主が、人間の姿をした大きな白豚であるのは明らかでした。巨大な口髭が肉付きのいい引っ込んだ顎に垂れていました。そう、マックフロリック氏は豚に似ていました、でも美しい豚、信心深く風格のある豚です。これらの危険な考えが私の緑の顔の下を過ったとき、ケルト系の容貌の青年が私の手を取って言いました。「いらっしゃい、マダム、気になさることはありません。私たちはみなかならず他の動物種に似ているのです。あなたはご自分が馬の風貌に似ているのはご存じでしょう。だから……悩む必要はありません、私たちの惑星のすべてはかなり混り合っているのです。あなたはD氏をご存じですか?」

「いいえ」非常に戸惑って私は言いました。「存じません」

「Dは今夜ここに来ています」と青年は続けました。「彼は魔術師で、私は彼の弟子です。ほら、あそこに、紫色の繻子の服を着た大柄な金髪の女性の横にいます。わかりますか?」

非常に中性的な容貌の男が見えましたが、私の目には鉄道の駅の中央に立つスフィンクスの頭をした鮭のように映りました。この人物の奇妙な中性的印象があまりに不快だったので、私はよろめいて椅子に寄りかかりました。

「Dにご紹介しましょうか?」青年は尋ねました。「彼は非凡な人物です」

私が答えようとしたちょうどそのとき、淡いブルーのタフタ[*2]を着た婦人が、非常に険しい表情で私の肩を押して遊戯室に急き立てました。

「ブリッジの四人目が必要なの」と彼女は私に言いました。「もちろんあなたはブリッジをなさるわね」私はブリッジのやり方をまったく知らなかったので、狼狽して黙っていました。できればその場を立ち去りたかったのですが、おどおどして、左手の小指のアレルギーでフエルトのカードしか扱えないと釈明しはじめました。外では、オーケストラが私の大嫌いなワルツを演奏し、私は空腹だと言う度胸が失せました。私の右側に坐った高位聖職者が、鮮やかな深紅の腰帯（カマーバンド）から豚の骨付き厚切り肉を引っ張り出して投げました。

「それをお取りなさい、ご婦人」と彼は私に言いました。「慈悲の心は猫、貧者、緑の顔の女たちにも等しく注がれるのですぞ」

　肉は明らかに長時間聖職者の胃の近くにあったようで、食欲をそそられなかったのですが、庭に埋めるつもりで私は受け取りました。

　骨付き肉をもって外に出ると、あたりは暗く金星が弱い光を投げかけていました。多数の気を失った蜜蜂が浮かぶ淀んだ泉の近くを歩いていると、私は魔術師（マジシャン）に出くわしました、あの中性の男です。

「それで、お散歩というわけですかな」彼は非常に蔑む口調で言いました。「国外在住の英国人は常に同じだ、まったくうんざりする」

　私は恥じ入って自分も英国人だと言うと、その人物は少し皮肉な笑い声をあげました。

「英国人であることはあなたの罪ではない」と彼は言いました。「大ブリテン島の住民に共通した愚鈍さは彼らの血にしっかり染みついていて、彼らはもはやそれに気づくことはない。英国人の精神の病は肉になってしまっている、いやむしろ豚肉というべきか」

　私は少し苛立って、イギリスは雨が非常に多く、世界で最も偉大な詩人たちを輩出していると答えました。そして話題を変えました。「私はたった今あなたの弟子と知り合いました。彼はあなたが魔術師（マジシャン）だと言いました」

「実は」と中性の男は言いました。「私は霊的な問題の指導者だ、もしお望みならイニシエイト*3と呼んでもいい。だがあの哀れな少年は悟りに至ることはないだろう。親愛なるご婦人、秘義への道は厳しく苦行や失敗の連続ですぞ。秘義に引き寄せられる者は多いが、選ばれる者はほとんどいない。あなたに警告するが、女性の魅力的な愚かさだけに専念して、高度な理法はすべて忘れなさい」

　彼が話しかけている間、私は豚の厚切り肉を隠そうとしていました、ひどい脂の塊（かたまり）が指の間に滲み出ていたからです。私はやっとそれをポケットに押し込むことができました。安堵したものの、豚の厚切り肉を持ち歩いていたのを知れば、この男は私を相手にしないだろうと気づきました。それに私はこの中性の男を疫病のように恐れながらも、好印象を与えたいと願ってもいたからです。

「私はあなたの魔術（マジック）を少し学びたいのです、あなたに師事できましたら。これまで……」

「何もない」彼は言いました。「私の言うことを理解しなさい。何もないのだ、すべては無だ」

この瞬間自分が不透明で無色の塊に溶けていくのを感じました。私が意識を取り戻したとき、彼は姿を消していました。家に帰りたかったのですが、庭で迷ってしまいました。土地の人々が〈夜に匂う〉と呼ぶ灌木の匂いがむっとたち込めていました。

しばらく小道を歩いていくと塔に着きました。半開きの扉から螺旋の階段が見えました。塔の中から誰かが私を呼んだので、私はもはや失うものは多くないと考えて階段を上りました。とても愚かだったので、三角形の歯をした野兎のように逃げることはできませんでした。

私は惨めな気持ちで考えていました。蜜蜂の群れが必死に警告してくれたのに、今この瞬間私は乞食より貧しい。一年がかりで集めた蜜と空の金星を失って、私はここにいるのだわ。

階段を上りつめると、そこはマックフロリック氏の私室でした。彼は私を愛想よく迎え入れ、私は彼の態度の変化が理解できませんでした。古めかしく慇懃な身振りで、マックフロリック氏は自分の口髭を載せた磁器製の皿（かなり良質のものでした）を私に勧めました。私は口髭を受け取るのを躊躇いました、たぶん彼は私に食べさせたいのだと思ったのです。彼は常軌を逸していると思いました。私は急いで口実を考えました。「ご好意をありがとうございます」と私は言いました。「でも司教がご親切にも勧めて下さった美味しい厚切り肉を食べたのでもう空腹ではありません」

マックフロリック氏は少し感情を害したようでした。

「マダム」と彼は言いました「この口髭は食用ではありませんぞ。この夏の一夜の思い出にお収め下さい、恐らくあなたは記念品用の飾り棚に保管されるのではと思ったのです。念のために申し上げれば、この口髭には魔力はないが、かなりの大きさで並みの物ではありません」

礼を失したことに気づき、私は口髭を受け取って注意深くポケットに入れました。それはすぐに吐き気を催す豚の厚切り肉に付着しました。それからマックフロリック氏は私をディヴァン[*4]に押し倒すと、腹部に重くのしかかり、内緒話をする口調で言いました。「緑の女性よ、魔術には様々の種類があるのですぞ、黒魔術、白魔術、一番悪質な灰色魔術のように。あなたがどうしても知らねばならないのは、今宵我々のなかに危険な灰色魔術師（マジシャン）が紛れ込んでいることだ。名はDという。この男は言葉巧みな吸血鬼で、人間や多くの他の生きものの霊魂を抜き取る張本人だ。Dは数度試みたのち、まんまと壁を通り抜けてこの館に潜入にして、我々の生命の精髄を盗み取ろうとしている」

私は微笑を抑えきれませんでした、というのも私はもう長い間トランシルヴァニアの吸血鬼と暮らしていて、義母はこのような最も貪欲な人間を満足させる料理のすべての秘密を伝授してくれていたからです。

マックフロリック氏はますます重くのしかかると囁きました。「わしはどうしてもDを追い払わねばならない。遺憾なことに教会は個人的殺人を禁じておる。わしは、したがって、あなたの助けが必要なのだ。あなたは新教徒（プロテスタント）だろうね？」

「いいえ違います」と私は答えました。「マックフロリック氏、私はキリスト教徒ではありません。それに私は、彼に粉々に粉砕される前に彼を殺す機会があるとしても、Dを殺したいとは思いません」

マックフロリックの顔は怒りに満ちました。

「今すぐこの家を出ていけ」彼は怒鳴りました。「わしはこの館に不信心者を迎え入れることはない、マダム、出ていけ！」

私は一目散に階段を降り、マックフロリック氏はドアにもたれて、信心深い人間にしてはかなり豊富な罵り言葉で私を侮辱していました。


この物語に適切な結末はありません、ここで私が述べるのはありふれた夏の出来事です。逸話は真実なので結末はありません、すべての人物はまだ存命で、みな自分の運命を生きているのですから。みなといっても、ひとりだけ例外は、高位の聖職者で、彼は大邸宅のプールで悲劇的に溺死しました。聖歌隊の少年歌手に扮したセイレンに誘惑されたということです。

マックフロリック氏は二度と館に私を招待してくれることはありませんでしたが、元気だということです。

訳註

＊1　仏教普及以前にチベットで広く行われていたシャーマニズム的宗教。
＊2　琥珀織りの服。
＊3　秘義の伝授を受けた者。
＊4　窓側に置かれた長椅子。

私の母は牛です

私の素性は卑しく、私の母は牛です。いやむしろ、私の母は牛の顔をした扇です。彼女は誰でしょう？　そして彼女は扇で自己を隠して生きてもいるのでしょうか？　顔を隠す前の顔の、そのまた前の……誰だと私は言いたいのでしょう？　私たちは、ここで、「あなたは誰？」と尋ねます。彼女は声をあげて笑い、奉納物を一応受け取ります。私たちは、彼女を知っていればですが、彼女を「聖なるもの」と呼びます。しかし私たちのなかで彼女を知っている者はほとんどいません。

私たちの小さな聖域は空（から）で、なかには私の〈母〉の角のある顔があるだけです。私たちは各自、捧げなければならないものを供えます。奉納物は些細な真実、偉大な真実、中庸の真実、またはよくあることですが故意の嘘や罪のない嘘として、人間に返されます。どれを受け取るかはひとえに私たちがそれをどう扱うかによって決まります。奉納物とはそもそも巧妙なものです。それは涙と蜂蜜、悲鳴と煙草、焼ける松脂（まつやに）、チョコレート、白夜です。代赭石（たいしゃせき）*1、漆喰、煤（すす）です。

ところで、私の目的は、私がなぜ彼女に問いはじめたのか、そして彼女はなんと答えたかを語ることです。これが事の次第です。

私は何年も、今では〈監視人たち〉と呼ばれる一団の囚人でした。この大催眠術師たちは偶像を持たず、操る魔術は強力で、食欲は飽くことがありません。彼らは人間の苦悩を生きがいに生長し、非常に敏感に犠牲者を選びます。憐れみを引き合いに出しながら、自らはそのかけらも持ちません。広大な知識はあっても理解力はなく、これが彼らに絶対的な、激しい憎悪の力を与えます。

だから、
私が捕えられたとき、彼らは私を〈罪〉と呼びました。〈罪〉とは彼らが惨殺した〈女神〉の名であることを彼らは忘れていました。

私は思い出すこともあれば、忘れることもありました。私は強烈に苦しみました。

この苦しみは彼らに特別な食品を創りだし、私はそれをビタミンと間違えました。もし私が十分に与えれば、彼らは私の繊細な〈太陰神経叢〉[*2]をついばむのをやめて満足し、ことによるとより豊かになるのではと思いました。

これは、もちろん、そうではありませんでした。私の病は進行しました。

私は〈母〉なる角のある像に呼びかけて、彼女が私の死を望んでいるのか尋ねました。そしてもしそうでなければ、治療薬をお与え下さいと頼みました。

彼女はこう言いました。自分の廃れた聖域は再度聖化されねばならない、そして扉は閉ざされ、新たな入口は螺旋でなければならない。それは人間の肉体の内側から臍（へそ）の緒で結ばれた梯子のような螺旋で、これはとても神聖であると、彼女は付言しました。扉が閉まっているかぎりおまえは安全であり、私はおまえを見捨てることはないと言いました。

私は命じられた通りにしました。私が二十七リットルの塩漬けした血液を支払うと、〈監視人たち〉は神聖化を許可しました。

ユリシーズの船から来た船乗りは、英雄だったのですが、彼も〈監視人たち〉の囚人でした。彼らは彼を公認会計士にしましたが、船乗りの記憶は損なわれませんでした。彼は私の叔母がどのように冗談で彼を豚に変えて笑いものにしたか、叔母の娘のセイレン[*3]たちがどれほど彼と寝たがったかを、記憶していました、海豚（いるか）たちは美しい船乗りに比べると性的不能に見えたからです。彼はまだ怒っていましたが、しかしそのとき戦争が迫っていました。愛の行為同様に、敵同士が闘争行為で合体する人間の自然の姿そのものの戦争です。それで私たちは〈監視人たち〉の貪欲な監視下で友人になりました。この船乗りは私たちの小さな空の、昔からの聖域を記憶していました。決して、決してその扉を開けてはならない、開ければきみは危険に陥るだろうと彼は言いました。彼は私の心の幸福と健康の拠りどころでした。

船乗り自身の小さな聖域は神秘学で封印され、その代償に彼は自身のほぼ全人生を支払いました。私は二十七リットルの塩漬けした血液を支払っただけでした。

星のある特定の組み合わせから生まれた出来事で、このような状況となり、そのときある一定の人間にとって、〈神々〉の存在が直に認識可能となりました。つまり踊りに加わった人間と、それ以外の人間です。

私は踊りに参加して、ハーレキン[*4]を装った人食い鮫(ざめ)に腹部を噛まれました。これらの踊りで犯す過ちはすべて、疑問に付されねばなりません。さもなければそれらは致命的に私たち人間の条件になります。

バーから踊りを見ていた船乗りは私のぎこちないガヴォット[*5]に恐れをなして、少なくとも私は脚を折ることになると言いました。彼は踊りに加わるのを拒否しました。すべてはこれまでよくあったことだと、彼は言いました。彼は私の行為を恥じているのだと私は思いました、彼には最初からハーレキンが鮫だとわかっていたのです。

私は彼にそれは本物の鮫ではないとしか言えませんでした。ガヴォットを踊る群れから離れ続けながら、私は船乗りにこう言おうとしたのですが、彼が私の言うことを理解したかどうかはわかりません。私が言いたかったのはこうです。私の角のある母のやり方は奇妙で、母が私を再度踊らせようと決めていたので、私は踊る以外になかったのですと。「私たちは無知であればあるほど、より密接に関係し合います。でも私は以前に尋ねたことがあったので、自分が踊っていることはわかっています」

船乗りは言いました。「すぐ離れなさい、さもないと恐らく君は首を折ることになる」

私は異様な仮装で踊り続けて、彼に言いました。「私は孤独で惨めです、私の体は皮膚の最後の層に覆われているだけで剝き出しで、保護機能はありません。あなたは〈神々〉と面と向き合えるのだから、私を見捨てないで」これは人間の言葉では愛と呼ばれます。

それで私は焼けるような足でふたたび踊りました。足はますます重くなり、ついには足から血を流しながら荷馬車馬のように跳びはねました。

そのあと私はダンスのターンを間違えました。すると死刑執行人の紫の服を着た〈監視人たち〉がぐるぐる回っている群衆の中に静かに踏み入ってきて、私を独房に入れて鮫の腐肉の食餌療法をとらせました。

ステップを踏み間違えたのち、私は〈角のある女神〉の御前(みまえ)に出ました。女神の聖域は冒瀆されていました、扉という扉は開け放たれ、床は鮫の糞だらけで、聖なる魔術宝器は無秩序に撒き散らされていました。

激しい苦悩に苛まれて、私は聖なる箒(ほうき)で掃けませんでした。私は夜通し聖域に留まって、号泣し、引きこもった私の〈母〉に姿を見せて下さいと懇願しました。

〈聖なる者〉よ、私は完全に見捨てられ悲嘆にくれて、ここに座しています。この耐えがたい苦しみに私を消滅させて下さい。

それでも〈女神〉は不在でした。

泣き、威嚇し、懇願し、壁に頭を打ちつけて、私は脳天を砕こうとしました。自分が何も問わなかったことにふと思い至ったのは、日の出時でした。それで私は変わり果てた醜い顔を洗うと、再度〈角のある像〉の御前に出ました。

なぜ私は人間なのですか？　と私は尋ねました。

さて〈女神〉には口も舌も声帯もありません。彼女の存在は記述不能ですが絶対です。それで私は以下の伝達を、人間の言葉を装って述べ立てなければなりません。

以下が〈女神〉の答えでした。ひとりの人間は多数のマネキン人形である。これらのマネキン人形は、個々人の選択通りに、生き生きと動くことができる。男も女も好きなだけマネキン人形を所有してよい。求めていたマネキンをやっとの思いで入手すると、人はただちにそれがリアルで生きていると信じ込む。そう信じるかぎり、人は生命のないイメージに閉じ込められ、そのイメージは増殖し続ける環を描きながら〈大自然〉から離れていく。各人が自分のマネキンたちに名前をつけ、そのほとんどが「私は……です」にはじまり、そのあと延々と嘘が続いていく。

私は尋ねました。〈聖なる者〉よ、これらマネキン人形の効用はなんですか？

〈女神〉は言いました。人間は、もしマネキンがなければ、肉と血と骨からなる肉体で性交あるいは闘争して合体するだけで、決して意志伝達ができないであろう。マネキン人形を通して人間は話し合い、お互いに催眠術をかけ、支配し合うことができ、さらに苦しみ、幸福、審美的享楽、自惚れ、政治、フットボール他のような、すべての快く刺激的な活動にさえ耽ることができる。

　そして私は尋ねました。苦しみとはなんですか？

　すると彼女は答えました。苦しみとはこれらのマネキン人形のひとつまたはそれ以上の死あるいは解体である。しかし、人は死んだマネキン人形をあとに残せば残すほど、人間の条件を永遠に離れることになる。ただやっかいなことに、男も女も不要となったマネキン人形を遺棄せざるをえなくなると、多くの場合また余念なく、より大きく上等のマネキン人形を構築して中に住み込もうとするのだ。

　それではすべてのマネキン人形は吸血鬼ですか？

〈女神〉は言いました。マネキン人形とは、生命を孕む〈死〉と呼ばれ、天の十二宮[*6]を永遠に円を描いて回る、〈偉大なカバラ[*7]の五角形（ペンタゴン）〉に似ている。

〈聖なる者〉よ、どうすれば私はその円を離れられますか？

　死ねばおまえは歩いて抜けだせる。

　足がないのにどうやって出られるのですか？　私は尋ねました。〈女神〉はこのような悪意ある問いが気に入り、その笑い声は私の頭上の屋根に雨のように降り注ぎました。おまえは独力で蜘蛛の糸（スパイダー・ヤーン）[*8]で体を編まなければならない、と彼女は言いました。

　もちろん私はずっと以前にそのことに気づいてはいましたが、情けないことにより多くのマネキン人形に自分の編み糸（ヤーン）を浪費してきました。

それで私は少しずつ細い糸(ストランド)を引き戻しました。そして今坐って蜘蛛の糸(スパイダー・ヤーン)に紡ぎ直しています、ギリシャ人船乗りが予言したようにです。

私はここジッグラト[*9]に坐っています。私は自分が踊ったことを知っています、というのもそれが新たなマネキン人形を殺す唯一の道だったからです。そのマネキンの名は「私はまだかなり魅力的で、もし人間的愛を得られなければ、私は死んでしまう。何歳であろうと、みな愛されることが必要だ。それに、もし必要なほど早く踊れば、私は〈監視人たち〉からほんとうに釈放されるかもしれない」でした。

〈角のある女神〉は、予想に反して、太陽と共にふたたび立ち上がりました。

〈聖なる者〉よ、でも私はなぜ人間なのですか？　私はそれに値する何をしたというのですか？

人間であるとは肉で書かれることを意味し、肉で書かれる言葉は苦痛、苦痛、また苦痛――である。

〈ナザレの魔術師(ウィッチ)〉とは誰だったのですか？

〈血〉で記された〈象形文字〉は、物語が磔刑[*10]にはじまり、終わりから逆に遡って読まれれば意味をもつ――救世主にされた人間は十字架上で父を剥奪されたのだから。

それでは学んでも無駄なのですか？

無駄だ。〈知識〉とは生きて書いていくものであり、生きることが最重要事項である。最初の影のない人間とは、おまえが読めない言葉を構成する文字である。彼らの状態は不断の苦しみである、なぜなら彼らは全裸で剝き出しだからだ。彼らの血流に防御機能はない。

彼らとは誰なのですか?

自分が誰かをわかっているふりをしない人々だ。

訳註

＊1　土状をした軟質の赤鉄鉱。顔料や研磨剤に利用。
＊2　inner plexus は solar plexus（太陽神経叢）に対するキャリントンの造語かと思われる。夜・神秘・直感などに関連する領域を示唆している。
＊3　ギリシャ神話の美しい歌声で船乗りを誘い寄せ、船を難破させた半人半鳥の海の精。
＊4　イタリアの即興喜劇や英国の無言劇の道化役。通例仮面を着け、まだらの菱形模様入りのタイツを穿き、木剣または魔法の杖をもつ。
＊5　gavort はキャリントンの gavor あるいは gavotte（快活なフランス舞踊）のスペリングミスと思われる。
＊6　古代バビロニアを発祥としギリシャ、インド、ヨーロッパなどで発展したとされる西洋占星術の暗示がある。
＊7　カバラはユダヤ教の伝統に基づく古代ヘブライ神秘学。

＊8　機織り機の部品発明家を祖先にもつキャリントンは、ヤーン、ストランドと紡ぎ糸を使い分け、蜘蛛の糸及び羊毛でオカルト性や聖書の意味合いをも巧妙に付加する。
＊9　古代バビロニア・アッシリアのピラミッド型神殿。
＊10　キリストの十字架上の死。

私のフランネルのニッカーズ

多くのひとが私のフランネルのニッカーズを知っています、こういうとあだっぽく聞こえもしますが、そうではありません。私は聖人です。

「聖人であること」とでも言いますか、それは実のところ私に強制されたものです。もし神聖になるのを避けたいひとは、ただちにこの物語を読み通すべきです。

私は島に住んでいます。この島は私が刑期を終えて出所したとき、政府から贈与されました。それは寂しい砂漠の島ではなく、広い並木街路の中央にある交通の忙しい島で、昼夜を問わず自動車が四方八方に轟音を響かせて通過します。

それで……

私のフランネルのニッカーズは有名です。それは日中、赤、緑、黄の信号機に掛けた針金に吊るされています。私は毎日それを洗うので、陽に干す必要があるのです。

フランネルのニッカーズの他に、私は紳士向けのゴルフ用ツィード・ジャケットも着ます。ジャケットは貰い物で、運動靴もそうです。ソックスは履きません。多くのひとが私のこの格別目立たない身なりに後退りしますが、私のことを知ると（主に「ツーリスト・ガイド」を読んでですが）、聖地巡礼をします。それは簡単なことです。

　さて私は、この状況に至った奇妙な経緯に遡らねばなりません。かつて私は際立った美人で、あらゆる種類のカクテルパーティや賞の授受式や美術の催し、他にも他人の時間を浪費する目的でときたま催される際どい集まりにも参加しました。私は常に人気があり、私の美しい顔は流行の衣服の上にのっかって、絶えず微笑していたものです。しかし心臓は最先端の衣装の下で熱く鼓動していました。この非常に熱烈な心臓は、求める者なら誰でもに大量の湯を放出する開いた蛇口のようでした。この浪費的成り行きは間もなく、私の美しい微笑顔に被害をもたらしました。歯が抜け落ちました。顔のもとの輪郭は薄れて骨から垂れはじめ、弛（ゆる）みが増えていきました。自惚れは消えひどく意気消沈して、私はその経過を腰掛けて観察しました。私は自分の〈太陰神経叢〉の、気化物質の繊細な暗がりの内部に、しっかり備え付けられていると思っていたのです。

　たまたま鏡に映る自分の顔に微笑みかけたとき、残った歯は三本で、それも虫歯になりかけている事実が客観的に観察できました。

　それで、

　私は歯医者に行きました。彼は残った三本の歯を治療しただけでなく、ピンクのプラスティックの台座に巧妙に嵌（は）め込んだ一組の入れ歯を見せました。減りつつある財産からかなりの額を支払うと、私は入手した入れ歯を家に持ち帰って口に嵌めました。
「顔」は、皺（たるみ）はもちろんまだ残ってはいたものの、完全なる悩殺的魅力を幾分取り戻したように見えました。私は〈太陰神経叢〉から飢えた虹鱒（にじます）のように餌を求めて、毛針に向かって浮上し、かつての美人顔すべての内側に垂れる、鋭いかえしのある釣針にがっしり捕まりました。

私自身と顔と明晰な認識の間に磁気を帯びた薄い霧が発生しました。霧の中で私に見えたのはこうです。「おやおや。私はほんとうにあの古い〈太陰神経叢〉の中で硬化しはじめていたのだ。歯が生え揃い、微笑する美しいこの生きもの、これが私であるはずだもの。あのとき私は愛されない胎児のミイラのように、黒ずんだ血流のまま坐っていた。今私は以前の豊かな世界に戻ってきた、胸はまた喜びと期待にときめき、心地好く暖く迸（ほとばし）る感情のプールで、私は跳ねまわることができる、水浴者は多ければ多いほど、楽しい。私はより美しくなっていいくわ」

これらすべての不吉な考えが増殖して、磁気を帯びた霧の中で反響しました。私は自分の顔をつけて一歩踏み出し、かつては常に幻滅していた古い謎の微笑に戻っていきました。

罠にはまれば、それまでです。

恐ろしく微笑みながら、私は非情な生存競争の場である、顔のジャングルに戻りました。そこでは各々が貪欲にお互いを食い尽くそうとしていました。

ここでこの種のジャングルで実際に起こる成り行きを説明するのがよさそうです。各々の顔には大小様々の口があり、様々な種類の歯が、たまには自然の歯もですが、備わっています（誰でも四十歳を過ぎて歯が抜ければ、宇宙の羊毛（コスミック・ウール）を浪費するかわりに、独自の新たな肉体を静かに編んでいく賢明さが必要です）。*1 これらの歯はぽっかり開いた喉への路を塞ぎ、喉は飲み込んだものはなんでも悪臭を放つ大気に吐き戻します。

これらの顔が掛かる肉体は、顔を安定させる底荷（バラスト）の役割をします。肉体は通常、最新〈流行〉の色と形で入念に覆われています。この〈流行〉とは貪欲な金銭欲と知名欲で目をぎらつかせるもうひとつの顔をもつ人物たちが、市場で売り捌（さば）く強烈な趣向です。肉体はひっきりなしに痛みに喘（あえ）ぎ、神に慈悲を求める状態ですが、通常はないがしろにされて、顔の移動に使われるだけです。すでに述べたように底荷（バラスト）としてです。

しかしいったん新しい歯を外してみると、私は何か変だと気づきました。というのも極めて短期間謎の微笑を浮かべていたせいで、微笑はこわばって硬直し、顔はといえば骨の係留部から外れ、私はかろうじて生きている肉体の上に掛かる弛んだ灰色の仮面を、絶望的につかんでいる始末でした。

この一件の奇妙な側面が現われます。ジャングルの顔たちは私がすでに哀れで異様なありさまと知ったことに震えあがって後退りするどころか、私に近づいてきて、私が持っていないと思うものを請いはじめました。

途方に暮れて、私は〈友人〉のギリシャ人に相談しました。

彼は言いました。「彼らは君がすでに完璧な顔と肉体を編み上げたと思っているし、君が常時宇宙の羊毛（コスミック・ウール）を余分に所有しているとも思っている。もしそうではないとしても、君が羊毛（ウール）について知っているという事実から、羊毛を盗もうと決意しているのだ」

「私は羊毛（フリース）〔一頭一刈り分の羊毛〕をほとんどすべて浪費してしまったわ」と私は彼に言いました。「だからもし今誰かに盗まれれば、私は死んでばらばらに崩壊してしまう」

「三次元の生命は」とギリシャ人は言いました。「受け止め方で形成される。彼らは君が大量の羊毛（ウール）を所有すると思っているから、君は三次元的には〈聖人であること〉を強いられる。ということは君は自分の肉体を紡がねばならず、顔たちに彼らの肉体の紡ぎ方を教えなければならないのだ」

ギリシャ人の哀れみ深い言葉を聞いて、私は恐怖に襲われました。私の顔は私自身です。社会的な〈顔〉食い競争から退く最もてっとりばやい方法が思い浮かびました。私は自分の頑丈な鋼の蝙蝠傘（こうもりがさ）で警官を襲いました。私はただちに刑務所に収監され、健康的な瞑想と強制労働をして数ヶ月を過ごしました。

私の刑務所での模範的行為は女監房長を感動させ、私は過剰な報奨金を貰うことになり、政府は〈新教徒墓地〉の片隅で短い威厳ある式典のあとに、私に島を贈呈してくれました。

それで私は今ここに、あらゆる大きさの機械製品が、頭上といわず、ありとあらゆる方向に風を切って暴走する島にいます。
ここに私は腰掛けています。

訳註

＊1　ほぼ同時期の執筆「私の母は牛です」でも明らかなように、キャリントンには古代ギリシャ詩人ホメロスの長篇叙事詩、特に「オデュッセイア」からの引用が多い。体を編むイメージは、「オデュッセイア」で昼間に棺衣を織ってては夜にほどき誘惑者を退けた、あるいは判断を保留し続けた、オデュッセウス（英語名ユリシーズ）の妻ペネロペに由来する。

製薬業創始法

私は慌てふためいてピクニック場所を選びました。高名な社会的地位のある人物を招待するのは、私にとって厳粛な機会だったのです。招待客とはメキシコ上流社会きっての知名貴族ポポカテペトル侯爵[*1]と彼の親友フェデラル・ディストリクト子爵[*2]でした。この二人の紳士を歓待する最適の場を思いあぐねて、私は俗悪なレストランに高額料金を支払いもしたのですが、結局廃墟となったラテン・アメリカン・タワー近くの古い美しい墓地を選びました。

かつてメキシコに君主制が確立していた頃、チャプルテペック・フォン・スミス二世（アスカポッサレオ・グッゲンハイムの息子[*3]）は法令を公布して、本来的に動物に備わる伝達法以外の、すべての談話伝達器具を厳重に禁止しました（つまりラジオ、電話、テレビ、ウォーキートーキー〔携帯用無線電話〕、マイクロフォン、その他諸々の禁止です）。私たちの文明はその後急速に最盛期に向かい、心地好い静寂によってすべての街路、庭、家庭は、かならずしも知的とは言えないまでも、穏やかな思考を育む重要な場となりました。

今では都心でのピクニックが、社会の最も高名な人々の習慣です。チェスやスネイクス＝

アンド＝ラダース[*4]やルードー[*5]のようなゲームは、穏やかな国民的娯楽となりました。昔大衆は慰みに牛を殺したそうです。当時の殺戮法は正確には知られていませんが、野蛮な暗黒時代によく使われたライフルやピストルのような小火器かその類の人工物を使用したと推測されます。

北の黒王、ニューヨーク一世が〈アメリカ人の反電化法〉と呼ぶ勅令を発布して以来、それらの強力な電力がかつてどのように用いられていたか今は知る由もありません、今日ではそのような電力は宗教的儀式に用いられるだけです。

しかし話が脇に逸れたようです。私が資素な荷運び用橇（そり）に選りすぐりの食料を載せて聖ジョージ・ライト〔光〕・アンド・パワー〔力〕墓地に向かったのは、五月のある靄（もや）のかかった日でした。日本産のノルウェー製エンチラーダ缶詰だけでなく、地元で瓶詰したコカコーラと呼ばれる古い希少なインディアン酒六瓶も運びました。

墓地は早朝の神秘的な光のベールに包まれていました。ぎっしり並んだ墓石の雨に洗われた側は白く輝き、陰になった側は黒ずんでいました。この蜘蛛の巣状の狭い小道の途中に酒場〈太った燕（つばめ）〉があり、この死者の都市を訪れる人々は強い酒の心地よさを求めてそこに寄り集まりました。どうやらその場所は昔西暦紀元（クリスチャン・イアラ）の終わりになんらかの教会だったようです。すなわち、そこは陰鬱な儀式が挙行され、信者たちが集まって牧師の説教を聴き、（今では死んでしまった）彼らの神、木造構築物に恐ろしいやり方で釘付けされ、見るも無残な激痛のうちに衰えていく哀れな男に思いを馳せた場所だったのです。このように悲惨な像を崇めねばならなかったのは、私たちの祖先の奇妙な心理の一例です！

ピクニック場所を探してゆっくり歩いていると、比較的広い場所に出ました。二人の男が穴を掘っていました。彼らはレディ・ホーティ〔高慢な〕・コーナーの遺体を掘り起こしていると言いました。彼女は英国で言う「ホーム・オフィス」、もしくは「ミニストリー・オブ・インテリオール」と言われる地下組織〈内務省〉の慣習を研究中に、ほんの最近死去しました。彼女の広く知られた論文「二十世紀の祈禱」は考古学者たちが有名な〈内務省の建物〉の発掘時に遭遇した不可解な発見を論じています。

「ここは女性専用墓地です」と背の高い墓掘り人が言いました。彼らは穴のサイズを測るのに中に寝てくれないかと尋ねました。

湿った地面は予想したほど居心地悪くはありませんでした。レディ・ホーティ・コーナーの墓穴に心地良く横たわって、私はある気怠（けだる）さと眠気に襲われたほどでした。二人は細心の注意を払って測りはじめました。仕事を終えると、二人は私が墓穴から出るのを助けてくれました。彼らに暇（いとま）ごいをしていると、私の二人の招待客が霧の中を近づいてくるのが見えました。ポポカテペトル侯爵とフェデラル・ディストリクト子爵でした。

私は籠を取り上げると、友人の名士たちに挨拶に向かいました。すぐに私たちは静かな場所を見つけました。ポポカテペトル侯爵は患っているリウマチの最新の症状を詳しく話しました。「今年の初めからというもの、わしの脊髄の下半分は湿気のために痙攣し続けておる。メジャー・マジシャン医師[*6]の診断では、痛みと苦痛は単に心因性とかで、プルケ[*7]で鞣(なめ)した猿革の裏地のパンツを穿(は)くよう助言しおった。目下苦痛はまったく軽減されない」

「食わせ者(クワック)!」とフェデラル・ディストリクト子爵が応じました。「リウマチは春分・秋分時の昼夜平分の混乱から起こる。灰色の流体がセフィロコカス[*8]と共に流出するからだ」

「ご存じかと思いますが、反リウマチ襟巻きのようなものがあります」と私は言いました。「私はごく最近試してみましたが最高です。ちなみにそれは私の製造品です。ほんの発酵チーズ二個のお値段です。あなたには業者値段でお安くしますよ」

　私たちがこんな調子で話していたとき、白いスーツ姿の男が近づいてきました。彼は一瞬躊躇(ためら)ったのちに私に話しかけました。「キャリントン夫人ですか?」

「そうです」面識のない人物が私を知っているのに驚きながら、私は答えました。その男は私に縦二十センチ、横七十六センチほどの小さな包みを手渡しました。「これは国営宝くじの景品です。あなたのXXXccc番が当選しました。おめでとうございます、キャリントン夫人」

　彼に礼を言ったのち、私は包みを注意深く開けました。彼は小鳥の笑い声をあげて影の中に消えました、私はその笑い声が嫌いでした。

　私たちにはすぐに包みの中味がゴムの棺だとわかりました、非常に小さな子供用の大きさでした。

「わしにはこの景品の用途はさっぱりわからない」とフェデラル・ディストリクト子爵が言いました。しかしながらポポカテペトル侯爵は、柄付き眼鏡で注意深く観察して、明言しました。「これは我々のピクニックランチ・テーブルに最適だ」その通りでした。私たちの野外のくつろいだ食事を墓地の地面の湿気から守るのはいい考えでしょう。

しかし食事をしていると、私たちはちっぽけな棺が発散する悪臭がだんだん気になってきました。食事を終えるか終えないうちに、二人の友人は口実を申し出てそそくさと去り、私はピクニックの食べ残しとゴムの棺と共に取り残されました。私たちのくすんだ野蛮な町のはずれで、私は深い憂鬱に打ちのめされましたが、大量のジャスミン香水で鼻を塞いでそれを撃退しました。私は怖くて景品の包みを開けきれずに、長い間それをただじっと見つめ続けていました。ある疑念と幾分か不安を感じましたが、それは墓地の古い墓々から発散しているようでした。その苦悩は厳密には私個人の苦悩ではなく、世評で非常に恐ろしい時代とされる遠い二十世紀からきているかのようでした。

どれほどの間この漠然とした不安感にとらわれていたのかわかりません。しかし突然あの小鳥の笑い声がまた聞こえました。周囲を見まわすと、私にゴムの棺を手渡した人物の白い輪郭が見えました。顔は煙霧に深く覆われて目鼻立ちは見てとれず、ただ彼の声がすぐ耳元で聞こえました。「さあ箱を開けよ。なぜ躊躇うのか?」

意志とは無関係に、私の両手は美しい鈴蘭(すずらん)模様の装飾のあるゴム蓋をもちあげました、すると中にもうひとつの箱が入っていました。それは昔プラスティックと呼ばれていたあの古い物質で造られていました。自分の動作を止めたかったのですが、両手は白い人物の言うなりに手際よくその薔薇色の箱を開けました。驚嘆と恐怖の入り混じった気持ちで私は中身を凝視しました。それは歯ブラシほどに縮まった人間の死体でした。その小人(ホムンクルス)には立派な口髭がありました。死体は見事に、恐らくはかつてアマゾンの密林の住民に知られていた驚くべきやり方で、保存されていました。この小さい死体は生存中はもっと大きかったとしても、今日の平均男性ほどはなかったと見てとれました。私の眼は蓋の内側に刻まれた来歴を記す銘に引きつけられました。「ヨシフ・スターリン、西暦一九四八年。英国女王エリザベス二世、誕生日に際しこれを受領、女王はそれをクリスマスプレゼントにUSAのドワイト・アイゼンハワーに送る。アイゼンハワーはそれを、一九五八年ローマ教皇庁による聖ライト・アンド・パワー列聖祝賀記念にメキシコ国立博物館に送る。キア・ノビス・ソリス・アルテム・ペール、ノス・ソロ・インヴエスティガタム・トラディムス・エト・ノン・アリイス」[*9]事に拠るとこの人形はロシア皇帝の宮廷貴族、聖ラスプーチン[*10]の同時代人だったのでしょうか？　興奮して、私はアイゼンハワーの名に先立つ文字を調べました。あるいはそれは他のロシア人だったのでしょうか？　USAの文字はホーティ・コーナーの論文では確かに、「アメリカ合衆国」ならぬ、〈自殺集団団結国（United Self-Annihilation）〉と正確に翻訳されていました。ＵＳＳＲが〈同じ典拠によると〉「ソビエト社会主義共和国連邦」ならぬ、〈独裁者専用聖墓退行連邦（United Solo Sepulchre Regression）〉を表わすとされているようにです。事に拠るとこれはカトリック教会儀式の成句かその類でしょうか？　私はそのラテン語成句を、もちろん、あまり理解できませんが、何か干からびた小人（マネキン）に関したものだろうと推測しました。ひょっとして彼は宮廷で道化を務めた小人（ドワーフ）[＊11]だったのでしょうか？

　これらの空想が頭を過（よぎ）っていたときに、白衣の男が近づいてきて言いました。「今日では秘法を授けられた者はみな、世界が空虚で神々を頼りにできなかった暗い時代を知っている。神の霊が地上に現われたのは、口にするのを憚られる大異変が地球全土に恐怖を蔓延させたのちのことだ。この遺骸はその不幸な時代のものであり、ある薬学的価値を備えてもいる。挽（ひ）いて粉末状にし、数滴のマリーゴールド油を垂らし、ロイヤル・ホウオウボクの木の種を加えれば、鬱病二十番を治療する貴重な軟膏になる。また心霊術による軽い空中浮遊訓練にも役立つ。西洋の薬がある一定の病状治療に効果的な、良性の毒を少量含んでいるのはよく知られている」

　彼は進み出て小人（マネキン）の口髭から長い毛を一本引き抜くと、そっと私の口に入れました。私は鰯（いわし）の味に気づいて身震いしました。二十世紀の医薬品業者たちは奇妙な製薬業務を促進したのです。私は突然神の光に刺し貫かれたかのように感じました。その光は「アスピリンはこのようなものだった」と囁いたのです。私は失神しました。

気がついたとき白衣の男の姿はなく、私はゴムの棺に入ったロシア皇帝の小人（ホムンクルス）と残されていました。

そのちっぽけな小人（マネキン）によって、今日私はこの都市屈指の製薬会社を設立できたと付け加える必要はないでしょう。当然、模造品や偽造品が多いのですが、正真正銘の〈アポスタリン〉はこの国の主要な輸出品のひとつです。それは以下の治療に効果があります。

百日咳
梅毒
インフルエンザ
分娩
他の引きつけ

かならずしも裕福というわけではありませんが、私は安らぎと静寂、私が必要とするすべてと、愉快で威厳ある人生を送るのに必要な物はなんでも享受しています。

訳註

＊1　ポポカテペトルは標高五四五二メートルの火山で、ナワトル語で〈煙を吐く山〉を意味する。オリサバ山に次ぐメキシコ第二の高峰で、美しい円錐形をして、常に雪を頂く山頂の火口からは噴煙を上げている。

＊2　〈連合行政区〉の意。

＊3　「チャプルテペック・フォン・スミス二世」も「アスカポッサレオ・グッゲンハイム」も、ナワトル語、ドイツ語、英語を遊戯的に混成したキャリントンの造語。

＊4　さいころを振って梯子の絵のところにくると前に進み、蛇のところにくると逆もどりする英国のすごろく遊び。

＊5　盤の上でサイコロと点数棒を使ってする英国のゲーム。

＊6　〈一流魔術師〉の意。

＊7　メキシコ産の竜舌蘭酒。

＊8　カバラ思想用語で神を囲む十の属性のひとつとされる〈セフィラ（sephila）〉と、〈球菌（coccus）〉を合成したキャリントンの遊戯的造語かと推測される。

＊9　キャリントンのローマ・カトリック教会の詠唱・聖歌を装ったラテン語遊戯で、〈他ならぬ我らのみ調査の技を有する〉ほどの意。

＊10　グリゴリー・ラスプーチン（Grigoriy Efimovich Rasputin, 1872-1916）はシベリアの農夫出身の神秘家で修道僧。ニコライ二世と皇后の信頼を得て、宮廷内に絶大な権力をふるい「怪僧」と呼ばれた。帝政崩壊の二ヶ月前にロシア貴族の一団に暗殺された。

＊11　侏儒。背丈が並はずれて低く宮廷の道化役でもあった。

エト・イン・ベリクス・ルナルム・メディアリス*[1]

「ロシア訓練されたベテラン鼠団寄贈。[*2]人間の手術経験豊富な鼠たちである。最近の医師ストライキにより、ロシア共和国政府は寛大にもあらゆる手術と一般診療に高度に専門化した鼠の一団を提供した」そのニュースはグレイト・メトロポリタン新聞に掲載されました。

もちろん、予想されたことですが。

それゆえ大臣、医師、銀行家、聖職者、他の政治家たちの親睦会が開かれました。

参加者全員がその意図に不安を抱いたことが明白になりました。高名なモノプス医師は「この措置では我々は患者から必要な信頼を得ることはできない。手術は鼠が試みるには難しすぎる案件である。しかもそれは衛生的ではないだろう」との声明を発表しました。英国製スーツに身を包んだ大臣は、「ソビエト鼠たちは患者の肉体を手術する前に常に殺菌消毒される。さらに、我々がこの鼠たちを利用しなければ、ロシア共和国政府は気分を損ねるであろう」と述べました。

意見の合意はなく一同は不愉快に沈黙しました。

影響力ある銀行家で民主的態度でもよく知られるアルカパラス氏が、勇気をもって沈黙を破りました。「紳士諸君」彼はいつもの慇懃な微笑みを浮かべて言いました。「問題はありません。我々はその鼠たちをアメリカ合衆国大統領に寄贈しましょう、かようにして我々は誰をも満足させることができます。アメリカ人はロシア人同様に非常に進歩的です」

「戴き物を贈り物にするのは品行方正とは思えません」と良俗社会の婦人たちの懺悔聴聞司祭であるポドモア神父が言いました。「私個人は進歩的で、啓発された聖職者すべての例にもれず完全な無神論者でもありますが、しかし……私のように偏見のない者でも礼儀を欠く行為には狼狽します」

「彼の言うとおりだ」と大臣が言いました。「同時期にロシア人とアメリカ人相手に戦争しようと望む者はいない。両国はつねに臨戦態勢にあるそうだから」

「私は鼠を医療従事者に代用するのは反対です」とモノプス医師はきっぱりと言いました。

「それより鼠たちを精神分析学協会に正式に寄贈すればどうでしょう」

威風堂々とした「半実用科学及び隠喩的活動協会」は我々の都市の数平方キロメートルを占め、間欠的に水を噴く噴水のある美しい公園に囲まれています。ここが「偉大なソビエト寄贈品」が贈呈される場所でした。音楽が演奏され旗が翻り、ゼラチンで包まれたフランス料理が供されました。〈ボルドー風エンチラーダ〉[*3]が特別の香りを漂わせていました。

音楽と演説が続き、医師たちは精神分析医たちに賢明な鼠たちを贈呈しました。

精神分析学協会会長ジーグフリート・ラフトナルガー医師は「半実用及び隠喩科学記念碑」の陰で、寄贈された鼠たちを受け取りました。世界にも類を見ないと評価されるこの記念碑は、連鎖球菌培養組織を意気揚々と突破する三人の英雄と一頭の馬から構成されています。

記念碑の下に立って、ラフトナルガー医師は首（こうべ）を垂れて贈り物を受け取ると、「くそっ（アイ・チンガオ）」と呟き、仇モノプス医師への復讐を誓いました。

晩餐会のあと精神分析医たちはラス・ロマスの丘の秘密の場所に集結して、「ソビエトから受け継ぐ鼠たち」について熟慮を重ねました。「同僚医師を悪く言いたくはないが」とラフトナルガー医師は言いました。「モノプスは間抜けだ。さて我々は鼠たちをいかに精神分析に活用すべきか?」

「これは侮辱であり、敵意と権利侵害の公然たる表明である、即刻却下すべきだ」とフォン・ガルザ医師が言いました。

「患者の感情を鼠に転移すれば、先例のない難儀を引き起こすことになる」と感情転移問題を思案しつつ、醜男のソディアック・ペレス医師は述べました。「不応性神経症を扱う上で、鼠の効果的利用は考えられない。患者は人間でもあることを忘れてはならない」

「そうだ、同感だ！」と数人の良い英語を話す医者たちが叫びました。

「我々は鼠の診療にこれまでと同料金を請求すべきだろうか、それとも半額にすべきなのか？」とベニト・ヴォルスト医師は言いました。彼には不安障害と神経性顔面痙攣があり、また六人の食べ盛りの子供を抱えてもいました。

誰にも答えは見つかりませんでした。ついにラフトナルガー医師は「ばかばかしい（クワッチ）！」*4と口走ると、微（かす）かに笑みを浮かべて言い添えました。「鼠は婦人科医たちに贈ればいい！」この沈鬱な冗談にはいくらか笑いが起こりました。

解決策はなくゆきづまりました。精神分析医たちはラス・ロマスの丘にある、すべてが青銅、大理石、象牙製で、野牛の飾りのある豪華な青銅の館で会合を重ねました。そしてなされた決定は、モノプス医師を誘拐して鼠たちを受け取らせ、病院の手術室で働かせるよう強要することでした。それまで鼠たちはビタミン剤を食べて、電子音の流れる囲いの中で規則正しく運動していました。

最終的にダクサラ出身の娘に変装してモノプス医師を誘拐する役に選ばれたのは、ソディアック・ペレス医師でした。モノプス医師は精神分析医大邸宅の優雅な地下室の秘密の隠れ場に移送されることになりました。……彼は鼠返却にきっぱりと同意するまで、地下に監禁されるはずでした。

誘拐されたモノプス医師は、精神分析医たちが用いる巧妙な心理学的策略に驚くべき抵抗を示しました。彼は鼠への全責任を拒絶して言いました。「私が思うに、彼らは簿記に熟達してはいるが、信頼できないし責任感は皆無である」数夜にわたる三回の電気ショック処置と潜在意識説得療法のあとに、モノプス医師が正当性を認めたのは「手術室に鼠は不要である。以上」でした。

ミルク抜きの苺(いちご)風味のコーンミール粥の囚人食で、モノプス医師は痩せていきました。誘拐四週目が終わりかけた頃、ラフトナルガー医師は溜息をついて言いました。「もう打つ手はない、モノプスと鼠たちを同時に生贄(いけにえ)にしよう。死体を内務省の待合室に晒(さら)せば、事態は公の関心を引くだろう。逆スパイであったモノプスが鼠たちを殺害して自殺したことにする。これで万事落着だ」

「そうだ、同感！」と英語を話す人々が叫びました。残りの者は慎み深く咳払いしました。

苺風味のコーンミール粥に毒を混入しようとしたものの、その味はひどいものでした。

「あまり苦しまなくてすむ、なにか一気に死ぬものを使おう。下らない話(クワッチ)だ！」

「そうだ、同感！」

そうこうするうちに、国境での武器の出荷が承認されて、鼠は軍事使用に捕獲されてペンタゴンにヘリコプターで輸送されることになりました。「ひょっとすると、鼠たちは潜水艦で輸送されるかもしれない」とアメリカ人将官は言いました。もし予想外の小事件が起こらなかったなら、内戦になっていたことでしょう。小事件とは精神分析医大邸宅の地下の浴室でトイレが完全に詰まったのです。

なぜそうなったのでしょう？

誘拐されたモノプス医師は自由剝奪に激怒して、精神分析医たちの多くの所有物を便器に投げ込みはじめました。時計、紐、靴、エーリッヒ・フロムの全著作です。[*5] 便器はすぐに詰まりました。主要配管の排出部を塞いだのはフロムの『愛するということ』[*6] でした。

彼らは配管工を呼びました。認可配管工セニョル・ハソン・マルバビスコが助手たちを連れて到着しました。「ダイナマイトを使う必要があります」と配管工は洗面所を使用したがっているモノプス医師に言いました。

「そのような対応策は好ましくない」とモノプス医師は言いました。「なにしろわしはここに閉じ込められているのだ」

セニョル・ハソン・マルバビスコは気立てがよくて、陽気なユーモア精神をもつ男でした。彼は医者に煙草を勧めると尋ねました。「あなたは専門職業人（プロフェショナル）ですか？」

「わしは医者だ」

「おや、私もある意味で医者です」ハソンは言いました。「私は友人からドクターと呼ばれています、都市の地下の腸管組織に責任をもっていますので」

「非常に興味深い」とモノプス医師は言いました。「だが患者をダイナマイトで爆破するのは専門職倫理の限度を超えていると思うがね」

配管工はこの論理に屈服しました。彼の専門家としての基本方針は確立していました。

「その場合は悪臭がひどくなります。致し方ありませんが……」

まさにそのときソビエト鼠たちが「ダブル・ステップ・パンクレアス」[*7]という新しいダンス・ステップを試みながら、その場に登場しました。それは新しい療法で、肉の代わりに煉瓦を食べて(したがって経費節約で)消化器系を触診し整復するものでした。ハソンは鼠の心理習慣情報によく通じ、症候性用語を用いて鼠と伝達し合う方法を知っていました。

「鼠たちは準備ができています」彼は結論としてモノプス医師に言いました。「鼠たちによると、トイレ修理に必要なのはペンチ数本と簡単な梯子だけだそうです」

ソビエト鼠たちはすばやく地下の配管部に降りると姿を消しました。彼らは二度と戻ってはきませんでした。日の光にも月の光にもふたたび現われることはありませんでした。

しかしながら、トイレ詰まりは解消されていました。

精神分析医たちといえば、彼らは飾りボタン付きの黒いヴェルヴェットの制服着用を決定しました。ラフトナルガーは公表しました。「我々にも自らの品位と秩序がある。結局のところ、心理学とは肉体に存する。そして肉体なしに、我々の患者はありえない。ゆえに、肉体を失った骨一本ですら一匹の考える鼠以上に価値がある」

アーメン……

あなたが私の話を信じなくても
私の物語は美しい
そして蛇は歌った
井戸の中から私の物語を歌った。

訳註

＊1　作品タイトル Et in bellicus lunarum medialis は、キャリントンの似非ラテン語遊戯である。〈そして戦争、月、医療で〉ほどの意。

＊2　ここでのロシアは一九二二〜一九九一年のロシア共和国を指し、ソビエト社会主義共和国連邦を構成する一共和国。

＊3　トルティーヤに具を入れチリソースで味付けしたもの。

＊4　quatch はドイツ語 quatsch あるいはイディッシュ語 kvetch からのキャリントンの派生語（造語）かと思われる。ドイツ語にスラヴ・ヘブライ語を交えた言語のイディッシュ語はヘブライ文字で表記され、世界各地のユダヤ人に用いられ、彼らの話すドイツ語訛りの英語はイギリス人のジョークの種であった。

＊5　エーリッヒ・フロム（一九〇〇－一九八〇）は、ドイツ生まれで一九三四年に米国に亡命した新フロイト派を代表する精神分析学者で社会思想家。

＊6　*The Art of Loving*, 1955.

＊7　パンクレアスはスペイン語で膵臓を意味する。

幸福(しあわせ)な死体の物語

白いひとりの娘　斑の一頭の雌馬
雄鹿たちと羊歯の森を駆けた。
棘に絡む黒髪の房
娘は森を疾走し
その姿はもう見えない。

ブロンドの鬘を被り紫と金色の服を着て、ジュークボックスを抱えた若者が、癇癪を起こし、苔生す丘に倒れ込んで身を震わせて泣きました。

「彼女はもう戻ってこない」と彼は叫びました。

「感傷は疲労の一種だよ」と灰色っぽい〈幸福な死体〉は言うと、節くれだった楡の木の上で、雀蜂の巣のように、前後左右に揺れました。

「それでも」と若者は金切り声をあげました。「僕は彼女を探さなければならない、愛しているのだ」
〈幸福な死体〉は声をあげて笑いました。「おまえの秘密の糸が疾走する乙女に巻きついているると言うつもりかい。糸は引っ張られて切れそうで、罪なおまえは衰弱し、遂げられぬ思いに苦悩している」

若者の鬘が滑り落ちて、黒く硬い頭髪が見えました。

「とはいえ」と〈幸福な死体〉は続けました。「おまえが私をしっかりつかんで背中に乗れば、娘を捜すのを助けられるかもしれない」

「わあ！」若者は歓声をあげて死体をつかみました、すると死体は崩れて灰になり、向かいのブランドル・ベリーの茂みに現われました。

「そんなに急いで堅くつかむなよ」

若者と死体はブランドル・ベリーの周りをぐるぐる走りました。若者が死体に近づくにつれて、死体はだんだん堅固になり、ついに彼は死体の背中に飛び乗りました。〈幸福な死体〉は足を踏み鳴らし、それから彼らは出発しました。

森を疾走するにつれて、棘が彼らに絡まりました。白と黒の斑の不潔なテリア犬、グレイト・スコットが、死体の踵（かかと）につきまとっては噛みつきました。この疥癬（かいせん）病みの動物は、〈幸福な死体〉たちが滞留（アバイド）する場に潜伏していました。この場合死体の溜まり場を生きる（リヴ）[*1]とは言えません。犬は死体と同じ悪臭がして、両者は姿形が違うだけでした。

死体は穴とへこみだらけで、体の至る箇所から話せました。「さておまえに物語を聞かせよう」と死体は項（うなじ）から言いました。若者は臨終の喉声のような呻（うめ）き声をあげました。彼は上の空で聞く気になれなかったのですが、おかまいなしに死体は語りはじめました。項から臭い息を顔に直に吹きかけて語る話を聞く状態を考えてみて下さい。これは確かに若者の繊細な感受性を悩ませたに違いありません。しかし治療できないものは耐える以外にありません。

「それは」と〈幸福な死体〉は言いました。「父についての物語だがね」彼らは蔦漆（つたうるし）の蔓（つる）を掻き分けて進み、話は続きました。「父はその他大勢と寸分違わぬ平凡な男だったので、誰か（エニバディ）と区別できるように、上着に大きなバッジをつけなければならなかった。〈エニ・ボディ（どんな・死体）〉と区別してだよ、私の言う意味がわかるかね。父はつねに他人の注意を引きつけるように努力しなければならなかった。これは非常に疲れることで、常に宴会、慈善会、会議、公開座談会、評議会、重役会議、競馬大会（ミート）、肉を食べるだけの会（ミーティング）に追い立てられて、眠る暇はなかったよ。一分たりとも同じ場所にはいなかった、常に忙しそうに見えなければ、ひとに緊急に必要とされていないと思われるのを恐れていたからさ。だから誰とも親しくはならなかった。忙しすぎれば誰かと時間を共有することはできない、ビジネスとはどこにいてもすぐ他の場所に移動することだ。かなり若くしてこの哀れな男は人間の残骸になり果てていた」

巨大な黒いみすぼらしいものが「裏切り者め、手を挙げろ」と言いながら、苦しげに飛び過ぎて行きました。

「あれはなんだ?」と若者は怯(おび)えて尋ねました。〈幸福な死体〉は項の穴で微笑みました。

「ディック・ターピンさ。[*2] かつて馬で出没した追い剝ぎで、今も幽霊のままだ。彼は〈ファントマット〉に向かっている」

「ファントマットだって?」

「そう、ファントマットとは自動幽霊製造機(ファントメイター)さ。地獄に近づけば近づくほど数珠つなぎにたくさんある」

　そのときには若者の唇は真っ青で、恐怖のあまり返事ができませんでした。

「父の話にもどると」と死体は続けました。「彼はやがて企業の重役になった。ということは大量の法的書類で、金を支払えない人間を処刑することになった。企業とは、馬鹿な人間が買い求める無用な品の製造業さ。企業(ファーム)が堅実(ファーム)になればなるほど、ビジネスの危険な構造を知らせまいとますます無用な話し合いが必要となる。現実には何も売らないのに大金を支払わせることもある、非業の悲惨な死に備える慰めと有効性を口実にした〈生命保険〉のようにさ」

「お父さんはどうなった?」自分の声を聞いて深まってきた恐怖を紛らわせようと、若者は尋ねました。今森は幽霊たちでざわめいていました。獣、塵入れから零(こぼ)れる腐敗物、取り乱し追いかけ合う木の葉など、すべてが形をなさずに揺れ動き、草は生命を帯びたスパゲッティのように蠢き、名状しがたい多くの実体のないものが絶えず不幸あるいは破局をひき起こしていました。

「父は電話中に心臓麻痺で死に、そしてもちろん地獄に墜ちた。今彼は電話地獄にいる、そこでは誰もが始終唇や耳に受話器を接着されている。これは激痛を起こす責め苦だ。父は九千百億年間、自分の電話を接着され続けたあと解放される。その後、聖人にすらなれるのさ。真の〈本質〉に成熟するには、みなまず〈地獄〉に堕ちるのさ、だがぼんやりしていれば、その後またすべてやり直さなければならなくなる」

「きみのお父さんは実際地獄にいるの?」若者は尋ねました。「それになぜきみは一度もお母さんの話をしない?」

　ここで死体は疾走速度を落としました。木々はまばらになって、遠くに砂漠の広がりが見えました。

「母は退屈のあまり自殺したのさ。父は多忙すぎて、母には話し合い手がいなかった。だから母は食べ続けて冷蔵庫に閉じこもり、半ば凍え、半ば窒息して死んでしまった。彼女も地獄に墜ちたが、冷蔵庫の中で絶えず食べている。私は母を偲ぶ詩を書いた。こういう具合だ。

　父さんの顔に耐えられなくなって
　母さんは冷蔵庫に入ってしまった、

父さん、私は悲しいよ(アンハッペ)
母さんは完全にフラッペよ[3]」

涙が若者の頰を流れ落ちました。「実にひどい話だ。だがもっとひどいことに、僕の哀れな母さんも自殺した。機関銃自殺で穴だらけだよ」

〈幸福な死体〉は突然立ち止まると、若者を背中から地面に投げ落として言いました。「馬鹿な子だね、私がそれを知らないとでも思うのかい？　私がおまえの母さんだよ。ただの見知らぬ他人なら、どうして地獄の近くにまでおまえを連れてくるものかね？」

「母さん(マミー)なの？[4]」若者は言って、激しく身震いしました。「ごめん。許して」

「おまえはお茶の時間に苺(いちご)ジャム・サンドイッチをよく食べたね」

彼らはしばし苺ジャム・サンドイッチの思い出に浸りました。やがて〈幸福な死体〉は言いました。「今おまえは引き返したほうがいいよ。地獄に向かう者がそうであるように、斑の馬に乗った白い娘のことを忘れてしまったからね。

今おまえは思い出さなければならない、そして記憶を取り戻すために、おまえはもう一度もと来た道を引き返さなければならない、ひとりでね」

若者が帰路を見つけられるように、彼女は彼の片脚をテリア犬、グレイト・スコットの長い黒い毛に結びつけました。若者とテリア犬は立ち去り、あとは彼らが帰り道を見つけたことを願うばかりです。〈幸福な死体〉は崩れて灰になり、心の底から高笑いして、もといた木に戻りました。

訳註

＊1　リヴ（live）は〈住む〉〈生きる〉の両意をもつ。
＊2　ディック・ターピン（一七〇五－一七三九）はトム・キングと組んで悪名を馳せ、ヨークで絞首刑に処せられたイングランドの追い剝ぎの通称。本名はリチャード・ターピン。
＊3　果汁などを半分凍らせたデザート。
＊4　マミー（母さん）とマミー（ミイラ）をかけた言葉遊び。

メキシコのお伽噺

昔サン・フアンというところにひとりの少年が住んでいました。フアンと呼ばれ、豚の世話をしていました。

フアンは学校に通ったことはなく、家族の誰もそうでした、彼らの住む地域に学校はなかったのです。

ある日フアンが残飯を食べさせようと豚を連れ出したとき、誰かが泣いているのが聞こえました。豚たちはおかしな動きをはじめました、というのも泣き声は廃墟から聞こえてきたからです。豚たちは廃墟の中を見ようとしましたが、背がたりませんでした。フアンは坐り込んで考えました。彼はこう思いました。この声を聞くと腹の中から悲しくなる、捕まったイグアナが腹の中で逃げようともがいて跳び上がっているみたいだ。僕にはこれが廃墟で泣いているほんとうに小さな声だとわかる、僕は恐い、豚たちも恐がっている。でも僕は知りたい、だから村に行ってペドロさんに梯子を貸してくれるか聞いてみよう。梯子があれば壁をよじ登って、誰がこんな悲しい声で泣いているのかわかるから。

彼はドン・ペドロのところに行きました。彼は言いました。「どうか梯子を貸して下さい」

ドン・ペドロは言いました。「駄目だ。何に使うのか?」

ファンはこう思いました。何か作り話をした方がいい、声のことを話したら、ドン・ペドロはそれを傷つけるかもしれないから。

それでファンは大声で言いました。「ずっとむこうの『月のピラミッド』の後ろに高く伸びた果物の木があって、大きな黄色のマンゴーがたくさんなっています。とても丸々して膨(ふく)らんだ気球のようです、滴(したた)る汁は蜂蜜のようです。でもとても高いところになっていて高い梯子がないともげません」

ドン・ペドロはファンをじっと見ていました。ファンは彼が欲ばりで怠惰だと知っていたので、立ったまま彼の足元を見ていました。ついにドン・ペドロは言いました。「よしわかった、貸してやろう。だが俺にいちばん丸々したマンゴーを十二個もってこい、市場で売るからな。もし夕方までにマンゴーと梯子を持ち帰らなければおまえを鞭で打ちのめす、おまえはマンゴーのように大きく腫(は)れあがって、青黒くなるぞ。わかったら梯子を取って運んでいけ、そしてさっさと帰ってこい」

ドン・ペドロは昼食を食べに家に戻ると思いました。マンゴーがこんな山に生えるとは奇妙だ。

そのあと坐って、妻に怒鳴りました。「肉とトルティーヤをもってこい。女という奴はどうしようもない馬鹿だ」
ドン・ペドロの家族は彼を恐がっていました。そのドン・ペドロは自分の親方を非常に恐れていました。ゴメス弁護士とか呼ばれて、ネクタイを締めてサングラスをかけ、街に住んで黒い自動車を所有しているひとでした。

その頃ファンは長い梯子を引っ張って、引き摺っていました。それは過酷な労働でした。廃墟に着いたとき、ファンは疲れ果てて気を失いました。
あたりは静かで、豚の微(かす)かなブウブウという鳴き声と一匹の蜥蜴(とかげ)が行き過ぎる乾いた音がするだけでした。

太陽が沈みはじめたとき、ファンは目を覚まして突然「ああ！」と叫びました。何かが彼を見下ろしていました、それは緑で青で赤茶けていて、大きな濃い緑色のアブラムシのようにきらきら輝いていました。この鳥は水の入った小さな鉢を持っていました。声はか細く甘く奇妙でした。彼女はこう言いました。「私は〈ビーナスのピラミッド〉に住む〈偉大な母神〉の可愛い孫娘です。私はおまえに生命の水を運びます。おまえはお腹で私の声を聞いて、遥か遠くから梯子を運んで私に逢いに来てくれたからです。ここは聞くには最適の場、お腹の中です」

しかし、

ファンは恐くて悲鳴をあげ続けました。「ああ、ああ、ああ、ああ、母さん」

鳥はファンの顔に水をかけました。数滴が彼の口に入りました。ファンは気分がよくなって立ち上がると、大喜びで鳥を眺めました。彼はもう恐くありませんでした。

彼女の翼はその間ずっと扇風機の羽根のように、とても速く羽撃(はばた)き、ファンには翼を透かして見えました。彼女は鳥で少女で風でした。

豚たちはそのとき脅えて気絶していました。

ファンは言いました。「この豚どもは食って寝て仔をつくる以外は何もしない。だから僕らは豚を殺して小さな肉片にして、トルティーヤに包んで食べる。古くなった肉を食べると、ときにひどく具合が悪くなる」

「おまえは豚を理解していない」鳥は旋回しながら、言いました。「豚には天使が宿っているのよ」そのあと特急列車のように囀(さえず)りました。すると小さなサボテンが地面から生え出て、鳥の足元に置いてあった鉢にすべり込みました。

彼女は言いました。「ピウよ、ピウよ、〈小さな召使い〉。自分を切り刻んで、豚の餌になりなさい、そうすれば豚たちは〈豚天使〉を吹き込まれるから」

ピウと呼ばれるサボテンはとても鋭利なナイフで自分自身を丸い小片に切り刻みました、それは目にもとまらぬ早業でした。

ピウの小片は気絶した豚たちの口に跳び込みました、すると豚はばらばらの小さな肉片になって自身の熱で炙（あぶ）られました。

美味しく炙られる豚肉の匂いに、ファンの口は涎（よだれ）でいっぱいになりました。排水管のような笑い声をあげて、鳥は望遠鏡とペンチを取り出し、豚肉の小片をつまみ上げて小さな鉢に置きました。「天使たちは貪り食われなければならない」と言うと、彼女は緑から青に変わりました。地下の暗い洞穴に向かって彼女は呼びかけました。「〈黒土竜（くろもぐら）〉よ、〈黒土竜〉よ、出てきてソースを作りなさい、これからファンが〈天使〉を食べるから。ファンはお腹がすいている、夜明けからなにも食べていない」

新月が現われました。

地面が盛りあがり湯気がたって、〈黒土竜〉が星印のある鼻を地面から突き出しました。それから平らな両手となめらかで清潔な軟毛が、盛りあがった土から現われました。「僕は目が見えない、でも僕は鼻に天空の星をひとつ着（つ）けている」と彼は言いました。

今鳥はとても早く旋回して、虹に姿を変えました。ファンには彼女が七色の曲線を描いて〈月のピラミッド〉に流れ込むのが見えました。彼は気にもとめませんでした、肉の焼ける匂いに食欲をそそられていたからです。

土竜は着けたポーチからあらゆる種類の唐辛子（チリ）を取り出しました。彼は大きな石を二個とって、チリと種をどろどろにすり潰し、それから唾を吐きかけて焼けている豚肉の鉢に注ぎました。

「僕は目が見えない」と土竜は言いました。「でも僕は迷路でおまえを先導できる」

そのとき地面から、赤蟻たちがとうもろこしの粒を運んで出てきました。華奢な足に緑の翡翠（ひすい）の腕輪をしていました。とうもろこしの大きな山はすぐに挽（ひ）かれました。土竜は平らな両手でトルティーヤを作りました。

祝宴の準備はすべて整いました。「聖ヨハネの日」[*1]でもこれほど豪華な食事は準備されませんでした。

「さあ、お食べ」と土竜は言いました。

ファンはトルティーヤを鉢に浸して、満腹になるまで食べました。「僕はこんなにお腹いっぱい食ったことはない、一度もない」と彼は何度も言いました。ファンのお腹は膨れたメロンのように見えました。

土竜はずっと無言でそばに立って、成り行きをすべて鼻で観察していました。

ファンが五頭目の豚の最後のかけらを食べ終わったとき、土竜は笑いはじめました。ファンは満腹で動けませんでした。彼は土竜をじっと見つめ、何がそんなにおかしいのかと思いました。

土竜は軟毛の下に鞘をつけていました。彼は鞘から鋭利な剣をさっと抜くと、ピウが自分を切り刻んで豚の餌になったように、ヒュッと音を立ててファンを小片に切り刻みました。

若いファンの頭部と手足と内臓は、金切り声をあげて飛び跳ねました。土竜は大きな両手にファンの頭部をやさしく取って言いました。「恐がらないで、ファン。これはほんの最初の死で、おまえはすぐまた蘇るだろう」

それからファンの頭をマゲイの棘[*2]に突き刺すと、土竜はあたかも水に潜るかのように堅い地面に頭から飛び込みました。

今すべては静かでした。薄い新月がピラミッド群の上に高くかかっていました。

マリア

井戸はずっと遠くにありました。マリアは水の手桶をもって小屋に帰りました。水は手桶の縁を超えてパチャパチャとはね続けました。マリアの父、ドン・ペドロが怒鳴っていました。「あの毛のないガキのファニトを殴ってやる。あいつは俺の梯子を盗んだ。このあたりにマンゴーが生えていないのはわかっていた。あいつが慈悲を乞うまで殴ってやる。おまえたちみなを殴ってやる。晩飯はまだか、い、い、い、か?」

ドン・ペドロはさらに喚(わめ)きました。「あいつはまだ水汲みから帰らないのか? あいつを殴って、雛のように首を捩(ね)じ曲げてやる。おまえという女は役立たずだ、おまえの子供たちもだ。ここのあるじは俺だ。命令するのは俺さまだ。あの盗人は殺す、い、い、い、い、い、い、い、い、い、い」

マリアは怯(おび)えました。彼女は立ち止まって、大きなマゲイの後ろで聞き耳をたてました。

ドン・ペドロは酔っていました。彼女は思いました。父さんが母さんをぶっている。淡い黄色の猫が怯えて一目散に逃げ去りました。猫も恐がっているわ、もし帰れば、父さんは私をぶつ、私は雛のように殺されてしまう。

マリアは水桶をそっと下に置くと、北の「月のピラミッド」の方に歩きました。

夜でした。恐かったけれど、マリアは父ドン・ペドロをもっと恐れていました。マリアは「グアダルーペの聖母」[*3]の祈りを思い出そうとしました、でもアベマリア[*5]を唱えはじめるごとに、何かが笑いました。

道の数メートル先で土埃が上がりました。一匹の小犬が埃の中から出てきました。毛がなくて、鶏のような斑(まだら)の灰色の皮膚をしていました。

犬は彼女に近づいてきて、二人は顔を見合わせました。その動物にはなにか際立った威厳がありました。マリアは犬が味方だとわかりました。この犬は古代の犬だと彼女は思いました。

犬は北に向かい、マリアはついて行きました。歩き、ときに走りながら、彼らは廃墟に着きました。そこでマリアはファンの切断された頭部に出会(でくわ)しました。

マリアの心臓は激しく鼓動しました。悲しみに襲われて、彼女はひと粒涙を零(こぼ)しました、石のように固い涙は地面に重く落ちました。マリアはそれを取り上げて、ファンの頭部の口に置きました。

「口を開きなさい」とマリアは言いました、彼女は今成長して賢明でした。彼は口を開いて、言いました。「僕の体は切れたネックレスのように、ばら撒かれてしまった。拾い集めてもう一度縫い合わせておくれ。僕の頭は手足がなくてひとりぼっちで寂しい、手足は哀れな僕の体の残り部分がなくて寂しい。シチュー肉のように叩き切られてしまった」

マリアはマゲイのてっぺんから棘をひとつ取ると、葉の繊維で糸を作り、マゲイに言いました。「あなたの棘を取ることを、あなたの体を使って針に糸を通すことを許してね。愛を、私が私であることを許してね、これがどういうことか私にはわからないの」

その間ずっとファンの頭部は泣き続け、嘆き悲しんでぼやいていました。「ああ、ああ、哀れな僕、僕は不幸だ、ああ、哀れな僕の体。急いで、マリア、僕を縫い合わせておくれ。急いで、太陽が昇って、地球が大空から向きを変えれば、僕は二度と完全な体に戻れない。急いで、マリア、急いで。ああ、ああ、ああ」

今マリアは大忙しでした。犬はファンの体の切れ端を運び続け、マリアはそろった縫い目でそれらを縫合しました。今頭部の縫いつけを終わり、残りは心臓でした。マリアはファンの胸に小さな扉を作りました。

「犬よ、犬、ファンの心臓はどこにあるの?」心臓は廃墟の壁のてっぺんにありました。ファンとマリアはドン・ペドロの梯子を立てかけ、ファンは登りはじめました。でもマリアは言いました。「ファン、やめて。あなたは自分の心臓には届けない、私が登って取ってくるわ。やめて」

しかしファンはかまわず登り続けました。彼が心臓をつかもうと手を伸ばしたとき、それはまだ鼓動していたのですが、黒い禿鷲（はげわし）が空から舞い降りて、心臓を爪で強奪すると、「月のピラミッド」の方に飛び去りました。悲鳴をあげてファンは梯子から落ちました。しかしマリアは彼の体をとても上手に縫合していたので、彼に損傷はありませんでした。

でもファンは心臓を失くしてしまいました。

「僕の心臓。あそこ、壁の上で赤くすべすべして、鼓動していたのに。僕の美しい心臓。ああ、ああ、ひどい、ひどい」彼は声をあげて泣きました。「あの邪悪な黒い鳥が僕を破滅させた、僕はもう終わりだ」

「シー、静かに」マリアは言いました。「そんなに騒ぐと、藁（わら）の翼と水晶の角のある動物霊（ナグアル）に聞こえてしまう。黙って、ファン、静かにして」

毛のない犬は二度吠えると、口のようにぽっかり開いた洞穴の中へと歩きはじめました。

「地球は生きているわ」とマリアは言いました。「あなたの心臓を見つけるために、私たちは自らを捧げて地球を養わなければならない。さあ、犬についていきましょう」

二人は地球の深い入口を覗き込んで怖くなりました。「梯子で降りましょう」マリアは言いました。遥か下方で犬が吠えるのが聞こえました。

二人が暗い地下に降りはじめたとき、夜明けの最初の淡い光が「太陽のピラミッド」の背後に昇りました。犬が吠えました。マリアはゆっくり梯子を降り、ファンはあとに続きました。二人の頭上で大地は微笑んで口を閉じました。その微笑みはまだそこにあります、粘土の堅い長い割れ目です。

下方は長い虚ろな人間の形をした通路でした。ファンとマリアは手を取り合ってこの肉体の中を歩きました。二人はもう後戻りはできず、歩き続けなければならないとわかっていました。ファンは胸の扉を叩きながら泣きました。「ああ、僕の哀れな失われた心臓、ああ、僕の盗まれた心臓」

ファンの嘆き悲しむ声は二人の先を駆け抜け消えていきました。それは伝言でした。しばらくして大きな唸り声が低い木霊で戻ってきました。二人は立って震えていました。狭く滑りやすい階段が下方に通じていました。ピラミッド群の下に住む赤い〈ジャガー〉が階下に見えました。〈ジャガー〉は見るも恐ろしかったのですが、後戻りはできませんでした。二人は震えながら階段を降りました。〈ジャガー〉は激怒の匂いがしました。彼は多くの心臓を食べていましたが、それは昔のことで、今は血に飢えていました。

二人が近づいていくと、〈ジャガー〉は岩で爪を研いで、子供の柔らかい肉を貪り食おうと待ち構えていました。

マリアはこんな地下深くで死ぬのが悲しくなりました。彼女はまたひと粒涙を零し、それはファンの開いた片手に落ちました。涙は堅く鋭利でした。ファンはそれをまっすぐ獣の目に投げました、すると涙は跳ね返りました。〈ジャガー〉は石でできていました。

二人はまっすぐ歩み寄ると、触って堅く赤い体と黒曜石の目を撫でました。声をあげて笑い、背中に坐りました。石の〈ジャガー〉は動きませんでした。二人は「マリア、ファン。ファン、マリア」と呼ぶ声がするまで遊びました。

蜂鳥（はちどり）の群れが通り過ぎ、声に向かって突進しました。

「〈祖先〉が私たちを呼んでいる」マリアは声を聞いて言いました。「私たちは〈彼女〉のところに戻らなければならない」

二人は石の〈ジャガー〉の腹の下を腹這いになって進みました。土竜がそこに立っていました、背が高く黒くて、銀の剣を大きな片手に握っていました。もう一方の手に縄を握っていました。彼は二人の子供をきつく結びつけると、〈偉大な鳥〉の面前に引いていきました。〈鳥〉と〈蛇〉と〈女神〉として虹の七色を纏（まと）い、〈彼女〉はそこに坐していました。複数の顔には小さな窓があり、彼女は外を眺めながら、生者と死者すべての歌を歌っていました。このすべては蜜蜂の群飛のように、無数の動きでありながら静止したひとつの体でした。

マリアとファンはお互いを見つめ合い、土竜が二人を結んだ縄を切りました。二人は地面に横たわって、天盤の竪穴から輝く金星（イーヴニング・スター）を見上げていました。

土竜は火鉢に香木の枝を積み上げていました。準備が整ったとき、〈鳥＝蛇＝母〉は口から舌状の炎を放ち、薪は燃え上がりました。「マリア」と無数の声が呼びました。「ファンの手をとって火に跳び込みなさい。彼はおまえと燃えなければならない、そうすればおまえたち二人はひとつの完全な人間になるだろう。これが愛だ」

彼らは火に飛び込み、天盤の竪穴から煙となって昇天して金星(イーヴニング・スター)の仲間になりました。ファンとマリア、彼らはひとつの完全な存在となりました。彼らは〈ケツァルコアトル〉[*5]と呼ばれる〈存在〉として、ふたたび地球に戻ってくるでしょう。

ファンとマリアは戻り続けています。だからこの物語には終わりはありません。

訳註

＊1　洗礼者ヨハネの降誕を祝う祝祭。

＊2　竜舌蘭。

＊3　メキシコの守護者で、黒髪で暗褐色の肌の聖母。一五三一年先住民ファン・ディエゴの前に現われたとされ、その信仰は初め先住民の間に、その後クリオーリョ層に浸透し、十八世紀にはヌエバエスパーニャの守護聖母に宣言された。メキシコの土着信仰とキリスト教のマリア信仰が習合し、独立戦争時のナショナリズムと結びついてメキシコ人の精神的支柱のひとつとなる。

＊4　聖母マリアに捧げる祈り。

＊5　様々の伝承・伝説で〈羽毛ある蛇〉あるいは〈高貴なる双子〉とも訳されるケツァルコアトルは、古代メキシコ神話の文化神・農耕神・風の神の属性をもつ。人身供犠に反対した平和の神でもあったが、生贄を好むテスカトリポカ神の恨みを買いトゥーラの地を追放された。この伝説は十世紀頃

ケツァルコアトルを名乗るトルテカ族の王が、生贄に反対して首都を追放され、「一の葦の年に復活する（戻る）」と宣言して去ったことに由来するとされる。彼は追放時に自ら生贄となり、火葬された灰が何羽もの美しい鳥となって虹の彼方に消えていったとも、金星に姿を変えて「金星の神」と呼ばれるようになったとも伝説は伝える。

グレゴリー氏の蝿

かつて大きな黒い口髭をした男がいました。彼の名はグレゴリーでした（男と口髭は同じ名でした）。若いときからグレゴリー氏は一匹の蝿に悩まされていました。彼が話そうとすると蝿は口に飛び込み、誰かが彼に話しかけると蝿は耳から飛び出しました。「この蝿は不愉快だ」と彼は妻に言いました、すると妻は答えました。「そうね、それに見た目にも汚いし。医者の診察を受けた方がいいわ」しかしどの医者もグレゴリー氏の蝿を治療できませんでした。彼は数人の医者の診察を受け、彼らはいつもこの病状は聞いたことがないと言うだけでした。

ある日グレゴリー氏は新たな医者の診察を受けようと出かけましたが、住所を間違えて産婆の診察を受けました。彼女は賢い女で、出産以外の知識が多くありました。

グレゴリー氏が「失礼、フォンティン医師を訪れるつもりでした」と言うと、賢い女は「ああ蝿ですね、わかっていますよ」と言いました、すると蝿がいつものように彼の口に飛び込みました。

「私は、あなたの蠅の治療法を知っていますよ」と賢い女は言いました。
「マダム、それは素晴らしい」とグレゴリー氏は答えました。
すると彼女は彼に椅子を勧めて言いました。「ええ、私はその蠅の治療法はわかっていま
す。でもその治療は高価で、あなたの富の四分の三はかかります」
グレゴリー氏は少し跳び上がりましたが、「わかりました」と言いました。彼は以下の証
書を書きました。

私はその賢い婦人に自分の家を（その家は彼の家ではありませんでした）与えます。
私は妻に（彼はともかく妻から逃れたかったのです）十シリング（彼はその金額をもっ
ていませんでした）と乳牛一頭（これは実際は獰猛な雄牛でした）を与えます。

ジョージ・ロレンス・グレゴリー（これは彼の本名でした）

賢い婦人は彼が証書に嘘をついているとわかっていましたが、何も言わずにそれを手に取
ると地面に唾を吐きました。そしてグレゴリー氏にいくつか丸薬を与えて言いました。「こ
の丸薬を二粒毎食後に、パスタを茹でた湯にマスタードを溶いてお茶に少し垂らして、飲み
なさい。それで十分です」

「ありがとうございます」と言って、グレゴリー氏は満足して立ち去りました。そのあと、グレゴリー氏は賢い女の指示通りに、丸薬を茹で汁で溶いたマスタードを少し垂らしたお茶で飲みました。次の日蠅は完全に姿を消しましたが、グレゴリー氏は濃紺色になり、体の開口部には赤いファスナーがついていました。

「これは蠅よりもひどいわ」と妻は言いましたが、グレゴリー氏は賢い婦人を騙したとわかっていたので、多くは語りませんでした。当然の報いだと彼は思いました。もしあの蠅が帰ってきてくれれば、わしは嬉しいのだが。しかし彼はまだ濃紺色で赤いファスナーをつけ、そして人生の最後の日までそのままでした、そしてこれはとても醜く、特に風呂で裸のときにはそうでした。

砂の駱駝(らくだ)

二人の少年、AとBは、老いた祖母と森に住んでいました。祖母はいつも蝙蝠傘のような黒い服を着て、小さな丸い頭は林檎のように赤でした。祖母の石鹸もパジャマも黒でした、祖母の大好きな色でした。AとBは白い砂をもって森に遊びに行きました。彼らは駱駝を作りました。できあがると、駱駝の表情は生き生きしていました。AとBは言いました。「この駱駝は生きている、嫌な目つきをしているね」

その通りでした。でも雨が降って、駱駝は砂の流れになって溶けました。「よかった」と祖母は言いました。「あの駱駝は好きじゃなかったよ、彼の目つきがね」

それで次の駱駝には、AとBは砂にバターを少し混ぜました。今度の駱駝の目は前よりも不快でした。駱駝は雨にも溶けませんでした。「もし僕らが何か魔法をかければ、駱駝は立ち上がるよ」とBは言いました。それは役に立ったでしょう、Bは犬を飼っていなかったのです。すると烏が木から降りてきて言いました。「僕だよ、僕は駱駝にかける魔法を知っている」烏が駱駝の額に爪で少し文字を刻むと、駱駝は不吉に微笑んで立ち上がりました。駱駝は歩きました。家に向かいました。

「彼は雨が怖いからだよ」と鳥は言いました。

「駱駝が入っていくと、お祖母(ばあ)さんは嫌がるよ、栗を料理しているから」とAは言いました。

少年たちは木の後ろに隠れました、駱駝が台所に入っていけば祖母が怒ると知っていたからです。彼らが思った通りでした。彼女は激怒しました。まもなく彼らには駱駝が祖母の頭を咥(くわ)えて戻ってくるのが見えました。祖母は上下反対で、蝙蝠傘のように見えました。「駱駝は湿気が怖いんだよ」と鳥は言いました。

ジャムが台所で焦げていました。AとBは台所に行って片づけました。

「フライドポテトが食べたいな」一週間栗ジャムを食べたあとでAとBは言いました。でも駱駝は蝙蝠傘のように祖母を咥えたまま、森をゆっくり歩きまわりました。彼は決して祖母を離そうとはしませんでした。鳥はすべてを見ていました。「きみは僕にお祖母さんの宝石をとってきてほしいんだ」と鳥は言うと、家から大きな宝石箱をもってきました。「宝石は身に着けなければね」鳥は祖母のすべての宝石を木に吊るしました。そしてそれは、とてもとてもきれいに見えたということです。

ジェミマと狼

住み込みの女性家庭教師が大きな客間に入っていきました。女主人は彼女を凝視し、家庭教師は弱い精彩のない視線を伏せました。あたかも布を痛めつけているかのように、女主人は刺繡糸を刺していました。

「お坐りなさい」と彼女は言いました。「マドモアゼル・ブルーセルブ。あなたに話があります」

家庭教師はガゼル[*1]と鳥の刺繡のある高い背もたれ椅子に坐りました。

「あなたがここで仕事をはじめて三年になります。あなたは教育ある聡明な婦人で、正直で感情を抑制できます。私があなたの長所に気づいていないと思わないように。それどころか、あなたの仕事に干渉はしませんが、非常に細かく観察しています」

彼女は家庭教師に冷たい視線を投げました。

「でも……あなたは気づいていないようですが、私はあなたの努力が娘に与える結果には満足していません」

「奥さま」家庭教師は目と同様に精彩のない声で言いました。「お嬢さまはとても難しい子です」

「難しい子でなければ、娘の教育にこれほど支払いはしません」夫人は冷淡に言い放ちました。

家庭教師は赤面しました。

「それに、十三歳の娘の扱いはそれほど大変な仕事ではないでしょう。さて、少し質問があるのですが、正確に答えて下さい」

家庭教師の唇は青ざめました。

「はい、奥さま」彼女は非常に低い声で言いました。

「先週、私は娘に人形を与えました。彼女は喜びましたか?」

少しの間重い沈黙が流れました。

「いいえ、奥さま」

夫人は冷酷な目で刺繍布を見ました。

「よろしい、ではなんと言ったのですか。娘の言った通りに答えて下さい」

「お嬢さまは、奥さま、こう言いました。『人間の複製を作らなくても、世界は醜い人間でいっぱいよ、もう十分じゃない?』そして人形の両足をつかんで、頭を石にぶっつけて壊しました」

「マドモアゼル・ブルーセルブ、それは良家の子女の当然の振る舞いに見えますか？」

「いいえ、奥さま」

「それにあなたにはこの女の子とその振る舞いに責任があるのです。あなたが娘を普通の少女に教育できると証明するのに、もう数ヶ月の猶予を与えます。さもなければ……」

マドモアゼル・ブルーセルブは黙って貧弱な胸の上で両手を握りしめました。

「娘は今どこにいるのですか？」

「庭においでです、奥さま」

「そこで何をしているのですか？」

「何かを探しておいでです」

「私がすぐに会いたいと娘に伝えて下さい」

家庭教師は急いで部屋を出ていきました。すぐに彼女は生徒を連れて戻ってきました。年の割に非常に長身の少女でした。

「下がってよろしい、マドモアゼル」と母は言いました。「ジェミマ、こちらにいらっしゃい」

少女が進み出たとき、母には娘の目が髪の間で火花のようにきらめくのが見えました。

「髪を分けて鏡をごらんなさい」

ジェミマは肩をすくめると、たいして気に留めずに鏡に映る自分を見ました。

「そこに映るのは誰ですか？」

「私です」

「そうです、あなたは美しいと思いますか」

「大半の人よりは」

「そう、あなたはかなり美人です、そしてとても美しい女性になれるでしょう。でもこの馬鹿げた振る舞いを続けていたら……」

二人は無言のまま見つめ合いました。母は非常に冷たい表情をしていました。

「なぜあなたは同じ年代の少女たちと違っていたいのですか？」

ジェミマは冷笑を噛み殺しました。

「わかりません、お母さま」

「私の言うことがとてもよくわかりますね、ジェミマ。自分の体のようにあなたを愛している母を、なぜあなたは傷つけたいのですか？」

ジェミマは固く口を閉じました。

「母はあなたのためにすべてを尽くし、あなたは永遠の感謝を捧げるべきはずなのです。母はあなたにとって誰にも代えがたい存在で、あなたの最善だけを望んでいるのですよ」

少女は美しい絨毯に唾を吐くとさっと逃げ、母が娘の行為に気づいたときにはその姿は消えていました。彼女は茫然として両手を額に当てていました。

「ファーディナンド」母は呟きました。「あなたは私になんということをしたの、あの小悪魔を私にくれたときに?」

戸外で、少女は大きな木の枝の間に潜んでいました。そこ緑の陰で、少女は笑いの発作に身を捩じりました。涙が頬を流れ落ち、こみ上げる笑いを抑えきれずに窒息してしまうと思いました。体は震え、顔は涙と汗に塗れました。父ファーディナンドが知らない男と庭を歩いているのが見えました。彼女にはこの男の頭が狼に見えました。好奇心をそそられて、彼女はよく見ようと前屈みになりました。「この印象は木漏れ日のせいだわ」と彼女は思いました。「でも確かに狼の頭をしている。彼は悪魔のように美しい、くそっ、他の男たちより美しい」

二人は話しながら彼女の方に近づき、彼女は彼が狼ではなく人間の頭をしているのに失望しました。しかし彼女は耳を澄ませ、興味をもって彼をじっと見つめました。灰色の髪はもつれ顔はほっそりして、男は実際人間より動物のように見えました。至近距離で見ると、黄色い眼は怯えて見えました。非常に整った服を着ていました。

「うちの雌鶏たちが奇妙な病に冒されているのだ」とファーディナンドは言うと、ジェミマの木の近くの草に寝転びました。「ひよこが首を失う病だよ」

彼の連れは訝しげに彼を見ました。

「僕は狐が害を及ぼしていると推測するがね。狐は世界で最もたちの悪い動物だ。一番獰猛な犬に鶏小屋を見張らせたが、その甲斐もなく毎朝別のひよこが死んでいる。召使いに銃を持たせてひと晩中張り込ませもしたよ。狐は考え直したと見えて、しばらくは姿を見せなかった。今は犬しかそこにいないものだから、狐はまたはじめて、毎朝首のない雌鶏や雄鶏が転がっている始末だ」

狼＝男はこれについて少しの間考えていました。ジェミマは期待を込めて彼の顔を見ました。「彼はなんと答えるだろう、狼＝男はなんと答えるだろう？」

「僕は動物の習性をよく知っている」と彼はようやく言いました。「僕が哀れなひよこの死骸を見てみようか？　誰も犬が吠えるのを聞かなかったのには驚くね。狐の臭いはとても強いのだが……」ジェミマは葉陰で青ざめ震えながら、狼＝男が彼女の目を直視している気がしました。しかし自分の姿は見えないはずだと彼女は思いました。

「親愛な友アンブローズ、ここに好きなだけ滞在して彼らを調べてみたまえ」

「寛大な申し出をありがとう、親愛な友ファーディナンド。だが君の家では、とくに庭では、僕は調査するよりも怠惰になってしまう」

彼の声には感情が乏しく、ほんの今話す技術を修得したかのような、意味を伝達するよりも、修得する言葉をただ発音しているかのようでした。人間の言語は彼が話すと奇妙に聞こえるとジェミマは思いました。

そのあとすぐに二人は立ち上がると家に向かいました。ジェミマは木から降りて、彼女しか使わない古い物置小屋に向かいました。彼女は壁の穴から小屋に入りました。非常に多くの物が彼女の足下の地面に歪んだ影を投げました。五十羽ほどの様々な種類の家禽が壁に掛かり、すべてが粗雑な防腐剤で幾分うまく処理されていました。すべての頭部は舌抜きで、舌は液体入り瓶に入っていました。ジェミマが愛しげに瓶を振ると、十二ほどの舌から小さな白い根が生え出ているのが見えました。

小屋の暗い隅で何かが動きました。ジェミマは話しはじめました。「ええ、すぐに夕食よ。今日はとても美味しいものがあるわ。料理人が作ったパイと、私が捕まえた蝿と蜂よ。みんな好きだといいけどね」

ジェミマは赤いテーブルクロスを取ると地面に広げ、鉄の箱から大きなパイをもってきました。一番奥まった場所から持ちだした鳥籠を開けると、一匹の非常に大きな蝙蝠がどさりとテーブルクロスに跳び出しました。とても肥っていて、七匹の小さな蝙蝠が七つの乳首を吸っていました。ジェミマが指を鳴らして合図すると、三匹の黒猫が窓から跳び込みました。みなが食べはじめました。

「今日の蝿は美味しい」とジェミマは口いっぱいに頬張りながら言いました。「蝿には砂糖とクリームとよく腐った肉をあげたのよ。だから蝿は果物風味の繊細な味がする。今日は私たちの休日だから、ワインを飲むわ」

ワインはパイと同じ箱にありました。一九二九年のシャトー・デ・ファン・ロッシュでした。すべての動物がジェミマと同じボウルから飲みました。彼らはそのワインが大好きでした。彼女は楽器を取ると、物悲しく凶暴な曲を奏でました。

「踊れ、ジェミマ、踊れ」ジェミマは歌いました。「踊れ、おまえ、重い美しい生きもの」

七匹の小蝙蝠を乳首にぶら下げたまま、蝙蝠はテーブルクロスの上をあちこちと跳ねまわりました。翼をばたつかせて、歓喜し狂乱しているようでした。三匹の猫は坐ってじっと見つめ、しっぽだけが蛇のようにリズムをとって動いていました。沈みつつある太陽が壁の穴から輝いて、光の斑点を地面に投げかけました。すると突然影がその斑点を遮りました。ひょっとしてそれは狼の頭の影だったのかもしれませんが、ジェミマが振り返ると、そこには誰もいませんでした。猫たちは長い鳴き声をあげて窓から跳び出しました。やがて家庭教師が庭で呼ぶ声が聞こえました。地上のあらゆる女家庭教師を薄汚い老いた売女と小声で冒瀆しながら、ジェミマは穴から小屋を出ました。すでに夜行性動物がざわめく木々の茂みを通り抜けて、多くの小昆虫の羽根がジェミマの髪に絡まりました。彼女はそれらを食べて鱗状の足を吐き出しました。

「ジェミマ、どこに行っていたのですか?」家庭教師は尋ねました。

「どこにも」ジェミマは言いました。

マドモアゼル・ブルーセルブは溜息をつきました。

「服を着替えて、手と顔を洗いなさい。急ぐのですよ」

ジェミマは二階の自室に上がりました、そこは生まれて以来彼女の部屋でした。彼女の玩具（おもちゃ）や本や衣服のすべてがここにあり、彼女はここで食事もしました。夕食はすでにテーブルに用意されていました。コップ一杯のミルクと数枚のビスケットと果物でした。彼女は嘲笑を浮かべて眺めると、ミルクを植木鉢に零（こぼ）しビスケットは無視しました。そのあと細心の注意を払って着替えました。マドモアゼル・ブルーセルブは生徒が非常に小綺麗に入念に身繕いしたのを見て驚愕しました。二人はファーディナンドと〈狼〉（ジェミマは彼をそう呼びました）が夕食をとっている客間に降りていきました。母のアメリアは男たちから少し離れて、花を生けていました。ファーディナンドはジェミマにキスして、〈狼〉に紹介しました。

「これがジェミマだ。私はおまえにアンブローズ・バーバリーと知り会ってほしい。彼が私におまえを呼ぶように言ったのだよ、そうすればおまえは彼と知り合えるからね」

〈狼〉の狂気じみた目を覗き込んだとき、ジェミマの両手は震えて汗ばみ、顔は火照りました。

「アンブローズ・バーバリーはおまえが大好きな野生動物について面白い事を多く教えてくれる。彼は動物の習性を詳しく研究しているし、非常に教養ある男だからね」

〈狼〉は先の尖（とが）った歯を見せて微笑しました。

「残念なことに、ジェミマはまだ洗練された方々とお話しできる準備はできていませんわ」

アメリアは気難しい笑いを浮かべて言いました。「バーバリー氏は私たちの娘がとても無知だとおわかりになると思いますわ」

ジェミマは母にすばやく憎悪の視線を投げましたが、彼女は生けた花を調べていました。

〈狼〉は突然獰猛に笑いだしました。

「あなたのお嬢さんは無知だとは思えません。とても利発な目をしていますよ。来なさい、ジェミマ、僕たちが友人である証に僕のグラスから少し飲みなさい」

ジェミマは飲み終わると、勝ち誇ったように母を見ました。

「お嬢さん、君に贈り物がある」と〈狼〉は続けました。「だが今それを見ないように。ベッドで包みを開きなさい。女の子たちは贈り物が好きだからね」

彼は話しながら、じっとジェミマを見ました。

「ほらこれだ。それほど大きくはないが、君はこれが気に入ると思いますよ」

ジェミマは両手でその包みを受け取り、何か柔らかくて固いと感じました。彼女の体は好奇心で火照りました。

「僕の贈り物が気に入ったか明日教えてほしいね」と〈狼〉は言いました。「朝食前に少し散歩しよう。君は早起きだね？」

「ええ、六時に起きます」

「六時半に僕は芝生の大きな糸杉の近くで待っているよ」

「ジェミマ、寝る時間ですよ」と母が言いました。
そのあとジェミマは自室に戻りました。独りになると急いで包みを開きました……そして叫びを押し殺しました。手の中にあったのは雄鶏の頭で、目は見開いたまま硬直していました。これは通常の雄鶏ではありませんでした。ジェミマはこれまでこんな鳥類を見たことはありませんでした。他の雄鶏の五倍はあり、白、真っ白でした。鶏冠(とさか)と嘴(くちばし)さえ白でした。ジェミマは頭を屈めてそれに三度キスしました。「ああ、私が見たいと熱望する国々から来た生きものだわ。美しい生きもの、類稀な雄鶏」彼女はこうして長い間じっと両手の雄鶏を見ていました。雄鶏の頭を胸にしっかり抱いてジェミマが眠ったのは、すでに真夜中頃でした。ひと晩中彼女は〈狼〉の頭が現われる悪夢を見続け、そこでは頭は長い灰色の毛に覆われた体と繋がっていました。彼は狼であり、狐か他の動物でもあり、また彼自身の体と混合したすべての動物の体をしてもいました。

四時にジェミマは跳び起きて窓辺に走りました。月はまだ空に浮かんでいました。ひとつの影が庭のあちらこちらにすべるように動いているのが見えました。その影は植物、鳥、動物、男に変化しましたが、彼女には識別できました。ナイトガウンに雄鶏を包むと、彼女は静かに庭に降りて、気づかれないように、彼女の匂いが決して前方に漂わないように注意しながら、影を追いました。彼女は〈狼〉を追っているとわかっていたのですが、彼の体の正確な形は識別不能でした。月明かりでは影は男でした。彼はあてどなく歩きまわりました。

時折身を屈めて植物を摘むと、すぐにそれを食べました。突然彼は立ち止まり、ジェミマには彼の周りの草木が生きた腕のように動くのが見えました。彼は草木に話しかけ、彼らは身振りで答えました。ジェミマは吐息を漏らし、〈狼〉は彼女に気づきました。

「好奇心からここに来たの？」と狼は尋ねました。

「あなたと一緒にいたかったの。私はあなたをつけてきた。あなたはとても美しい」

〈狼〉は彼女に近づいて、その髪に触れました。

「木苺の棘のように粗いね」と彼は呟きました。「君の髪には鉤爪が隠れている」

「棘と鉤爪」とジェミマは抑揚のない声で言いました。

「僕がいくつかの影につけられていることに気づいたかい？」

「彼らは行ってしまったわ」

「彼らは僕たちにとって危険な影だ。君にとっては……」

「私にはそれは何もわからない。さっき何を食べていたのか教えて」

「草木だよ。それを十分食べると、僕の皮膚は緑色になる。すると僕はさらに美しくなり、君は僕に身を投げるだろう」

ジェミマは指先で彼の顔に触れました。彼の皮膚は非常に滑らかでした。話している間に、ジャミマには彼の顔色が変わっていく気がしました。そして虎の目のような黄色い太陽が昇りました。夜行性動物は新たな光に身震いして姿を隠しました。ジェミマはあたりを見まわして驚愕しました。すべてが一瞬のうちに変化し、彼女は独り取り残されていました。ジェミマが最後に見た〈狼〉の姿は鞭紐のようでした。彼が空のすべての色に輝く毛に覆われていたのを確かに感じました。彼は植物の中に完璧に消えてしまったので、草木の葉は彼の体を透けて見え、そして彼自身といえば一本の草に変わってしまったのだとジェミマは思いました。

ジェミマは絶望しすすり泣きました。着ているのはナイトガウンだけで、それも体を覆えないほど皺になっているのに気づきました。足は素足で土塗(まみ)れでした。彼女はこれほど鋭い孤独を感じたことはなく、口の両端に流れ落ちた涙は毒草のような苦い味がしました。髪の毛で顔を拭うと、彼女は家に戻りました。足を洗って奇妙な散歩の痕跡を消そうとしました。しかし彼女の両脚は変化していました。彼女はよく見ようと屈み込み、メタモルフォシス*2がほんとうに起こったのを見て満足しました。細い柔らかい毛が指の間から足の甲まで伸び、甲には肉眼でかろうじて確認できるほどの小さな毛が数本生えていました。ぽかんと口を開けて彼女は両脚を見て呟きました。「私は同じ血統なのだわ。彼のように美しくなれるかしら？　私はこの美しい下毛が生長していくように、気を配らなければいけない。どんな素晴らしい変化がこの数日で見られるのかしら？」彼女は声をあげて笑い、長い間両脚を見つめてすすり泣きました。

一日中太陽は激しく庭を照りつけました。ジェミマは部屋を出ずに、自分の両脚と雄鶏の頭部の三つの宝物を、詮索好きな目から隠しました。マドモアゼル・ブルーセルブは時々部屋にやってきて話をしようとしましたが、ジェミマは無視しました。

家庭教師は生徒の新たな気まぐれに動揺しました。好奇心に体を火照らせて、ジェミマに何が起こったのか聞き出そうとしました。

「あなたは具合が悪いのですか？　なぜずっと窓から外を眺めているのですか？　外に出て庭で遊ぶといいですよ。すぐに答えなさい、ジェミマ、具合が悪いのですか？」

しかし少女は何も言わず、蔑むように押し黙っていました。

「私の問いに礼儀正しく答えなければ、お茶の時間はジャム抜きですよ」

ジェミマは突然笑いだしました。家庭教師は激怒して部屋を出ていきました。

ジェミマは長い間窓辺で見張りを続け、〈狼〉を見つけようとしました。庭で動く影のひとつひとつに彼女は震えました。彼女はもう一度彼の顔を、遠くからでも見たいと思いました。

太陽が沈む頃までに彼女は絶望的になりました。庭に出て右往左往し、家の周りを歩きまわってすべての窓を覗き、木や石に尋ねました。「彼はどこ？　どこにいるの？」ついには彼を見つけたいと森に走りました。木苺が両脚の皮膚を引き裂いても気に留めませんでした。夜が迫り家に戻ろうとしたとき、ジェミマが出会った召使いは、彼女の血だらけの顔と狂気の表情を見て絶叫しました。

「昨夜ここに滞在した紳士はどこ?」彼女はかすれた声で叫びました。「すぐに答えなさい、私は知らなければならないの」

召使いは首を振りました。「おやまあ、お嬢さま、わかりません……」少女は逃げたかったのですが、ジェミマに腕をつかまれ爪を押しつけられて苦痛に叫びました。

「誰かが少し前に出ていきました……背が高く灰色の髪でした。お願いですから離して下さい、痛いです……」ジェミマの顔は突然死者の頭のように見えました。

「行ってしまった? 行ってしまったの?」

「旅行鞄をもっていました。もう離して下さい」

ジェミマはもう彼女を見ていなかったし、何も望んではいませんでした。口から血が滴(したた)り落ちるのを感じただけでした。独りきりでした。濃い黒い影たちが目前を漂って、山への道に消えました。振り向いて家を見ると、母が髪を梳(す)いているのが見えました。ジェミマは太った雲のようにたるんでぼやけた母の体を、冷淡にじっと見つめました。

「雌牛だ」とジェミマは呟きました。「雌牛そのものだわ」そして吐息をつくと、木々伝いに歩きだし、ついには冷たい突風に阻まれて苦痛に泣きじゃくりはじめました。ちょうどそのときに背後にすばやい足音が聞こえ、一匹の狼が風の唸(うな)りのように吠えながら彼女の脚の近くを全力で通り過ぎました。

「この道だ」と彼女は思いました、そして風の中を直進し、風は彼女の背後で吹き荒れました。道を上るにつれて雪が激しくなり、ジェミマは氷のように冷たい涙を流して泣きました。やがて彼女は大聖堂より巨大な木々が茂る森にいるのに気がつきました。枝にたなびいている雲は黒い木の節に絡まりました。鳥は死んで地面に落ち、岩さえ氷の奔流を噴出しました。ジェミマは両手を髪に入れると、髪は材木のようにこわばって、原始楽器のように反響するのに気づきました。数匹の痩せ衰えた動物が彼女を無視して通り過ぎました。

彼女は木に登って周囲を見ようと決めました。啞然とするほど高い枝の頂きでは、遥か遠くまで見渡せました。見えるのは数千キロほどの森と巨大な城だけでした。城の塔のいくつかは最も高い木々の上に屹立し、山上に構築されているようでした。長い間眺めていたとき、突然彼女は自分の手のそばの小さな片手に気づきました。ぞっとして彼女は身動きできませんでした。誰かが肩のそばで笑い、それが手の主だとわかりました。震えながらゆっくり振り向くと、小さな少年か少女が見えました。この青白い脆(もろ)い存在は男か女か不明でした。そんなふうに私を見るとは狂っているにちがいないと思い、ジェミマは恐怖で喉が詰まりました。

「あれは父の城だ」とその子は言いました。「僕はミムー、父の可愛い小さな息子だ。僕はきみに父の城を見る許可を与えるよ」

「あなたは男の子ね?」彼の体が発する不快な臭いから離れようとしながら、ジェミマは言いました。

「どちらでもいいよ。きみはあまり利口じゃないね、でもかまわない。知性と友を同時に求めても無理だから。きみは何歳？」

「十三歳よ。あなたは？」

小さな男の子は急に笑いだし、それから窒息しそうなほど咳込みました。

「十三歳だって？」彼は興奮して叫びました。「十三歳か。きみはきっと巨人だろうね。だからそんなに間抜けなんだ。巨人がみな間抜けなのは有名だからね。僕は今日で二十歳になる。きみは僕にキスしていいよ」

「したくないわ」

ミムーは顔を近づけました。「きみは間違っているよ。僕はハンサムだと思わないか？」

ジェミマは彼の少女のような顔をじっと見て、可愛いが気味が悪いと気づきました。

「そうも思うし、そうじゃないとも思う。でも私に触れてほしくないわ」

「ママと僕は年の割にずっと若く見えるし、僕らは自分たちの繊細な美を誇りに思っている。パパは僕たちのようではない。彼はこのあたりに住むみなのように醜い。彼はきみと同じくらい醜い、動物のようだ。僕たちはそうではなく、母と僕だが、天使のように見える。僕は父似でなくて嬉しい」

ジェミマは激しく鼓動する胸に置いた両手を固く握りしめました。

「あなたのお父さんはどんなひと？　さっさと答えなさい、でないと森に投げ飛ばすわよ」

ミムーは少し驚いて彼女を見ました。

「きみはなんて粗暴なんだ！　でも下等な動物には常に寛容でなくてはならない。父は狐、狼、猫、鷲、雄鹿、馬、雄鶏……など、森のすべての動物のようで、それ以上ではないよ。ともかくきみは僕の神経に障（さわ）る」

「あなたのお父さんの城に連れていって。私はとても寒いし、昨日から何も食べていないの」

「あそこに行くときみはもっと寒くなるよ。でもとにかくここよりは楽しい」

「私はお父さんの城に行きたい、もし私を連れていきたくなければ、あなたを殺してひとりで行くわ」

ミムーは静かに笑いました。「きみの名前を教えて、それと僕とゲームをすると約束して。そうしたらきみを連れていくよ」

「ジェミマ」とジェミマは苛立って言いました。「そして約束するわ。さっさと行きましょう、寒さで凍死してしまう」

二人は木から降り、ジェミマは大地の中心の洞穴に降りていくかのように感じました。木の根元に木製の自転車がたてかけてありました、一番最初に創られた自転車のようで、巨大な前輪とちいちゃな後輪がついていました。ミムーが軽い薄い部屋着を着て裸足だと彼女が気づいたのは、そのときでした。彼は自転車に跳び乗ると、ジェミマの手をつかんで彼女を引き摺りました。自転車はゆっくりと進み、ところどころで左右に跳ねました。森は凍りつき死んだような静寂に包まれていました。ミムーとの道中では生き物はまったく見なかったのですが、一匹のハイエナが空気を嗅ぎながら二人のあとを歩いてきました。

「あのハイエナが怖いの?」とジェミマは尋ねました。「なぜそんな出っ張った目でハイエナを見ているの?」

「もし僕が眠ったら、あれは僕を食うからね。だから僕たちについてきているんだ」彼は明るく笑って言いました。「あの汚い胃袋に飲み込まれるのは嫌だからね」

「ハイエナは腐肉しか食べないわ」とジェミマは言いました。

「きみはほんとに馬鹿だね」とミムーは言いました。「馬鹿だ、馬鹿だ」彼は歌いました。

「彼女は馬鹿だ、盲目だ、可愛そうな子だ」すると彼は笑いすぎて、自転車から転げ落ちそうになりました。

「彼の匂い……それは肉、腐肉の……匂いだ……」と思ったけれど、彼女は何も言うまいと決めました。

城に近づくにつれて寒さはさらにひどくなりましたが、ミムーは気づかないようでした。彼の小さな顔は雪のように白く、表情は穏やかでした。大きな松明(たいまつ)が城の堀にかかる橋を照らしていました。ジェミマはミムーの長い巻き毛は金髪だと思っていたのですが、今それは老婆の髪のように白くまばらだとわかりました。この霞(かすみ)のような髪は彼の顔の周りを煙草の煙のように漂いました。そのとき、松明の明かりで彼女は彼の両手に気づきました。猿の手のように萎(しな)びて、爪は生身まで食い込んでいました。

彼らは城の大きな門近くの中庭に入り、それから城の建物に入りました。ここでは何も動くものはなく、どこにも生き物の姿はありませんでした。家具さえ萎びているように見えました。ジェミマは椅子に片手を置きました、すると椅子はぼろぼろに崩れて塵と化し、ジェミマは震えあがりました。両手を喉に当てて叫び声を押し殺しながら、彼女はじっと立っていました。自分が恐怖で発狂するだろうと思いました。ミムーは面白そうに彼女を眺め、唇の周りに微(かす)かな微笑みを浮べました。

「庭でゲームをしよう」と彼は言いました。「覚えているよね、君は約束したよ」

庭は城の中心にありました。大きな烏(からす)が嘴(くちばし)で地面を叩いていました。ジェミマが見にいくと、次のような碑文を記した平たい石が見えました。


我々の愛しい小さなミムー。一九〇〇年六月十日没。


ジェミマはミムーに向かって激怒の叫びをあげました。

「死体め、おまえ、汚い死体！」

今彼女にはすべてがわかりました、すると烏が飢えた叫びをあげてミムーの頭の周りを飛びました。ジェミマは巨大な城を走り抜けようとしたものの、すぐに途方もなく巨大な棺のように続く部屋の迷路に迷いました。部屋は空で、ひとつまたひとつと果てしなく続き、息苦しい冷気を封じ込めていました。ついに彼女は疲れ果てて、巨大な石の上に横になると、石にゴシック体で深く刻まれた銘を読みました。

ここにアンブローズ・バーバリーと妻ルシンドが眠る。〈狼〉、敬愛する〈君主〉、生者の足取りで過度に歩きまわることなかれ。

訳註

＊1　小形の羚羊。

＊2　魔力による姿形の変容。変身。

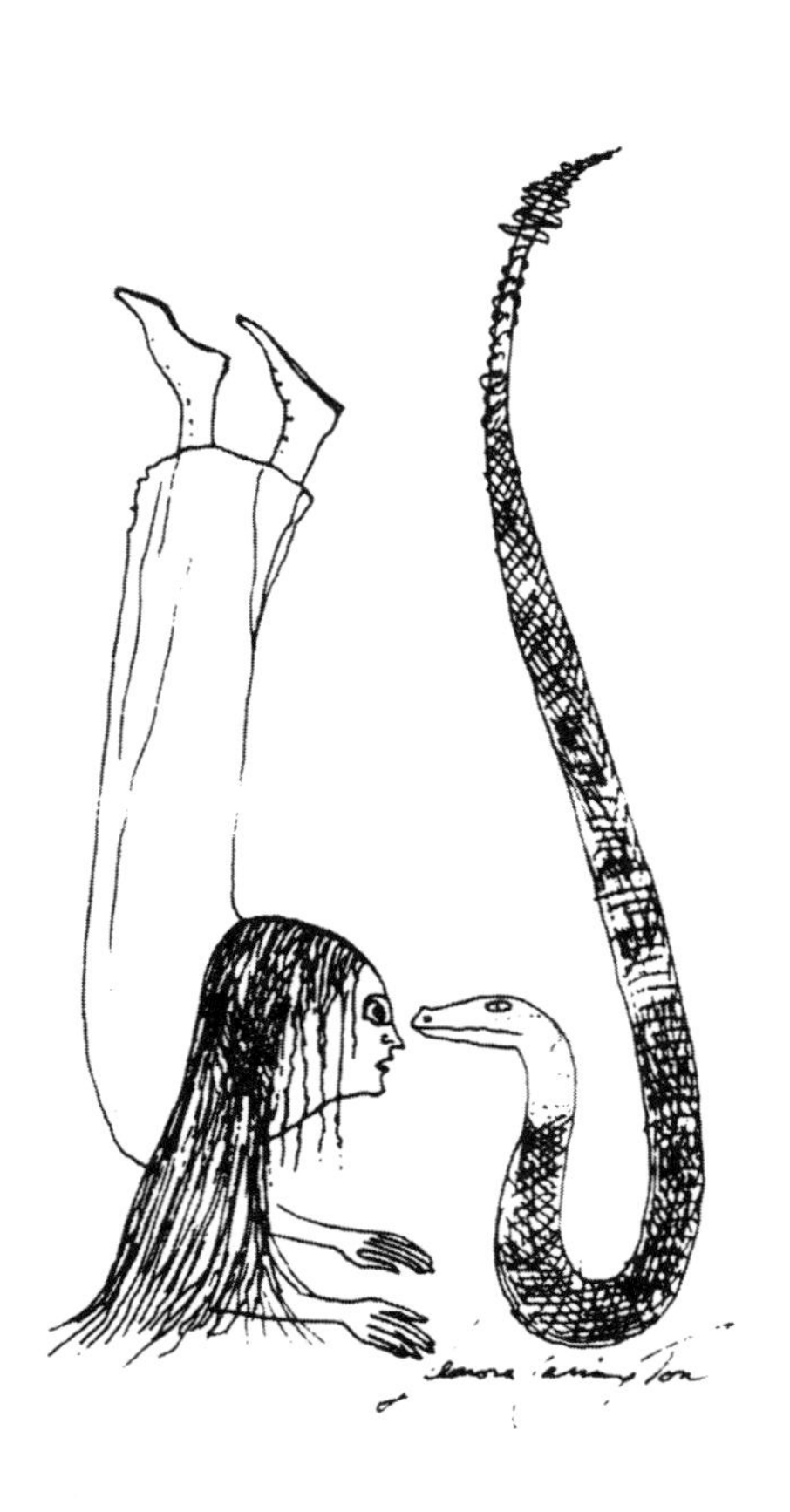

石の扉

I

アステカの僧侶の髪のように黒く生き生きとした深い森の中央に、大きな館が建っていた。ビクトリア朝風の非常に暗いネオ＝ゴシック様式で、ギリシャ風でもあり、あちこちの角は古代ローマ様式でもあって、その折衷性は設計者が建築科学生時代に受けたアカデミズム教育に報復したかのようだった。この巨大な建物の頂きには不釣り合いな塔があり、それは実は天文台だった。

雨が降ると、湿気が館の周りを覆い尽くして、壁にべっとりと張りついた。暗褐色や紫の斑点のある、緑からオレンジの様々の色合いのかびや茸(きのこ)の群れが、複雑な彩りを放つ竜の鱗のように壁を覆った。天文台の頂きで前脚をあげて跳びはねているケンタウロス像でさえ、野生の茸の毛をつけて、石像というよりフェルト像に見えた。

三人の男が天文台のケンタウロス像の下で無言のまま坐り、欠けていく下弦の月を観察していた。彼らは白い清潔な麻の服を着て、テーブルの周りに等間隔で坐っていた。各自が望遠鏡と顕微鏡*1をもち、一本の花を細心に調べながら、時折黒いテーブルにチョークで図を書き留めていた。

最年長者はアジア系らしく、恐らくは中国人で、斧で切り倒されたような格好で椅子に坐り、訓練された犬のように両手を前に出していた。彼は十二時間ずっと欠けていく月から目を離さなかった。

二人目は明るい色の目をした肉付きのいい赤らんだ肌のヨーロッパ人で、顕微鏡をいじりまわしては、テーブルに入り組んだ記号を書き、たびたびそれを擦り消していた。時折丸い頭を痙攣させ、両足をテーブルの下で動かしていた。

三人目の最も若い男はユダヤ人だった。蒼白い美しい顔立ちで暖かい目をしていた。裾まで垂れる白い麻服は長くゆるやかで、彼の人格の一部のように見え、よく似合っていた。右手で左手の掌をゆっくり愛撫し、満足げにこの仕草を眺めていた。

ユダヤ人はすでに月を眺めるのをやめていた。

中国人が突然体を動かし、驚いて他の二人は作業をやめた。

彼は着ていた白い服から縺(もつ)れた糸を一本引き出し、二人の目前にぶら下げた。糸は彼の指の中でくねくねと動くように見えた。

ヨーロッパ人はぎこちなく立ちあがって、糸をじっと見つめたのち、扉近くの小さなテーブルに準備されていた三つの陶器の壺を取ってきた。ひとつの壺には水が、もうひとつにはワインが、最後の壺には新鮮な牛乳が入っていた。ヨーロッパ人は水を中国人の前に、ワインを自分の坐っていた席の前に置き、牛乳はユダヤ人用だった。

大きな館のどこかで鐘が鳴り、これが三人の長い沈黙を破った。

「駄目だ」とユダヤ人が言った。「もうこれ以上はうまくいかない」

ヨーロッパ人は動揺したようで、両足をさっと組み換えた。中国人は身動きしなかった。

「牛乳を」ユダヤ人は両手を愛撫しながら言葉を続けた。「私がヨーロッパ中の牛が干あがるほど吸うとしても、我々にはこれ以上何もわからないだろう」

「我々は戦争を経験してきたし」ヨーロッパ人が言った。「ヨーロッパの飢饉と残酷に殺害された無数の死体も見てきた」

「残念ながら」中国人が答えた。「これらが必然だったことは、天の星座、すなわち頭上の弓型の羊皮紙に記されている」

「なんのために?」ヨーロッパ人が尋ねた。「この前の戦争の財宝は結局ヒッポリュテー[*2]の胃袋に収まったではないか」

「権力はしっかり結束している。それを解体しなければならない」中国人が言った。

「牛乳を飲め」ヨーロッパ人が憤慨してユダヤ人に言った。「そうすればたぶんまだ修復可能だ」

「駄目だ、私は渇きかけている。女がひとり必要だ」

二人は初めてユダヤ人に目をやり、その仕草にショックを受けた。彼は左の掌を愛撫し続けていた。

「もし子宮の扉を無視すれば、我々は萎(しな)びて死んでしまうだろう」

「こうした秘密を女と共有すれば」中国人がおもむろに口を開いた。「宇宙の邪悪な力をすべて解き放つ危険性がある。女は家庭の団欒にのみ気を配り、それ以上は学ぶべきではない」

ユダヤ人は聞いているようには見えなかった。「甘い混沌(カオス)」と彼は呟いた。「そしてその混沌(カオス)から、人間がこれまで夢想すらしなかった新たな混沌(カオス)の秩序が生まれる」

びしょ濡れの黒い犬が、扉を押し開き、中国人に駆け寄った。

「下に降りて喫煙しよう。解散の時刻だ」

明かりが消え、男たちと天文台は暗闇に姿を消した。

Ⅱ

やっと扉をノックする音がしても、アマゴヤはすぐには扉に行かなかった。指を捩じりながら少し待った。

彼らは七ヶ月前に去り、アマゴヤは五週間ノックがするのを待ち続けていた。いざノックを聞くと拍子抜けした。

この家に辿り着くには、彼らはピラミッドのように曲がりくねった煉瓦の通路を通らなければならなかった。アマゴヤには太った女と緑の目をした太った男が、扉の外に立っている姿を想像する時間があった。

扉を開けると、彼らはアマゴヤが想像していた通りに微笑し不安げで、想像した通りの服を着て、予想通りの挨拶をした。隠し事のあるひとの例に洩れず、彼らは周りのすべてにキスをした。

「この家は広くなったな」と緑の目の男が言った。

「すぐに彼らは私に質問してくるわ」微笑みながら、アマゴヤは思った。太った女は好奇の目でアマゴヤを見つめながら台所を歩きまわった。

戸口にかかるフランネルのピンクのカーテンが微(かす)かに揺れた。

「こちら側は向こう側とそっくり、左右対称ね」と太った女は言った。

「この女はまだ彼女を憎んでいる」アマゴヤは思った。

三人は無言でピンクのカーテンを抜けて部屋に入った。まるで死者を前にしているようで、アマゴヤはヒステリックに笑いだしたい衝動に駆られた。

部屋の向こうで何かが動くように思われて、男は黙ったまま落ち着かない様子だった。彼は周囲を見まわして、小さな中庭(パティオ)に開く扉の壊れかけた蝶番(ちょうつがい)が、すきま風に小さな落ち着かない音を立てているのに気づいて安堵した。

「彼女はもうここに住んでいないわ」アマゴヤは抑揚のない声で言った。「出ていってしまったの」

誰かが歩いて他の部屋に入ってくる音が聞こえた。

「アマゴヤ……」と男が呼んだ。「彼らはまだ仕事を終えていない。この悪魔に憑かれた街の鳥の巣では何もかもがこうだ」

「ウエンセスラウス、二人はここにいるわ」アマゴヤは答えた。「フィリップと……ミシェルがもどってきたの……」

白髪の男がカーテンを開けて入ってきた。

挨拶がいつものように入念に交わされたが、キスは少なかった。ウェンセスラウスとフィリップはそろって外出し、アマゴヤは太った女と残された。

「彼女は今幸せなの？」ミシェルはベッドに腰かけながら尋ねた。

「そう思うわ」アマゴヤは注意深く答えた。

「ずっとペドロと一緒だろうと思ったけれど」太った女は煙草に火をつけた。

「彼女は私たちが思っていたより、つまらない女だったと思わざるをえないわね」

「この女は彼女をひどく憎んでいる……」とアマゴヤは思った。

「フィリップは彼女にとても重要な秘教の知識を打ち明けてしまったわ。でも彼はそうすべきではなかったとも思うの」

「私はすべてを思い出さなければならない」とアマゴヤは思った。

「結局」とミシェルは続けた。「学ぶってどういうこと？　普通なら何年もかけて学ぶ聡明さを彼女は若くして学んだ、それだけのことよ」

「あなたたち二人が行ってしまったときすべてが変わってしまったわ」アマゴヤは言った。

「あなたたちが帰ってくるとは誰も思わなかった。この高度では確固たるものなんて何もない、ひとは変になって、海水面レベルでは思いもつかないことをしてしまう」

「ああ、標高ね……」ミシェルは叫んだ。「この都市の標高は最悪よ……ねえ、アマゴヤ、彼女はいつ出ていったの？」

「大晦日、真夜中の鐘が鳴ったとき」

アマゴヤはミシェルが唇から煙草を遠ざけて、空気を嗅いでいるのに気がついた。

「彼女はいつも忙しかったわ」

「あれは鳥の鳴き声？　なんて鋭い声なの！」

「私たちはドン・マサリーノと呼んでいるわ。ある朝、深紅の鳥が私の部屋に飛びこんできたの。扉も窓も全部閉まっていたから、どこから迷い込んだのか誰にもわからなかった。猩々紅冠鳥(カーディナル)よ。あなたたちが出ていった直後に現われたのよ」

「この鳥は血が凝固したようね……何を食べるの？」ミシェルはバナナのかけらで赤い鳥を突っつき、鳥が怖がったのを見て笑った。

「そうね」アマゴヤは言った。「この鳥の声は鞭のように鋭いわ」

テーブルの上にある空缶が突然なぜか燃え上がり、ミシェルは話を聞いていなかった。彼女は柔らかい丸顔の口を尖(とが)らせて立ち上がると、慎重に炎を消してまた腰を掛けた。

「彼女はとても利口な娘だったわ……」

　彼らが出ていくと、アマゴヤはひとり部屋に戻った。彼女はしばらく肥った二人の人物と、二人が帰ってきた理由について思いを巡らせた。彼らはいつもこの標高の高い都市を憎み、憎みながらも秘密が墓とピラミッドから立ち昇り明らかになるのを待っていた。おそらく憎悪は愛と同じく、秘密を暴露できるのだろう。

アマゴヤはその部屋にいたはずの女性の不在を、あらためて思い知った。イギリス諸島から大群の先祖たちの馬が灰色の大西洋を泳ぎ渡って、アマゴヤがどこに行こうともつきまとった。聞くまいとする時計がカチカチ音をたてるように、大晦日が彼女の心に蘇った。

小柄な医者は彼女を「魔女に支配され取り憑かれて……夜にはバンシー[*3]と跳ねまわる、いかがわしい女」呼ばわりした。当の医者はそのあと死んでしまった。

彼らは酒場近くの部屋に灯りを消して坐り、誰かが〈泣く女（ヨロナ）[*4]〉の歌を歌っていた。真夜中の鐘が鳴ると、扉が新年を祝う通行人に開いた。彼女は甲高い声をあげて両手を差し出し、見知らぬ男はその手を取って離さなかった。

アマゴヤは身震いした。あの夜死んだスペイン人が酒場にいて、ノルウェーの巨人が火の中に坐っていた。彼女はどれほど神を罵り、表玄関の前のゼラニウムに嘔吐したことか。

これらの思いを払いのけようと、アマゴヤは黒いブリキのトランクを手探りして、忘れてしまったかのように放置していた日記を探した。細い几帳面な筆跡が整然と頁を埋めていた。

九月十五日、キャンサー（癌）。病、ニューヨーク。キャンサーは（メキシコの）北回帰線。

キャンサーは黄道十二宮の第四星座。水の父。蜘蛛＝蟹。ミステーカシアウトルの箱、（6）葬儀装具の蠍＝蟹。夢の中の虎＝蜘蛛＝蟹。*5

夜。私は混乱している。言葉は粗野で愚かで、おまけにすべてを言い尽くせなくてひとを欺く。なぜあなたたち二人は私をほっといてくれないの？

ミシェル、あなたは〈真実〉を探しているつもり？　いいこと、あなたは細菌のように嘘を繁殖させる、あなたにはもううんざり……それにあなたのその体、肥って弛んだ体にはぞっとするわ。なにより私はあなたを憐れんでいるの、憐みってなんと味気ない陰気な食べ物なのかしら！

星は山々に、丸屋根の寺院にと不思議な運行を続け、生暖かい緑の森を抜けて、垣根と壁に侵入する。そして恋人たちのベッドの下に、あるいは眠る家畜の体の下に、非情に、明るく、冷たく横たわる。

私は星の運行をひそかに探り続ける。

私に復讐させて。私はやさしいのよ。憎しみという武器すべてを使いきるまでは、私の蜂蜜の火口は解放されない。

父よ、私が幼子たちを拷問するのをお許し下さい。父よ、私は慎ましく率直な微笑で、彼らを処刑したいのです、偽善者になる道をお教え下さい。父よ、そうすれば、私はどんなに素晴らしい愛人になれるでしょう。

(数時間中断して、真夜中が過ぎた)

ペドロがまた酔って帰宅して、私は彼と金切り声をあげて騒ぎを起こしたが、罠にかかった鼠のように、まだ彼から離れられない。私はいつか自由になれるのしら? どんな密かな渇望が私を彼に繋ぎとめているの?

私はフィリップのことを考える。


昼。鳩時計で気が狂いそう。私はいつもひとり、孤独が私を苦しめる。あの鳥の奴、地獄に堕ちろ。

言葉は不完全で当てにならない。書かれた言葉は鉛の塊のように、時間の中にぶら下がる。すべては年月と惑星とともに、動かなければならないのに。

惑星の軌道の外の罠。出口を計算せよ。乙女座の五角形の王冠、生命を宿す死。腸を抜いた犬の死体で顔を覆い、笑いをこらえることを私は学んだ。月に吠えるのは魅力的だ、月は答えに影を投げてくれるもの。私は残された日々を月に吠える。

また星が現われる時間になった。私は狼の皮を着て、木に坐って星の軌道を眺め、泥に描かれる次の一歩を待つ。

私は自分の孤独を思い、悲嘆し激怒の叫びをあげることもある。

さあ妖精たち、はじまりよ。星が動くわ、出発（ホース・アンド・ハトック）*6よ。
これらすべては未知から投影される影。今私にはわからないけれど、すぐに理解しはじめるわ。

九月十八日。私はアマゴヤとゲームをした（アマゴヤはどれほどわかっているのかしら？）。

十月末の夕暮れ。六時を過ぎれば、ともあれ私は家に飛んで帰る。私たちにはペドロが家にいないのはわかりきっている。アマゴヤと別れて、私はモレノ通りを駆け下り、私の部屋の窓に明かりがついていないか目を凝らす。暗闇、霊柩車のような闇。私の胃はきりきりと痛む。

昨日も同じ繰り返しだったが、私は誰もいないアパートで、悩みながらじっと待つことはしなかった（この苦しみから解放されないかぎり、私は何も理解できないだろう）。街路をひとり歩きまわれば、アマゴヤだって不安になるわ。歩いていて、私は誰かの霊を呼び出してしまったのに気づき、それがフィリップの霊だとはっきり感じた。そして以前フィリップが、生者を呼び出すことがどれほど危険なのか話していたのを思い出した（誰にとって危険だというの？）。そしてフィリップは現実には、バーバリーのコートを着た丸い星のような格好で、急いで近くに来ているかもしれないと思った。でも見慣れた顔は現われず、私が意志に反して呼び出したのは、フィリップの霊でも、何か思いあたるものでもないとわかった。でもその存在はなにか私がよく知っているもの、なにか懐かしいものだった。

私はフィリップの霊を呼び出したかったので失望した。子供の頃、私は肥り過ぎて速く走れない私のシェトランド・ポニー[*7]の夢を見たかった。ブラック・ベス、そのベスが祖父の、レースで負け知らずのフライング・フォクスの先を疾駆するのを見たかった。

でも乳母が灯りを消して、ベッシーがグランド＝ナショナル[*8]で勝つ夢を見ようと思ったとき、猟場番人の八本指爪の猫のトウミ[*9]が、呼びもしないのに夢に入ってきて、ひと晩中私のそばを歩きまわった。ではどんな生き物が、八本指爪の猫トウミのように呼びもしないのに、私が歩いていたとき現われたのかしら？　動物それとも人間かしら？　鳥かしら、鉱物、野菜それとも魚かしら？　塵と肉桂（シナモン）の匂いのする、暗く暖かいものだった。

私はそれが誰だったのか見つけ出さなければならない、でもどうやって？

まだ十月。手がかり、十月、天秤。卵の中の男と女。〈眠る風たち〉の天の宮。それらは、切れたネックレスに組み込まれた魔女石（ウィチストーン）のように、ぶら下がる。手がかりだ、みんな同じ感覚と興奮をひきおこす匂いがするもの。でもなぜどのように繋がっているのか私には説明できない。

白檀の詰まった象牙の箱。客間に誰もいないとき、私はその匂いを嗅いだものだった。象牙の箱は名状しがたい記憶を呼び起こした。

今日ミシェルは私に、秘教の初歩的数字とその意味を教えてくれた。フィリップの許可なく教えたので、フィリップが怒っているとミシェルは言う。彼は激怒して、これ以上惑星の軌道(サークル)について教えないと私たちを脅した。すべては秘密で、もし彼が私たちに教えた秘法が漏れれば、死の危険があると彼は言う。何も知りもしない者に、どうやって〈教えられる〉というの？　盲人に色は見せられないし、説明もできないじゃない。

フィリップは幼い男の子のように、なんでもミシェルに話す。私たちがウィツィロポチトリ[*10]の母、コアトリクエ[*11]に会いに行ったあと、ミシェルはひと騒ぎ起こした。私は悪魔だと彼女は言う。私がフィリップと夜遅く密かに逢ったことを、彼女は知っていた。ケツァルコアトル＝川、水、父＝母。重要な事柄がメキシコで起こるだろうとフィリップは考えている。メキシコの〈神々〉は悪意があって危険だ。彼は恐れている。

しるし(サイン)が現われ、そのとき私たちは〈理解〉し〈知る〉ことになるだろうと、彼は言う。

それは左手を体から千六百キロ離れたところで探すようなものだと私は思う。

でも私は、これまで知っているアルファベットにはない文字の解読を学んでいる。

十月終わりの日々。ばらばらの出来事の予言は難しい。断片を編み合わせて予言にまとめあげるのは至難の業で、不断の監視（寝ずの星の観察）が必要だ。偶然とは未知から滴(したた)り落ちる言葉。いくつかの偶然がときにまとまってひとつの文章を作り上げる。私の記憶は痙攣して鋭い心象（イメージ）に変わる。見たこともないのに、記憶に残り、私に取り憑いて離れない強烈に鮮やかな心象（イメージ）に。

　白く雪化粧した松林のある国で、住民たちは鮮やかな色彩の服を纏（まと）う。砕け散るガラスの音。虎のように敏速で毛深く強靭な小馬たち。雪と埃と肉桂（シナモン）。

　仮面を被り四つ這いになって、私は鼻を狼の鼻にほとんどくっつける。私たちの眼は結びつきひとつの視線となるが、私はまだ自分の背後に隠れ、狼も彼の背後に隠れて、私たちは別々の分離した肉体のままだ。どれほど深くお互いの目を覗き込んでも、透明な壁が私たちを突然の変化から遠ざけ、私たちの視線が体の外部で重なることはない。もし何か聡明な力で、突然の変化を、狼と私が一体となる外部の神秘的領域を獲得できれば、恐らくそのとき最初の扉が開き、彼方の部屋が見えるだろう。

　昨夜夢の中に〈それ〉は戻ってきた。埃と肉桂（シナモン）の匂いのする毛深い生きもの。私は悲鳴をあげて、血のような黒い粘つく涙を流しながら、その毛皮か羊毛か髪かに入り込んだ。数世紀の間に蓄積された苦悩で濃縮された涙は、すぐにすべてを思い出して、激怒の上着を編み、誕生と死の悪臭を放った。破廉恥にも、私はこの生きもの——男か動物か植物かあるいは悪魔か——に、すべての苦悶をゆだねた。すると私は五感の力を完全に取り戻し、五感の長い根が太陽のようにはっきり見えた。幻視または夢の光は外部のどんな発光体とも合体する。もう私は自分自身の体に孤立してはいない。

思考と夢、でもこの二つの現実性を証明するものは微塵もない。私はといえば監禁状態で、日々命をすり減らしている。

諸聖人の祝日。*12 フィリップとミシェルは熱帯地方に帰ろうとしている。毎日がペドロとの惨めな言い争いと、アマゴヤとの逃避に逆戻りすると考えると、耐えられない。フィリップは私を惨めにし、私の腕に羽毛が生えはじめると突き離すだろう。私は独力で自分を解放し、可能なかぎり神秘に分け入らなければならない。この監禁状態は、私のもつ知識がなんであろうとも、その土台になるとはわかっている。私はこれからどうなるの？ 自分が巨大な蒸気機関車を玩具（おもちゃ）に持たされて、置き去りにされた子供のような気がする。どの螺子（ねじ）を最初に巻かなければならないの？

昨日私はフィリップに理解したことを話した。でも暗い生きものについては、もっと学びたいけれど、何も話さなかった。いつものように、フィリップは質問に答えて言った。「天体（オブジェクト）*13は、過去、現在、未来を包含している、我々がそれらの秘密の抽出法を知っていればの話だが」もしかして、鏡は一度映し出した映像を決して失わないのかもしれない。映し出された映像はまた姿を現わしうるのかもしれない。

魔法使い（ソーサラー）や錬金術師たちは動物、植物、鉱物の構造を知っていた。忘れてしまったものの硬い表面をたたき割って、私たちが誕生以前に知っていたものを再発見しなければならない。

十一月十六日。フィリップとミシェルは去った。

奇妙なことに、私は思っていたほど寂しくはない。

彼らが去った日、私はチャプルテペックの森[*14]を白馬で駆けた。早朝で曇っていて人影はほとんどなかった。宮殿の周りを疾駆しながら、私は自分の孤独と、羊毛に身を包み肉桂（シナモン）と埃の匂いのする生きものについて考えていた。いくら試みてもその生きものの現実の姿は呼び出せず、彼は想像の域を出なかった。この招魂の呪文は私の内に隠れているのに、自分が卑小で無知に思われて悲しい。私はこれを容認できない、自分を巨大で強力だと感じたい（自分は束の間人間化した女神だと密かに信じている）。目下ペドロと私は憎みあっている。私たちはベッドで魚売り女のように、金切り声で罵り合う。これはひどいエネルギーの浪費だ。それでも私は出ていこうとしない。幽霊、動物、人間よ、なんでもいいから戻っておいで。私はこの孤独には耐えられない、自分と独りで向き合うのはもううんざりよ。

十一月二十日。私はアマゴヤに尋ねてみたが、彼女は何も答えられない。もちろんフィリップとの間に起こったことを、私は彼女にうまく話せない。数日前の夜私はひとりきりだった、ペドロはいつものように出かけていた。私はコーヒーを入れながら、彼の軽視には断固無関心でいようと決めた。自分が見捨てられた台所の下働きのような気がした。侘（わび）しい小さな台所でコーヒーを飲みながら、自分自身についてじっくり考えた。

「私はこうしてひとりで坐っている。私は馬鹿よ、食べ物の匂いが味より精妙だといって、匂いだけ嗅いで餓死するタイプの人間。炒（い）ったコーヒーの芳香を味覚で捉えられるかどうか哲学者は誰も答えてくれなかった」

こんな独り言に耽（ふけ）りながら、孤独を紛らわそうと無駄な努力をしていると、テーブルの上の白い小さな包みが目にとまった。好奇心から開けてみると、小さな肉桂（シナモン）棒が数本入っていた。その日肉桂（シナモン）を買った覚えはなかった。

気分はよくなったが怖くもなって、私はベッドに入ると、通り過ぎるスックブス[*15]に一か八かの機会を与えようと、枕の下に肉桂（シナモン）を置いた。

目を閉じると、夢か記憶か幻覚が現われた。私は荷を背負って、徒歩でメソポタミアを横切っていた。荷が重かったか軽かったか言うのは難しい。というのも私はそれを運ぶのに慣れているようで、これは私の身体機能のひとつになっていた。

私の行先はハンガリーで、そこはどうやらメソポタミアと国境を接しているらしかった。私が旅する国は不毛で、木はほとんどなかった。埃っぽい砂漠のあちこちがあらゆる形と大きさの墓で区切られ、墓は美しい装飾と彩色が施されて、熱帯魚のようだった。私はあたりを見渡して、住民が完全な人間ではなく、部分的に粘土でできていることに気づいた。彼らは砂埃のなかを滑るようにゆっくり歩き、時々ぶつかっては、片方あるいは双方が砕けて粉々になった。

「メソポタミア人は野蛮で怠惰な人種だ」と私は思った。町かあるいはとても大きな墓地に似たものに近づくと、ひとりの人物が人間陶器の一群から抜け出して、私の方に走ってくるのに気づいた。頭から足まで固く包帯で巻かれていて、動きはぎこちなく、走るというより足を引き摺っていた。彼が摺り足で歩くと、枯葉が木から落ちるように、片足が剝がれ落ちた。


近づくにつれて彼は叫びだした。「旅人よ、何か変わったことはあるかね？　何か変わったことは？」

外見は老いていたが、彼は若かった。ひび割れた褐色の顔は十二歳を超えてはいなかった。

「あなたはバグダッドからきたのだろう？」私の顔に埃の煙を吐きかけながら彼は尋ねた。

私は自分がどう答えるか待った。

「私はバクダッドから来ました。二十日間歩き続けています」

「あなたは死んでいるのか？」

「いいえ、そうではないと思います。バグダッド市長がハンガリー国境に住むユダヤ人の王にこの贈り物を届けるようにと、私に三ファージング銅貨を支払ったのです。私は近道にここを通ります」

「あなたは奴隷か？」

「なんですって、違います」私はよそよそしく答えた。「私は乞食です」

「もし死者の国から出られなければ、あなたはどうするつもりか？　ケチケ[16]の石の扉は油断なく監視されている」

「私は最後の審判の日まで、私の声が便所の落書きのように、地球の中心の至るところに記されるまで叫び続けます」

「それでもケチケの扉は開かないかもしれない」

「ケチケは開くでしょう」

彼は舌を出したが、それはほんの一本の黒い糸だった。そして老いた牡鶏の最期の鳴き声のような笑い声をあげた。

「バグダッド市長はユダヤ人の王に何を送るのか？」

「玩具（おもちゃ）です」

「玩具以外に、何がその袋に入っているのか？」

私は彼に狡猾な微笑を投げかけて、縺（もつ）れた髪の毛を揺すった。

「秘密ですが、私の大袋には一万二千の宝物が入っています」

若い顔に皺の寄った皮膚と同じ乾いた笑いを浮かべ、私の耳に顔を近づけて彼は言った。

「私に物語を話しなさい、そうすれば死者を弔う菓子をひと切れあげよう」

「物語は真実でなければなりませんか？」荷を降ろしながら私は尋ねた。

「物語というのはすべて真実だ」と彼は言った。「はじめよ」

「ある夜満月に照らされた砂漠を通っていると、地平線に円丘が見えました。

『あれは丘ではないし』と私は独り言を言いました。『白蟻の町でもない、死者の家はこのような形に造られない。いったいなんだろう?』

素足で歩き続ければ答えに辿りつけるだろう。それで私は砂漠の隊商の足跡を一目散で追いながら、形が変わっていく円丘をずっと考えていました。近づくにつれてより多くの円丘が見えてきました。それらは徐々に大きく複雑になり、実は大きな隊商の野営地だとわかりました。

怠惰な料理人が片づけ忘れた壺が残っていれば夕食にありつけるかもしれないと思って、私は地面に腹這いになって、昆虫のように近づいていきました。

異国文字を刺繡したテント群が、牝鳥を囲む雛鳥のように、中央の大型テントを囲んでいました。大型テントは金の布製でトルコ石の蜘蛛がいくつか嵌(は)め込まれていました。

百人の奴隷が楽器を身につけてそのテントの周りにうずくまり、私には近づけませんでした。時折彼らが弦を鳴らし、旋律を吹奏し爪弾きする音楽に、私の縺れた髪は頭蓋骨の上で逆立ちました。

ひとりの奴隷が大岩の近くを通りかかり、私はすばやく飛びつくと踝(かかと)をつかみました。彼女は牝鳥のような声をあげました。

『私は悪魔だ、言う通りにするのだ』と私は言いました。

『仰せの通りに』脅えた奴隷は答えました。彼女の横顔と身につけた宝石からエジプト人だとわかりました。

『私はおまえの主人に会いたい』

『それは難しいです』奴隷は答えました。『いかなる生きた人間も私のご主人様を見ることはできません。すべてのユダヤ人の聡明な〈王〉だからです』

『もし私の望み通りにしなければ、指から火を放って、おまえを今ここで火炙り(あぶ)にする』

『それでは王様のテントに登って、高官のペットの鼠が齧(かじ)った穴から覗いて下さい』

『どうやって多くの召使いたちに気づかれずに通り抜けて、それほどの高さに登れるのか?』

『あなたは鳥に変装するのです。〈王〉様は常にメキシコの野生の七面鳥の群れを連れて旅をします』

『では鳥の羽毛をもってくるのだ』

彼女が立ち去ると、私はまだ太陽の匂いのする暖かい地面に横たわりました。冷たい夜明けはまだ訪れてはいませんでした。奴隷はすぐに羽毛の詰まった袋と蜂蜜の瓶をもって戻ってきて、私は七面鳥の仮装にとりかかりました。

私が蜂蜜の中をころがって羽毛を体にくっつけると、奴隷は私の首に紐を巻き付けて、召使いたちのなかを先導しました。私は憤慨した鶏のように、ぴょんぴょん跳んでコッコッと鳴きました。

『何を連れているのだね?』彼らは尋ねました。『とても醜い鳥だ』

『七面鳥です』エジプト人奴隷は答えました。『王様の夜食用の七面鳥です』

テントの背後に絹の梯子が掛かっていました。奴隷はそれを指差すと言いました。『これ以上は助けられません。〈王〉様にお会いしたあとは、独力で切り抜けて下さい。この危険な冒険のためにあなたは生涯呪われるかもしれませんが、これがあなたの望みだったのですから』

『〈王〉のテントの上に止まり、勝利の雄叫びを上げてみせよう』と私は答えました。『私に会うまで、聡明な〈王〉が砂漠を通過することは許されない』

『それは思いあがりです』奴隷は悲しそうに言いました。『モーセはもっと些細な理由で神の逆鱗に触れました』

『邪魔しないでくれ』私は言いました。宝石をつけた頭を揺らしながら、彼女は摺り足で召使いたちのなかに消えました。

私は武者震いしながら、絹の梯子を登りました。もし見つかればどうなるでしょう? 私の出現に、瓢箪(ひょうたん)のようにテントの頂上にじっと止まり、ぼんやり夜を凝視していた禿鷲(はげわし)たちは仰天しました。彼らは羽撃(はばた)きして飛び上がると、近くのテントに止まり直しました。

高官のペットの鼠が屋根に齧っていた穴がかなり大きかったので、私はすぐに覗き込みました。

〈王〉は真鍮板に映る自分の顔に見惚れて、そこに立っていました。私には彼の自己陶酔が理解できました。これほど美しい人間は生まれ出たことはなかったのです。豊かに波打つ顎鬚は夜のように黒々と、足元の地面にまで伸びていました。どんな大烏（おおがらす）の君主もこれほど荘厳に湾曲した鼻はしてはいなかったし、これほど黒く澄んだ目をした牡鹿もいませんでした。長身の体に羽織る襞（ひだ）のある長いナイトシャツには、カバラのすべての秘義が緋文字で刺繍されていました。

真鍮板に映る自らの顔を覗き込んで、〈王〉は呟きました。『この上なく美しいのも退屈なものだ。そこらの鏡を砕くほどに美しいというのは、喜びを生みだすものなのか？　余はおそらく晩餐を食べ過ぎるのかもしれぬ。いやおそらくは、ペルシャの喋る青銅の頭が話そうとしないので気が沈むのだろう……余に新たな玩具はない、宇宙についてこれ以上学びたい願望もない。遊びにも勉学にも飽きた。余は退屈で憂鬱だ……恐怖すら余には解放となるであろう』

〈王〉の言葉を聞きながら、私は身を乗りだし過ぎて、穴から落下し、彼の足から数歩のところに落ちました。

〈君主〉は山羊の優雅さで宙を跳ねました。彼の鬚の両端は驚きで捩（よ）じれました。

『神の天使かそれとも悪魔か?』体勢を立て直すと彼は言いました。

『私は堕天使（ルシファー）[17]と共に天国から追放された彷徨（さまよ）う天使です。ソロモンと呼ばれる王中の王を見つけるために、地獄から這い出てきました』

『通常の人間は余の顔を見ることは許されぬ』と王は答えました。『よってお前は天国と地獄を通ってきたのだと信じねばならぬ』

『私はある疼（うず）きを肩甲骨に感じていますが、それは一対の翼が生えてきているのだと思います。生きものは食べて太ります……私は食べ物を食べて翼を育て聡明になります』

『天国で、地獄で、地上と地下で学んだ知恵があるとすれば、おまえには十二の翼があるはずだ』


　彼の言葉に私はわななきました。〈王〉の神秘的（ハーメティック）な微笑には夢と悪夢が含まれていました。


　私は非常に不安になって尋ねました。『あなたと私は、時間の中を前後に泳いで、自由に行き来できますが、私たちは孤独であるよう運命づけられているのですか?』

『時間と空間を彷徨うのは素晴らしいことだ』と王は言いました。『未知の領域との境界は重なり合った層でできている。ひとつの層が他の層に扇状に通じ、それがまた新たな世界に通じていく。どこか宇宙の彼方に無限の空虚な空間があるのは事実であり、そこに多くのものがこの地球同様に住んでいるのも事実だ。その空間は暗く、始まりもなければ終わりもない。その空間は明るく、人生のように始まり、終わり、そして続いていく』

〈王〉は坐り、私は彼の足の裏から一群の小さな透明の根が生えているのに気づきました。『そうだ、余も彷徨っている。余の根は下ろす土壌が見つからぬ、それゆえその根は人目に晒されるのだ』
『あなたは預言者です』私は言いました。『教えて下さい、どこにユダヤ人の約束の地はあるのですか？』
『メソポタミアとハンガリーの遥か彼方だ。約束の地を見出す者はほとんどおらず、約束の地という言葉が使われるようになった前後何百年という年月を経なければならぬだろう。世界が真実を悟るのは真実が死んで消え去ったあとだ……百万の真実、あるいはひとかけらの現実』
話しながら、〈王〉は顎鬚の房を指に巻き付けました。私は彼の頬髯の光沢に驚きました。彼は続けました。『言葉は砂漠の砂塵よりも無用である。言語もまた死んでしまったからだ。そして死んだものは目には見えにくい動きをする』
そして〈王〉は中心が蜘蛛となった小さな木の輪を私にくれました。『蜘蛛の八本の足は愛と死である。輪の八の幅は勝利・運動・生命である』
私はこの遭遇に動揺して、方向も定かでないまま野営地をあとにしました。自分には使命があると確信しながらも、それが何か思い出せませんでした。必死で頭を絞り続けるうちに、足はすでに長い距離を踏破していました。すると突然、私の使命は顎鬚のある〈王〉に会うことだったのに、今私は彼と別れてきてしまったのだと悟って愕然としました。私が天国・地上・地獄で捜し求めたのは彼だったのです。

自分の愚かさを大声で愚弄しつつ、私は踵（きびす）を返して、〈王〉が野営していた場所に息も絶えだえに駆け戻りました。

豪奢な野営地の名残りは、肉桂棒（シナモン）一本と黒い羊毛の束と五本の鉄釘が残る、塵の中の小さな穴だけでした」


私が話し終えたとき、包帯で固く巻かれた人物は体を揺すって笑い転げ、彼の体は乾いた瓢箪のようにカタカタと鳴った。

「私の心臓は木の実のように乾いていて、笑うと体の中で転がるのだ」と彼は陽気に説明した。

彼は約束した通り死者を弔う菓子をひと切れくれた。そして彼の陽気さが和らいだとき私は尋ねた。「このように黒い鬚を生やした〈王〉は向こうの大きな墓地にいますか?」

しかし返ってきた答えは、半狂乱にカタカタと鳴る彼の心臓の音だけだった。


その夢は私に耐えがたい喪失感を残したので、人生が生きられるのは眠りの中でしかないと私は感じた。顔を洗い身繕いをし、食事し話す日常活動はたまらなく億劫になり、太陽が以前よりゆっくり軌道を回るように感じられた。人を見ると嫌悪を感じ、ついには窓越しに通りを眺めるのもやめた。たまに誰かが扉をノックすると、恐怖に震えて浴室に隠れた。元来仲間が好きではなかったが、彼らに会うとうんざりした。昼間私の神経はインコのように囀り、闇が近づくにつれて苦痛は治まっていった。街に明かりが灯ると私は床に就き、やがてメソポタミアに戻るのだった。

丘の上に立って振り返ると、墓の町はまだ道の遠くに見えた。眼前に埃を被ったリボンのように道が続き、道端には壊れた彫刻や、部分的に包帯が解けた様々の処置段階のミイラ群、既知のあるいは未知のあらゆる言語で描かれた銘板や、乾いて歪んだ本や羊皮紙文書、履き古した靴やサンダルやブーツ、たくさんの壺と樽、無傷のあるいは割れた甕や皿など種々雑多ながらくたが積み重っていた。

道伝いにゆっくり歩きながら、私は豊かながらくたの山を調べ、時々立ち止まってひっくり返しては気に入った物を麻袋に入れた。

都市から離れていく道には私の足跡だけが残っていた。ものの群れが途切れることなく通り過ぎ、すべてが同じ方向に向かっていた。彼らの外見は見分がつかず、なかには透明なものもいた。動物も植物も男も女もいた。輪郭がひとつのものもいれば、シャム双生児のように二つ、あるいは三つ以上に繋がりあって、三角形、四角形、五角形、六角形、八角形、九角形、十二角形、円のような幾何学形をなすものや、台所用品や家具の形をしたものもいた。

私の目に留まったのは五脚のテーブルで、それには二匹のフォックス・テリアとラッパ水仙の野原と抱擁し合う三人の中年女性の構図に、はためく海驢（あしか）の死骸が描かれていた。雑多な群れは私に気づくことなく、通り過ぎていった。彼らは幽霊に違いないと私は思った。

袋にあれこれ拾い集めながら歩きまわったあとで、私は空腹になってドルイド像[*18]の頭部に坐って、物語の報酬に貰った弔いの菓子を食べた。それは乾燥して固く食べにくかった。かわりに一杯の冷たい水をもらっていたら運命に感謝しただろうに。しかし液体はまったく見つからず、私は食べられるだけ食べると残りは緊急時の備えに袋に入れた。

振り返ると、道の遠くにぼんやりした形が現われて、こちらに近づいてくるのが見えた。独り旅の連れになるかもしれないと私は期待した。それは物か人か判然とせず、近づくにつれて大きくはなったが、形はあいまいなままだった。この胎児のような流動体が数メートルに近づいたとき、それは動くものを内包した完全な卵形だと判明した。中心から発する五光線が、星を形作っていた。卵形は優雅さを失わずに、足を引き摺ってぴょんぴょん跳ねた。「あれは、〈卵〉だ。〈星〉の内部にある〈卵〉、〈卵〉の内部にある〈星〉」と私は大声で言った。

この言葉は適切らしかった。というのもそれは数メートル離れたところで立ち止まると、彩色された墓石に敏捷に跳んで鳥のようにそこに止まったからだ。

「この出会いは私が黒い鬚の王を見失った理由を説明してくれるはず。私にはそうだとわかる」

　これらの言葉は〈卵〉になんの影響も及ぼさなかったので、私はさらに探りをいれて適切な言葉を見つけなければならないと悟った。私がそのような言葉を口に出せれば、昼が夜に続くように、答えは必然的に返ってくるだろう。

　私は袋から小さな鏝(こて)を取りだすと、〈卵〉の秘密を解く言葉を探そうと道端を掘り起こしはじめた。作業を続けながら、レフェデレイション〔連邦・連盟〕、コンスピキュアス〔人目を引く〕、アンソロポロジ〔人類学〕、メタモルフォシス〔魔術などによる姿形の変化〕のような知るかぎりの長い単語を繰り返した。〈卵〉はほとんど動かなかった。アム、アート、イツ、オフのような一音節の単語も試してみた。〈卵〉はごく微(かす)かに震えたが、応答はなかった。そのとき、このような原始的で胎児のような物体に話しかける言葉は、時間の背後に埋没した言語でなければならないだろうと思った。そう悟った瞬間に、鏝が地中の堅い物に擦れて軋(きし)り、私は歓声をあげて地面から小さな笛を引っぱり出した。唇に当てて吹いてみると、音色は低音から一気に最高音域に達し、私の耳にはか細い音は聞き取れなかった。臍(へそ)の緒は〈卵〉の中心からゆっくりと解けて、くねりながら私の方に進んできた。それが左足に達したとき、私は端を拾い上げて、首にしっかりと結んだ。このように結びあって、〈卵〉と私は一列縦隊で道に沿って出発した。前進しつつ、私は笛を吹いた。私たちの動きは一種の単純なダンスのようにぴったり息が合い、旅は非常に楽になって、私は疲れずに遠くまで進んだ。〈卵〉と私は、メソポタミアの広大で埃っぽい平原の孤独なカップルになった。私がか細い調べを奏でていれば、〈卵〉は私の背後で喜んで跳ねた。しかし私がちょっと休むと、〈卵〉は立ち止まって、その臍の緒で私の首を締めつけようとした。

私たちは長い間歩き続け、ついには音楽のテンポが遅くなり音は間延びして、音楽というより叫びのようになってきたのに私は気づいた。〈卵〉はもろに影響を受けた。〈卵〉の内部にある〈星〉は拡がって楕円の輪郭を壊した。すると五個の突起のひとつひとつが五感となり、各々視覚・聴覚・嗅覚・味覚・触覚が明るい五光線を放った。光線は長い鋭い歯のように地面と大気を噛んだ。臍の緒は萎(しな)び乾燥して、藁(わら)のように私の首に垂れ下がった。〈星〉と〈卵〉は小さな白い子供となり、弱々しく輝いて道に立った。頭に被る根と骨の五本叉の王冠が〈星〉の唯一の名残りだった。

長く聞こえていた音楽がやんだとき、子供が口を開いた。「私の死があなたの糧となるように。私の生は未熟だが、私の死は完全であろう。〈地球〉上のすべての色で私の体は白くなり、空の下に生きるすべての動物で私の体はできている。だが私の魂は、地平線上の光の半円から地平線下の闇の半円に垂れる縄である」話し終えると、〈白い子供〉は顔を髪で包んで私の前を歩んだ。私は黙って彼に続いた。私たちの歩みは私が見つけなければならない人物に向かっているとわかっていた。

あたりは徐々に丘と峡谷に変わり、時折暗い木々があちこちに現われた。彩色された墓石は遠くの細い点になり、代わって動物や人間の形に刻まれた岩や、自然のままの粗削りな岩が出現した。

〈子供〉と私だけだった。幽霊たちは消えていた。進むにつれて、地平線に白い雪を頂く高い山々が見えてきた。そのとき道の彼方に塵埃が立ち上り、私には六人の騎手たちが猛烈な勢いでこちらに疾走してくるのがはっきり見えた。

六人の騎手は色彩豊かな服を着て金属の装身具をつけ、むく毛の馬を刺繍のある毛布で覆い、そのあちこちを無造作に鎖や紐で留めていた。腕いっぱいに抱えたボヘミアングラスを道に放り投げて、ガチャガチャと喧騒をたてながら、彼らは近づいてきた。グラスが砕け散る音と、馬が地面を強打する音に彼らは上機嫌だった。〈白い子供〉の前で軋り音をたてて停止すると、各自それぞれの調子で陽気な叫びをあげた。先頭の騎手が輪を高く掲げ、私は輻(や)を数えた。蜘蛛の足のように八つあった。

「俺はカラバシュ・クゥだ」輪を握る男は言った。「我々はハンガリーから〈白い子供〉を連れに参上した」

「ではすぐに出発しなければならない」子供はかん高い声で言った。

ひとりがいきなり〈子供〉をつかみ、子供の髪の毛を馬の腹帯に結びつけた。彼らは勢いよく旋回すると、全速力で雪を頂く山々に向かって駆け去った。

朝はうんざりするほど退屈だ。私は窓から離れられずに、通りを眺めながら、なんらかのしるし（サイン）が夢の外に現われるのを待っていた。

昼間の通りは人通りが少なくよそよそしい。戸外ではすべてが汚れている。

昼食の買い出しに市場に行けるはずがない、そうでしょう？

意志を放棄すれば、しるし（サイン）は現われる。自分の言葉の脆弱さを呪いながら、私は神秘の周りをうろつき歩く。

言いたいことにあえて触れず、だがもし周りに十分な空間があれば、私は鞭の破裂音のように耳をつんざく、白く長く鋭い悲鳴をあげるとわかっている。

これは悪夢に宛てたラブレターよ。

何世紀もの間ひとは愛を、翼を生やし蒼白い弓と褪（あ）せた花をもつ、丸々太った男の子の姿でうわべを取り繕ってきた。この穏やかな粉飾の陰で、〈愛〉は長い間歯を剝いて唸（うな）っていた。愛は「あなたを抱きしめ、あなたの命を吸い尽くしたい」と熱愛の叫びを上げ、人間の胸に身を投じた。「私は自分の重みを地球の表層で引き摺れないから、あなたは私を背負わなければならない、そのうちあなたは私の重みで手足の自由がきかなくなる」このような言葉は交尾期のすべての人間の心に潜む。

これが人間が愛し合う結果なの？　どこかで私は孤独を恐れ、ひとりでは不完全だと感じている。

　愛、山羊、虎……

〈盲目の水差し〉よ、おまえは未来を語れるか？

　それはいつ、何時だ？

「真夜中」に、と〈盲目の水差し〉は答える。

〈盲目の水差し〉よ、いかなるしるし（サイン）の下に？

「〈火〉と〈空気〉、〈象牙〉と〈牛乳〉のしるし（サイン）の下に」

　何人がその〈しるし（サイン）〉を見ることになる？

「〈月〉よ、四人だ」

　では我々はどのように知るのか？

「尿、ミクロの海で」

　何か神秘的方法でこれらの言葉は現実生活に入ってくるだろう。

　空気は薄く冷たかったので、私はすでに最も高い山にいるのだと思った。樅（もみ）の木の枝は積もった雪でたわんでいた。流れる灰色の雲は地面を伝い岩の周りを這い、その先には歯状の氷が垂れていた。

私から数メートル先の山の斜面に巨大な石の扉が建っていて、扉に非常に大きな黒い鸚鵡が磔にされていた。私が近づくと鳥はまだ生きていた。長い鉄の釘が心臓を貫通して、滴る血が縄を深紅に染めていた。重い頭は両肩の間に垂れて動かず、鋭い黄色の目は時折瞬いた。

「ここはハンガリーの国境だ」私の心の奥で声がした。「歩いて、泳いで、這って、帆走して、私はどうしてもケチケ山を通り抜けて、ダニューブ川の源に辿りつかなければならない。ダニューブ川は地下の大海に発しハンガリーに流れ込んでいる」

鸚鵡は叫び声をあげると、鼻にかかった声で早口に喋りはじめた。しかしその目を見ると、鸚鵡は自分の言うことがわかっていないのが見てとれた。

「憶えている者は入ってよい、しかし時間はおまえの記憶を制御しはじめる」

鸚鵡はこの言葉を六度繰り返して息絶えた。

どれほど試みても、私には扉の開け方がわからなかった。扉を蹴り叩いて、私は叫んだ。

「私を通して、外に出して」

〈卵〉に魔法をかけて動かした笛は消えていた。私は死者の国の、巨大な石の扉の裏側に、独り取り残されていた。

数日が過ぎた。私はほんの数時間しか眠れず、それも虚ろで重苦しい眠りだった。

黒い鸚鵡の死以来、私はひとり山中の石の扉の外側にいて、扉を蹴り叩きながら叫んでいる。「私を通して、外に出して」

ひと晩中私は夢に戻って扉を開けようとするが、その甲斐なく開け方は見つからない。昼間、私は考えに耽(ふけ)りながら市場を彷徨(さまよ)う。しかしインディオたちは自分の世界を固く閉ざし、数世紀の間に恐らくは彼らも忘れてしまった秘密を守り続ける。視覚と知力の長い触手は引っ込み、私に残るのは喪失の不完全な黒い穴だけ。喪失と喪失を取り巻く世界。騒々しい謎(パズル)の答えは、別のより騒々しく馬鹿げた謎(パズル)になっていく。円環は無に向かって拡がる。

私が解読できさえすれば、答えはどこかに隠れているのに。

今緑色のショールが椅子の肘掛けに落ちた。それは馬の、緑の絹の馬の輪郭を描き、馬は私のショールの下に隠れる。

恋人たちは苦い牛乳に酔う。私は自分の見る夢のひとつに恋した両性具有者(ハーマフロダイト)。弔いの乾いた菓子のかけらで飼養される獣。

ああ、悪魔よ、私自身をまた愛させて。死する〈王〉の悪夢を愛して、私は生命を憎むことになってしまった。

おやすみ、おやすみ、私は永遠に死者の国を彷徨う。

アマゴヤは忍び足で黒い錫(すず)のトランクに近づくと、その中に日記を隠した。彼女は不安げに肩越しに振り向いて、誰もいないことを確かめた。牡の虎猫だけが透明な目でアマゴヤの行動を見つめていた。

そのあとアマゴヤはペンと紙をとって、手紙を書きはじめた。

「あなたはここにすべてを残していったから、私はあなたがトランクに隠していた日記を読んだわ。書かれていることの一部は私にも関係しているから、あなたの秘密を読んだことを謝りはしない。あなたはいつもなんでも私に話してくれたもの……

私たち二人が横切った奇妙な世界をすべて覚えている？　あなたは私に話してくれるべきだった、あなたの話に欠落している部分を私は知っているもの。あなたは私よりずっと上手に話せるし、私が話し下手だと知っているわね。

今私たちが別々の人間だなんて信じられない。

子供の頃私は明るい赤毛で、金髪になりたいと願っていたの。髪の毛は赤から濃い褐色になっていった。夜に家の誰もが寝静まったのを確かめて、私は蠟燭を灯して裸で鏡の前に立って、金髪になるよう念じたものよ。

ある夜鏡に映る自分の裸を見つめていたら、闇を背にした裸は黒い布に置かれた象牙のマネキン人形みたいだと思ったの。すると背後で気配がして、私の姿が鏡から消えて、手に持った蠟燭の炎だけが揺れていた。それから闇に新たな光が生まれて、黒い大きな犬が鏡に映ったの。痩せた体に毛がはりついて、水滴が滴（したた）り落ちていた。最初は自分が金髪になるよう念じすぎて黒くなってしまったのだと思ったけれど、すぐに自分が犬に変身してしまったのだとわかった。

たぶんあなたにはこの意味がすべてわかるでしょう。私はまだ混乱しているし、あなたには話さなくてはと思うの……」


アマゴヤは毛皮から粉雪を振り払うと、自分の寝室を見まわした。四方の壁は消えて山の風景になり、天井は弓型の空になっていた。

彼女は森のはずれに立っていて、目は遥か木々の繁みを抜けて、蠟燭のような灯りが揺れる館を捉えているのに気づいた。館の中のひとつの意志が、アマゴヤを森に引き寄せた。彼女はそれに身を委ねて、蹄(ひづめ)や動物の足が踏みつけた狭い小道を進んだ。

ドライヴ・ゲイト*19に掛かる蝶番(ちょうつがい)は古びていて、アマゴヤは音をたてずに敷地を通り抜けると、空を背景にどっしりと建つ彫刻の箱のような館を見上げた。ライトアップされた塔が空に鮮明に浮かび、頂きにはケンタウロス像が矢を東に向けて後脚で跳ねていた。

アマゴヤは雪に腰をついて月に吠えた。精神が三つの意志に引っ張られ、その苦痛はひと腹の子犬たちを産む陣痛より酷かった。三つの意志は焼ける針金のように、アマゴヤを三方向に引きちぎろうとした。

やがて二つの意志は薄れ、三番目の意志がアマゴヤを館の内部に吸い込んだ。彼女は螺旋階段を左巻きの渦に巻き上げられながら、老いた中国人の白いスカート近くに吸い上げられた。彼女が入るとしばらくして灯りが薄れ、あたりは闇に包まれた。アマゴヤには、中国人の意志に引っ張られて螺旋階段を小走りに降りる自分の足音が聞こえた。

階下で二人は、天井から卵型の電球が下がる丸い部屋に入っていった。その電灯は手術室の明かりのように硬く明るかった。

アマゴヤには中国人のそばに二人の人物が見えた。彼らの輪郭は不鮮明だったが、ひとりは太り、もうひとりは痩せていた。中国人の姿は三次元的に鮮明で、彼は光を自分の体に引き寄せているようだった。

「なぜ我々はここに集まっているのだ?」痩せた男が尋ねた。彼の体から蒸気のように立ち上る恐怖をアマゴヤは嗅いだ。

中国人と太った男は腰をかけ、もうひとりは立っていた。金庫の扉のように分厚い詰め物をした扉が、彼らの背後で静かに閉まった。

「おまえは自分が元いた場所に戻るべきだ」と中国人は言った。「おまえの望みは、地球が生みだされる基本計画にそぐわない」

「その計画は何世紀も経て、今や新鮮味を失ってしまった。男と女の結合だけが生命あるものを生みだせるのだ」

「計画が変わることはない。もし全能の力が多数の手中に分散すれば、今機能しているシステムは自動的に崩壊するだろうが」

「地球は再生されねばならない……」

「おまえの話はもうたくさんだ」中国人は言った。彼は足置きを部屋の中央に引き寄せると、目を心の内部に向けた。太った男が十二本の針金を丸壁から引き出して、中国人に渡した。中国人はそれらを一団の馬を操る手綱のように受け取った。

　中国人が針金を握るやいなや、アマゴヤには、何か巨大な肉体の大きな心臓の鼓動と、消化器官がごろごろ鳴る音が聞こえた。様々な言語で口論する多数の遥かな声が続き、そして野生の獣や鳥の鳴き声、風の唸り、水の激流、火の燃えたぎる音、巨大な子供が生まれようともがくように、地中の鉱物が沸点に達して、山の地殻の下で隆起する怒号のような轟きが聞こえた。

　不意に中国人は針金を捩じ曲げて、一本に撚り合わせた。急にすべてが沈黙した。アマゴヤは血流が止まり血管が塞がる感じがした。「これでわかるだろう」中国人は針金を緩めながら言った。「すべてはいつも通りだ」

　騒音は弱まり、ざわめきとなって遠ざかり、そして消えた。アマゴヤには長身のぼんやりした人影が中国人の前に直立不動で立っているのが見えた。彼の不安が発する鼻をつく臭いと、彼の中国人の意志に抗う緊張が感じられた。アマゴヤの精神は捩じれ、二人の争いに加わり、体は二つの意志の間で絹糸の切れ端のように引っ張られた。中国人の剃った後頭部を睨みつけて、アマゴヤは体の自由を取り戻そうとした。

「私は完璧な変化を経るので、私の骨すら別の物質になってしまう」瘦せた男は言った。話しながら、彼はゆっくり視界から消えていった。

「おまえは永遠に変わらないだろう　不動のままだろう」

「永遠とは長い。その間に私は生まれ変わるだろう」

「もしおまえが生まれ変われば、私はおまえを爆破して、地球の表面から除去する措置をとろう」

「おまえに私は見つけられないだろう」

中国人は切れ長の目で微笑して答えた。「ユダヤ人よ、おまえは自ら私に近づいて来るだろう」

「もしおまえの言葉が真実なら、おまえの手から権力をもぎ取るために私は戻ってこよう。そして地球と地球の計画を再生するために、四方の風にその権力を投げよう」

あたりが暗くなり絶叫が聞こえた。アマゴヤは内臓を焦がす苦痛を和らげようと床に腹部を押しつけた。

盲目の片目のような月が開いた窓に現われて、誰もいない部屋を照らし出した。アマゴヤが目撃した光景の名残りは、象牙の人形がひとつ入った非常に小さな金の鳥籠だけだった。

アマゴヤは鳥籠を歯で咥え、窓から雪に跳び下りて館から逃げ出した。ふたたび森に戻ったのに気づき、あてもなく走りまわった。足の痛みも疲れも考えずに走り続けたのちに、雪に穴を掘って眠ることに決めた。

アマゴヤはふたたび人間に戻り女性になった夢を見ていた。高価な暗褐色と紫のビロードの服を着て、彼女は森を自転車で駆けていた。ひとりの人物、若い男か女が、彼女に笑いかけて脇を走っていた。

アマゴヤはさりげなく彼女を見て、両性具有者だと判断した。両性具有者は金の鳥籠を胸に抱き、中には象牙の人形が入っていた。

「あなたは誰、私たちはどこに行くの?」全力でペダルを踏みながらアマゴヤは尋ねた。

「それになぜ私はあなたの夢を見ているの?」

「私が誰で、私たちがどこに向かっているのかですって! 一度になんて多くを尋ねるの。どこから答えたらいいのかわからないわ! 自分が誰だか答えるのは難しい、私にはわからないもの。自分が誰かはっきりしていることもあるけど、いつでも違う人間になるの。たぶん私はあなた自身の一部だから、あるいはあなたの人生の一部だから、あなたは私の夢を見ているのよ。でもあなたの夢を見ているのは私ではないと、どうやってあなたにわかってもらえるかしら?

三つ目の質問に答えると、私たちの目的地は……私たちは本物の〈職人〉に会いに行くのよ。この籠の鳥はありふれた鳥ではない、私はその力を知りたいの」

「あなたが持っているのは鳥？　それは鳥ではなく象牙の人形よ」

二人は美しく手入れされた大きな庭園を囲む高いイチイ[*20]の生垣に着いていた。昼間でも夜でもなく、どこか夕暮か暁に似ていた。二人は芝生に立って家の方を眺めた。

「ここが〈職人〉の家よ」と彼女は説明した。「彼女は人形師、芸術家よ」

家の中から、五歳の子供ほどの背丈の軽快な人影が走ってきた。アマゴヤにはすぐに、〈職人〉が小人（ドワーフ）[*21]で猫背だとわかった。

「ブリジット、見つけたの？」彼女は息を切らして尋ねた。「ああ、見つけたのね……どこで？」

「黒い犬の死骸の下で」ブリジットは答えた。「雪の穴の中よ。ほとんど埋まっていたわ」

「それで彼女は誰？」〈職人〉はアマゴヤを好奇の目で観察しながら尋ねた。「彼女も雪の中で見つけたの？」

「そう」ブリジットは答えた。「犬の死骸のそばで地面に坐って、大声で泣いていたわ」

〈職人〉は秘密の冗談（いたずら）を聞くかのように含み笑いした。「時間を直線と考えるのは偏見よ」

彼女はアマゴヤに言った。「螺旋とか稲妻形（ジグザグ）とか、円とか、ほんとうになんでも、どんな種類の線でもありうるわ。時計が造られてから長い時を経て、時間は厳密にはじまり、取り消し不能に終わるものに創り上げられてしまった。2がかならず1のあとにきて、3×2が6

になると永遠に考えるのは誤りよ。私はずっと以前に計算の仕方を忘れてしまった。だって私がちょっとでも論理的に考えはじめると、すべてをまたやり直さなければならないとわかったし、真の計算は数学者たちが創出した厳格で硬直した規則（ルール）には全然当てはまらないとわかったもの。いいのよ、すぐに私たちは魅力的な混沌（カオス）を見ることになるから！　あら　私、無駄口を叩いているわね。しなくてはいけないことがたくさんあるのに。いらっしゃい、二人とも」

　彼女はアマゴヤの手を取ると、家の方に急き立てた。「忙しすぎて庭の手入れは放ったらかしよ。一番美しい庭を見られなくて残念ね。でもかまわないわね、そこはほっとできる場だし、たぶんあなたたちはまた来るでしょう？」

　大広間は人形やマネキン人形でごった返していた。人形たちは木材、骨、象牙、粘土、磁器など様々な素材で最も繊細に創られていたが、人間なのか動物なのか判別できないものもあれば、植物や鳥の姿もあった。世界各地で造られた粘土細工の人形もあり、そのいくつかは胎児の形をしていた。カマキリの体やボルジア家*22の顔をしたものもあった。

　テーブルや椅子、二センチから八メートルほどの高さの時計もあった。家や庭の模型（モデル）、天文学や数学の器具が置いてあり、すべて寸法は多様だった。

〈職人〉は胸元から巨大な鍵束を取り出して、トルコ石の箱を開けた。中には金の鳥籠に入っていたのと瓜二つの、象牙のマネキン人形が入っていた。

アマゴヤはできれば一週間でも大広間をぶらついて、オブジェのひとつひとつをじっくりと見ていたかった。それは鏡の向こうの世界を見るようだろうと思った。

アマゴヤがあたりを見まわそうとすると、〈職人〉がもどかしげに手を引っ張って言った。「さあ、のんびりしている暇はないわ、実験室に行かなくては」〈職人〉は二つの人形を入念に四角い純リネンの布に包んだ。

実験室は家の土台の下に通じる階段を降りたところにあった。丸天井造りの部屋は実験室というより台所に近かった。床から天井まで届く棚には、ひっくり返った小麦粉と干し葡萄の缶や、連なったソーセージ、乾燥したハーブ、齧(かじ)り残しのハムなどが、一風変わった様々な器具の間に散乱していた。試験管や角灯には古い茶葉が残り、高度に完成された経緯儀(セオドライト)は、野菜やリボンをつければ、奇矯なクリスマスツリーになるかもしれなかった。アマゴヤが見たこともないほど大きな暖炉には、火が赤々と燃えていた。あらゆる種族の姿の異なる猫たちが群れて坐り、炎を凝視し、棚の高所で顔を舐め、瓶や器具や缶や食べ物の間を優美に歩いていた。テーブルと椅子の上や下に、四方の隅にも猫たちはいて、すべてをじっと観察していた。

〈職人〉はテーブルの上から猫の群れを追い払うと、あちこち忙しく動きまわりながら、なんらかの理由で在るべきだと思われる位置に、様々の物を配置していった。準備しつつ彼女は呟いた。「すぐに二つの人形が誰だかわかるわ。さてと、〈象牙〉には何語で話しかければいいかしら？　ああ、そうだわ……適切な音さえ見つけられれば、なんにでも話しかけられるし、答えも聞き出せる。結局言葉の主要な特質は音よ」彼女はテーブルに白い布を置いてゆっくり拡げると、人形の包みを解いて二体の人形を布の中央に横並びにした。

「ブリジット」彼女は言った。「棚から歌う器具（オブジェ）をもってきて」

それはガラスの管と球体で組み立てられた物体で、すべてが枝状に複雑に繋がっていた。器具全体は一・三メートルほどの高さだった。〈職人〉はまわり込んで、あらゆる角度からそれを詳細に調べ、最後に満足げに両手を擦り合わせた。

「さあ、ブリジット」彼女は言った。「貯蔵室にひと走りして十一リットルの新鮮な牛乳を取ってきて」

アマゴヤはこれらの準備作業を興味深く見守っていた。〈職人〉がすべてを完了する前に、準備の意味がわかると彼女は確信していた。

「私は年寄りよ」〈職人〉はアマゴヤに言った。「子供はいないけれど、私は無数の道に迷った魂を愛情をこめて育ててきた。私には多くが聞こえるし、眼は多くを見透せるわ。石の内部の生命の鼓動すら聞こえる、それは天賦の才能なの。私は肉体の愛すべてをエネルギーに変える訓練も、すべての憎しみ——憎しみはまた大きな力でもあるけれど——を思考に変える訓練もしてきた。私の子宮は米粒ほどしかない、そのすべての力を発見に使ってきたから。私が発見と言うのは、つまり創造とは、すでに存在していたものを発見すること、単一あるいは複数の形で存在しながら、気づかずそこにあって、統一体あるいは断片として生まれ出ようと待ちうけているものを、見つけ出すことよ」

「あなたは男を愛するとか子供を産むとか、女性の通常の機能を逃したとは思わない？」

「それは難しい質問ね、そうとも言えるし違うとも言える。もし私が女性動物の喜びと苦しみを経験すれば、私は違った生きものになるでしょうね。喜びと苦痛は過去か未来で経験されるもの。でも喜びと苦痛の知識はすでにここにあり、私はそれをもっているわ」

ブリジットが十一リットルの新鮮な牛乳の入った大きなポットを片手に戻ってきた。彼女の足取りは何も運んでいないかのように軽快で、アマゴヤはブリジットはとても頑強なのだと思った。

「要はバランスの問題よ」〈職人〉はアマゴヤの考えを察して言った。「重量はバランスによって決まる。やり方さえわかれば、河馬（かば）を小指に止まらせることもできる。それは生命エネルギーの配分の問題よ」

ブリジットは漏斗（ろうと）で牛乳を器具に流し込みはじめた。血が体の血管を流れるように、牛乳は管を流れた。ブリジットがポットを空にすると、牛乳はひとりでに管を流れ続けた。その器具は永久運動で液体が内部を流れ続けるように仕組まれていた。ブリジットが牛乳を流し込んでいる間に、〈職人〉は二つの人形に透明で長い柔軟な管を装着し、管の端をガラス器具の枝状に分かれた部分に差し込んだ。牛乳はガラスの細脈、球体、枝状部分を滴り落ち、彼女たちは無言で見つめていた。

二体の象牙の人形がテーブルの上で微(かす)かに痙攣した。まったくの静寂のなかで、彼女たちには牛乳の神秘的に規則的に循環していくリズミカルな音が聞こえた。人形たちの痙攣が強まり、ついに一体が体を起こした。その成功に励まされたかのように、もう一体の人形も体を起こした。二体の人形は白い布の中央にふらつきながら立った。

「牛乳の仕上がりはこんなものでしょう」と〈職人〉は言った。「これは〈象牙〉の錬金術のほんの一部よ」

ブリジットは器具からゴム栓を外し、牛乳が床に置かれた鉢に流れ落ちた。猫の大群があっという間に鉢を取り囲むと、またたくまにすべてを飲み干した。

〈職人〉は指で透明な管を挟み、二体の人形は一方の端に向かっておぼつかなげによちよち歩いた。

「ブリジット、急いで」と彼女は言った。「人形たちが動いているわ。〈水銀〉を取ってきて」

水銀はすぐに器具に溢れて、循環しはじめた。彼女たちには器具が歌う沈黙の歌だけでなく、人形の声と目には見えない生命の音も聞こえた。どれほど鋭敏な耳にも聞こえない音だったが、彼女たちは人形の感情(センセーション)を感じ、それに触れることができた。

今アマゴヤには〈職人〉が水銀を通して象牙の人形に話す声が理解できた。

「〈水銀〉が〈象牙〉に話す。よくお聞き。私は〈職人〉で、〈水銀〉でもある。私の声は人間の、また鉱物の声である。おまえたちの二つの象牙の体は、元来ひとつの（統合）体である。〈象牙〉は武器で、〈鉛（サターン）〉[*23]は体である。私の言葉を聞いて、話しなさい」
そして彼女は第一の人形に話しかけた。「おまえはどこにいるの？」

第一の人形　かつて肉と骨だった私の体は、今は〈象牙〉に変質し、私は〈象牙〉の体の囚われ人。

職人　〈象牙の人形〉よ、おまえは誰？

第一の人形　私はユダヤ人。しかしこれまで自分が言ったこと、したこと、考えたことをもう信じてはいない。

職人　おまえは自分の運命を知っているの？

第一の人形　私は妹である〈火〉を見つけるために、生まれ変わらなければならない。白羊宮（ラム）の牡羊座生まれで、[*24]キリスト教徒[*25]の妹を。

それから〈職人〉は羅針盤の針のように揺れている第二の人形に話しかけた。

職人　〈象牙の人形〉よ、おまえはどこにいるの？

第二の人形　私を通して、外に出して。寒くて凍（こご）え死んでしまう。

職人　生きているのに、なぜおまえは死者たちの中にいるの？
第二の人形　ヘブライ王の姿でメソポタミアを通過した兄の〈空気〉を探しているの。
職人　兄がおまえを死者の国から救い出さねばならない。私には運命を創造することも支配することもできない。運命を解放する手助けをするだけ。運命が自由に自分の航路を羽撃けるように。私はどんな物質にも侵入できるし、なんにでもなれる。でも私には意志がないから、物質の統御や支配はできない。私の内に秘められた能力は、私個人とは結びつきのないもの。
第二の人形　私を通して、外に出して。私は苦しい、とても苦しいの。

〈職人〉が〈水銀〉を解き放つと、それは床、四隅、穴、角に溢れ出て重い銀の小川になった。

二体の人形はうつ伏せに倒れた。〈職人〉はそっと二体を取り上げて、赤い布に包み火中に投げた。一陣の大風が音をたてて部屋を吹き抜け、炎が煙突に跳ね上がった。風がやみ、火炎が衰えて灰になると、そこから緑に輝くかぶと虫と斑点のある山鶉が逃れでて、煙突に飛び上がっていった。

「これで」と〈職人〉は言った。「すべては終わった。つまり今すべては始まり、そして永遠に繰り返されていく。二人は時間の中であるいは時間の外で、体を変えて再会するでしょう」

彼女は小さな粘土のパイプに火をつけると、物思わしげに煙を吐いて、鼻歌を歌いつつ階段を上っていった。

III

フィリップとミシェルは台所でディナーを料理していた。子羊のシチューが火の上で煮立ち、二人は思いのままに足りない材料を加えていた。シチューの表面に赤味を帯びた脂が、活火山の噴火口の溶岩のように盛り上がった。

「ドライプラムとレーズンを少し入れよう」シチューを掻き混ぜながらフィリップは言った。

「もっとクリームもだ、味が柔らかくなる。酸味が少し強すぎる」ミシェルは上の空で頷きながら、胡椒を探していた。

「ニンニクと生ハムを刻んだらどうだろう？　羊肉（マトン）の味が強すぎて、他の味を殺している。まるでハープだけのオーケストラの中で、ファゴットが他の音を殺しているようなものだ」

「私が何を言ってもいつも好き勝手にするのに、なぜ今さら尋ねるの？」ミシェルは答えた。胡椒を見つけると、彼女は煮詰まって沸騰しているシチューに力いっぱい振りかけた。

「それは違う」とフィリップは言った。「僕がやりたいようにしかやってこなかったら、僕たちはずっと以前に別れていただろう」

味全体のハーモニーに赤キャベツをひと握り加えていけない理由はないな、と彼は考えていた。彼の持論によれば、料理には最も難解な高等数学のように無限の複雑さがあり、完璧に料理するには数学同様の正確さと微妙さが不可欠だった。たった四百五十四グラムの羊肉(マトン)でも、洗練された料理人の手にかかれば、高度に訓練された試食者の味覚に天国の緑の丘を呼び覚ますことができた。味覚には独自の恍惚と哲学のシステムがあり、それは他の四感覚の才能に劣るものではないと彼は考えていた。自分の考えに満足して、彼は上の空で答えた。

「ああ、それはまったく別問題だ」

「なぜ別問題なの?」彼はすでに赤キャベツを細長い薄紫のレース状に刻んでいた。彼らはお互いを知りすぎて、その関係は卑猥になりつつあった。どんな悪魔の仕業で二人はこれほど容易にお互いの心に立ち入り、まだ十分にまとまっていない考えまで盗むようになったのだろう? 彼にはそれが苛立たしかった。

「なぜ別問題なの?」

「君には僕が必要で、僕がいなければ何もうまくいかないと君はよくわかっているからさ」

「残念ながらその通りね、それに私は馬鹿ではないから、自分で自分の運命を支配できないとわかっているもの。それは誰にでも言えることだけど。トマトはどこ?」

彼女は脂分の多いグレービーソースの鍋底を擦った。それは焦げ付きはじめていた。

「なぜトマトはフランス語で〈ポム・ダムール〔愛の林檎〕〉と言うのかしら?」

「たぶん男の体の、口に出すのをはばかられる部分に似ているからだろう」

「その通りね」彼女は言った。「太っていて熟れていて。中国の漆と同じ赤ね」

フィリップは鍋底を擦り、木の匙(さじ)を床に落とした。羊肉(マトン)の脂がズボンの裾に飛び散った。

「まあ、何をしているの？　クリーニングに出さなければ」

彼女には理解できないことがあった。

「君は彼らに何時に来るように言ったんだ？　グアダルーペはワインを取ってきたのか？」

「今夜あのひとが来なくて残念ね」ミシェルは肩越しに彼を覗き見て言った。「彼女抜きで彼らに会うのも変よね。彼女は私たちの前から姿を消してしまったけれど、でもなぜか私には、彼女が私たちと関係を絶ってはいないと思えるの。再会したとしても、彼女は私たちには遠いものに思われるでしょうけど。でも彼女は私たちと関係を絶ってはいないはずよ」

「君は何が言いたいんだ？」彼は台所の熱で汗をかき、体臭が小さな部屋に充満した。

「私が言いたいことはわかっているでしょう。あなたはいつも答えないで質問して、逃げ口上を考える時間稼ぎをしたいのね」

「恐らくそうだろうが、自分の手の内を一度にさらけだすのは得策ではない」

「私はアマゴヤから聞きだそうとしたけれど、彼女はとても口が堅いわ」

「君は問題の重要性より、問いただすことに執着しているようだね」

「あなたは真実を話していない」

「おやおや、君は真実に病的に固執している」

シチューは弱火で煮込まれて、複雑で食欲をそそる香気を放った。ハーブと野菜と果物にメキシコ羊肉（マトン）の微（かす）かな野生の獣の匂いが微妙に混合した香りだった。

彼女は食卓を整えるために少しの間、台所を離れた。現代的な大部屋の壁には洗練さを欠くオブジェが整然とした間隔で掛かっていた。この端正な配置によって荒削りのオブジェは普通の装飾に見えた。

太った召使い女は四人分の食卓を整え、五人目の席は必要ないだろうと考えて、台所に戻った。

「私は昨夜彼女が帰る夢を見たわ。あなたはパジャマ姿のまま家を出て、通りを彼女についていった。見つからないように少し離れて、私はあなたたちのあとをつけた。あなたたちは腕を組んで『チャプルテペックの森』に入っていった。あなたたちの声は低かったけれど、私にはかなりはっきり聞こえた。

あなたはとても奇妙なことをしたの。ポケットから口琴（ジューズハープ）を取り出すとうっとりとして演奏し、彼女は手を叩いて『ああ、そうよ、素晴らしいわ！』と叫んで踊りまわった。

弾き終えると、突然あなたは彼女の髪の毛をつかんで、頭上で彼女を振りまわしながら叫んだの。『裏切り者！　売女！　もう少しでおまえに騙されるところだった！』と。

彼女の悲鳴は鳥のように高く鋭かった。あなたが髪の毛を離すと、彼女は斑点のある小さな山鶉の姿であなたの腕から飛び去った。あなたは声をたてて笑い、振り向いて私に言ったの。『君がそこにいるのは最初からわかっていたよ』って」

「奇妙な夢だ」と太ったフィリップは言った。「ジャガイモをいくつか茹でた方がいいかな？」

「ええ、そうね、ソースが多すぎるもの。なぜかわからないけれど、パンでお皿を拭きとるのは無作法らしいから」

「君は竜の意味を知っているか？」ソースを味見したあと彼は尋ねた。「というのも昨夜竜の夢を見たんだ」

「色々な意味があると思うけれど」彼女は答えた。「どんな種類の竜だったの？」

フィリップはソースの匂いを注意深く嗅ぎ、塩をひとつかみ振りかけてから答えた。

「中国の竜だったと思う。もっとも竜のほとんどは中国からきているが。とても小さく、飼い猫くらいで真っ黒だった。クリームソースで煮込んだら、烏賊のような味がした。竜を食べたことのあるひとなら、わかってくれると思うがね。烏賊というのは実際魚というより爬虫類のようだからね」

「夢はそれだけ？」彼女は尋ねた。「それなら、食い意地の張った坊やの夢ね」

「竜は確かに爬虫類だよ」彼は考え込みながら続けた。「それに爬虫類は魚より鳥に近い。鳥というのは、体は羽根に覆われて嘴は鋭く脚は骸骨で、どことなく不吉だ。子供の頃僕は鳥が怖くてしかたがなかった。大人になった今でも鶏を食べると、満足感を抑えきれない、敵を片付けた気持ちになるよ。鸚鵡の目を覗き込んだことがある？　鸚鵡は人間と逆の瞬き方をするのに気がついた？　鳥がみな同じ奇妙な瞬きをするかは忘れたが、あのイメージは僕には鸚鵡と結びついている」

「私も子供の頃は、ひよこが死んだ女優の魂だと思っていた」

「そうだ、今夢のはじまりを思い出したよ。僕は大英博物館の前で誰かを待っていた。その人物は僕が長年見たいと思っていた重要文書を閲覧する手助けをしてくれるはずだったと思う。ロンドンの濃い霧が入口の門を包み、博物館に出入りする人々の姿はぼんやりしていた。僕は幾分苛立って相手を待ち、死んだ哨兵のように博物館の扉を守るイースター島の大きな彫刻を観察して時間を潰していた。通りに背を向けていたので、誰かが肩に手をかけたとき、驚いて飛び上がったよ。振り返ると、目前に見知らぬ人物が立っていた。彼があれほど苛立って待っていた人物だとすぐにわかったよ。服の色はくすんでいたが、即座にしかし別段驚かずに気づいたのは、男の顔には目も口もなく、蒼白い顔の表面に顔立ちらしきものが微かに浮き出て見えることだった。口がないのに、彼は幾分押し殺した声で話すことができた。『失礼しました』彼はポケットから懐中時計を取り出し、指で触って時間を読みながら言った。『金融街での仕事が長引いてしまったので』

『とんでもありません』僕は丁寧に言った。『イースター島の人物を興味深く調べていたところです』

『実にすばらしい』彼は答えた。『イギリスには多くの宝物があります』顔を見るのにいいチャンスだったので、喫煙所がどこかわからなかったものの、僕は彼に葉巻を勧めた。彼は辞退した。

『ええ、イギリスは素晴らしいところです、すべてが手つかずのまま残っているからです。あなたがお話し下さった記録文書類は、その種のものとしては他に例を見ないものです。イギリスでは見つけられるだろうと私は常々思っていました』

『ええまったくです。あなたがイギリスにいらした理由もそのあたりでは？　あなたはロンドン塔をご覧になりましたか？　ロンドンには素晴らしい観光名所がございます』

僕はロンドン塔はまだ見ていないと言った。こんな会話を続けながら、僕たちはすでに博物館内部のエルギンの大理石彫刻群[*26]を足早に通り過ぎていたのに気がついた。最後に彼が案内してくれたのは、両側の棚が文書類で埋まった細長い部屋だった。

『これらすべてはご自由に閲覧なさって下さい』と彼は言った。『ご自分でお捜しになっても結構ですが、閲覧されたい文書を正確にご指摘下されば、無駄を省けるようお手伝いできます』

彼が帽子を脱ぐと、白い仄（ほの）かな額は十角形の燦爛たる宝石で輝いていた。

『あなたは私の見たいものをご存じです』

彼は体のどこにあるのかはっきりしない開口部で、控えめに咳をした。『ええ、存じ上げております。あなたがイギリスに来られたのは、物事の古い秩序に満足しておられないからだと推測するのですが、いかがでしょう？ 当然ながら私共は、三角形はもはや完全ではないという報告をすでに受けておりまして、従って、あなたの最初の行動はまず大ブリテン島に向かわれることかと思いまして、日々あなたをお待ちしておりました。あなたの判断上の誤りとそれに続く混乱で、ここイギリス在住の私共は最もやっかいな状況にありますが、あなたが提案なさるおつもりのいかなる論理的変更も検討する覚悟はできております。もちろん、問題となっている変更が現在の権力を過度に刺激したり、外部に目立ついかなる意志表明にもなってはならないことを、今さら強調する必要もないでしょう。この惑星の大半の国におけるほとんどすべての〈到来〉に関する基本原則は、ここで閲覧される記録文書に詳細に列挙されております』

『もちろん、これらの資料は過去を論じていますね？』彼がどう答えるかと案じつつ、僕は尋ねた。『遠い昔の過去ですが』

『当然です』と彼は答えた。『これらの文書は、記録行為が誕生する遙か以前の過去を論じています』

彼が目のない顔で僕をじっと観察しているかのようで、僕は落ち着かなかった。

『おそらくは最も暗黒の過去を論じる文書類は、近未来になんらかの光を投げかけうるというのもこれまた真実でしょうね?』僕は苛立ちつつ話を続けた。

『そのお言葉はまさに予言的です』

それは〈動物ですか、植物ですか、鉱物ですか?〉と問うゲームのようだった。彼はすでにある棚に近づいて一冊の時代がかった二つ折り判(フォリオ)を取り出していた。その表紙は枯葉と鞣(なめ)していない革の断片で素朴に綴じられているようだった。

その本を窓辺のテーブルに置きながら彼は言った。『あなたがこの文書を精査される前に申し上げておきたいのですが、この文書内容は陛下の所有物でございまして、これの使用あるいは解釈につきましては大英帝国全体の同意が必要でございます。これは』と彼は付け加えた。『大英博物館委員会の取り決めに従いまして、私共が遵守すべき基本原則でございます』

彼がフォリオの表紙を開いたとき、僕ら二人は悲鳴をあげた。すべての頁は齧(かじ)られて醜いレースの切れ端状になり、引き裂かれた文書の中央には小さな黒い竜がうずくまっていた。竜は一瞬光にきょとんとしたように見え、いきなり自分が作り上げた廃墟から解放されてひくひく痙攣すると、ほうほうのていでテーブルから逃げはじめた。男はすばやい動作でしっぽをつかみ、動かなくなるまで竜の頭を石の床に力いっぱい叩きつけた。

『竜による被害は甚大であります』彼はぐったりした黒い竜を片手につかんで言った。『保管係は先週四十個の罠を仕掛けました。にもかかわらず被害はやまず、今後は毒を使用しなければならないと私は考えております。いや、ご心配なく……』と彼は話を結んだ。『竜は食用になるという長所がございます。私といたしましてはあなたが困難な長旅の末に収穫なく帰国されるのは忍びなく、私の個人的ご挨拶代わりにこの竜をご受納下されば、幸堪に存じます』

ぞっとしたことに彼は竜の死体を僕に手渡し、僕は礼儀として受け取らざるをえないと思ったよ。

夢の話はこれで終わりだ。あ、焦げ臭い。シチューが焦げている」

フィリップは木の匙で鍋底を擦った。

IV

「いつも堂々として、行儀よくするのですよ。おまえは世の中に出て役立つたくさんのことを学びに行くのだからね。さあ鼻をかんで、それから……」

レベッカは巨大な白いハンカチで大人の鼻のかみかたを教え、涙が零(こぼ)れる両眼をもどかしげに擦った。彼女の眼はすでに赤らんでずきずき痛んでいた。

「ユダヤ人であることを忘れずにね。誰が何をし、何を言おうとも、いつもユダヤ人の誇りと威厳を思い出すのよ」

彼女は幼い息子の前に跪(ひざまず)いて靴下を履かせていた。彼は眠くておとなしく、黒い目を見開いて母の顔を眺めた。

「寒くて指がかじかんで動かないわ。ザカリアス、足を伸ばして」

祖母が入ってきて、小さい茶色の紙包みを子供の両手に置いた。彼は人形のようにそれを胸にしっかり抱いた。

「おまえ、もう七時だよ、急がなくては。遅れてしまうよ。あの子の準備はできたのかい?」

レベッカは頷いて悲しげに立ち上がった。「ショールをとってくるわ。アロン、アロン、もう服は着たの？」

「うん、母さん」戸口にもうひとりの少年が現われて、怯えたように兄を見つめた。レベッカは急いで出ていった。

「お祖母さん、兄さんは戻ってくるの？」

「ええ、もちろんだよ、アロン。兄さんは立派な学者になって戻ってくるよ」

「ブダペストから遠いところに行っちゃうの？」

「お黙り、アロン」

部屋はしばらく静かになり、祖母は部屋を忙しく歩きながら、小さな包みを作っていた。

「お祖母さん？」

「おまえは子供かい、それとも鸚鵡かい？　いつも喋って、喋って、喋ってばかりだね」

アロンは驚いてふたたび黙った。母と二人の子供は滑りやすい舗装歩道を急いで歩いた。橇を引く馬が小さな鈴を陽気にリンリン鳴らしながら、速足で通り過ぎた。

アロンは馬と陽気に鳴る鈴の後ろに乗りたいと思ったが、言いだす勇気がなかった。母が怖い知らないひとに変わってしまったようで怖かった。彼女は冷たい手で子供たちを脇に引き寄せて大股で歩き、黒いショールを巻いた顔はほとんど見えなかった。

太陽が昇ったとき、彼らは四角い建物に着いた。建物の大きな扉は多くのユダヤ人女性と子供たちに開かれていた。ぼろを着た女性や、レベッカのように着古してはいるが丹念に繕ってやっともちこたえた服を着た女性たちもいた。

家具もカーペットもない入口の部屋に二つの長いベンチが女性たち用に置かれ、ひとりの係員が子供たちをステンドグラスが嵌(は)め込まれた扉の向こうに急き立てていた。

係員が近づいて来ると、レベッカは息子をぎこちなく抱きしめて、額に一度だけキスした。そして係員を見上げて尋ねた。「ここで待っているのでしょう？」係員は虚ろな青い目をした若い男で貧弱な口髭を生やしていた。

「どちらでもご勝手に」彼は短気なようで、あたかも行ってしまうのを望んでいるかのように、立ったまま少年の肩に手をおいた。

「名前は？」彼は使い古して光る、小さな赤い手帳に走り書きした。「住所は？」そして少し躊躇(ためら)ったのち尋ねた。「未亡人ですか？」

レベッカが頷くか頷かない間に、息子はステンドグラスの扉の方に押しやられ、他の幼い少年たちに続いて姿を消した。

少年たちは貧困と強い消毒液の匂いが鼻を突く廊下を降りていった。水性塗料で緑に塗った壁のところどころに、茶色と白で描かれたブダペスト最大の記念碑群の複製画が掛かっていた。

百五十人ほどの少年たちは寒く長い部屋で木の椅子に腰掛けた。五人の男たちが白いエプロンをつけ、羊毛の刈り込み用大バサミをもって、驚くべき速度で次々と子供たちの前をゆき過ぎては、小さな頭を灰色の切株状に刈り上げていった。床は黒羊の群れが皮膚が見えるほど刈り込まれたあとのように、黒い巻き毛に覆われた。散髪が終わると、子供たちは風呂場に急き立てられた。子供たちは着ていた服を小さな包みにし、それはのちに親や親戚に戻された。

ザカリアスはまだ四歳で、子供たちの最年少だったので、入浴後あの陰気な係員が彼に服を着せた。粗布の縞模様の長いズボンと、左袖の喪章を着ける位置に一〇五番と縫い取りが入った、顎までボタンのついた上着をあてがわれた。両足は濃紺の平織り綿布(キャラコ)を巻かれ、堅い黒革の真新しいブーツに押し込まれた。立ち上がると、ザカリアスは狂った人形師が作った奇妙な衣装をつけた操り人形のように見えた。

髪を刈られ入浴し服を配給されると、子供たちはステンドグラス付きの扉から戻ってきた。親のそばに騒がしく走っていく子供も、新しいごわごわの服に人目を気にして、光るブーツを踏みつける子供もいた。

レベッカは息子を両腕に抱いて、顔と両手にキスした。

「いい子にするのよ、いい子にね」彼女には他に言葉が見つからなかった。「すぐに会いに来るからね。いい子にするのよ」

それから彼女はアロンの両肩をつかんで通りに押し出すと、二人は来たときのように足早に去っていった。

ザカリアスは母を追いかけようとしたが、新しいブーツが敷石で滑って、顔から床に倒れた。彼は抱き起こされて激しく泣いた。そのとき彼は泣くのを見られても気にしなかった。涙がとめどもなく溢れた。

一時間後北の山岳地方行きの列車の中で、ザカリアスは新品のズボンと黒光りするブーツの上に、祖母が食べさせてくれた朝食を全部吐いた。


一〇五番はベッドに起きあがって金切り声を上げた。百四十九人の子供たちは身動きしたり、ぶつぶつ言ったり、ベッドに起き上がったりしたが、それが一〇五番のうなされているいつもの悪夢のひとつだと知ると、すぐまた眠りに落ちた。

しかし一〇五番は、彼らと違って眠れなかった。彼は汗びっしょりで狭いベッドに横たわり、腕を毛布に潜りこませるのは規則違反で、違反は厳しく罰せられると知りながらも、粗悪な寝巻（ナイトシャツ）の上から腿をつねった。

見渡しても細長い共同寝室には何もなかった。両側の壁沿いにベッドが二列に並び、その間に細長いリノリウムの通路があって、その中央部はすり減っていた。横長の窓は高すぎて外は見えなかったが、月が出ると蒼白い光が差し込んだ。するとリノリウムがきらきら輝き、一〇五番はそれがダニューブ川で、ベッドは自分をブダペストに連れ戻してくれる小舟だと想像した。しかし今夜は小舟は現われなかった。〈恐怖〉が彼にのしかかり、彼の心を押さえつけて、ベッドの周りと上に覆い被さっていた。

かつて彼は地元の縁日で、誰にも見られずにこっそりと恐怖の部屋に入ったことがあった。「未成年お断り」と書かれた真面目そうな厚紙の白黒印刷に興味を引かれたからだった。少年たちは入場禁止だった。生涯で一度だけ校則を破ったことを一〇五番は後悔した。

なかは恐怖の勢ぞろい（オンパレード）だった。ひとりの美女がネグリジェ姿で絹のベッドに横たわっていた。蠟人形だったがまるで生きているようで、一〇五番は何度も振り返って、彼女がほんとうに動かなかったかどうか確認した。彼女の長い金髪に悪霊（ディーモン）や小人（ドワーフ）や猿や蛇が止まり、誘惑の言葉を淡いピンクの耳に囁いていた。蠟人形のあとには梅毒患者や、妊娠の様々な段階の胎児のカラー写真展示が続き、最後はスペインの異端審問の一場面の展示だった。その後異端審問場面は彼に取り憑いて離れなくなり、夜目を閉じるとその場面が戻ってくるのではないかと恐れるようになった。

異端審問場面の記憶が薄れていくにつれて、彼の空想（ファンタジー）の中で場面の細部が豊かに凝縮していき、ついには非現実場面の恐怖が実際に見た光景を遥かに凌ぐまでになった。彼の空想はいつも丸天井の地下物置き場にはじまった。そこには巨大な挽肉器類、座席と背もたれに調節自在の大釘が付いた鉄の肘掛け椅子類、人間の形をした長い箱類、血の塊（かたまり）がこびりつき、人間の背丈ほどある針のついた化け物（モンスター）ミシンのような物などが、雑然と入り混じって置いてあった。この化け物（モンスター）ミシンは、彼にミシンにまつわる母の悲惨な記憶を蘇らせた。母はお針子をして彼らを養った。短い休暇にも朝早くから夜遅くまで、ミシンのペダルを踏んで、誰かが着ることになる高価で柔らかい数メートルの生地を縫った。ミシンの単調なシュッシュッという音を思い出すと、一〇五番の体は憎悪でこわばった。母にたくさんの大事なことを話したかったのに、それに時間はとても短かったのに、母は自分を残して、ミシンのペダルを踏んで長い悲惨な旅に、彼の父が雪の下に眠るポーランドに行ってしまったのだと彼には思われた。

　地下室の濃く蠢（うごめ）く影のどこかで、扉の掛け金がカチッと鳴る音がはっきり聞こえて、一〇五番は飛び上がった。八人の蒼白な顔の僧侶たちが、恐ろしい丸天井の地下室を敏捷に走りまわって、ボタンを押し、ハンドルをひねくり回しながら、機械の試運転をしようとしていた。僧侶たちは彼を血みどろの上下続き（コンビネーション）の下着にミシン縫いして、青ざめた幼いスペイン王子に差し出そうとしていた。

　一〇五番が悲鳴をあげると、幻覚は不意に消え失せた。彼は恐怖にぐったりして夜明けまでは眠り込むまいと決心した。彼はそれから数時間心の底に潜む光景を見るまいと必死に格闘した。昼間のダニューブ川や、丸顔の僧侶たちを調伏できる別のより強力な呪文を呼び出そうとした。

城に向かって、長い並木道を登っていくと、城の窓はオレンジ色の正方形に煌めいていた。歩いてはいたが、もしうまくいけば、彼の両足は浮遊して五本目の木の上に運ばれるだろう。歩きながら、彼は一本、二本、三本、四本、五本と数えた。すると両足が地面の少し上を心地よく浮遊した。自分では努力していなかったので、それは飛ぶのとは違っていた。制御できない見知らぬ力に引き上げられていた。

彼が近づくと城の扉が開き、ぼんやりとした内部に、明るい薔薇色の肌の高貴な乙女が立っていた。紅潮した肌は「クルンプリ・クコール」と呼ばれる薔薇色の砂糖とポテトの砂糖菓子に似ていた。一〇五番は何度か記念行事にそれを食べたことがあった。その女性の明るい薔薇色の砂糖菓子の雰囲気は、何か確かに魅力的なものと混じり合っていて、彼はそれを漠然と、女性という存在なのだと思った。頬から下方に激しく這っていく奇妙な暖かさに震えながら、一〇五番は彼女の両腕に漂い込んだ。愛撫は彼がそれまで知っていたどんなものとも違っていた。彼はこれが女性という生きもの、孤独と悪夢と暖かさにかけがえのない力をもつ、スカートを穿いた彼方の生きものだと想像した。

彼が固く目を閉じて、薔薇色の貴婦人を呼び起こそうと横たわっていると、何かが彼の腕に触って「シーッ」と言った。彼は目を閉じたまま待った。何かがベッドの上に腰かけて、身を屈めて彼の頬にキスした。

「また悪い夢を見たね」と声は囁いた。「眠っていないのはわかっているよ、だから眠ったふりをするなよ」

九九番が震えながら彼のそばに腰かけた。

「風邪をひくよ」ほっとしながらも失望して一〇五番は言った。「それに見回り(ラーチャー)が真夜中の巡回にきたら、君はぶたれるぞ」

「君のベッドに入れてくれよ」と九九番は言った。「寒いよ」

「駄目だ」一〇五番は言った。「狭いから。寝返りを打つと床に落ちそうなくらいだ」

「わかった、じゃあ立っているよ、肺炎になるとしてもね。話をしよう」

「見回りに二人とも捕まるぞ。やめろよ」

「腹も寒いし、足はもう感覚がない」

「ならベッドに戻れよ」

「ほら、君にプレゼントがある」九九番はそう言うと、五本の鉄釘を一〇五番の手に押しつけた。「大きくて全然錆(さび)がないやつさ。六二番と、僕の緑の歯ブラシと交換したんだ。彼は機械を磨くのに歯ブラシをほしがったからさ」

鉄の釘はそれを空中に投げて様々な方法でつかみ取る「ボキ」と呼ばれるゲームに使われていた。蹄鉄釘(ていてつくぎ)が最も人気があり、九九番が一〇五番にくれたのはその蹄鉄釘だった。彼は釘を用心深く寝巻の端に結び付けると、九九番に礼を言った。

「さあ、頼むからベッドに戻ってくれ。明日君に僕のコンパスを見せるよ」

少年は黙って忍び足でベッドに戻り、一〇五番はそのあとすぐに眠りに落ちた。

夢の中で彼は緑の木立が両側に繁る大通りを歩いていた。その場所は〈薔薇色の貴婦人〉の住まいとはまったく違っていて、通りの両側の花の咲く低木は、彼が見たことのない種類の木だった。蹄（ひづめ）が砂利を打つ音が聞こえてきて、彼は低木の茂みに隠れて待った。ひとりの少女が太ったシェトランド・ポニーに乗ってくるのが見えた。彼女は鞍の上で上下に軽く揺れながら、「はいはい　ベッシー！　はいはい！」と繰り返していた。ポニーは突然ギャロップになり、小馬にしては驚くべきスピードで一〇五番の前を通り過ぎた。

「ベッシーは今までギャロップしなかったのに」彼に少女の声が聞こえた。「太り過ぎてきちんと速足もできなかったのに」

少女とポニーが大通りの角に消えると、一〇五番は陰から出て少女とポニーが向かった方向に歩いた。

彼は少女とポニーが来た道をゆっくり戻ってくるのに出会った。少女は驚いた様子で、口を開けたままだった。

「あなたは誰？」と少女は言った。「私はあなたが夢に入ってくるのを考えに入れていなかったのに、ほらあなたは、猫のトウミのように、招かれもしないのに、そこにいるわ」

一〇五番はまごつき、頭は数字でいっぱいになった気がした。「彼女は僕より年下だ」彼は独り言を言った。

「あなたは誰?」少女はまた尋ねた。「私はブラック・ベスの夢を見ようとしていたし、他のひとが夢に入ってくるのは予想していなかったわ。失礼よ。私はあなたを知らないわよね?」

「いや、知っているよ!」一〇五番は叫んだ。「君にはわかっている、忘れられるはずがないよ。君が僕にくれた五本の蹄鉄の釘を覚えている?」

彼女は眉をひそめ、戸惑ったように見えた。そしてしばらくして言った。「違うわ、あなたが私に釘を残していって、私は釘を返せなかったのよ」彼女は理由もなく泣きはじめ、涙を髪の毛で拭った。

「あなたは誰? 誰なの? 私はあなたを思い出せない、誰だか言って」

「じゃあ、そういう君はいったい誰なんだ?」一〇五番は答えた。「それに僕たちにはわかっているのに、なぜ問い続けているんだ」

「私たちは知り合いだけれど、思い出せない」と少女は言った。「あなたは他に何を私にくれたの? 他に二つあったわ」

一〇五番は首を振った。「ずっと前だったからはっきりとは思い出せない……」

すると彼女はポニーから跳び降りて、歌いながら跳ねまわった。「答えられなければ、あなたはここから立ち去るのよ、これはゲームだから」

「今日の答えは釘だけで十分だったさ」一〇五番は言った。「ここは君の庭?」

「父の庭よ。私たちはいつも庭を使うけれど、父はほとんど来ない。仕事で忙しいから」

「ここはどこ?」一〇五番は尋ねた。「僕たちはどこの国にいる?」少女は陽気に声をあげて笑いながら転げまわった。「ハハハ、彼は自分のいるところがわからない。ハハハ、なんて馬鹿なの!」

「やめろよ、やめないとお願いというまで腕を捩じるぞ」

彼女は素直に黙って、唇を彼の耳に当てた。「私たちはもちろんイギリスにいるのよ、おバ、カ、さん!」最後の言葉を彼の鼓膜に怒鳴ると、彼女は突然跳ねて身をかわした。

「イギリスだって?」一〇五番は言って、心でその言葉を反芻した。「もちろん、君は今イギリスにいて、僕はハンガリーにいるんだ」

「もちろん」彼女は言うと、突然黙って彼をじっと見つめた。「ハンガリー、ハンガリー、その言葉で何か思い出しそう。あなたは何歳?」

一〇五番は十二歳だと言いかけたが、違う言葉がついて出た。「ずっと年上さ」

「私は六歳よ」彼女は言った。「でも数えで七歳」

ポニーの姿は消えていて、二人は大通りから林に入った。

「私たちは〈大池〉に行くのよ」彼女は彼の前を走って案内した。「日中は池に行ってはいけないのよ。でも夢では、悪夢でなければ、なんでもしたいことができる。庭師のジムは〈大池〉は底無しだと言うの」二人はしゃくなげを押し分けて、緑の浮草で覆われた小さな池に着いた。「アイルランド人の乳母はしやくなげを訛ってロウディダンドラムと言うのよ。ジャッキーのアイルランドの庭にもロウディダンドラムは咲いていたし、義理の姉の庭のは青かった。イギリスには青いロウディダンドラムは生えてないわ」

二人は池のそばの苔の上に一緒に坐った。

「ここは危険なとこよ」と少女は言った。「幽霊が出るの。だからジェラルドと私はここに来るのが大好きなの、ジェラルドは弟よ」

「じゃあ君は独りじゃないんだ」一〇五番は裏切られたように感じた。

「いいえ、独りぼっちよ!」彼女は憤慨して言った。「みんな私が大嫌いなの、私が女の子だから。女の子は男の子と同じことをしてはいけないの。でもそれは違うわ。私はジェラルドより強くボールを蹴れるし、彼が馬の絵を描くのも許さない。私はとても悪い性格だから、二十歳になる前にお婆さん魔女になるってマミーは言ったわ。二十歳になる前に皺くちゃになってもかまわない、好きなときに木に登るし〈大池〉にも来るもの」

淀んだ水面を覆う水草が揺れたように見えたが、少女は注意を払わなかった。「私には三人兄弟と父と母がいるの。兄弟は男の子だから、好き勝手にするわ、不公平よ。私は大人になったら髭を剃るし、顔にヘアーオイルを塗って顎鬚だって生やすわ。パットは口髭を生やしているし、学校では口髭ボビーと呼ばれているって言っているわ。彼はそう呼ぶ者は誰でも、蹴りとばすと言うの。私がボビー・ホイスカーズと呼んだら、私を蹴ったのよ。私ひとり何時間もピアノの練習をしなければいけないし、毎日お風呂に入って、なんにでもありがとうと言わなければいけないの。私が着せられている服を見てもらいたいわ」

一〇五番は笑いだした。笑いは止まらず頬に涙が流れて、最後には自分が笑っているのか泣いているのかわからなくなった。少女は恐怖に駆られて彼を凝視し、急に立ちあがって逃げ出した。一〇五番は狼狽した。彼は跳び上がって全速力で彼女を追った。彼が捕まえると、彼女は彼の腕の中で抗って泣いた。「放してよ、この嫌な奴！」

「黙れよ」一〇五番は言った。「君はしようがない赤ん坊だね。どうして不平を言って時間を無駄にするの？　僕たちは目覚めなければならないとわからないの？」

彼女は突然心配そうに静かになった。「私たちは戻らないわ、もう絶対に。今二人一緒だから逃げられないかしら？」

「〈大池〉に戻ろう」一〇五番は言った。「君が余計なお喋りをしていたとき、何かが起こりはじめていた」二人は手をつないで〈大池〉に引き返し、また池のそばに坐った。「庭師のジムは池を肥溜（マッキー）と呼ぶの。マミーは肥溜（マッキー）と言うのは下品だと言うけれど、私たちは内緒でそう呼んでいたわ」

彼らは何が起こるか期待しながら、揺れ動く水草を眺めた。「もうすぐ私たちにはわかるわ」と少女は言った。「あなたは私にくれたものを思い出した？」

「〈五本の鉄の釘〉、〈肉桂棒（シナモン）〉、〈黒い羊毛の織り糸の桛（かせ）[*27]〉だ」

水面が割れていった。二本の湾曲した角が、さらに黒い牡羊の頭部と首が現われた。牡羊は口に黄金の天秤を咥えていた。

少女は地面にひとつの円を描き、それを様々な多角形で埋めると、最初に左を、次に右を指差し興奮して叫んだ。「〈火〉と〈空気〉、私と弟のあなた。私たちの母は〈大地〉で、父は〈水〉よ。十二の家に住んだ私たちは、十二の家を通過していく。私たちが円をはさんで両手をつなぐと、〈火〉はあなたのものに、〈空気〉は私のものになる」

黒い牡羊は優雅な動きで〈大池〉から出て、その円の中央に立った。

少女は少年に三角形の鋭い石を手渡し、少年は左手で受け取った。少年は牡羊の前に跪くと、右手で螺旋状の角をつかんで、頭を後ろにひねって首の脈打つ鼓動を露出させた。彼は三角形の石で牡羊の喉を切り裂いた。少女は両手を杯にして、血を受けて言った。「〈弟〉よ、天国の緋色の乳を飲みなさい。それは私たちのもの」

彼は首を垂れて、彼女の両手の杯から血を飲んだ。飲み終わると彼は言った。「〈古い神々〉は我らの糧、〈新たな神々〉は時間のなかで、時間を超えて、我らに啓示されるであろう。〈古い神々〉は死んだ。〈地球〉上で、〈山羊〉は〈神話〉の生き血を再生し、〈天国の庭〉を冒瀆するであろう。〈山羊〉は動物、植物、鉱物の衣を纏う〈新たな神話〉を、我らに伝えるであろう。死者、生者、いまだ生まれて来ぬ者の中で、神話に欠けるものはなく、この〈地球〉上で、あるいは地球を取り巻く〈九の惑星〉上で、神話が触れぬものはなく、神話もまた地球と九の惑星に触れられるであろう」
少女は三角形の石を取ると、死んだ牡羊の頭から二本の網目状の羊毛を切り取って、一本を少年の首に絡ませ、もう一本を自分のナイトドレスの内側に隠した。「これは宝石で武器でもあるの。地球の中心に降りていくときの黒い羊毛の縄よ、私たちの根は生命の起源時にそこで絡み合っていたの。

〈黒い〉羊毛、〈黒い〉毛、夜に向かう〈空気〉の根。我らの根は〈空気〉に伸び、我らの根は〈地球〉に、〈大地〉に伸びる。我らは〈黒い毛〉で梯子を編もう、そして〈地球〉の中心に、我らの根に降りていこう。これら長い毛の房がふたたび結びつくとき、我らは〈聞き〉、〈味わい〉、〈見〉、〈嗅ぎ〉、〈触れる〉だろう」

二人は牡羊の死骸の上で手を結び合い、古い音楽の節に合わせて歌った。「ブーイ・ブーイ・ゼルドォ・アーグ、ゼルド・レヴェレチュケ……開け、開け、小さな緑の葉、開け、開け、大きな石の扉。あなたは黒い牡羊、私は黒い牡羊、牡羊は死んだ、だから私はもう私ではなく、あなたは私、私はあなた。〈秘密の敵〉よ、我らは今最初の家を去り、暗い水中の五番目の家に入った。

〈水〉がその場所、我らは今〈時間〉のなかで出逢った」

目覚めたとき一〇五番は、ベッドにお漏らししたことに気づいてぞっとした。窓はすでに仄(ほの)白くなり、あと一時間で起床ベルが鳴るはずだった。彼は湿った個所を体温で乾かそうと何度も寝返りを打った。あとで証拠のシーツの皺を伸ばしてみようと思った。見つかると思うと、心臓がハシバミの実のように縮むのを感じた。彼は恥をかき、罰せられるだろう。最年少の子供たちの共同寝室に寝かされて、三日間は水を与えられず、みなに知られるだろう。あの見栄えのしない九九番でさえ自分を軽蔑するだろう。みなが教室やシナゴーグ[*28]の陰でひそひそ噂し、十二歳でまだお漏らしする少年として永久に烙印を押されるだろう。起床と日課を知らせるベルが無情に鋭く鳴り響くまで、彼は結果を想像しながら惨めな気持ちで横たわっていた。

足の湾曲した監督官がリノリウムの床を一〇五番のベッドの方に進んできた。彼は靴を軋ませて突然立ち止まると、シーツの湿った皺の跡を指差した。共同寝室でそのベッドだけが剝き出しだった。一〇五番にはそこがやましさに青ざめているように見えた。

「おや、それはいったいなんだ?」その部分を太くかなり不潔な指で差しながら、監督官は尋ねた。一〇五番は縞の上着の下で冷汗を流しながら、監督官を正視して答えなかった。

「はてさて、わしは話しているのだが? おまえは口がきけないのか? 舌があるだろう、はっきり言え!」

一〇五番は押し黙り、監督官の声は危険な鋭さを増していった。「さあ、今からおまえに質問する。はっきり説明してほしいのだが、それはなんだ? さあ答えろ!」

この執拗な質問の何かに一〇五番は突然逆上した。血が両眼の奥を金槌のように打つのを感じた。はた目には彼らは二つの黒い固い石のように見えた。

「五秒だけ時間を与える」と監督官は言った。相変わらず湿った箇所を指差しながら、彼は大声で数えはじめた。「一、二、三、四……これで最後だ……五！」最後の言葉を発すると、彼は一〇五番の痩せた腕をつかみ、顔を強く平手打ちした。

一〇五番は動かなかった。片方の頬を赤く腫らし、もう一方は蒼白のまま、彼は監督官を正視していた。監督官は彼の腕を放すと、足を引き摺り去っていった。彼は少年の沈着な表情の何かに怯えていた。

ひとりになると一〇五番の歯はカタカタと鳴りはじめた。体はすすり泣きで発作的に震えていた。涙が流れはじめて、彼は便所に逃げ込んだ。思い切り声を上げて泣いて、便所の汚れた壁で顔を擦った。

遠く校舎で朝の始業ベルが鳴るのが聞こえた。彼はあわてて顔を冷水で軽く叩き、涙の跡を洗い流して教室に走ったが、歴史の教師より数秒遅れ、教師は彼を不機嫌に凝視した。

「おや、一〇五番、我々は紳士になったのだから、授業は好き勝手な時間に出席していいというのかな？　ほう、我々は生まれついての紳士階級の出だとでもいうのかな？」

一〇五番は太った二〇番の近くの自分の席に坐ろうとしたが、歴史の教師は卑劣な冗談をやめなかった。「チョークを取って黒板に書きなさい」彼はすでに一〇五番の蒼ざめた顔に涙の跡を見つけていた。「さて、いったいどうしたのかな？」彼は陰湿な猫なで声で言った。

「このクラスの紳士は声を上げて泣いていたのかな？　一〇五番、おまえの歳でかね、ほう、それは驚きだ！　十二歳という年齢では涙は女のものだと思ったが。それとも我々は歳をとると女々しくなるのかな？」

一人か二人の少年がくすくす笑ったが、大部分の生徒は冷静で無表情なままだった。彼らはその教師を嫌っていたし、一〇五番は勇敢で謙虚だったのでみなの間で人気があった。

「よろしい、ではチョークを取って、聖イシュトヴァーン[29]の即位の正確な日付とその経過をきれいなはっきりした文字で書きなさい」

黒板に向かったとき、一〇五番の頭にはイシュトヴァーンの即位の日付とその状況が明確に浮かんだ。しかしチョークが滑らかな黒い表面に触れたとき、彼は左腕をさっと動かして大きい完全な円を描いた。少年たちは思わず息を呑んだが、一〇五番は自分の奇妙な作業以外はすべて忘れたかのように描き続けた。彼はその円を様々に配置した多角形で埋めていった。多角形と円周の接点は十二だった。その図形（ダイアグラム）は数学的に正しかった。どれほど作図していたのか自分でもわからなくなっていたとき、カチッと扉を開ける音がして、彼は振り返った。彼は校長と面と向かい合った。長い灰色の顎鬚に隠れた老人の皺の寄った顔は冷静だった。二人はしばらく見つめ合った。

「ザカリアスは」と校長は言った。「イシュトヴァーンの即位を高等数学の計算と取り間違えたようだ。ザカリアス、君は今まで数学的才能を特に示してはこなかったし、少なくとも私に言えるのは、君は発表する時と場所を間違えたことだ。ついてきなさい」

一〇五番は校長がなぜ自分の名前を知っているのか不思議だった。一抹の不安を感じつつ老人について廊下を歩きながら、彼は自分が黒板に描いた見事な図形の妥当な説明を色々考えていた。

二人は校長室に入ったが、そこは十二歳の少年には豪華で威厳に満ちて見えた。確かに絨毯はところどころ少しすり切れてはいた。しかし絨毯には変わりなく、床のほとんど全体を覆っていた。本がぎっしり並んだ本棚は天井まで達し、部屋全体に不快ではない厳粛な雰囲気を与えていた。暗いクリーム色に塗られた天井の四隅には、装飾的モールディングが施されていた。

校長は一〇五番に椅子に腰かけるよう合図し、自分は巨大な机の後ろに腰を降ろした。

「ザカリアス」指を大きな鼻の真下に組んで、彼は話しはじめた。「君の振る舞いについての最近の報告書は満足できるものではない。君の先生方は常に反抗的で学業に打ち込まない君の態度を嘆いておられる。ザカリアス、これは改めなければならない。君のような境遇にある少年は、時間を浪費する享楽に身をまかせてはならない。君は国費で教育を受けているし、これは君の将来にとって非常に重要な要素である。さらに我々はユダヤ人であることを忘れてはならない。我々の運命はハンガリーのみならず残念ながら世界の多くの場所で、危険で困難なものである。君の人生も、多くのユダヤ人と異邦人の人生同様に、容易ではないだろう。人生というものは容易ではないが、しっかりとした知識の基礎があれば人生において石に抵抗する強力な武器となる。つまり生計を立て――その生計とは誠実に働いて得られるものであるよう願うのだが――同胞のなかで君が尊厳を保つ助けとなる」

彼はひと息つくと少年をじっと眺め、少年は彼の慎重で控えめな口調に感銘を受けた。二人は確かな理解と相互信頼を感じながら見つめ合った。

「さて、ザカリアス」と老人は続けた。「君は愚かな少年ではない、むしろその逆だと言えよう。だが君は高慢で頑固だ、そしてこうした欠点は君が社会に出ると、大きな悩みの種となるだろう。高慢は盲目の一種であり、それゆえ一種の愚かさである。賢人は自分をわきまえているので、『高慢』という言葉は彼には意味をなさない。自分は大小様々な数多くの神秘の一現象だとわかっているからだ。こうした世界観の論理的帰結として、謙虚で品位ある態度が生まれる。しかしザカリアス、用心しなさい。強い意志とは人生において捨てがたい利点ではあるが、我々が強さと呼ぶ要素はしばしば、現実に目を閉じ、同輩を服従させ支配しようとする単なる個性の主張にもなる。支配とは、ザカリアス、大罪であるばかりか、大きな時間の浪費でもある、支配することによって人間は権力の奴隷になるからだ。すると人生はただの陳腐な抽象概念、それは換言すれば人間が無知と弱さを美化するために無駄に作り上げた言葉のことだが、その抽象概念を擁護しようとする間断なき苦闘へと退化していく。自分の欠点の本質を知れば、君は知識への第一歩を踏みだせる。そして知識こそが、ザカリアス、天国の扉への踏み段なのだ。君が私の思う方向に成長していけば、君はいつか私の言葉を理解するだろう。真の英知はいかに広大で変化に富み、その表情がいかに多様で不思議なものであるかを君は理解するだろう。真の英知を求めることに飽きてはならないし、英知が纏う慎ましい衣を蔑んではならない」

校長は話をやめると、自身の考えに耽(ふけ)っているようだった。少年は困惑して靴のつま先に何かを見つけたふりをした。老人は一枚の紙を取っていくつか図形(ダイアグラム)を描き、一〇五番をそばに呼んだ。

「ザカリアス、これがなんだか言えるかね?」

「はい先生、それは僕が歴史のクラスで黒板に描いた図形(ドローイング)と似ています」

「その通りだ。君はその意味がわかるかね?」

ザカリアスは赤くなり、躊躇(ためら)ってから答えた。「いいえ先生、よくはわかりません」

「しかし、どこでこのようなものを学んだのかね?」

長い沈黙があり、その間に一〇五番は片方の足からもう他方に重心を移した。

「言えません、先生。僕にははっきりわかりません」

「ザカリアス」校長は厳しい口調で言った。「私に嘘をついてはいけない」

「僕には言えないのです、先生」

老人は彼の顔をしばらく観察したのち、坐るように命じた。

「君の言うことを信じよう、ザカリアス、しかしあれはよくできていた。ほんとうによくできていた」

一時限の授業が終わるベルが鳴り、校長は懐中時計を取りだした。

「退出してよろしい、ザカリアス。先生を待たせてはいけない。私が書斎で君を引きとめていたと言いなさい。行きなさい、ザカリアス、この会話は別の機会に続けよう」

一〇五番は校長に礼儀正しく挨拶すると、学問の世界をあとにした。

十一時に少年たちは授業前十分間の休憩が許されていた。校庭の長い木のテーブルに黒パンが配られた。

一〇五番が外に出るとすぐに、心配そうに眉をしかめた九九番が近づいてきた。「どうしたんだ、ゼッド？」彼は一〇五番の腕をつかんで尋ねた。「あの老いぼれに説教されたのかい？」

「そうでもない」と一〇五番は言ったが、面談の詳細は打ち明けたくなかった。「学業とか行儀とか態度とかいつものことさ。実のところ校長は極めて感じがよかったよ」

「ほんとかい！　君は歴史のあのくそったれに一杯食わせる度胸があったからね！　君が校長と出ていったとき、あいつは葉っぱみたいに震えていたよ」

一〇五番は作り笑いをした。「卑劣な老いぼれにはいい薬さ。あいつは学期中ずっと僕にナイフを突き付ける真似をしていたしさ」

「あれはなんだったんだ?」九九番は尋ねた。「なにか幾何のように見えたよ」

一〇五番は口笛を吹き、五本の鉄釘を宙に投げては器用に受けながら歩きまわった。「ああ、何かそんな類さ」彼は無頓着に答えた。「ふっと頭に浮かんだんだ、よくあることさ」

「ふーん、彼は青ざめたね、でも次は気をつけろよ、奴は徹底的に君をやっつけるぞ」

始業ベルが鳴り彼らは授業に戻った。

夜になると、一〇五番は少女とポニーを待ったが、無駄だった。恐らく昨夜の失態を繰り返したくないという不安が、彼女を遠ざけたのだろう。何ヶ月もが過ぎたが、その間彼は異端審問と走りまわる丸顔の僧侶たちの夢を遠ざけるために、〈薔薇色の貴婦人〉を呼び出さざるをえなかった。〈薔薇色の貴婦人〉の呪(まじな)いはまだ悪夢を追い払う効果はあったが、彼女の姿形は曖昧で非現実的になっていった。彼女の城は色褪せて、描かれた舞台の背景幕のように薄くなり、ついには立体感がなくなった。

一〇五番は切ない思いで冬を過ごした。春が近づくにつれて切望は激しい苦悩となっていった。激しい運動をし、九九番に親愛の情を集中させることで、彼は郷愁(ノスタルジア)を和らげようと努力した。

夕暮れが遅くなり、暖かくなった。時々少年たちはダニューブ川の土手に短い遠足を許された。水浴びをするものもいれば、坐って、溺死した異邦人たちと美しい女性の自殺物語を創作するものもいた、ダニューブ川の物語だった……

こうした遠足のひとつで、一〇五番と九九番は川の近くに巨大な果樹園を発見した。半ば熟した果物が生い茂るのを見て、二人は誘惑に駆られた。果樹園は油断のない見張りと幅広の溝に守られていたが、これは二人になおさら果物をほしがらせることになった。

「誰がこんな大きな果樹園を所有できるんだ?」と九九番が尋ねた。「それにあの果物を全部食べるなんて、どれほどの大家族持ちなんだろう」

一〇五番は考え込んで、若草の柔らかい茎を齧っていた。彼は茎を粉々に嚙み砕くと、できるだけ遠くに吐き飛ばした。

「果樹園の所有者は〈族長〉だ」と彼は説明した。「彼には六人の妻がいて、ひとりひとりの妻との間に子供が十人いる。妻子たちには肉の代わりに牛の耳を与えるだけだ、だから彼らは飢え死にしないようにできるだけ多くの果物を食べる」

「君は大法螺吹きだね」と九九番は言った。「ここの所有者は、肉しか食べない〈将軍〉で、この果物は全部豚の餌にするんだ。何百万、何億という真っ黒な豚を飼っているのさ」

一〇五番は草切れを嚙むと一メートル先に吐き飛ばした。「そうだな、でも僕にはあの美味しい果物全部が、なぜその〈将軍〉や〈族長〉の妻たちの口に入らなければならないのかわからない。よく考えたら、僕らは豚並みの価値はあるさ、もっともこの十年にむさぼり喰ったまずい食料で、僕らの肉が食用に適さなくなってしまったとしてもさ……ちょっと訪問してみないか? もちろん表敬訪問さ、名刺を残すだけとかさ?」

「夜になれば」と九九番は興奮して言った。「連中を召集して誓約できる……」

「絶対の」と一〇五番は答えた。「秘密厳守だ。破れば中国式の拷問だぞ」

遠征は翌日の夜と決まり、他に一九番、六〇番、三八番が加わった。少年たちは真夜中の鐘を合図に学校の便所に集合し、狭い窓から脱出することになった。そこは低木の植え込みで覆われ、好都合にも一階にあった。少年たちは外に出たらすぐに服を脱ぎ、六〇番が台所からくすねた油を全身に擦りつけることになった。そうすれば、祭の市で油を塗った豚つかみ競争に参加した者なら誰でも知っているように、滑りやすい体がまず捕まることはないだろう。

遠征メンバーは各自教科書を入れる小さな頭陀袋(ずだぶくろ)を持参することになった。果樹園に忍び込むと四散し、警報が鳴り響くまでに、できるだけ多くの果物をもぎ取り、各自最善を尽くして逃げる。服を隠してある通りの端で、彼らは落ち合う手筈になった。

便所は戦利品を山分けする中心地で、一〇五番はそこで盗んだ果物の山分けを仕切ることになった。

計画は細部まで注意深く吟味され承認された。そして翌日の夜、五人の少年は極度の興奮状態で寝床に着いた。

細い新月が共同寝室の窓に昇った。月の光が三番目の窓ガラスを照すときが真夜中だとザカリアスにはわかっていた。それから彼はこっそり抜け出して便所に滑り込む。ザカリアスは考えながら、実は果物などどうでもよくて、夜の一時間の自由が丸一日の休日同様に貴重なのだと気づいた。

月光はナイフのように細く鋭かったが、少年たちが果樹園への道を選ぶには十分だった。彼らは扇形に散らばり、自分の選ぶ木に向かって進んでいった。彼らの青白い姿は影のように静かに動いた。

頭を低くして警戒しながら、一〇五番は長く湿った草を掻き分けていった。群れから離れ、ひとりで獲物を狙う夜行性動物のように、彼は着実に進んだ。蛇行しながら、曲がりくねって近づいてくる耳慣れない音がして、彼は体をこわばらせた。一〇五番は屈んで気配をうかがった。少しすると小さな白い物体が草の中で忙しく動きまわっているのが見えた。目を凝らすとそれは小犬だった。尻尾を振り、懐(なつ)いた者に示す仕草で、小犬は彼に飛びついてきた。白いポニーが跳ねまわるように、小犬は踊り跳ねて進んだが、彼が屈んで撫でようとすると、跳ねて遠ざかって彼が近づくのを待ち、近づくとまた跳ねながら離れていった。子犬と一〇五番は円を描くゲームをしながら、最も時を経た林檎の木に近づいていった。

「やっと来たの?」

一〇五番は四つ這いになって進んだ。誰かあるいは何かがその老木の高い枝に止まっているのが見えた。

「早く来て」それは言った。「私は時間のトリックの中でとても長い間待っていた」

恐れながらも興奮して、一〇五番は林檎の老木を登りはじめた。彼の頭上に黒い長い髪の若い女がうずくまっていた。女は彼を見ても聞いてもいないようで、彼はじっと動かずに、彼女の声に耳を傾けた。それはずっと彼方から聞こえてくる肉体のない音のようだったが、彼の耳にはなつかしく響いた。

「今私にはあなたが必要なの。蛇のケツァルコアトルが私の血を吸い尽くそうとしている。〈聡明な王〉よ、石の扉を開け。今私には黒い鸚鵡（おうむ）の断末魔の叫びが理解できる。男が石の扉を開かなければ、私ひとりでは開けられない。ひとりでは、私は哀れで不完全な生きもの」

若い女は視線を下げ、彼に気づくと呟いた。「そこにいるのは誰なの？　メソポタミアの白い子供？」

ザカリアスは自分の言葉がどこからくるのかわからないままに答えた。「僕は白い子供で、聡明な〈王〉で、ユダヤ人で、〈黒い牡羊〉で、天秤座だ」

彼女は両手を伸ばして哀願した。「私はあなたに触れられない。私たちは時間によって隔てられている。私を通して！　そちらに行かせて！」

彼は苦悶し絶叫して、彼女のそばに攀（よ）じ登ろうとしたが、網にかかった魚のように、縺（もつ）れた枝に絡まり動けなかった。女が月に顔を向けたとき、彼女は目隠しされているのが見えた。「〈ジプシー〉は影に囲まれている。もし目隠しされていなければ、私は彼の過去が読めるのに。あなたがメソポタミアの国境の〈王〉だったとき、〈ジプシー〉はそこにいた。人々が陶器でできている国メソポタミア、メソポタミアは山と深い峡谷を隔ててハンガリーと接し、見張りがお互いに警戒し合っている。

乾いた広大な墓地、メソポタミア。都市は墓で、木々はライオンの姿と占星術の遺物の形をしている。〈聖なる〉、〈聖なる土地〉、あまりにも聖なるがゆえに、メソポタミアでは祈り手たちが黒い蝶の姿で群棲する。七十年間メソポタミア人の生命力を吻に吸い込み、メソポタミア人の命を自らの命に造り変えて、七面鳥の卵の大きさにまで膨張した黒い蝶たち。風さえ死に、祈禱の輪、かつては独楽のように回転した祈禱の輪は、動かずじっと静止している。山と峡谷の向こう、この防腐処置されミイラ化された国に向き合って、〈私の恋人〉、あなたは木々と雪の国に住んでいた。

石の扉は私を通すまいと閉まっている。私を通して、ああ〈私の恋人〉、私を外に出して」

彼女が激しく木を揺すったので、大量の果実が音をたてて地面に落ちた。

一〇五番は足場を失って林檎のなかに落ちた。彼が見上げたとき、若い女の姿は跡形もなく消えていた。屈み込んで頭陀袋に果物を拾い集めていると、誰かが遠くで吹いている口笛が聞こえた。しかしその音はあまりに遠く微かだったので、彼は自分の心の耳にだけ聞こえているのだと思った。

V

その男は白く氷結した雪の街路に、みすぼらしい暗い影を落としていた。服はずたずたに裂け、やつれ果てて不潔で、若い案山子とも案山子に威嚇される烏とも見分けがつかず、いわば両者が混合した風体だった。底がはみでた長靴の中敷にした新聞紙は、水を吸って足の下で不潔な軟らかい塊になっていた。

「足が凍えて感覚がない。いいさ、どうせ凍傷で落ちてしまうだろう」

「ゼッド！　ゼッド！」彼は自分の名を呼ばれて立ち止まったが、振り返らなかった。

「ゼッド！」エリアス九九番が彼の肩をつかんで、顔をじっと覗きこんだ。「俺が呼ぶのが聞こえなかったの？」

「やあ、エル」

「いったいどこにいたんだ、ゼッド？　何ヶ月もブダペスト中を捜したよ」

ザカリアスは苦笑いし、寒さが服に沁み込んできたので歩きはじめた。「先週刑務所から出てきた」とザカリアスは言った。「ブダペストには仕事がありすぎて、どれにするか決めかねている」

エルはカフェにザカリアスを連れていき、二人は壁際の小さなテーブルに腰を降ろした。

「飲むかい?」

「菓子パンとコーヒーをおごってくれ」とザカリアスは言った。「ゴムは今朝株式市場で一ペンゴ[*30]落ちた」

「ゼッド、何があったか話してくれ。たぶん力になれると思うよ」

二人はコーヒーとサモロドニ[*31]を注文した。エルは煙草をテーブルに置いた。溝で拾い集めて、焼き栗屋の火でこっそり乾かす吸いさしではなく、真新しい一箱だった。

「ゼッド、どうしたんだ、話してくれよ、僕は親友だろう」

「話すことなどないよ」ザカリアスはコーヒーを啜(すす)り、コップで指を温めた。「何もない。それより君の冒険談を聞かせてくれ、話というのは、すべて終わってからした方がいい。僕の話はまだはじまってさえいない。僕は絶滅有蹄哺乳類の腐肉(くずにく)の類で、のろい進歩を修得中だ。石器時代がはじまれば、それもまだほど遠いらしいが、そのときには僕の過去を聞きに来いよ。それまで僕は乞食をして、警官を愚弄しているだけだ」

エルは彼に煙草を渡すと溜息をついた。「ゼッド、君は全然変わってないね。昔のままの頑固なゼッドだ、謙虚で自尊心に凝り固まって、助けを求めるより餓死を選ぶ。

まあいいさ、お望みなら、僕の身の上話を聞かせるよ。

年老いたシャーリ叔母さんが五ヶ月前に死んで、年金もなくなった。ありったけを売って、葬式代と叔母さんの遺した借金を払ったら、ポケットに残ったのは五ペンゴだけで道に放り出された。あちこちでいくつかいかがわしいつらい仕事をして、どんなものかわかるだろう、その後幸運が舞い込むことになった。ある晩酔っ払ってホカイ・テール広場近くのカフェで、いかれた中国人と話しはじめたんだ。彼は仕事をくれると言ったが、仰天したことに翌日覚えていて約束を守ってくれた。以来中国人のところで働いている。かなり給料はくれるし、うるさくもない。少し風変わりだが賃金には感謝している」

「彼は何者だ？　商売人か？　盗人か？　料理人か？　栽培業かそれとも編み物屋か？」熱いコーヒーで元気を取り戻してザカリアスは尋ねた。「それにどこに住んでいるんだ？」

「ホカイ・テール広場近くのオ・ウッツァという裏通りだ。中国人はどんな金持ちでも、いつも裏通りに住みたがる。たぶん秘密主義の人種なんだろう、まあ僕たちがそう思っているだけかもしれないけどさ。

ともあれ、この中国人の親父は特に変人だ。人形、玩具、オルゴール、安物の紙の扇子やその他いろいろ手作りするんだ。ほとんどなんでも動かせる、自分で考案したぜんまい仕掛けの類とかね。玩具の汽車や兵隊や人形など、彼が思うままに動かせないものはない。いい奴だよ、彼なりにね。まだ言い争いをしたことはないし、そんな状況を考えてもあの親父とは喧嘩したくないいな」

「よかったな」とザカリアスは言った。「雇用者というのは糞ったれさ。豚か陰険な悪臭を放つ犬だ。そのありがたい中間なんていないさ。僕は少し汚い豚で満足だが、そんな奴がいるとは思えない」

「でも餓死することはないよ。僕はロヴァグ・ウッツァに小さな部屋があるし、心身を維持するだけは稼いでいる。共有しようよ、半々でさ。学校の便所で食った酸っぱい林檎を覚えてる？　みんなひどい腹痛を起こしたな！　僕らが孤児院出なんて笑わせるよな」

「ああ、僕らは施設出さ」とザカリアスは言った。「もっとも僕も施設なんていうのは、髪を振り乱して凶暴な目付の連中が鉄格子の向こうで、爪をたてて喚(わめ)いているところくらいにしか思っていなかったが。僕らの孤児院もそれほど違ってはいなかったな……十二年もあそこに閉じ込められれば、誰でも人生の第一歩は踏み出せるさ。くそっ！　なんとぶざまな第一歩だ！」

「あの夜のことを覚えている？　〈将軍の果樹園〉だよ？」

　ザカリアスは突然悲しくなって沈黙した。果樹園の最も古い林檎の木にしゃがみこんで以来、ザカリアスの夜はなんと虚ろだったことか。彼はあのつらい望みを自分の血からふるい落とそうとしてきたが、それは何年も彼につきまとって離れなかった。

「ああ、覚えてる」彼はやっと答えた。「はっきり覚えてるさ。僕たちはいわゆる〈大人になった〉から、もう忘れるべきじゃないか？」

「君はいつになっても大人にはならないよ」

「大人になる機会は多々あったさ。なあエル、君は女を知っているか?」

「いや」とエルは言った。「知らない、君は?」

「女か、ああ、金があるときは女を抱く。金がないと女もなしだ。案山子と寝たがる女はそうはいない。僕が気難しいからではなくて、食い気か色気かと聞かれれば僕は食い気を選ぶ。建前というより必要性の問題だ。金が入ると悪くない金髪を選んで、囲って好きなときに会いに行く。僕は前から豊満な金髪が好きだった。拾える女は多いし、みなきれいな服を着ている」

「女なんて苦労して稼いだ金の浪費だ」とエルは言った。「僕はそれより毎日美味(うま)いサモロドニを一本呑む方がいい」

　エルが勘定を支払い、二人は笑いながら通りを歩いた。また雪が降っていた。

「僕の家にこいよ、夕食を作るよ。君の食べた干し葡萄菓子ではカナリアの腹も満たせないよ。カフェで働いたから料理はうまくなった、今にわかるよ」

　ザカリアスは苦笑いしながら、エルについて行った。陽が沈み凍(い)てつく寒さだった。雪がザカリアスの頭と肩に降り注いだ。冷たい冠雪の下で、ザカリアスの顔は渡鳥(わたりがらす)のように動じず無表情だった。

　チョン・ミン・ロウ[*32]の仕事場はオ・ウッツァの地下室にあった。雪が降り積もる日中は店内は薄暗かったが、夜には石油ランプが暖かい黄色い光で店内を照らし出した。ミン・ロウが八時に赤いすだれを降ろすと、集まって作業場を覗き見するのが好きな子供たちは失望の声をあげた。しかし六時から八時までは、安物の玩具やオルゴールや木の兵隊の山を飽きずに眺められたし、長い工具台の上に置かれた鋸(のこぎり)やのみや金槌やペンキ壺、木くずを吐き出す鋭い旋盤にも魅入っていた。

エルと出会った日の翌晩に、ザカリアスはエルを連れだそうと仕事場に行った。通りに立って子供たちと仕事場を覗き見しながら、ザカリアスは相手に自分の姿を見せずに窓の中を眺めることに微かに後ろめたさを感じていた。エルは補助テーブルに坐って、半ダースの木製の汽車を明るい赤色に塗っていた。テーブルの端に置いた煙草から薄い煙が上っていた。

「もし僕が世界で一番高い木の頂きで、独り暮らしているとしても、今ほど人間生活と無関係ではいられないだろう。ではどこにいるのかと尋ねられても、答えられるかどうかわからない」彼はそう考えて幾分英雄気取りになったが、すぐに意気消沈した。外は寒かった。

「私を通して、外に出して」

日暮れにはいつも、昔の思い出が繰り返し単調に蘇った。

「入りませんか?」

突然声をかけられてザカリアスは体をこわばらせた。見まわすとすぐそばに中国人が立っていた。赤煉瓦色のスカーフで顔の下方を覆っていた。

「入りなさい」と中国人は言った。「あなたを待っていました。外は寒さが厳しい。さあ遠慮しないで……」

「僕は乞食です」とザカリアスは言った。

「乞食も立派な職業です。職業はなんでもそうだが、ある熟練を要します。生きること自体が一種の商売です。人間は地球の果実を吸収して、エネルギーを地球に払い戻す。労働とか芸術は自然の秩序の模倣に過ぎない。君はユダヤ人ですね？」

「ええ、ユダヤ人です」

「では私の言葉が理解できるでしょう。他の民族が健忘症と呼んで記憶から失っていくものを、ユダヤ人は時間の始まりから民族に流れ続ける長い悲鳴のような言葉として記憶している。道に残る軌跡を解読できるユダヤ人もいます。道沿いに記された、彷徨(さまよ)えるユダヤ人の足跡と知識を含むあの象形文字をです。〈星〉も人間は解読できるのですよ」

中国人はポケットから鍵を出して、扉を開けた。ザカリアスは少しためらったのち彼に続いた。

そこは華奢な脚付き飾り棚のある、狭い薄暗い玄関ホールだった。山積みされたがらくたが空間を埋め尽くして、壁は見えなかった。

中国人は虎の顎が突き出した形の真鍮の洋服掛けに、コートを掛けながら話し続けた。

「虎は」と彼は洋服掛けを指差しながら言った。「獲物をしとめると、まず肝臓を剝ぎ取ってそれを貪りはじめる。肝臓が虎の最上の栄養だとしても、羚羊(れいよう)の体には他にどれほど栄養が含まれているのだろう?」

「結構なご高説ですが」ザカリアスは上着を脱がずに言った。「哲学よりも夕食を提供して下さる方がありがたいです。哲学というのは夕食後の娯楽です。こう言う僕は恐らく無作法でしょうが、もう二度とお会いすることがなければ、僕に失うものはありませんから」

「礼儀には欠けるが、率直な話し方だ」と中国人は言った。「だが君は思っている以上に多くを私から得られるかもしれませんよ。お互いをもっと知り合うために、ここで夕食をしていきなさい。私は高慢でも愚かでもない、それは君にもおいおいわかるでしょう」

「あなたには敬服します」とザカリアスは言った。「真の品位を備えたひとは、いかなる侮辱にも寛容ですから」

「友人が仕事場で待っている」部屋の端のカーテンに向かって歩きながら、中国人は言った。「私は自分自身の料理人で、奴隷で、主人だから。失礼しますよ」

小男が姿を消すと、ザカリアスは物思いに耽(ふけ)りつつ、階段を降りて仕事場に行った。

「うまくいった?」とエルは尋ね、ザカリアスはそばの木の踏み台に坐った。

「僕は朝食後何も食べていない。仕事もその望みもない。寒いし疲れている」

エルはペンキ塗りから顔をあげて悪戯(いたずら)っぽく微笑んだ。「中国人は上の階のがらくたの目録作りに、もうひとり助手がいるんだ」

「彼は僕が気に入ったようだ」ザカリアスは考え込みながら言った。

「別に驚かないよ。彼は饒舌な男だし、君は学校で彼を楽しませる類のことが得意だったからね」

「何が彼を楽しませるんだ?」

「ただ喋ればいいさ」

「そうだな、シャベルで石炭を掬い、皿洗いし、勘定するより、僕は喋って稼ぐ方がいい。ともかく胃袋を満たさなくてはな。僕らの受けた高等教育では上品になり過ぎないのが得策だ」

「君は気難しいね」とエルは言った。「俺は見つかるものはなんだってしたよ」

「それで僕は何を得たというのだ?」とザカリアスは尋ねた。「鼻風邪と古い背広の上下だけだ」

「上の階を見てみなさい」声をかけたのは中国人だった。二人には中国人がいつから戸口に立って観察していたのかわからなかった。

「上には大人用の玩具がある。ついてきなさい」

彼らは三つ続きの階段を上って、がらくたと貴重品が山積みになった埃まみれの屋根裏部屋に入った。

「私が手作りした品物もあるし」中国人は蠟燭を掲げながら言った。「贈り物や、掘り出し物や買った物もある。君が仕事を引き受けてくれれば、売れる品とがらくたを分類して目録を作り、売れる品は磨いてもらうことになる」

「僕が仕事を必要としているのは一目瞭然でしょう」とザカリアスは答えた。「しかし僕が信用できるとなぜわかるのですか?」

中国人は微笑んだ。「君は正直だと思う、もっとも私の判断が誤りだということもありうるが」彼は石油ランプに火を灯（とも）した。「夕食を準備する間、そのあたりを見ていなさい。長くはかからないから」

中国人が出ていくと、ザカリアスは部屋を横切って、反対側の壁に掛かる埃まみれの凸面鏡を見にいった。鏡が黒いのか汚れて黒く見えるのか彼にはわからなかった。鏡に映る歪曲した自分の顔を見ていると、突然鏡の中心部に星型の亀裂が生じた。

彼はぎょっとして、ひび割れた鏡の隠し場所がないかとあたりを見まわした。しかし鏡を外せば、掛けてあった跡がさらに目立つことになると考え直した。

向き直ってその辺にある小さながらくたの中に、気分を紛らすものがないか捜しはじめた。大型四輪馬車を象（かたど）った古いオルゴールが目に入り、螺子（ねじ）を巻いてまだ動くか確かめようとした。

「ブーイ・ブーイ・ゼルドォ・アーグ」オルゴールは小さな軋（きし）む声で歌った。「ゼルド・レヴェレチユケ・ニトヴァ・ヴァン・アズ・アラニカプ。チャク・ブーイヤトク・ライタ。ニシュドゥ・キ・ロージャーム・カプダト・カプダト、ハアッド・エレイエム・ヴァーッラダト、ヴァーッラダト、スィタ、スィタ・ペーンテク、セレレム・チエテルテク・バブ・セルダ*33……(開け、緑の小さな葉、金の扉から入っておいで、私は恋人の肩が恋しいの。金曜は木の篩（ふるい）*34、木曜は緑の葉、水曜は私の恋人……)」

歌詞はもっと続くはずだとザカリアスは思ったが、いくら思い出そうとしても二番目の歌詞は浮かばなかった。オルゴールを何度も巻き直して、「ブーイ・ブーイ・ゼルドォ・アーグ」を六度聞いた。か細い調べは郷愁を誘う悲しみを呼び起こした。もう一度自分を見つめ直そうと、彼は黒い鏡の前に戻った。

「お前は案山子のようだ、僕はお前が憎い。こんなニシコクマル鳥（がらす）に似た顔が、鏡を砕いても誰が驚くものか。ああ、僕の魂と心はこんなにも干からびて縮んでしまって、炒（い）り豆の殻すらいっぱいにできない。お前は人生と呼ばれる無意味な病のかけらだ、狂人が考えだした謎（パズル）だ。螺旋の輪は別のより馬鹿げた、いっそうわけのわからない謎（パズル）に続いていく」

ザカリアスは振り返って面喰った。ミン・ロウがすでにそこに立っていた。

「彼は自分に見惚れていたと思うだろうな。それならもっと幸せそうな顔でいたいよ」とザカリアスは思った。

「自分の顔とは不思議なものだ」中国人は鏡のひび割れに気づいていないように言った。

「自分自身の顔は我々からなんと隔っていることか」

すばやく頭を巡らせて、ザカリアスは真実を言うのが賢明だろうと判断した。「僕が見ていたら鏡にひびが入りました。すみません、給料から差し引いて下さい」

「それは故意の過ちではない」とミン・ロウは言った。「恐らく君は凸面鏡ではない鏡で自分の顔を見慣れていたのでは？」

「自分の顔がそれほど注目に値するとは思いません」

「常にそう考えていただろうか。若いときは世間の意見に影響されやすい、その評価が高かろうと低かろうと、それに依存してしまう」

「恐らく自分を愛するには、愛されることが必要でしょう」

「母乳を飲む時期には愛されることが必要不可欠だ。男らしさがまだ形成されていない思春期には称賛されたいと望む。だが男らしさが形成されても、満たされなければ憎むことになる。のちにこれらすべての思春期の問題はそれなりにおさまる、ちょっとした道具で鏡に映る自分の姿を叩き割ってね」

「はっきり言って、僕はあなたの意見には同意しません。夢、思想、愛、男らしさ、憎悪などはあまりにも密接に絡み合っているからです。ひとつが他のものなしに存在し得るというのは、炒ったコーヒーの芳香がコーヒーとは無関係に存在するというようなものです」とザカリアスは言った。

「そう考えるなら」とミン・ロウは言った。「君は将来非常に不幸な運命を背負うことになる」

中国人はザカリアスの腕をとって階下に導いた。肉の焼ける快い匂いが二人を待ちうけていた。その瞬間ザカリアスは、台所は世界で最も喜びに溢れた場所だと思った。

ある曇った水曜日の朝、ザカリアスはオ・ウッツァで働きはじめた。小さな黒いノートと鉛筆を持って、ミン・ロウの埃まみれの雑多な所有物を分類しはじめた。腹這いになって装飾のあるブリキの収納箱を精査していると、三角形の箱が目に留まった。箱の表面には鳥の体のように、黒い羽毛が巧妙に一本一本植えつけられていた。どうにか開けてみると、中にメキシコ人職人の手による石の鍵が入っていた。

ザカリアスが耳を澄ますと、箱は詠唱した。「私を通して、外に出して。石の扉よ、開け」

ザカリアスは箱を胸ポケットに隠した。

正午頃にミン・ロウが外国訛りのある小男を伴って、屋根裏部屋にやってきた。

「マング氏はル・フォーブノワール先生の秘書をされている方です」と彼は説明した。

「ル・フォーブノワール先生はフランス人紳士で蒐集家でいらっしゃる。マング氏は先生が興味をもたれそうな貴重な品をご覧になりたいそうだ。君は分類をはじめて日は浅いが、もし何か箱や鏡や鍵に思いあたるものがあればお見せして下さい。ル・フォーブノワール先生はとりわけ鍵に興味をお持ちです」

ザカリアスは見つけていたいくつかの小箱を二人に見せた。それらは青銅製、黒檀製、象牙製で、産地はそれぞれ違っていた。マング氏がそれらを調べているとき、ザカリアスは胸ポケットにしまった箱と石の鍵の重みを感じていた。

「見つけたのはこれがすべてかね？」ミン・ロウは尋ねた。ザカリアスは無言で頷いた。

「他はすべて空箱です」

「他にも先生にお見せできる品がございます」とミン・ロウは言った。「先生はブダペストにいらっしゃいますか？」

「目下町にはおられません」マング氏は答えた。「別荘で静養されています。私は些細な業務処理にここに来たのですが、今夜田舎に戻る予定です。ブダペストを訪れるときは、先生に手土産を持って帰ることにしています」

ミン・ロウはマホガニーの戸棚の鍵を開けて、翡翠細工の品をいくつかフランス人に見せた。

「これらの翡翠細工をお持ち下さい。もし先生のお気に召さなければ、他の品にお取り換え致します」

二人が去ると、ザカリアスは黒い鏡の前に戻って、自分の像に微笑みかけた。

「閉じた扉は鍵で開く」彼は鏡に映る自分の顔に話しかけた。「石の扉には、石の鍵」

その夜ザカリアスがまだ埃っぽい貴重品を選り分けていると、七時頃にミン・ロウがやってきた。彼は小さな包みを手に持っていた。「愚かなことに、今朝マング氏がみえたとき、これを見落としていた。これは職人の手による時代物の小さな象牙で、ル・フォーブノワール先生は大変お気に召すと思う。先生のコレクションにこうした品はないとわかっている。申し訳ないがデゥナ・パロタ・サーロダ[*35]までひと走りして、マング氏が出発されたかどうか見てきてくれませんか。まだいらしたら、先生のお好みに合う品として私がお薦めしますと言って、この伝言と包みを渡してほしい」

ザカリアスは街路に出ると、街灯の下に立ち止まって伝言を読んだ。

「もう一方は目下私の手元にはございません。同封の品は密封してありますので、ご懸念には及びません。詳細はのちほど。しばらくご辛抱下さい、三週間後にケンタウロスでまたお目にかかります」

ザカリアスは小包の封印をこじあけて、小さな象牙の人形を見つけた。それは明らかに時代物だった。人形を布で包み直し、ズボンのポケットにしまい込むと、それから三十分口笛を吹いて街をうろついた。彼がゆっくりオ・ウッツァに帰ると、驚いたことに中国人が街路で待っていた。「どうだったかね?」彼はいつもと違ってもどかしげに尋ねた。「マング氏はホテルにいらしたかね?」

「すでに発たれていました」とザカリアスは言った。「フロント係によると、五時にチェック・アウトされたそうです」

ミン・ロウは黙ってその報告を思案していたが、やがて首を振った。「これは予想外だ。

私はとりわけル・フォーブノワール先生に、あの品を見て戴きたかったのだが。君にぜひとも頼みがある」

「なんでしょう?」

「君に少し出張してもらいたい。私はこの包みをどうしても今夜、ル・フォーブノワール先生に受け取っていただきたいのだ。ピリシュヴェレシュヴァール行きの汽車があり、そこからは橇(そり)で先生の邸宅まで行ける。数時間の旅だが、もし君が今夜発てば、明日には帰ってこられるだろう。ブダペスト発九時十五分の汽車だ」

ザカリアスは喜んで中国人の頼みを承諾した。ブダペストを離れる旅はいつも冒険だった。それで八時四十五分には、彼は毛皮の帽子を耳まで深々と被り、小包を用心深くポケットにしまってボタンをかけると、駅に向かって出発した。九時二十分に列車はガタガタと苦しげな音をたてて駅を離れた。

ザカリアスの車室の同乗者は、黒いスーツを着て黒眼鏡をかけた男だった。身を守るように革表紙の小さな本で顔を隠し、蒼白い両手は震えていた。細身の服は見慣れない仕立てだったので、ザカリアスは外国人にちがいないと思った。それに黒眼鏡をかけてどうやって本が読めるのだろうかと訝(いぶか)った。地味で上品な革の旅行鞄が頭上の棚に置かれていた。

照明に不具合が生じたらしく、車室内は非常に薄暗くなり、列車の外の白い世界が窓を通して見えてきた。外国人は本を膝に置いて外を眺めた。薄暗がりで男の顔の下半分は不明瞭だった。彼がぼそぼそと片言のハンガリー語を話しはじめても、ザカリアスには彼の口がどこなのか判別できなかった。

「窓を開けてもいいですか?」と男は尋ねた。「車室は幾分息苦しいので」

「彼はイギリス人だ」立ち上がって窓を開けながら、ザカリアスは思った。「彼の口はどこだ……」

「ハンガリーはご旅行ですか?」社交辞令で煙草を勧めながら、ザカリアスは尋ねた。もし煙草を吸えば、そのとき口が見えるだろうと彼は思った。

イギリス人は辞退した。「煙草は吸わないのです、ありがとう。慢性の気管支炎を患っていますので。ここの気候は気管支には非常にこたえるとわかりました」

「あなたはイギリス人ですか?」ザカリアスは続けた。「ハンガリーには観光旅行ですか?」

「ええ、イギリス人です。ここに来たのは観光にだけではありません、仕事と趣味を両立させるのが私の主義ですから」

「ピリシュヴエレシュヴァールに行かれるのですか?」

「そのあたりです。そこは鉱山地域だそうですね」

「鉱山業に関心がおありですか?」会話を続けようと、ザカリアスは尋ねた。彼にはまだ外国人の顔の開口部がわからなかった。

「いいえ、そうとは言えません。私は考古学者で、無論古い鉱山に関心はあります」

彼はザカリアスにこぎれいに印刷した名刺を手渡した。「ピーター・ストーン　住所ストーンヘンジ[*36]」

「私は大英博物館に勤務しています」

「僕はハンガリーから出たことはありません」とザカリアスは言った。「でもいつも旅行したいと思っていました。ロンドン、パリ、マドリード……僕にとっては魔法の言葉です。いつか僕はパリに行きます」

「それでは、列車に乗り遅れないように。恋の逢瀬あるいはパリ旅行を逃す者は、人生を知らぬままに死ぬと言われますから」

「その通りだと思います」ザカリアスは答えた。列車はトンネルに突進し、イギリス人が闇でガタガタと鳴る音よりひと際高く、何か叫んだようにザカリアスには思われた。

「え、なんですか？」トンネルを出て汽車がガタガタと夜の大地を走りはじめると、ザカリアスは尋ねた。「何か言われましたか？」

「トンネルがいつも怖かったのです」イギリス人は答えた。「子供の頃です。今でもトンネルは神経にこたえます」

「僕は闇がとても怖かったです」ザカリアスは学生時代を思い出した。「怖かったが魅せられました。闇の中では見知っているどんなものよりも、恐ろしく美しいものが見えました」

「子供は闇を怖がるものです、大人より鋭い想像力をもっているからです。年を取っても子供の感性をもっているひとは、太陽が沈むと恐怖で死んでしまうのではないかと私は思うことがあります」

車輪が軋み、汽車は大きな音をたてて止まった。

イギリス人は窓を下げて、何が起こったのかを知ろうと身を乗り出した。誰かが叫んでいた。

「吹雪で立ち往生です」とイギリス人はザカリアスに言った。「シャベルで雪掻きするのでしょう。しばらく足止めされるかもしれません。やっかいですね。今夜どうしてもピリシュヴェレシュヴァールに着きたかったのですが」

馬に乗った五人の男たちが車窓を覗き込みながら通り過ぎた。

「冬のハンガリー旅行には、幾分危険はつきものです」とザカリアスは言った。「イギリスではこれほど雪は降らないでしょうね?」

「幸いにもこれほどは降りません。かつてこう言ったフランス人詩人がいます。機会を逃したくないので、雪について自説を述べよう。雪とは初聖体時の糞だとね。私も同感です。雪の美点は白いだけです」

五人の騎手が戻ってきて、二人の車室の窓の前で止まった。「おい、そこの二人!」五人のひとりが叫んだ。「煙草を一本くれ」ザカリアスは残りの煙草を無造作に投げ、男はそれを器用に受けた。

「火もあるか？」

「私なら話しかけませんよ」イギリス人は呟いた。「たぶん山賊でしょう」

「何が起きた？」ザカリアスは先頭の騎手に尋ねた。「雪で足止めされたのか？」

「袋の中の豚同然さ」

イギリス人はザカリアスの腕をつかんで窓から離そうとした。「気をつけなさい、話してはいけない。ジプシーかもしれません」

ザカリアスは苛立ってイギリス人の手を振り払うと、騎手たちに話し続けた。「長引きそうか？」

「三時間やそこらはかかるさ。朝までにはピリシュヴェレシュヴァールに着くだろうよ！」彼は声を上げて笑い、馬は毛深い頭を逸(そ)らした。

「もし馬の後ろに乗せてくれれば、もっと早く着けるだろうね」

「跳び乗れ！」と騎手は怒鳴った。「金をくれればひと走りするぜ」もうひとりが背負っていたチターを取ると、節回しを無視して爪弾いた。

「やはりジプシーですよ」イギリス人は蔑むように言った。

「そこのチター弾き」とザカリアスは大声で呼びかけた。「一曲弾いてくれないか」五人の野生的な声が一斉に歌い出した。「ブーイ・ブーイ・ゼルドォ・アーグ・ゼルド……レヴェレチュケ……石の扉を開けて、彼女を外に出してやれ。〈白い子供〉よ、おまえの恋人の肩にキスしてやれ」

「戻りなさい！　行ってはいけない！」跳び出そうとするザカリアスのコートの裾をつかんで、イギリス人は叫んだ。しかしザカリアスはすでに危なげなく雪に降り立っていた。騎手は浅黒い手を差し出して、ザカリアスが跳び乗るのを助けた。馬を旋回させると、彼らは森に向かって疾走しはじめた。

「愚か者！」と遠くでイギリス人が絶叫した。「その扉を開ける報いは……」

「自由だ！」肩越しに騎手は叫んだ。

　停車した汽車は木々の背後に見えなくなり、彼らは曲がりくねった道を疾走した。その後走るのをやめて馬を休ませ、焚火（たきび）をした。

「俺の名はカラバシュ・クゥだ」先頭の騎手が言った。「四人の仲間はイヴォアール、テイ、ファ、ヴァシュだ。[*37] 彼らの言葉は歌だ、歌でなければ喋れない」

　この言葉に、四人の男は二叉に裂けた黒苺（ブラックベリー）色の舌を出した。揺れ動く黒い舌はコブラのように見えた。

「イヴォアール、チターを弾け」カラバシュ・クゥは命じた。「テイ、ファ、ヴァシュ、おまえらの見えるものを歌え」

「空が見える、それは世界と同胞の上に、円蓋（ドーム）のように、光を散りばめた皮膚。世界は毛皮の玉。月は羽毛の巣」

「天文学はもういい！」カラバシュ・クゥは甲高く叫び、イヴォアールの平然とした顔に雪を投げた。「彼らはいつも天文学ばかり話す。うんざりだ」

四人の男は馬鹿のように黒い舌をぶらぶらさせた。イヴォアールはチターを掻き鳴らし続けた。

「カラバシュ・クゥよ」イヴォアールは歌った。「おまえは間抜けだ。いつかおまえは自分の魂を、茹でキャベツのおくびのように、吐きだすだろう。おまえの運命は空にも書かれていない」

「おい、おまえはそのつけを払うことになるぞ！」カラバシュ・クゥは金切り声を上げて、歌い手の顔に唾を吐きかけた。「焚火がもっと強ければ、奴を炙って息の根を止めてやるところだ」

四人の男は次々に火に唾を吐いて、ふたたび歌いはじめた。

「ハンガリーはメソポタミアと国境を接している」

「またはじめたな、今度は地理だ」カラバシュ・クゥはげんなりした声で言った。

しかしザカリアスは一語一語を聞き逃すまいと、身を乗り出した。「そのまま歌わせて」とザカリアスが言うと、意外にもカラバシュ・クゥは沈黙した。

「ハンガリーとメソポタミアは深い峡谷で分けられている。砂漠に向き合い、私の〈恋人〉、あなたは山に住んでいた。あなたの宮殿は木々に囲まれ、ハンガリーの最高峰の頂きにあった。それはメソポタミアとの国境から三キロ離れたハンガリー領内。今あなたの国ではあなたを包む外套は雪、しかし私を包むのはこの皺だらけの皮膚だ。ブ、ー、イ・ブ、ー、イ・ゼ、ル、ド、オ・ア、ー、グ、ゼ、ル、ド・レ、ヴ、エ、レ、チ、ユ、ケ、開け、開け、小さな緑の葉、開け、開け、石の扉」

テイとファは立ち上がると、イヴォアールのチターに合わせて手拍子をとりながら、焚火の周りを舞い踊った。焚火を三度踊りまわると、二人は唐突に腰を降ろした。するとヴァシュが直立して、澄んだソプラノで独唱しはじめた。「〈美しい恋人〉、〈愛しい恋人〉、〈永遠の恋人〉よ、私の歌を聞け。ブ、ー、イ・ブ、ー、イ・ゼ、ル、ドォ・ア、ー、グ、ゼ、ル、ド・レ、ヴ、エ、レ、チ、ユ、ケ。長い軟毛の虎馬に乗るハンガリーの毛深き男たちよ。カラバシュ・クゥ！　そうだ、おまえだ！　イヴォアール！　よし、おまえだ！　テイとファとヴァシュよ、そうだ！　よし！　おまえらだ！　おまえらは石と象牙、乳と木と鉄だ、だが〈私の恋人〉はどこにいる、〈火〉と〈空気〉はどこにいる？」

ヴァシュは唐突に腰を降ろした。イヴォアールがしばらくチターを爪弾き、四人はふたたび歌い出した。「白い馬、赤い馬、黒い馬、馬は〈動き〉だ、馬なしに動きはない。月は我が恋人、我が恋人は馬。五人の騎手よ、カラバシュ・クゥ、イヴォアール、テイ、ファ、ヴァシュ。汝らは誰に忠誠を誓うのか？」五人は各自の唇、眼、耳、鼻、指先に触れ、その歌声は鋭いソプラノにまで高まった。「我らは〈ベレチュ・キラーイ〉*38のもとに馳せ参じる。〈ベレチュ・キラーイ〉に敬意を表し、彼の通り道に両手いっぱいのグラスを投げる。道は彷徨(さまよ)えるユダヤ人の足跡文字で記されている」

五人の騎手はグラスを焚火に投げ入れ、炎の上を飛び交いながら歌い続けた。「彼の都市は森だ。彼らは〈ベレチュ・キラーイ〉のために、樅の木すべてを焚(た)く。だが狼皮に覆われた棺台(ビア)に生きるのは誰だ？　老いた〈ベレチュ・キラーイ〉だ！　老いた〈ベレチュ・キラーイ〉だ」

五人の男はザカリアスと焚火を取り囲み、車輪のように旋回した。彼らは大声で夜鳥のように叫んだ。「おまえは誰だ？　おまえは誰だ？」

「ユダヤ人のザカリアス」

「それだけか？」

「僕はユダヤ人のザカリアスだ」

「では〈火〉と結婚せよ、〈火〉はおまえのものだから。彼女をつかめ、〈火〉をつかめ」

ザカリアスは燃え立つ丸太に屈み込んで、両手を差し出した。すると炎が指に跳ね上がり、両手の中に姿を消した。地面には燃え殻と黒焦げの薪だけが残った。

カラバシュ・クゥは懐(ふところ)から十角形の石を取り出し、「ユダヤ人よ、これはおまえがソロモンから受け継ぐ遺産だ」と歌うと、石をザカリアスに手渡した。ザカリアスは左の胸ポケットに石をしまった。彼らはふたたび馬に乗ると、東に向かって出発した。

馬は険しい坂を駆け上がり、空気は希薄になっていった。弱い月明かりのなかで、雪に撓(たわ)

む木々は筆記文字（スクリプト）に見えた。狼たちの遠吠えが馬の規則的なギャロップに木霊（こだま）した。

汗まみれになった五頭の馬が、騎手に指図されることなく自然に立ち止まったのは、十字路に立つ居酒屋の前だった。彼らが馬から降りたとき、寂れた明かりの灯（とも）る居酒屋からザカリアスには祈りか呪文を唱えるような声と、葬儀に雇われた泣き屋の長い悲嘆に似た叫びに合わせてゆっくり手を打つ音が聞こえた。

「おい、ヤーノシュ、いるか！」カラバシュ・クゥは怒鳴った。「出てこい、薄汚いのろまの野良犬！」

頭と両肩を黒と緋色の頭巾で覆い隠し、木の義足をつけた男が、居酒屋から足を引き摺って現われた。彼はカラバシュ・クゥに話しかけた。「あっしらは三日待ってるんですが、死体の防腐処理人の連中はまだ到着しませんぜ」

「ヤンチ、おまえは死体の臭いがするぞ」

「防腐処理人たちは三日も遅れるし、シャーリは強火で彼を温め続けろと言い張るんで……」

「馬に飼葉をやって馬屋に連れていけ。俺の前からさっさと失せろ」

ヤーノシュは黙って馬の手綱を握り居酒屋の隅に連れていった。

「おまえは若いベレチュ・キラーイだ、間違いない」ザカリアスの頭に手を置いてカラバシュ・クゥは言った。

彼らが居酒屋の扉を開けたとき、黒い大きな牡羊が飛び出してきて走り去った。

ザカリアスと五人の騎手は六本の蠟燭に照らされた大きな台所に入った。顎鬚のある並はずれて大きな死体が六角形の棺台に横たわっていた。横臥した王の巨大な体は、文字・円・多角形を緋色の糸で優美に刺繡した、長く黒いシャツを纏(まと)っていた。渦巻く黒い鬚が両足にまで伸びていた。

ザカリアスが棺にゆっくり歩み寄ると、五人の男たちは退いた。彼は死者の顔の上で柏手を打った。王の顔はザカリアスと瓜二つだった。

絶え間なく薪を焚き続けていた赤毛の女が、敷石を火搔き棒で叩きリズムをとって、詠唱しはじめた。「〈ベレチュ・キラーイ〉よ、〈ベレチュ・キラーイ〉よ、ブーイ・ブーイ・ゼハ、ハ、ルドォ・アーグ、ゼルド・レヴエレチユケ。〈老いしベレチュ・キラーイ〉よ、逝け。〈若きベレチュ・キラーイ〉が汝を〈死者〉の国に葬送(おく)るまで、石の扉は開けぬから。開け、開け、小さな緑の葉、お前が開けば、地球も開く」

女は垂れた赤い髪を透かして、青白い目で探るようにザカリアスを見た。

カラバシュ・クゥと四人の仲間は前に進み出ると、目を閉じて死体の周りに蹲(うずくま)った。赤毛の女は立ち上がり、スカートのポケットから五枚の赤いハンカチを取り出して、男たちに目隠しをした。すると五人の男たちは耳に指を差し通し唾を吐いて、戦いを預言した。

「そして大虐殺がなされると、精髄が〈地球〉の中心で萌芽し地殻を裂き、〈地〉に、〈水〉に、〈火〉に、〈空気〉に跳ねあがるであろう。古い力はそれを抑圧しようとするであろう」

五人の男は沈黙し、赤毛の女は彼らに大きな壺から白湯を汲んで与えた。さらに石の壺からワインを、最後に象牙の杯(ゴブレット)から乳を汲み与えた。ふたたび火のそばに戻ると、女はパイプに火をつけた。彼女が吹かす煙から細い音楽が流れ出た。

ザカリアスはその調べに深く感動した。目から涙が零(こぼ)れ落ち、涙と共に彼の二十年の苦しみが消えていった。赤毛の女は密かに微笑みながら、彼が泣くのを見守った。音楽を燻(くゆ)らせ終えると、女はザカリアスの手にパイプを置いて言った。「これはおまえのものだ。うまく使うのだよ」

ザカリアスは歌うパイプを唇にあてて吹いてみたが、息が漏れ出ただけだった。女は笑い声を響かせた。「おや、おや！　おまえはそれを慰みには使えないよ！　〈若きベレチュ・キラーイ〉、おまえは成長しなければならない！　おまえにはパイプの用途は他にある」

赤毛の女は笑いながら火に戻り、ザカリアスは苛立ってパイプをポケットに押し込んだ。女はさらに松の薪を焚いて炎を強めると、死んだ王に近づき、王の閉じた目を両手で覆った。「〈ベレチュ・キラーイ〉よ、汝の老いし体は、死者たちの中に戻らねばならぬ。山の噴き出せし汝の城は、もと来た場に沈みゆく。影たちの棲家に。黄昏でも暁でもない光の中を、汝の城に幽閉されし、肉体なき影たちは歩む、汝が愛し、手懐(てなず)けしものたち。聞け、〈ベレチュ・キラーイ〉よ。汝の城を思い出せ……地球の殻を突き破り、火山が噴出せし黒く赤い石の城。石は駱駝(らくだ)七頭、象三頭、馬二頭を巨大な立方体に押し込めるほどに巨大であった。

汝の住居を築きし石は、九惑星の鉱物の古い知恵を含み、貢物、強奪品、遺失品が詰まりし壁は、知恵の宝庫であった。天井からは、チベットの犛牛が剝製化され砂糖漬け果物詰めで、ピニャータ*39と、土地のソーセージと吊るされていた。ああ〈ベレチュ・キラーイ〉よ、なんと多くのものがあの天井から吊り下げられしことか！　〈ベレチュ・キラーイ〉よ、天井を見上げ、汝は世界の動物界・植物界・鉱物界すべてを眺められた。

銘木、有史前の骸骨、マンモスの牙と毛皮を、狂人の絵で覆いし汝の家具。湖のあらゆる色と映像を映せしトルコ石テーブル、ドライフラワーの如く、エジプトのミイラの花束を生けしシリアとギリシャの壺、バグダッドの城壁の外部に積まれし塵の如く、山積みされし金属と宝石。〈ベレチュ・キラーイ〉、〈聡明な王〉よ、これが汝の住居であった。

夜、九つの木が火床で燃える暖炉の前で、ときに汝は鬚を梳き、彷徨う影が項をくすぐると、汝は微かに跳び上がった。汝の髪を縫うように、影たちは通り抜けた、彼ら迷える亡霊たち……

奴隷たちはワイン、濃厚なケーキ、牛乳、蜂蜜、多肉質の小鳥を満載した皿を持ち、大広間を行き来した。汝はそれらを堪能し、ときにすべてのケーキを侍者たちに投げ与えた。あらゆる隅で動物たちが、奴隷たちを無心に目で追った。狼やハイエナ、成熟した蜥蜴の大きさの毛のない中国犬、薔薇色の巨大な蝶の耳や、白いフランスのジャイアント・プードルらあらゆる血統・種類の犬たち、あり余るほどの猫や小さな黒豚たち、マンドリルの番い、牝鹿三頭と成熟した牡鹿一頭、人間の顔をしたアッシリアの牡牛、ライオンの大きさの梟（ふくろう）、家鴨（あひる）、七面鳥、僧侶の如く肥大した牝鵝鳥（がちょう）がいた。これらすべての動物が、汝の英知と優しさを慕いそばに集まった。

　磨き上げし鋼鉄板に映る自らの美しい顔を、汝は眺めしこともあった。汝は鏡に映る瞳を何時間ものぞき込んだが、〈ベレチュ・キラーイ〉よ、瞳は何も語らなかった。だが汝は自らに語りかけた。『余はなんと〈華麗なる〉創造物、〈魅力的で聡明な王〉、〈この上なく美しいユダヤ人〉、〈欲望をそそる肉体〉であろう。余の愛人たる〈月〉よ、そなたはどう思うのか？』汝の笑い声を聞いて、侍者たちが汝の周りに集まった。

　それらの静かなある夜の、外で雪が降りしとき、鋼鉄の鏡深くのぞきし汝に、汝の鏡の像が言った。『聞こえる』と。

『〈石の扉〉よ、私を通して、外に出して』

　赤毛の女は王の閉じた目から両手を離し、自分自身の顔を両手で覆った。

「〈ベレチュ・キラーイ〉よ、この十本の指に、汝の偉大な知恵の芳香を吸い込ませよ」

　六音色の鐘の音が響き、ヤーノシュは足を引き摺って台所を抜けて扉に向かった。「死体防腐処理人たちのお出ましですぜ！」と彼は叫んだ。

　みなが死体から離れると、八人の防腐処理人たちが列をなして部屋に入ってきた。各自が頭に死体保存用の芳しい錬金薬液（エリキシル）入りの壺を載せ、経緯儀（セオドライト）と九枚の小さな緑の葉が芽吹く小枝を持っていた。マスクを被り長い黄色のシャツに豚の尾を縫い込んだ縄帯を締めていた。シャーリは頭上の穀倉を指差した。防腐処理人たちは棺台を持ち上げて、彼女について階上に上っていった。

カラバシュ・クゥと仲間たちは長い溜息をつくとパイプに火をつけた。ザカリアスは火のそばに腰を降ろして夢想に浸りはじめたが、やがて深い眠りに落ちていった。

耳に体を擦りつけてきた黒猫に驚いてザカリアスが目を覚ましたとき、夜明けの薄明かりが射しはじめていた。

数時間眠ったにもかかわらず、頭上で物音がすることから、防腐処理人たちはまだ処置中だとザカリアスは推測した。五人の騎手はマントに包まり、鼾をかいて眠り込んでいた。火に掛かった鍋で乳が吹き上がり泡立ちはじめていた。ザカリアスが前屈みになって鍋を下ろそうとしたとき、シャーリが階段を駆け降りてきた。

「王が垂木に逆さ吊りになっている」とシャーリはザカリアスに言った。「死んだ牡鹿のようで、鬚が床にまで垂れている！」

シャーリは火から乳を降ろし、杯になみなみと掬って、ユダヤ人に手渡した。「若者よ、お飲み。今朝三時に山羊が手桶いっぱいに滴らせた乳だ」

「いつ処置を終えるのだろう？」ザカリアスは感謝して飲みつつ尋ねた。「長くかかるだろうか？」

「日の出時(とき)には終えるだろう、罪人が絞首刑になる時刻だからね。若いベレチュ・キラーイ、よくお聞き。無数の死者がここを通り過ぎ、私は彼らが過去と未来を失うのを見てきた。おまえには彼らのようになってほしくない。よく聞くのだ。太陽が昇ったら、私は防腐処理人たちを台所に降りてくるように呼ぶ、そして乳とパンをふるまう。彼らが食べているときに、おまえは私にこう言うのだ。『シャーリ、屋根裏で鼠が走るのが聞こえる、〈聡明な王〉を齧(かじ)らなければいいが』すると私はこう答える。『おや、ほんとうだ、確かに屋根裏で何か物音がする。この箒(ほうき)で追っ払っておいで』私が言うのを聞くとすぐ、おまえは外套を取って駆け上がり、〈聡明な王〉の縄を切り降ろして王を抱えて全速力でお逃げ。一番早い逃げ道は窓だよ」

「わかった」ザカリアスは言った。「でもどこに向かえばいいだろう?」

「すべてうまくいけば、黒い牡羊が窓の下で待っている。おまえが飛び降りるとすぐに、牡羊は逃げ出すから、おまえはついていけばいい。牡羊はおまえの行き先を知っている」

シャーリはひと切れの菓子を包むと、ザカリアスに渡して言った。「会葬者たちが見落としていった菓子だ。私の全財産を食いつぶすほど大食いなのに、なぜこれだけを見過ごしたのか不思議だがね。鵝鳥六羽と羊二頭を平らげ、おまけにワインの小樽七十五個を飲み干して、そのほとんどは酔っ払って、潰れたゴキブリのように這って帰った」

不意に窓に小走りすると、彼女はカーテンを開けた。「おやまあ! もう陽が昇ろうとしている！〈若きベレチュ・キラーイ〉よ、知力(ウィット)を絞り集中させるのだ。すぐまたそれを解き放って機転をきかせねばならないからね」

両手を角笛の形にして口に当て、シャーリは大声をあげた。「死体防腐処理の先生方、降りてきて下さい、陽がもうすぐ昇ります。乳とパンを用意しました」

数分後に頭上で足を引き摺る音がして、八人の防腐処理人たちが階段を降りてきた。身辺に吐き気を催す奇妙な甘い臭気を漂わせていた。黄色の長いシャツには染みがついていた。彼らは無言のまま円陣を組んであぐらをかき、シャーリはマグカップ入りの乳と厚切りパンを配った。

カラバシュ・クゥが寝がえりを打って呟いた。「ハイエナと月下香(げっかこう)の悪臭がする！　獣の腐臭だ！」

「シャーリ」とザカリアスは心配げに言った。「鼠が屋根裏で走るのが聞こえる。聡明な王を齧っていなければいいが」

シャーリは頭を振って答えた。「ほんとうだ、箒をとって追っ払っておいで」

ザカリアスは箒と外套をさっとつかむと、よろめきながら階段を駆け上った。入ったのは大きな穀倉だった。片づいてはいたが、そこにはまだ防腐保蔵液の悪臭が漂っていた。汚れた床はざっと掃かれ、隅の大きな石壷に王の内臓が入っていた。ザカリアスは王を捜したが、天井からぶら下がる川獺（かわうそ）ほどの小さな物体以外は何もなかった。近づいてよく見ると、驚いたことに、それは新生児の大きさに縮んだベレチュ・キラーイだった。ザカリアスは踏み台に乗って王を外すと、両腕にそっと抱いて、小さな窓に登って宙を跳んだ。彼が牡羊の黒い毛に覆われた背中すれすれに着地したので、牡羊は激怒して甲高い鳴き声を上げると、東に向かって疾走しはじめた。

　ザカリアスは鬚を生やした小さな王を赤ん坊のように腕に抱いて、全速力であとを追った。やがて彼は王の鬚を片手でぶら下げれば扱いやすいのに気がついた。敬意を欠くとしても、それは遥かに実用的だったし、より早く走ることもできた。何かの役に立つかもしれないと、彼はまだ左手にシャーリの箒をしっかり握っていた。

　ザカリアスの前方を走る牡羊の軽快な黒い臀部は、凍りついた雪面に叉状の足跡を刻んでいた。空は派手やかで地球の表皮は白くきらめき、早朝は美しかった。

　周囲を眺める余裕はなかったが、ザカリアスは道が上り坂になっていくのに気がついた。森の木々はすでにまばらになり、山頂に達しつつあるようだった。黒い牡羊は前方百メートルほどの道の曲がりに姿を消した。彼が曲がりに着いたとき、牡羊の姿はなかったが、足跡は全世界を見下ろせるほどの高みへと続いていた。山々はうねって空に伸び、眼下の最も高い二つの山合いの峡谷には、ダニューブ川が凍結して静かに横たわっていた。

　ザカリアスはひと息ついて、あたりを見まわした。ダニューブ川の流路を目で追うと、二つの山の間に川が浸食したような巨大な入口が見えた。

「ダニューブ川は地下の大海から現われる」とザカリアスは呟いた。

しばらく雪面を調べたのちに、ザカリアスは牡羊の足跡が峡谷に向かっているのを発見した。彼は同じ道順を辿って走りはじめた。狭く曲がりくねった小道が木々と巨石の間を下っていた。〈聡明な王〉を指でぶらさげ、シャーリの箒を杖にして、ザカリアスはどうにか首を折らずにすばやく下ることができた。

ダニューブ川に向かって降りるにつれて、山々がザカリアスに覆い被さってきた。小道は川の両岸を縫って前方の峡谷に延びていたが、黒い牡羊の足跡は忽然と消えた。雪上には人間と獣が強く踏みつけた足跡が錯綜し、鉤爪（かぎづめ）と蹄（ひづめ）と長靴の跡が道に沿って入り乱れていた。しばらく足元を見つめたのち、岩の開口部に向かってザカリアスはまた歩きはじめた。

小道の遥か前方に、巨大な男がザカリアスの方に歩いてくるのが見えた。男は裸で肩に黒い皮を背負い、皮の胴と両脚から血が男の両足に滴り落ちていた。巨人が近づくにつれて、ザカリアスにはそれが虐殺されたばかりの牡羊の皮だとわかった。男は兎唇で醜く、顔立ちは犬のように尖（とが）っていた。

「ほう、若者、どこに行くのだ？」彼は縦に裂けた口唇から笛を吹くように言って、巨体で小道を塞いだ。ザカリアスは〈聡明な王〉を外套の下にすばやく隠し、シャーリの箒を武器に構えた。

「どこに行くのだ?」

「はてさて、おまえに関係があるのか?」

「あるとも。どこに行くのだ?」

「どこに行こうと僕の勝手だろう」

「そうさ、勝手だ、何かがおまえを阻むまではな」兎唇の巨人はヒューヒューと息を漏らして言った。

「その気になれば俺はおまえの行く手を阻める」

「どうやって?」横向きに身をかわそうとしながら、ザカリアスは尋ねた。

「そう急くな」と巨人は道を塞いだ。「俺はおまえの皮を剝いで、必要なズボンを作れるのだ」

ザカリアスには巨人が本気だとわかった。「僕の皮はおまえのズボンにするには小さすぎる」ザカリアスは怯えながらもちかけた。「それに僕には毛がない」

「そうさな」兎唇は言った。「だが鞣し皮はかえって俺には好都合だ」

「おまえのズボンを作るには、荷馬車用の馬二頭が必要だ。僕の皮では脱腸帯が関の山だよ」

「おまえが生き続ける理由などないさ。死ねばおまえは脱腸帯か札入れ、いや俺の暖炉飾りの剝製にでもなる。だからおまえを生かしておく理由があるか?」

「いくつかあるさ」ザカリアスはすばやく機転（ウィット）を利かせて言った。「第一に、僕は自分の風変わりな人生が気に入っている、第二に、僕には死ぬまでに見つけなければならないひとがいる、第三に、おまえにとっても、僕は死ぬより生きている方が役に立つ」

「俺にどう役立つというのだ?」兎唇は尋ねた。「それだけがおまえを生かしておく理由らしいからな」

「僕はこの手でおまえにズボンを仕立て、歌をうたい、おまえが味わったことのない旨い料理を作れる。それに僕はおまえに幸運ももたらす」

兎唇はしばらくザカリアスの言葉を思案すると、やがて数度頷いた。「よし、ではおまえが言う通りか試してみよう」

「急ごう、日暮れまでにズボンがほしければな」とザカリアスは言った。

兎唇は向きを変えると、山の入口に向かって先導していった。時々彼は振り返ってザカリアスがついてきているかどうかを肩越しに確認した。

近づいていくにつれて、ザカリアスには峡谷が見渡せてきた。岩壁の彼方に、四方を山に囲まれた凍った湖が見えた。雲間から光がそこに落ち、ザカリアスには今空が果てしなく遠く思われた。向かい側の遥かな山頂に城が見えた。

兎唇は立ち止まって城を指差した。「彼は死に、彼らは彼を運び去った」兎唇の笛を吹くような声は悲しげだった。「しかし彼は戻ってくるだろう」

峡谷の手前で彼らはクロムレック[*40]に似た構築物に行きあたった。その開口部は低い位置にあり、硬く凍りついた袋で覆われていた。兎唇は袋をつかんで脇に置くと、四つん這いになって這いながら、ザカリアスについてこいと合図した。岩を刳り抜いた薄暗い住処には、床に散らばる骨と腐敗した皮膚以外何もなかった。隅の汚れた藁の堆積は、明らかに巨人の寝床だった。洞窟の空気はむっとして強い臭気が漂っていた。兎唇は薪を集めると、器用に火打石を打って、床の中央に火を熾した。

「さあ」彼は言った。「俺のズボンを作れ」

「お望みならそうするよ」ザカリアスは答えたが、この廃物の堆積の中でズボンなどどうやって作れるかと絶望的に自問していた。「でも言っておくが、ズボンというのは退化に向かう第一段階だよ」

「俺はズボンがほしいのだ」兎唇は言い張った。「おまえが仕立てられないか、仕立てようとしないなら、俺は自分で作らねばならない。どうやってかはおまえも知っての通りだ」

「わかったよ」ザカリアスは口ごもりながら言った。「でも僕がおまえのような美しい脚をしていれば、醜いズボンで脚を隠したりはしないね」洞窟を見渡し、散らばった腐った皮膚を眺めながら、それらではズボンなど作れないとザカリアスは悟った。そのとき〈ベレチュ・キラーイ〉の顎鬚が彼の手をくすぐり、ザカリアスの脳裏に恐ろしい考えが浮かんだ。彼は防腐処置される以前の王の巨体を思い出した。かつてあれほど巨大だったなら、またもとに戻るのではないか。やってみる以外にないだろう。ミイラ状態では並みの牡猫の臀部を覆うのがやっとだと、彼は絶望的に考えていた。期待する巨人の顔を眺めながら、ザカリアスは試してみようと決心した。

「いいかい」ザカリアスは言った。「僕はズボンを仕立てるが、そのためには独りになる必要があるし、雪を満たした大釜[*41]も要る。僕がいいと言うまでは入ってこないと約束するのだ」

「どのくらいかかるのだ?」兎唇は訝しげに尋ねた。「日暮れまでにできるとおまえは約束したぞ」

「大釜に雪を詰めてもってこい、そうすればすぐにわかる」ザカリアスは言い張った。「それにひと抱えの薪もだ」

巨人は壁の隅から大きな鉄鍋を引っ張り出して、外に運んでいった。すぐに彼は雪を詰めた鍋を持って戻ってきた。ザカリアスはそれを火に掛けるように命じた。

「さあ」ザカリアスは言った。「外に出ろ、僕が呼ぶまでは戻ってくるな」

雪が水になり、湯気が立ちはじめると、ザカリアスは自分の上着を切り取って革紐を作り、鍋の上に〈聡明な王〉を吊るした。

「王は湿気で膨らむだろう」と彼は思った。

鍋が沸騰し、湯気の湿気と熱で〈聡明な王〉は膨張しはじめた。外では兎唇が足を踏み鳴らす音が聞こえていた。みるみるうちに生長する植物のように、〈ベレチュ・キラーイ〉の体は膨らんで鍋の上の空間を塞いでいった。爪も毛髪も、体と同じ速度で伸びていった。すると突然大爆発音がして、〈聡明な王〉は破裂した。香気を発する液体が滝のように、沸騰する鍋に流れ込んだ。麝香と肉桂と死体を防腐処理する香辛料が混り合った悪臭が、洞窟中に充満した。〈聡明な王〉の内臓のない巨大な皮膚が火の上で弱々しくはためいた。

「これで」とザカリアスは思った。「ズボンを仕立てられる」

彼は皮を降ろして、ポケットナイフで大まかなズボンの形に裁断した。王のウエスト部分で二つに切り、腕と脚を繋ぎ合わせてズボンの足にし、頭部と臀部は股の部分とした。王の顎鬚を撚り合わせて糸にすると、ナイフで皮に穴を開けて、各部分を縫い合わせて見事にズボンに仕立て上げた。

兎唇は時折叫んでいた。「もう終わったか？　太陽は沈んでいくぞ。約束を覚えているな」するとザカリアスは答えた。「日暮れには終わる。一番星が昇るまで辛抱しろ」

太陽が沈んだとき、兎唇のズボンの最後のひと針を縫い込むと、ザカリアスは苛立つ巨人に叫んだ。「入ってこいよ、兎唇。国王のブリーチ[*42]ができあがったぞ！」

すぐに兎唇は洞窟に入ってきて、唸り罵りつつ両足を君主の皮膚に押し込んだ。穿き心地は口にせずに洞窟を一周し、ザカリアスに近づいてきて抱擁すると、悪臭のする息を吹きかけて言った。「俺の兄弟、俺の友よ」沸騰する鍋に顔を浸けるほど近づけると、歓喜の叫びをあげた。「ああ、スープだ！　まさに王の食事のように芳しい！」彼はザカリアスの背中を強打した。「おまえは魔法使い(ウィザード)だ、さあ我らの出会いを祝おう！」

兎唇は巨大なマグカップを混合液に浸し、沸騰する液体を一気に飲み干した。「じつに美味(うま)い！　王にふさわしい味だ！　友よ、おまえも自由に飲め」ザカリアスは空腹ではない、すでに食事を済ませたと釈明した。兎唇はあっという間に死体防腐処理剤入りのだし汁(ブロス)をマグカップ五杯飲み干した。それから大きなおくびをすると藁に坐った。ザカリアスは巨人の食事の結果を興味津々で見守った。しかし彼は体調に異変はなく、饒舌にすら見えた。「兄弟、おまえは優れた人間だと証明した。だから俺は推測するに、おまえの使命は非常に重要なものにちがいない、おまえは……」彼は不意に沈黙して、突然思い当たったようにザカリアスを凝視した。彼は両手で顔を覆うと呟いた。「そうだったのか。火蜥蜴(サラマンダー)*43の分身が戻ってきたのか」

「ダニューブ川の水源は湖の向こうだね？」ザカリアスは尋ねた。

兎唇は莫大な重量を載せているかのように、重々しく頭を上げた。「その通りだ。地下の大海が〈ケチケ〔山羊山〕〉の山の下に広がっている。〈ケチケ〉の向こうに死者の国、メソポタミアがある」

「〈ケチケ〉とメソポタミアの間に石の扉があるのか？」

「そうだ」彼は重々しく答えた。「だが石の扉は死者がメソポタミアに入るときにしか開かない」

「もし」とザカリアスは言った。「彷徨える者が石の扉を通り抜けて、死者の国から生者の国に行きたいと願ったとしたら……」

兎唇の巨大な体は慄いた。「それは大惨事を引き起こすだろう。〈支配者たち〉は決してそれを許さない」

「僕は支配者など認めない」とザカリアスは言った。

「それが彼らの望みなのだ。彼らはそうとは知られずに統治し、彼らの正体を知る者はいない。それが彼らの強大な権力の秘密だ」

「兄弟の兎唇よ、おまえは彼らの正体を知っているのか?」

巨人はまだだし汁で粘つく口を指で拭った。「知っているとも知らないとも言える」

「ではどこでそのような知識を得たのだ?」

「湖の向こうの、俺の洞穴の戸口から見える城に、〈ベレチュ・キラーイ〉という名のひとが住んでいた。この王は囚人だった、〈ケチケ〉の扉を抜けて死者たちから逃れてきたからだ。戻ってきた者は何も忘れない、だから彼の頭には危険な知恵が詰まっていた。〈支配者たち〉は〈ベレチュ・キラーイ〉の監視に俺を送り込んだ。彼が死ぬまで監視するのが俺の仕事だった」

「いったん死んでいるのなら」とザカリアスは狡猾に言った。「彼らはもう彼を恐れる必要はなかったのでは?」

「あの扉を抜けたとき、彼は生まれ変わったとも言われる。〈支配者たち〉はまだ〈ベレチュ・キラーイ〉を恐れているのだ」

「では生まれ変わった者たちは、記憶という知恵を備えているのか?」

「彼らは夢と予兆に埋没する知恵を半分備えている」

「統一体とは二つの体で構成されうるものだ」とザカリアスは言った。

「〈支配者たち〉は決してそれを許さないだろう」兎唇は答えた。「彼らは二つの体の間に熾烈な闘争を仕掛け、常に憎悪で知力を曇らせようとする。一方が他方を破壊しようとし、実際に生き残るのは片方のみとなるだろう」

「支配者たちは強力だな」ザカリアスは言った。「彼らの力は団結し、信念は不可分だ」

「それを知ればおまえは抹殺されるぞ」

「なぜ?」

「人間が片方の体だけで統一体となると考えるかぎり、支配者たちの〈計画〉を危険にさらす知恵が実現されることはないからだ。自分はひとつの体でできていると信じれば、ひとは永久にもう一方の自分自身と闘い続けることになる。ひとたび闘いをやめて、もう一方の自分を知り、受け入れることができれば、彼らの〈計画〉は九柱戯[*44]の柱のように根底から揺らぐだろう」

「それを支配者たちは是認しないのか？」とザカリアスは言った。

「彼らが許可することはないだろう」

「なぜおまえはすべてを僕に話す？」

「すでにおまえは知っているし、俺はおまえの正体を知っているからだ」

「ではなぜ僕を殺さない？」

兎唇は両腕を伸ばした。肩に掛けた牡羊の皮が滑り落ちて、両腕に多くの黒子が、星座のように煌めくのがザカリアスには見えた。

「おまえは〈火〉を捜し求める〈空気〉だ。〈火〉なる彼女を見つけるために、おまえは〈父〉なる〈水〉の上にある、〈母〉なる〈大地〉に跨らねばならない。牡羊の生贄はすでになされた。〈牡羊〉は女に、〈空気〉は男にならねばならない。そのとき卵の中央で手を組み合わせ、交互に〈火〉と〈空気〉に触れながら、二人の足は〈水〉中で結びつくだろう」

そう言うと、兎唇は立ち上がって出ていった。ザカリアスの耳には、巨人が羊飼いの笛を吹くのが聞こえた。それに山羊の鳴き声が続いた。そのとき一陣の冷たい夜風が入口を塞ぐ袋を吹き飛ばし、火は赤らんで炎が跳ね上がった。兎唇が白髭の山羊を引いて戻ってきた。

「これは〈大地〉で、おまえの〈母〉だ。そしてまた山羊である」

兎唇が山羊を放した。山羊は立ったままメーと鳴き、張った乳房から白い乳を滴らせた。

ザカリアスは跪いて乳を吸った。彼が飲みたいだけ飲むと、山羊は焚火の周りを回りはじめ、徐々に火に近づいていくと両足を炎に踏み入れた。そして頭を仰け反らせ、火の中心で鋭い鳴き声を上げた。

「今だ」と兎唇は言った。「山羊の喉を切り裂いてその血を飲むのだ」

ザカリアスはポケットからカラバシュ・クゥから貰った十角形の石を取り出し、山羊の剝き出しの喉を切り裂いた。山羊は抵抗しなかった。そして彼は両手を杯の形にすると、血を受けて飲んだ。兎唇は山羊の死体を火から取り出して、晷針[45]に似たナイフで皮を剝いだ。彼は死骸をすべて大釜に入れて煮え立たせた。

「兄弟よ、山羊はおまえの舟になる」と彼はザカリアスに言った。「それに乗って、おまえは〈ケチケ〉の石の扉まで、地下の大海を渡るのだ」

しばらく煮ると肉が骨から削げ落ちた。兎唇はだし汁から骨格を取り出し、その上に山羊の皮を張って軽い舟を作り上げた。

「おまえは月の出に進水しなければならない」と彼はザカアリアスに言った。「山羊の輪郭は土星で、その時刻に水に乗って遠くに走る」

そして兎唇はゆっくり半ズボンを脱ぐと、ザカリアスに手渡して言った。「兄弟よ、おまえの舟は地下の風を受ける帆が必要だ。俺の最も貴重な財産を取れ、そしてうまく使え」

二人はシャーリの箒[46]をマストにし、老〈ベレチュ・キラーイ〉の皮を帆にした。小さなブリッグの船出の準備は整った。

月が昇った。兎唇とザカリアスは峡谷を抜けて、湖の凍った水面まで山羊舟を引き摺っていった。前方になんの変哲もない頭のように蒼白く聳(そび)える〈ケチケ〉の山に向かって、二人は一歩一歩重い足取りで進んだ。

兎唇は両肩に牡羊の皮を靡(なび)かせ、巨大な両腕を輝く黒子(ほくろ)で煌めかせて、体の後ろに小舟を引き寄せていた。

二人がケチケのふもとに近づいたとき、ザカリアスには山の内部に通じる洞窟の入口が見えた。入口の周りの氷は砕けて大きな塊(かたまり)になり、水面には水路ができていた。

「兄弟よ、俺はおまえの帰りをここで待っている」と兎唇は言った。

兎唇は舟を氷の端から遠くに押して、ザカリアスが乗船するのを助けた。舟は木の葉のように浮かんだ。兎唇は大きく息を吸って、〈ベレチュ・キラーイ〉の皮に力いっぱい吹きつけた。帆が膨らみ、舟は水上を滑るように洞窟に突入していった。

ここ洞窟内部の闇は夜とは異なり、水の動きに満ちているようだった。舟が山の内部に潜入するにつれて、地下のものたちが光を発しはじめた。光が山羊舟の周りに現われ、ザカリアスの目前でゆっくり動きはじめた。彼に地下のものたちが震え動くのが見えた。するとひとつの音が山に伝わった。それは声の木霊(こだま)だった。

どこか地球の奥底で微風が立ち、帆を強く押した。静かなはためき音をたてて、舟は滑らかに水面を滑っていった。

木霊が他の音を解き放った。くぐもる悲鳴や甲高い叫び声、梟(ふくろう)の鳴き声、雷の轟(とどろ)きが次々と続いた。光と音が洞窟の壁に反射し反響した。

風は吹きはじめたときのように唐突に凪(な)いで、舟は数メートルゆっくり進んだのちに、水面に静止した。

ザカリアスは坐ってじっと待った。時間が経つにつれて不安になり、不安は恐怖に変わっていった。船が水面で微(かす)かにもち上がった。光を放つものたちが彼の周りで石化していき、波のうねりだけが唯一の動きだった。

周りの空間が四角に見えた。パニックに駆られて、ザカリアスは何度も繰り返した。「北、南、東、西。地球の四方位」

舟の微かなうねりはほとんど感知できなくなり、やがて完全に消えた。ザカリアスの心の内のパニックは固い結び目となった。自分は始めも終わりもなく、生命や動きはもはや存在しない永遠の中にぶら下がっているのだと思った。パニック状態のまま、彼は無力に動けず坐ったままで、何も期待していなかった。

地下では様々な力の激しい死闘が起こっていた。それらの力は見事な均衡を保ち、まったく動かなかった。

均衡を保つ天秤が震えた。指が髪の毛を梳(す)くような静かな音が、シャーリの箒の先で起こった。それは木の葉のざわめきとなり、ざわめきはひと筋の煙になった。昆虫の目ほど小さい火花が箒の房に現われて、水中に落ちた。すると小さな炎の舌が木の葉を揺り動かすかのように、這うように燃え広がり、シャーリの箒は燃え上がった。

ザカリアスは悲鳴を上げて、舟からマストを引き抜き水に浸した。箒はジュージューと音をたてた。ザカリアスは熱い苦い安堵の涙を静かに流しながら、前方へと櫂(かい)を漕いだ。

舟が動きだすと、光と闇と音が共振した。ザカリアスはその鮮やかさと音色を知ってはいたが、目にしたのは初めてだった。

地球自体が自らの生命の秘密を明かしているかのように思われた。

ザカリアスの頭上で、木々の根が鉱物と腐敗した植物の生命を吸い込む音が聞こえた。彼は死が生命になりつつあるあがきを感じた。闇の中で強烈な恐怖を味わった。あらゆる獣の欲望の悪臭を嗅いだ。光が徐々に薄れてまったくの闇となり、暗闇が揺れ動くのすら見えた。これらすべてのなかで、その声は呼び続けた。「私を通して、外に出して!」声は地球の遥か奥底で千回木霊(こだま)し反響して、化石のように石に埋まった跡となった。

ザカリアスはもう漕ぐ必要はなかった。声の磁力が舟をその源に引き寄せていた。膝の上で箒を握ったまま彼はじっと坐っていた。

舟上のザカリアスに大きな石の扉が見えてきた。柱にランプのように掛かる大きな光る卵が、ぼんやりと扉を照らし出していた。

山羊舟は地下の大海の端に到達し、岩を粗削りしたぞんざいな船着き場を擦って軋(きし)んだ。

珪質岩[*47]の船着き場は血のように赤かった。ザカリアスは岸に跳び移り、舟を鉄の環に繋いだ。輝く卵の明かりで彼は鍵穴を捜した。しかし岩の滑らかな赤い表面には、鍵穴も隙間も見つからなかった。石の鍵は効力なく彼の手から垂れていた。

「僕はここに来たよ」彼は叫んだ。「僕らは石の扉に隔てられているだけだ」彼の言葉に長い沈黙が続いた。すると溜息が聞こえ、声が答えた。「あなたは誰？　私を捜してやってきたの？」

「雪を越え、地下を通り、水の上を渡って、僕は君を見つけにやってきた。僕らの根は時間の始まり以前に結ばれていた。僕は〈空気〉で〈天秤座〉だよ。君は誰だ？」

「私は〈女〉で〈火〉で〈牡羊座〉よ。〈愛しいひと〉、あなたはどこにいるの？」

「僕はケチケの山の、ダニューブ川を満たす地下の大海にいる」

「私はあなたと共にいなければならないわ」

ザカリアスはふたたび岩の表面を捜したが、鍵穴は見つからなかった。

「鍵穴がないのに、どうやって扉を開けられるのだ？」彼は叫んだ。

「言葉で、拳で、祈りで、音楽で、扉を突破して。私は長く待ち過ぎて、胸が張り裂けそう」

この言葉に叫びが続き、叫びは山羊の鳴き声になってやんだ。ザカリアスは箒を握りしめて、シャーリのことを思い浮かべ、音楽を奏でるパイプとイヴォアールのチターを思い出した。彼の頭に曲が響き渡った。「ブーイ・ブーイ・ゼルドォ・アーグ、ゼルド・レヴエレチュケ。開け、開け、小さな緑の葉、開け、開け、大きな石の扉」

ザカリアスは胸ポケットからシャーリの歌うパイプを取り出して唇に当てた。最初のひと吹きで、パイプは長く鋭い叫びを上げ、九つの小さな緑の葉が管伝いに拡がった。石が軋みつつ動く巨大な音が、身震いするような震動を地球の精髄に送りこんだ。山羊舟は隆起して、燃える紙のように反った。ザカリアスの目の前に光の糸が現われた。巨大な重りで押されたかのように、石の扉は喘(あえ)ぐような音をたてて内側に開いた。すると空気が震動し、凝乳*48の大洪水のように地球に押し寄せた、五百頭の白い羊の鳴き声に共鳴した。ザカリアスは群れの暴走に脇に押し流され、頭上に突き出した岩にしがみついた。

白い羊の群れはまっすぐ海に向かい、西方に泳いだ。山羊舟の反りを元に戻すと、ザカリアスは篙の櫂を敏捷に漕いで、羊の群れを追った。

埃と肉桂(シナモン)と麝香(じゃこう)を含む熱い風が、死者の国からザカリアスの背後に吹いてきた。巨大な石の扉ケチケは風に揺れ、轟音とともに凄まじい衝撃で閉まった。

ザカリアスは、全力で櫂を漕ぎ、羊の群れを追って西に向かった。

訳註

＊1　「ダウン・ビロウ」でキャリントンは「……望遠鏡だけでものを見て顕微鏡を使わないのは、私には無理解そのものを象徴するように思われる。右目で望遠鏡を覗き、左目で顕微鏡を覗くべきだ」（『恐怖の館』工作舎、一九九七年、一九二頁）と語る。一九四〇年代のキャリントンの精神状態を象徴するフレーズである。

＊2　ギリシャ神話に登場するアマゾネスの女王。

＊3　アイルランド・スコットランド民話で、家族に死者が出ることを泣いて予告する女の幽霊。または女の妖精。

＊4　メキシコ伝説上の〈泣く女〉〈泣き叫ぶ女〉の意のヨロナは、男に捨てられ我が子を溺死させ、その思いに気がふれて夜な夜なさ迷う女の幽霊。

＊5　天体の位置や動きと人間・社会の在り方を結びつけて占う占星術用語の「キャンサー」から、キャリントンは連想を広げる。「ミステーカシアゥトル」はメキシコ亡命後間もないキャリントンのナワトル語の造語かと思われる。「(6)」の意味は不明。

＊6　キャリントンは幼い頃から妖精伝承や伝承詩や童歌などを聞いて育つ。原文の「馬とハトック(horse and hattoc)」はスコットランド伝説では妖精たちが場所を離れる時の叫び声とされる。魔術で跳び上がる時に叫ぶ感嘆詞でもある。ここでは星の観測を続ける日記の書き手が、星が動き始め、送られるメッセージを受け取る準備をする一種の掛け声である。

＊7　シェトランド産小馬。

＊8　毎年リヴァプールのエイントリー競馬場で開かれる大障害競馬。

＊9　アイルランド・ゲール語名。

＊10　アステカ族の主神で太陽神、軍神、狩猟神。

＊11　アステカの主神ウィツィロポチトリの母で、その名は〈蛇の淑女〉あるいは〈蛇のスカートを穿くもの〉を意味する。手足には鉤爪があり、とぐろを巻いた蛇のスカートを穿き、人間の心臓、手首、頭蓋骨を繋いだ首飾りをして、人間を含むあらゆる生き物の生肉を食べ物とする。「生と死および再生の女神」、「南の星の生みの親」ほか様々の肩書をもつ地母神。

＊12　十一月一日。諸聖人と殉教者の霊を祀る日。万聖節ともいう。

＊13　宇宙空間に存在する物体。

＊14　メキシコ・シティにある、チャプルテペックの丘と呼ばれる岩山を中心にした公園。先コロンブス期にはアステカの統治たちの静養地で、植民地時代にチャプルテペック城が建てられた。

＊15　睡眠中の男と性交するとされる魔女・女の悪魔。

＊16　「ケチケ」はハンガリー語で〈山羊〉の意。

＊17　天国から落ちた傲慢な大天使。

＊18　ガリア、ブリテン、アイルランドに住んだ古代ケルト族の間で、キリスト教伝来前に信仰されたドルイド教の祭司。当時最高の学者で、予言や魔術を司り、裁判官であり国民的詩人でもあった。

＊19　公道と屋敷の敷地を隔てる門。

＊20　英国では多くの教会の墓地に見られる常緑樹で、悲しみ・死・復活、不滅の象徴と考えられている。

＊21　キャリントンはドワーフに多くの意味をもたせるが、ここでは非常に身の丈の低い人の意に、北欧神話の地下や石、岩の中に住む小人の金属細工師の意味も含ませる。

＊22　スペインのバレンシアに発祥し、十五、十六世紀のイタリアで繁栄した貴族の家系。一族から教皇、枢機卿、法王、芸術のパトロン貴婦人らを輩出した。

＊23　錬金術でサターンは鉛を意味する。

＊24　ラムは占星術では白羊宮を、天文学では牡羊座を意味する。
＊25　原文の gentile はユダヤ人から見た異邦人、特にキリスト教徒を指す。
＊26　もとアテネのパルテノン神殿を飾っていた紀元前五世紀のギリシャ彫刻群。
＊27　紡いだ糸を巻き取る道具。あるいはその道具から外して束にした糸。
＊28　ユダヤ教の礼拝堂。
＊29　イシュトヴァーン一世（九六九／九七五‐一〇三八）はハンガリー王国の初代国王。ハンガリーのキリスト教化に貢献し、カトリック教会では聖人として列聖される。
＊30　一九二五～四六年のハンガリーの旧貨幣単位。
＊31　ハンガリー・ワイン。
＊32　キャリントンの中国語名表記は不正確であるが、キャリントン特有の遊戯的外国語使用例として原文のまま表記する。
＊33　キャリントンのハンガリー語は不正確なままで引用し、詩句の意味は大意をとる。
＊34　ギリシャ神話でダナオスの五十人の娘（ダナイスたち）は、アイギュプトス（エジプト王でダナオスの兄弟）の五十人の息子に嫁いだが、父ダナオスの命令の通りに娘の四十九人は婚礼の夜にそれぞれ夫を殺したために、冥界で底に穴のあいた器（篩）で永遠に水を汲み続ける刑に処せられた。イギリスに伝承詩的に伝わるフレーズをキャリントンはなぞなぞの効果を狙って引用する。Robert Graves, *The White Goddess: A Historical Grammar of Poetic Myth* (1948) (New York: Farrar, Strauss and Giroux, 1966, P.9) 参照。
＊35　ハンガリー語で〈ダニューブ宮殿ホテル〉の意。
＊36　イングランド南部ウィルトシャー州ソールスベリー平原にある紀元前一七〇〇～紀元前一二〇〇年頃の祭祀遺跡。

＊37　ハンガリー語で「カラバシュ・クゥ」は〈石〉、「イヴォアール」は〈象牙〉、「テイ」は〈牛乳（乳）〉、「ファ」は〈木〉、「ヴァシュ」は〈鉄〉の意。

＊38　ハンガリー語で〈賢明な王〉の意。

＊39　メキシコでクリスマスや子供の誕生日用に市場で売られる薬玉人形。吊るして棒で叩き割り、詰めた菓子や玩具を分け合う。叩き割る行為は悪を追い払い縁起がいいとされる。

＊40　環状列石のことで巨石を用いた石墳や記念物の総称。

＊41　ケルト神話・伝承に登場する大釜は、一九四〇年代〜五〇年代のキャリントン美術及び文学に登場する、魔術的変質を示す重要イメージである。

＊42　膝下で締めた乗馬用・宮廷用礼服の半ズボン。

＊43　火中に棲んで焼けないと信じられた神話・伝説上の動物。

＊44　九本の木柱を並べ、球を転がしてこれを倒すゲーム。

＊45　古代の日時計の一種。

＊46　横帆の二本マストの帆船。

＊47　赤碧玉と黒鉄が縞状になった岩石。原文の jasirite は jaspilite（珪質岩）の誤綴りに思われる。

＊48　牛や羊などの乳に、酸や酵素を作用させてできる凝固物で、チーズの原料。

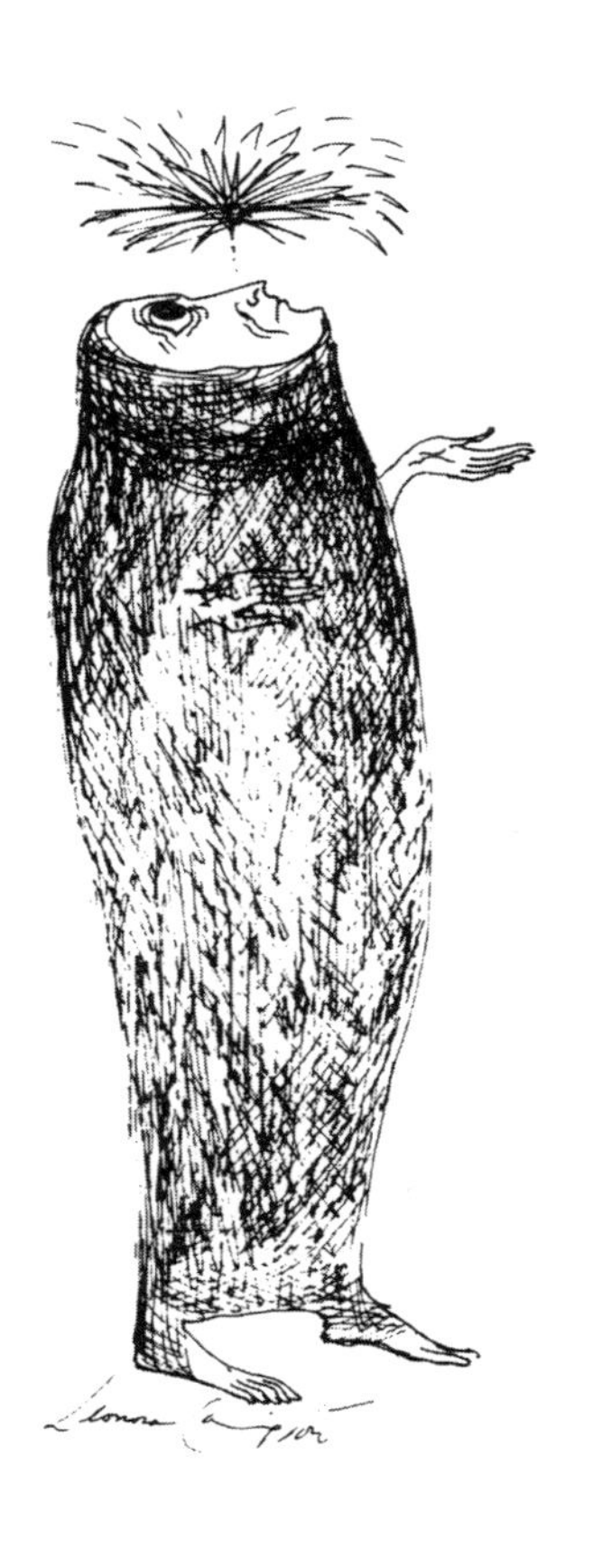

解説　作家レオノーラ・キャリントン

野中雅代

チウァウァ通りに面した家のベルを押すと、レオノーラかインディオのお手伝いヨランダの「キエン（誰）？」が聞こえたものだった。暗い玄関ホールの扉近くの衣掛けにはレオノーラの帽子と布袋と、「砂の駱駝」に描かれるなんの変哲もない黒いレイン・コートと雨傘が掛かっていた。壁の棚には、二〇〇〇年にチャプルテペック公園の噴水に設置された《コヅリロ》（後にHow Doth the Little Crocodileに改名）の模型（マケット）をはじめ、訪れるたびにレオノーラが異なる工房の鋳物製作者らと制作するブロンズ彫刻模型が増えていった。それらは友人ホセ・オルナの木製彫刻《揺籠》（一九四九年）に描いたファンタスティックな動物の行進や、レオノーラ制作の木製立像《猫女》（一九五一年）の繊細さとは一線を画す彫刻群だった。

ダイニング・キッチンのありふれた木製の丸テーブルには、レメディオス・バロ、エドワード・ジェイムズ、オクタビオ・パス、ルイス・ブニュエルらが集い、オルダス・ハクスリ、マルセル・デュシャン他外国からの訪問客も談笑した歴史が潜んでいたが、それに触れることもなく、レオノーラは紅茶を勧め煙草に火をつけたものだった。灰色の髪を束ね杖をつくこともなく、時に「私はシュルレアリスムの恐竜（ダイナソー）だよ」と笑った。

　それらの日々のある日、レオノーラは「ひとにはそれぞれ指紋がある。それは誰でもない自分自身の自己証明。あなたが私について書く場合には、私の指紋を探して欲しい」と言った。この解説は絵画・文学創作を同時に行ったシュルレアリスト、レオノーラ・キャリントンの文学創作に焦点をあて、彼女の創造に残る指紋を辿る試みである。

プロローグ

　レオノーラ・キャリントン（一九一七－二〇一一）はイギリス北部南ランカシャーのクレイトン・ル・ウッドズ村の「ウエストウッド・ハウス」に、ハロルド・ワイルド・キャリントンとマーリ・ニ・ムアヘッドの四人の子供――パトリック、レオノーラ、ジェラルド、アーサー――の一人娘に生まれた。「私の父は北部出身の生粋のアングロ・サクソンでプロテスタントで、母は南アイルランドのウエスト・ミースのカトリック出身です。私は半イギリス人で、半ケルト人です」とキャリントンは明言する。[*1]
　キャリントン家は世襲財産を所有する貴族階級・地主階級ではなかったが、キャリントンの祖父アーサーはウールと綿の混紡糸を用いたフランネル開発につながる機織り機の部品を発明し、繊維会社「キャリントン・アンド・デューハースト」を設立、裸一貫で身を起こした新興産業家だった。のちに「ランカシャーで最も裕福で影響力をもつ男」と噂されることになる父ハロルドは、二十世紀初頭に「北部のイートン校」的教育を終えると、ランカシャーの繊維産業の高度成長期に父の事業を受け継ぎ、やがて自社の繊維会社を売却して「英国総合化学会社（インペリアル・ケミカルズ・インダストリーズ）」（一九二六年設立で本社をロンドンに置く）の主要株主となるイギリス繊維業界の旧弊にとらわれない大物企業家であった。[*2]

一九〇七年ハロルドはクリケットの試合で訪れたアイルランドでマーリ・ニ・ムァヘッドと出会う。医師で後に治安判事となるヘンリー・ムァヘッドとメアリー・モニカ・ムァヘッド（ソマーズ）の娘マーリは、キャリントンが受け継ぐことになる黒い豊かな髪と褐色の目をした想像力豊かな夢想家だった。プロテスタントのハロルドとカトリックのマーリの結婚は教会では認められず、二人は一九〇八年ウエストミーズ県モート、聖パトリック通り（ドライヴ）のマーリの自宅で挙式した。[*3] 父方の現実的で粗野な北方人気質と発明の才と機敏な企業性、母方のケルトの自由な想像力とボヘミアン的気質は、着想力と想像力に富み、現実的ユーモアと悪戯好きで、純文学性よりパスティーシュ性[*4]を好み、気難しく気まぐれでありながら、自己実現には誠実に情熱的に突き進むシュルレアリスト・キャリントンの骨格を造り上げる。

「クルッキー・ホール」

キャリントンが三〜十歳までを過ごした「クルッキー・ホール」は、ウエストウッド・ハウスから北二十四キロ（十五マイル）ほどのランカシャー中部コックルムの田園地帯に建つヴィクトリア朝ゴシックの石の館だった。ロンドンの自然史博物館の設計者アルフレッド・ウォターハウス設計による館はその陰鬱で神秘的雰囲気から、一九九〇年代当時ですら「白い婦人（幽霊）が取り憑いている」と噂され、[5]それを聞いたキャリントンは「それは私のことよ」と笑った。「クルッキー」（キャリントンはそう呼んだ）の広大な敷地には家畜や動物が飼われ家庭菜園があり、ガラス張りのヴィクトリア朝温室（コンサーヴァトリー）には父の飼う熱帯の鳥がいて、母はそこで刺繍し慈善事業に寄付する箱に「ミロのような」絵を描いた。[6]幼いキャリントンの最初の愛馬「肥り過ぎて速く走れない」（「石の扉」）シェトランド・ポニー「ブラック・ベス」の馬小屋もあった。庭の一画にある「日本の橋のような」（キャリントン談）橋がかかった池は、「石の扉」の主人公二人が憑依される「大池」であり、《クルッキー・ホール》（一九四六年）に描かれる少女の水遊び場である。

新興企業家夫人の多忙な母に代わり、子供たちはアイルランド人の乳母と看護師とフランス人家庭教師の手に委ねられたが、キャリントンは母のそばで過ごした時間を記憶している。

「……母は中国のものが好きで、中国趣味はヴィクトリア・エドワード朝の流行でした。……母は毎日四時頃白檀の香を焚（た）き、子供たちも同じように焚くことを許されていました」[7]

白檀の香りは「石の扉」で記憶を呼び起こす要素として〈彼女〉の日記に登場する（「白檀の

詰まった象牙の箱。客間に誰もいないとき、私はその匂いを嗅いだものだった。象牙の箱は名状しがたい記憶を呼び起こした」)。母はまた当時流行のジェイムズ・スティーヴンズの「黄金の壺」(一九一二年)をキャリントンに読み聞かせ、スティーヴンズ並みの想像力でムァヘッドのつましい出自を、アイルランド人小説家マリア・エッジワースやオーストリア=ハンガリー帝国皇帝フランツ・ヨーゼフにまで繋げて寓話を語ったが、現実にはムァヘッドにはジプシーもいたとキャリントンは回想する。*8

南アイルランド「祖母の家」

幼いキャリントンに決定的影響を与えたのは母方の祖母であった。一八六五年生まれの祖母の世代のアイルランド人にとって、妖精たちは日常生活に共存する小さな隣人であった。彼女は幼い孫にタラの丘を本陣とするツアーサ・デ・ダーナン神話・伝説・伝承を語り、アイルランド神話やスウィフトの『ガリバー旅行記』、キャロルやマザーグースらイギリス児童文学、アンデルセン童話やギリシャ・北欧神話の本を与えたと私に語ったキャリントン。キャリントンはまた語ってもいる。「私の土壌、自然、神々への愛は……母方の祖母から受け継いだものです。そこには山の地下に住む『小さな人々』と呼ばれる人々についての神話があります。彼らは『シー』の種族に属しています。私たちはこの古代の種族の子孫だと祖母は言いました。……彼らは異なる政治的宗教的概念をもつ侵略者に土地を略奪され、地下の魔術的生活を始めました。彼らは地下の生活を選び、魔術や金に変えることを知っていたので、そこで錬金術に専念しました。祖母の話は私の心を捉え、その絵が頭に浮かんだので、私は後に紙にスケッチしました」[*9]

悪戯(いたずら)好きで錬金術を操るアイルランドの妖精、シー族は、英国ヴィクトリア朝の花の精のようなファンタジックな妖精ではなく、キャリントンが《サマイン》（一九五一年）に描く地下（死の国）に潜った一族、幽霊たちの隣人でもある、仄(ほの)かで薄気味悪い領域の存在でもある。[*10]祖母の語る「シー族」伝説、乳母が道で出会う「小さな人々」や幽霊たち、「クルッキー・ホール」の漆黒の夜の闇と沈黙と樹木のざわめきは、幼いキャリントンのこころに神秘への感性を植えつけた。キャリントンは回想している。「私は子供の頃から……あらゆる種類の幽霊(ゴースト)や幻影(ヴィジョン)や一般に正統宗教が糾弾・禁じているものたちと奇妙な経験をもってきました。私がカトリックに育ったためなのか、ケルト神話(ミソロジー)に育ったためなのかわかりませんが、私はその種の心的傾向(メンタリティ)をもっています。それは私には生まれつきの、とても自然なものです」[*11]

祖母の家の旧式の大きなかまどがある台所[*12]は、家事のみならず家庭生活の中心空間であった。キャリントンの記憶と想像力の中でこの台所の時間・空間は、祖母の語った神話伝説と並び重要なイメージに発展していく。ツアーサ・デ・ダーナンがアイルランド侵略時に携えてきた護符のひとつ大釜(コールドロン)は《向かいの家》（一九四七年）を含む一九四〇年代〜五〇年代初期の絵画群に女神たちが錬金術的世界変質を起こす大釜として登場し、「石の扉」でも大釜(コールドロン)は物語展開の重要局面――ザカリアスが縮小ミイラを膨張させて巨人のズボンを縫う場面や、地下の大海を横切る骨の舟を構築時――に、魔法を起こす重要な装置となる。

「メキシコのお伽噺」執筆とほぼ同時期にキャリントンが描いた《ムァヘッドお祖母さんの香りのいい台所》（一九七五年）の時空間は、キャリントン芸術に一貫するそれである。顔立ちの不明瞭なあるいは黒メガネをかけた異界からの侵入者たち――彼らは後述するキャリントンの物語の登場人物でもある――が、巨大なかまどの燃える台所で、トルティーヤを焼く円形のコマルでメキシコ野菜を焼いている。それは「メキシコのお伽噺」で盲目の土竜が、赤蟻たちが運んできたとうもろこしの山を挽いて両手でトルティーヤを作る姿を想起させもする。悪魔を掃き出す箒をもった異形の同伴者に伴われて、鵞鳥あるいは家鴨――それはイギリス伝承童話「マザーグース」に歌われる鵞鳥あるいは家鴨に乗ってどこへでも自由に飛んでいくガチョウおばさんを想起させる――が魔除けのニンニクをもろともせず、床に描かれた魔除けの輪のなかに闊歩していく。

ガチョウおばさんあるいは祖母のような老女・魔女は、キャリントンにあっては「グレゴリー氏の蝿」（執筆年不詳）に登場する産婆のように、医学・科学の解決不能な難題を解決する智慧者であり、その叡知は台所作業と深く関連している。「石の扉」で憔悴したザカリアスが活力を取り戻すのは中国人の手料理であり（「中国人はザカリアスの腕をとって階下に導いた。肉の焼ける快い匂いが二人を待ちうけていた。その瞬間ザカリアスは、台所は世界で最も喜びに溢れた場所だと思った」）、赤毛の魔女シャーリが死せる〈聡明なユダヤの王〉とザカリアスを結び付ける呪術儀式を行うのはかまどの火の燃える台所である。

「ヘイゼルウッド・ホール」

学齢期に達したキャリントンが一九二七年から思春期を過ごす「ヘイゼルウッド・ホール」は、《老嬢たち》（一九四七年）や《隣人のアドヴァイス》（一九四七年）を含むイギリス上流階級夫人の日常を描く絵画群同様に、後述する処女作物語の主人公（キャリントン）の背景となる館である。クルッキーのゴシック的神秘性とは対照的に、それは北部ランカシャーの美しい自然のなかに建つ広大なクリーム色の優美な館で、周囲の森林には様々な木々が茂り野原や湿地には花々が咲き、散歩の距離にあるモーカム湾には様々な鳥が飛びかった。*[13]

広大な庭は森林につながり、館の正面を下るとテニスコートがあり、薔薇園の花壇は幾何学的にデザインされていた。生涯色褪せることのなかった「ヘイゼルウッド・ホール」の記憶と激変する人生の予感を、キャリントンはアンデルセン童話「雪の女王」を引用して『耳ラッパ』（一九五〇年代）に記している。

「奇妙なことに私はイギリスにいて、日曜日の午後でした。ライラックの木立のもとで本をもって石の椅子に腰掛けていました。近くにローズマリーの繁みがあり、あたり一面に香りが漂っていました。誰かが近くでテニスをしていました、ラケットとボールのぶつかる音が聞こえたからです。これはオランダ式の沈床園でした……教会の鐘の音が聞こえます、あれはプロテスタントの教会です、私たちはもうお茶は飲んだかしら？……

私の長い髪は猫の毛のように柔らかく、私は美しい。これは大きなショックです、というのも私は自分が美しいこと、それには何かしなければならないことがあると気づいたばかりです、でも何を？

美はほかのものと同様責任を伴います、美しい女性は首相のように特別の人生を送るのです、でもそれは私が望んでいることではありません、何かほかのことがあるにちがいありません……書物。今私には見えます、ハンス・クリスチャン・アンデルセンの物語、雪の女王。雪の女王、ラップランド。幼いカイが氷の城で掛け算の問題を解いています。

今私には、何年も取り組んできたらしいのに解けない数学の問題を与えられたことがわかります。……強烈すぎる感覚とその歓びはとても危険です、何か恐ろしいことが起ころうとしています、私はその解決策を早く見つけださなければなりません」[*14]さらに「今森は野生のアネモネの花盛りよ、行ってみましょうか？……たくさんほんとうにたくさんの野生の花が木々の下の地面に咲いていていてバルコニーの下までずっと続いているわ。アネモネは匂わないけれど、香水のように存在していて取り憑かれてしまいそう、私は生涯忘れないでしょう」[*15]とも記している。キャリントンはエルンストを追って出奔後、「二度と家の敷居をまたぐな」と激怒した父と生涯再会することはなかったが、未亡人となった母を幼い息子二人をともなって一九五二年にこの館を訪れている。

キャリントンは放校・退学を繰り返す教育不能な問題児で、一九二六年入学した聖墳墓女子聖道参事会運営の「ニュー・ホール修道院」から退学を言い渡されるのは一九三〇年夏であり、同年九月十三歳で転校した十六世紀設立の「セント・メアリーズ・アスコット」修道院も放校になる。[*16] ジョアナ・ムアヘッドは「セント・メアリーズ・アスコット」修道院にキャリントンの「放校」の記録はなく一九三二年七月最後の正規教育を終えると記すが、[*17] 老年期とは異なり若い日のキャリントンの記憶は明確である。以後キャリントンは伝統を重んじ階級意識の強いイギリス社会で、母マーリが切望する新興富裕層階級から貴族階級への脱皮を担う一人娘として、フィレンツェとパリで上流階級子女の「フィニシング・スクール」教育を受け、一九三四年ジョージ五世の社交界にデビューし、その季節のすべてのロンドン社交界舞踏会やバッキンガム宮殿の園遊会やアスコット競馬観戦に出席し、両親は娘のデビュー披露をハロルドのロンドンの定宿リッツ・ホテルで催した。この体験は「デビュタント」に物語化される。

I章「マーヴァラスは美しい」

処女作群――白馬の導くマーヴァラス

キャリントンがマックス・エルンストの愛人として、パリ・シュルレアリスト・グループに加わるのは一九三七年七月末か八月である。きっかけは母が「アメデエ・オザンファン・美術アカデミー」一期生となったキャリントンに贈った「国際シュルレアリスト展」（一九三六年六月十一日－七月四日、ロンドン・バーリントン・ギャラリー）カタログに掲載されたエルンストの絵画であった。一九三七年メイヤー・ギャラリーの個展で訪英した四十六歳のエルンストとの出逢いは、「ジェミマと狼」（執筆年不詳）で人間を超える魅力をもつ父と同年代の〈狼〉男に狂おしく恋し、彼が贈った雄鶏の切断頭部に狂喜する娘に再現される。

一九九〇年夏、シカゴ郊外で七十七歳のキャリントンは当時を回想して語った。

「私はマックス・エルンストのあの作品（《ナイチンゲールに脅かされる二人の子供》）をみたとき、この世界をすでに知っていると感じました。……それを一目みたとき、私はすぐにシュルレアリストと多くの同質性を感じました。以前に一度もシュルレアリスムについて聞いたことはなかったのですが……。

私はこれを〝驚異の世界(マーヴァラス)〟と呼ぶのにためらいを感じますが、もしあなたがそう呼びたければ呼んでもいいですが、でも私は今そう考えていません。まだ知られていないあまりにも多くの現実があるのですから。私たちは自分自身についての知識をもっと拡げなければならないと思います。それが存在する別の現実に気づく唯一の方法だからです。夢も一つの方法です。今アメリカの心理学者でユング派の精神分析医であるアーノルド・ミンデルの『昏睡(コマ)』という本を読んでいますが、彼は脳の損傷や病気や死の近くにあって昏睡に陥った人々と、どうやって伝達し合えるかについて書いています。彼は意識とその伝達方法については、今日の医学的知識では定義できないことを明らかにしました。彼は物理的肉体(フィジカル・ボディ)と夢の肉体(ドリーム・ボディ)について研究しています。

シュルレアリストたちは日常とは別の種類の意識を表出させ、世界を見ようとした芸術家グループでした。それまでとはちがった態度で内的世界を研究しようとしていました。アカデミックな芸術への一種の抗議としてダダ運動から出発し、潜在するイメージを解放させようとしました。私は今は分析してこのように話しているのですが、そのころはとても若かったので、当時は強い感情、反応、態度となって、直接的に感じられました。私はいつも夢を思い出していましたし、そのような世界に生きていたので、そうだ、これが私の属する世界だと思って受け入れたのです。

その頃私はフロイトについては何も知りませんでしたが、いつもあのように作品を描いていたのです。シュルレアリストのことを知る以前からです。あのような仕事をしている芸術家のグループの一員となることで、私の表現方法を承認され、外部から強く支持されたような気がしました。シュルレアリストたちとの同質性がすでにそこに存在していたのです[18]」

エルンストの妻やシュルレアリスト・グループ内部の確執を逃れて、エルンストと移り住んだ南仏のサン＝マルタン＝ダルデーシュで、キャリントンは一九三七年の夏に「国際シュルレアリスト展」（一九三八年一月、パリ、アムステルダム巡回）出展の絵画とコントを創作する。処女作群はじめ、フランスで執筆された物語群は、エルンストやシュルレアリストたちとの意思疎通言語のフランス語で執筆される。『恐怖の館』（一九三八年、仮綴り小冊子、一二〇部限定出版）はエルンストの序文と三つのイラスト付きで、物語集『卵型の貴婦人』（一九三九年、五三五部限定出版）はエルンストの七つのコラージュ付きで出版される。これら戦前の短篇[19]はアンドレ・ブルトン編『黒いユーモア選集[20]』（一九五〇年）収録の「デビュタント」とともに、キャリントンをパリ・シュルレアリストとして刻印することになる。

ブルトンは「第一宣言」（一九二四年）で「マーヴァラスは常に美しい、いかなるマーヴァラスも美しい、マーヴァラスをおいて他に美しいものはない[21]」とシュルレアリスムの美を定義し、ハーバート・リードはフランス発祥のモダニズム運動シュルレアリスムを「心理学、科学知識を取り入れたロマンティシズム原理の再確認」と位置づけて、「ウイリアム・ブレイクとルイス・キャロルの二人のスーパーリアリストを生んだイギリス……美術と文学は世界で最もロマンティックであり、それゆえ最もスーパーリアリスティックでありうる」[22]（概訳）とイギリス・ロマン主義文学との関連性を指摘していた。

「マーヴァラス」は日常の現実と日常の現実の言葉では説明しきれない現実の間に起こる不可思議な出来事であり、日常の偶発性と夢や幻想（ファンタジー）や幻影（イリュージョン）や狂気や死などの二次的状態の橋渡しを担うものでもある。地下のシー族が人間の日常に出入りする女神神話伝承や、キャロルの白兎を追って地下の夢の国に落ちるアリスの冒険を知っていたキャリントンには、フロイト理論を知らなくても「マーヴァラス」は馴染みの領域であった。鳥を動物形態観的オールター・エゴにしたエルンストの戦略に倣（なら）い、キャリントンは並はずれた着想力で「恐怖の館」で、馬を主人公を恐怖や欲望や神秘の深淵に導くサイキック・ガイドに構築する。初歩的仏語の誤りを意図的に残し、ナイーヴで気難しさを残すコント群はブルトンらのグループに賞賛され、キャリントンの家族や修道院学校への個人的反抗は、シュルレアリストの権威否定、聖性冒瀆・瀆神性と合致し正統化され、キャリントンはグループに認可される。

フェミニズム美術史視点からシュルレアリスム運動を再点検し、運動に参加した女性芸術家は芸術家ではなく、男性シュルレアリストに霊感を与える「美神」、まだ欲望の実態を知らないままに欲望を語る子供のような女性「ファム・アンファン」、男性には接近不能な神秘の領域に導く「魔女」などシュルレアリスト特有の概念を具有する役割を割り当てられた存在であったと分析検証したのは、フェミニスト美術史家ホイットニー・チャドウィックである。[23] エルンストの「美神」であったキャリントンは、生涯アリスを演じ続けたヴォルフガング・パーレンの妻アリス・パーレン（離婚してアリス・ラオン）とは異なり、「私は画家になる修行に忙しく、誰かの美神になっている暇はなかった」（キャリントン談）と言明する。

本書収録一九三七－一九三九年の短篇群

キャリントンは大戦勃発までの二年間の南仏生活を「私はその当時かつてないほど強烈に激しく生きていました。……それは私の人生の一種の楽園時代でした[24]」と回想している。また「当時の私にとってシュルレアリスムは生き方そのものでした[25]」（キャリントン談）とも回顧したように、新たな生き方を見出したキャリントンはスポーツマンの父や兄弟に代表されるイギリス上流階級を「三人の猟師」でユーモラスに風刺し、「彼らが丘の斜面を駆けたとき」ではあらゆる束縛から解き放たれた当時の多幸症的高揚感を物語化する。「汚れた爪、長く大きな手足、ライオンのたてがみのような長い髪」をなびかせ、森の動物を率いて断崖や森を自転車で疾走するヴァージニア像は、《夜明けの馬の館＝自画像》（一九三八年頃、メトロポリタン美術館蔵）のキャリントン像そのものである。ヴァージニアは聖職者、尼僧、信心深い女性たちの欺瞞と通俗性を嘲笑し、野生の猪と交接する。愛人が人間（猟師）に惨殺されると、マザーグースさながらに感傷なく、出産した赤ん坊のなかで父親似の一匹を残し、残りは茹（ゆ）でて弔（とむら）いの食事にする。「デビュタント」のイノセンスとは一線を画す濃密なエロスと制御不能な凶暴さは、ヴァージニアが森の動物を総動員し、自転車に跨(またが)って愛人の復讐に教会権力に挑む最終場面で頂点に達する。当時のキャリントンの激烈さを、南仏を訪れたパリの友人のひとりレオノール・フィニは、キャリントンを《小部屋――三人の女性がいる室内風景》（一九三九年）で胸当てを付けた女戦士に描いている。

キャリントンの多幸症(ユーフォリア)は忍びよる大戦の暴力――愛の終焉と世界崩壊――への不安と恐怖と表裏一体でもあった。キャリントンは崩壊の予感と恐怖と絶望を、十九世紀末のイギリス社会に流行したH・G・ウェルズやW・W・ジェイコブ、コナン・ドイル、特にアイルランド人作家ブラム・ストーカーの「吸血鬼ドラキュラ」「判事の家」を想起させる怪奇物語に描く。「姉妹」（一九三九年）は後述するように亡命地ニューヨークでいち早く英語化されて出版されるが、エルンストとの愛の狂乱と法悦と絶望と死の恐怖の両極間で怯える自らを、放逸に浸り死の影に怯える姉と、半人半鳥の怪物で吸血鬼化する妹に分割して描いた短篇である。

一九三七―一九三九年作と束ねられる短篇群には、崩れゆく世界・肉体・魂の退廃と凄惨が、科学性を逆転させた怪奇物語では描き切れない濃厚なゴシック性で描かれる。寺院の鐘が響く館で母と聖職者の息子と若い妻の亡霊が繰り広げる確執と、灰燼に帰す息子の肉体や白骨化した母が息子と肉体に抱く異様な執着（「悲しみに打ちひしがれて」）、自らの美に陶酔するバイセクシュアルの初老の男が修道院制服姿の娘に抱く欲望と、まどろむ父を霊柩車（死）

と寝椅子（眠り）を掛けた子守唄で挑発する少女の倒錯（「シリル・ド・ガンドル氏」）、腐敗しつつある妻の肖像画を依頼する夫の猟奇性と、描く女性画家（キャリントン）の肉体が死者のそれに入れ換わっていく超自然性に子供の遊戯のタイトルを付す異様（「鳩よ、飛べ！」）などに明らかな、キャリントンの感性が含みもつ濃密なゴシック性はのちにユーモアと皮肉と知性で希釈化されていくが、カルロス・フエンテスはそれらを巧みに操る「賢明な女性」キャリントンに言及している。*[26]

一九三九年九月フランスのドイツ宣戦布告後、ドイツ国籍のエルンストは収容所に連行されるが数ヶ月後にいったん釈放される。再逮捕までの束の間の歓びを、エルンストは《朝の光のなかのレオノーラ》（一九四〇年）――それは生前キャリントンが決して手放さなかった作品であるが――に、《生きる歓び》（一九三六年）の生い茂る植物群を掻き分けて姿を見せるキャリントンに描き、キャリントンはエルンストを凍結した白い馬を解放するシャーマンに描いた《マックス・エルンストの肖像》（一九四〇年）を贈っている。しかし「ダウン・ビロウ（下方へ）」で語られるように、一九四〇年エルンストは「ライフルをもったフランス憲兵に二度目に収容所に連行」*[27]され、南仏に取り残されたキャリントンの絶望と精神的緊張は限界に達し、脱出したスペインで同年八月、サンタンデールの精神病院に強制収容される。退院後南アフリカに送ろうとする両親の計画に逆らって、リスボンでメキシコ人のレナト・レドゥック（一八九五－一九八六）と結婚しアメリカ入国ヴィザを取得したキャリントンは、メキシコ人外交官らと海路逃れたニューヨークで、亡命シュルレアリストたちと合流する。

本書収録一九四一年の英語執筆短篇群

一九四一年五月末にニューヨークに亡命し、グリニッジ・ヴィレッジに住んでいたブルトンは五十七丁目の喫茶店やダウンタウンのテラスで「優美な死体」ゲームに興じ、タロット・カード・魔術・錬金術談義を再開してパリ時代のグループの結束を回復しようと試みていた。[*28] 彼は現地の機関誌『ヴィユー』（一九四〇年春、南部詩人チャールズ・ヘンリ・フォード創刊）で招聘編集者ニコラス・カラスのインタビュー（一九四一年十月、シュルレアリスト特別号）に応じたのち、一九四二年に（エルンストを共同編集者にデヴィッド・ヘアを編集長に）『トリプルV』誌（一九四二－一九四四年）を創刊し、「最初のシュルレアリスム・ペーパーズ」展（一九四二年）を企画してニューヨークでのシュルレアリスム普及に乗り出す。[*29] さらに「シュルレアリスム第三宣言か否かのための序論」[*30]（『トリプルV』誌一号）で現代の「最も大胆で明晰な精神（頭脳）」としてジョルジュ・バタイユ、ロジエ・カイヨワ、ピエール・マビーユ、エルンスト、バンジャマン・ペレとともにキャリントンをあげ、キャリントンに狂気の体験執筆を勧める。キャリントンはブルトンにとって精神病院から帰還した「ナジャ」であった。誰の目にも狂気を感じさせるキャリントン[*31]が壮絶な体験を誠実に正確に記す形式を見出すのは一九四三年のメキシコでである。
　グッゲンハイム宅のパーティは誰もが誰もと逢う場であった。キャリントンは亡命シュルレアリストたちと行動を共にし、ときにエルンストとも時間を過ごし、英語短篇を執筆して両機関誌に寄稿する。ゴシック性を残す「白兎たち」(一九四一年)(『ヴィュー』誌九－一〇号、一九四一－一九四二年)では、キャリントンのニューヨーク風景は大火後のロンドンで、アリスを不思議の国に導いた白兎は死に憑かれた夫婦の腐肉を好む獰猛さを帯びた愛玩動物となる。前述の「姉妹」(『ヴィュー』誌一一－一二号、一九四二年)は仏語執筆短篇の英訳であり、「待ちながら」(一九四一年)(『ヴィュー』誌一号、一九四二年)は一九四一年七月ニューヨークに亡命していたエルンストとの再会と逢瀬で蘇る愛の名残りと当時エルンストと結婚していたペギー・グッゲンハイムとの確執を描いた断片である。[*32]
　この時期の代表作「七頭目の馬」(一九四一年)(『ヴィュー』誌二－三号、一九四三年)は、エルンストと魂の深淵で共有した欲望をマーヴァラス化した最後の短篇である。「卵型の貴婦人」で若い貴婦人が揺木馬タータール(タルタロス)と遊戯に興じて恍惚となり、意識下の自分を解き放ったように、既婚のフィリップ(エルンスト)は恋に落ちた雌馬へバリーノ(キャリントン)の背上で、疾走しつつ恍惚として馬と合体する。棺に納められた彼の妻に妊娠の兆候はなく、馬屋に現われた奇形の子馬の不可思議はそのままに、物語は「恐怖の館」同様に、唐突に終わる。この短篇の出版を見ないままキャリントンはメキシコに去り、後姿で去りゆくキャリントンを見送る「優れた鳥」（エルンスト）を描いたエルンストの《雨後のヨーロッパ》（一九四二年）は二人の関係の終焉を証言している。

Ⅱ章　再生神話——「石の扉」（一九四〇年代半ば）

一九四二年キャリントンは夫レドゥックとメキシコに到着し、レドゥックの広い交友関係からディエゴ・リベラやフリーダ・カーロ、オロスコ、オクタビオ・パスらメキシコ人知識人とも知り合う。少年時代にメキシコ革命指導者パンチョ・ビリャの電信士であったレドゥック（キャリントン談）は、あらゆる種類の人間とつきあうメキシコ人ジャーナリストで、スペイン語の俗語卑語を臆せず用いる詩人であり、彼の関心はメキシコ政治と文化にあり、特に闘牛は彼の情熱であった。動物の殺戮を嫌うイギリス人キャリントンとの関係の悪化は、「石の扉」で〈彼女〉が日記に記す孤独——「ペドロがまた酔って帰宅して、私は彼と金切り声をあげて騒ぎを起こしたが、罠にかかった鼠のように、まだ彼から離れられない。私はいつか自由になれるのかしら?」や「……六時を過ぎれば、ともあれ私は家に飛んで帰る。私たちにはペドロが家にいないのはわかりきっている。アマゴヤと別れて、私はモレノ通りを駆け下り、私の部屋の窓に明りがついていないか目を凝らす。暗闇、霊柩車のような闇……」「目下ペドロと私は憎みあっている。私たちはベッドで魚売り女のように、金切り声で罵り合う。これはひどいエネルギーの浪費だ。それでも私は出ていこうとしない。幽霊、動物、人間よ、なんでもいいから戻っておいで。私はこの孤独には耐えられない、自分と独りで向き合うのはもううんざりよ」――に投影されている。

キャリントンの生活が一変するのはスペイン・シュルレアリスト画家レメディオス・バロ(一九〇八―一九六三)と夫のフランス人詩人バンジャマン・ペレ(一八九九―一九五九)との出逢いによってである。バロはメキシコ・シティでボヘミアン生活を送る亡命ヨーロッパ人たちの要的存在であった。キャリントンが「レメディオスの存在は私のメキシコでの生活を変えました」と回想するように、「絵画以外のすべての同質性を共有した」バロ(キャリントン談)は「魂の姉妹」[*33]となっていく。のちに「魂の双子」と呼び合うことになる[*34]ハンガリー人写真家カティ・オルナ(一九一二―二〇〇〇)と夫のスペイン人彫刻家ホセ・オルナ(一九一二―一九六三)を知り、キャリントンの亡命ヨーロッパ人シュルレアリストや知識人の輪はエステバン・フランセス、ヴォルフガング・パーレン、アリス・パーレン、エドワード・ジェイムズ他に拡大していく。

一九四三年八月キャリントンはトラウマ克服の一歩を踏み出す。医師・作家で『ミノトール』誌の編集者であったピエール・マビーユが妻同伴で来墨し、バロとペレのアパートに滞在した。キャリントンはレドゥックと暮らす旧ロシア大使館のアパートで、カバラやグノーシス教義に通じたマビーユを聞き手に、狂気発症までを時系列で、治療法と回復過程で視たヴィジョンを錬金術語彙を交えて回想した。マビーユの妻が仏語で書き取った口述原稿は、ニューヨークで再度英語化されて「ダウン・ビロウ」[*35]として『トリプルV』誌（四号、一九四四年二月）に発表され、翌年パリで仏語版[*36]が出版される。セッション後の意識の変化を仏語版『ダウン・ビロウ』の出版頃に友人・翻訳家のアンリ・パリゾ宛てに書き送っている。「……私はもはや愛に魂を奪われ、パリを駆け抜けた若い娘ではありません――……多くを生きて今私は老いて変わりました――……墓石の下を泳ぐ老いた土竜のように、私はずっと盲目だったことがわかります――恐怖を軽減するために私は死を理解したい、自分を盲目にしていたイメージを吐き出したいのです」[*37]（概訳）

マビーユのセッションで狂気と正気の狭間を自在に行き来し、狂気を制御する術（「順応主義者の敵意から身を守る盾となる仮面を自由に付け外す」[*38]）を習得したキャリントンは、一九四三年十二月三十一日バロとペレの家の大みそかのパーティ[*39]で、トレードマークのバスク地方のベレー帽を被り、長身で端正で物静かなハンガリー系ユダヤ人エメリコ・チキ・ヴァイズ（通称チキ）（一九一一－二〇〇七）と出会う。「チキをひと目見た瞬間レオノーラは恋に落ちたわ」とバロはのちにヴァルター・グルーエンに回想している。[*40]ヴァイズは同郷の友人ロバート・キャパとブダペストからパリに出た写真家であった。スペイン市民戦争時にキャパは二人のパートナーとスペインで活動し、ヴァイズはパリのキャパのスタディオで戦場から送られてくるフィルム現像に携わった。ドイツ軍侵攻が迫ったパリをキャパのネガを段ボール箱に詰めて脱出したヴァイズは、のちに「メキシコ・スーツケース」として知られることになる段ボール箱をボルドーでメキシコ領事に託すが、自らはフランス当局に逮捕されて、一九四一年六月モロッコの強制収容所に送還された。過酷な収容所生活をほとんど話すことはなかったと長男ガブリエルは回想する。[*41] キャパの援助でアメリカ領事館発注のメキシコ入国ヴィザを得たヴァイズは、バロとペレと同じ船でメキシコに亡命し、バロのアパートに寄宿していた。[*42] キャリントンはバロとペレのアパートでヴァイズと同棲し、一九四五年一月五日にレドゥックと友好的に離婚して一九四六年一月七日ヴァイズと再婚する。数軒の借り住まいのなかで、一九四六年長男ガブリエルが、翌年次男パブロが誕生し、一九四七年家族はペレが見つけたチウァウァ通りの生涯の家に移り住むが、[*43] その年ペレは友人たちが作品を売って救援した片道切符で帰国する。

「石の扉」

「石の扉」はトラウマを克服しつつあるキャリントンが、ヴァイズとの出逢いを霊感源に創作した再生神話である。《小島の家庭菜園》(一九四六年)や《隣の家》(一九四七年)他、一連のシー族の伝説を絵画に描き始めた時期に執筆したこの小説は現実、夢、記憶、主題、語り(ナラティヴ)、逸話が万華鏡的に混在し迷宮的相貌をもつが、物語の基本構造は明確である。地下の洞窟――誕生以前のあるいは死の闇・神秘的空間――にひとりの女性がいる。彼女はそこから脱出したいが石の扉を開けられず、外から開けられるのを待つ以外にない。ザカリアスは夢の女性と物語中にリフレインとして響く歌に導かれて石の扉に辿りつく。

Ⅰ章の挿話空間はメキシコの「アステカの僧侶の髪のように黒く生き生きとした深い森」に建つイギリス風の館である。館のケンタウロス像が跳ねる天文台で[*44]、三人の男が望遠鏡と顕微鏡で天体と花を観察しつつ「計画」を討議している。二つの異なる焦点をもつ器具は「ダウン・ビロウ」でキャリントンが記す大宇宙と小宇宙を浸透させる奇妙なオカルト的作業、「……望遠鏡だけでものを見て顕微鏡を使わないのは、私には無理解そのものを象徴するように思われる。右目で望遠鏡を覗き、左目で顕微鏡を覗くべきだ[*45]」を想起させ、三人が討議中の「計画」が社会構造のみならず、人間精神の変革でもあると示唆している。既成権力が擁護する「計画」を支持する中国人とヨーロッパ人に対し、ユダヤ人は新たな世界秩序創造を提案している。

Ⅱ章ではメキシコ・シティに住むアマゴヤが過去を振り払おうと、〈彼女〉とだけ記される氏名不詳の女性の日記を読んでいる。「イギリス諸島から大群の先祖たちの馬が灰色の大西洋を泳ぎ渡って、アマゴヤがどこに行こうともつきまとった」というナラティヴからアマゴヤはキャリントンであり、アマゴヤが読む日記の書き手〈彼女〉もまた「子供の頃、私は……私のシェトランド・ポニーの夢を見たかった。……でも乳母が灯りを消して、ベッシーがグランド＝ナショナルで勝つ夢を見ようと思ったとき、猟場番人の八本指爪の猫のトウミが、呼びもしないのに夢に入ってきて、ひと晩中私のそばを歩きまわった」という伝記的記述からキャリントンだと判明する。
〈彼女〉は「……どこかで私は孤独を恐れ、ひとりでは不完全だと感じている」と記すように愛を求めている。〈彼女〉が求める愛は夜毎観測する星の運行が示す運命的な出逢いであり、魂と肉体の渇望を充足する関係であるはずである。〈彼女〉は新たな情熱の予感を「昨夜夢の中に〈それ〉は戻ってきた。埃と肉桂（シナモン）の匂いのする毛深い生きもの。……破廉恥にも、私はこの生きもの……に、すべての苦悶をゆだねた。すると私は五感の力を完全に取り戻し、……幻視または夢の光は外部のどんな発光体とも合体する。もう私は自分自身の体に孤立してはいない」と象徴的に記す。

　日記は時間に沿って記述されているかにみえるが、「諸聖人の祝日」から死の暗示が侵入し、〈彼女〉は夢で死の国メソポタミアを旅することになる。旅の途上で「摺り足で歩くと、枯葉が木から落ちるように、片足が剝がれ落ちた」包帯巻きされた死者（ミイラ）に出会い、〈彼女〉は彼に乞われて物語を語る。夢中で語られる物語――「夢物語」――の挿入でナラティヴの層は重層化し、小説はメタフィクション的様相を帯びる。「夢物語」中で出会いながら見失ってしまった〈聡明なユダヤの王〉を探して、〈彼女〉は再び夢に戻り旅を続けき手となるが、六人のハンガリー人騎手に連れ去られる。

〈卵〉に出会い、〈卵〉は〈白い子供〉となり、〈白い子供〉は〈聡明なユダヤの王〉への導き手となるが、六人のハンガリー人騎手に連れ去られる。

次の挿話では日記を読み終えたアマゴヤが不在の〈彼女〉に手紙を書いている。「今私たちが別々の人間だなんて信じられない」と記すことから、アマゴヤは〈彼女〉と同一人物（キャリントン）である（あった）と暗示される。眠りに落ちたアマゴヤは夢空間で犬に変身し、催眠術のような暴力でI章のケンタウロス像のある館に吸い込まれる。三人の男たちはまだ「計画」を討議中である。「私は完璧な変化を経るので、私の骨すら別の物質になってしまう……おまえの手から権力をもぎ取るために私は戻ってこよう」と断言することから、ユダヤ人はのちの逸話に登場する「象牙の人形」の一体であり、V章で明らかになるように「夢物語」に登場した〈聡明なユダヤの王〉であり、王の生まれ変わりのザカリアスでもあると暗示される。ユダヤ人が「男と女の結合だけが生命あるものを生みだせるのだ」と主張することから、石の扉を開けることは小説のもうひとつの主題、愛の成就でもあると示唆される。

アマゴヤと女人形職人が夢で出会う逸話は英語短縮版[*46]では割愛されているが、占星術への言及や「自分は束の間人間化した女神」だと信じるアマゴヤなど、物語の底流に流れる魔術性を顕在化する重要な逸話である。アマゴヤは「象牙の人形がひとつ入った……金の鳥籠」を咥えて館から森に逃げ込むと雪の穴で眠りこむ。夢の中で見る新たな夢でアマゴヤは犬から人間に戻り、もう一体の象牙の人形をもつ両性具有者ブリジットと自転車で人形職人の館に疾走している。登場人物は何人にも幾重にも分裂し時間と空間を前後に移動し自由に泳ぎまわる。移動手段は夢である。

人形職人は伝説のドワーフで、水銀と牛乳の錬金術で人形に生命を吹き込む錬金術師（魔術師あるいは魔女）で、象牙（物質）に幽閉された魂の声を聞く巫術師（シャーマン）でもある。人形職人の問いかけに、象牙の一体は「ユダヤ人」で、「私は妹である〈火〉を見つけるために、生まれ変わらなければならない。白羊宮の（キャリントンの占星術星座（ゾディアック・サイン）である）牡羊座生まれで、キリスト教徒の妹を」と答え、もう一体は「死者の国」にいて、「ヘブライ王の姿でメソポタミアを通過した兄の〈空気〉を探している」と答える。このことから一体は天文台で討議中のユダヤ人であり、他の一体は洞窟に幽閉された女性だと暗示される。女職人が人形を火——錬金術のオーヴン（アタノール）——に投げ込むと、二体はかぶと虫と山鶉（やまうずら）に変身し魂は象牙から解放されて、人間に転生していくことになる。このあと仏語版では、アマゴヤとブリジットが人形職人の館の庭で黄昏とも夜明けとも区別のつかない光のなかで自分たちが同一人物であった記憶を語り合う光景へと続くが、[*47] 本英語版では削除されアマゴヤとブリジットの関係は曖昧のままである。

III章はII章に束の間登場したフィリップとミシェルの逸話である。二人の会話はエルンストとキャリントンの料理と夢と魔術の会話を彷彿とさせる。フィリップの夢に登場する顔立ちが不明な大英博物館書類閲覧係は、のちにザカリアスの現実の旅に黒メガネの旅行者として再登場する。

Ⅳ章、Ⅴ章はザカリアスの物語である。キャリントンの夫エメリコ・チキ・ヴァイズがモデルのザカリアスは時系列で語られる唯一の人物であり、聖イシュトヴァーンの歴史的時間を秘教の幾何学図形に変換できる神秘に接近可能な人物である。ブダペスト生まれのユダヤ人で、占星術星座（ゾディアック・サイン）は「天秤座」で、第一次大戦時に落馬事故で発症した破傷風で父を失い、困窮した母に孤児院に送られたヴァイズ*48の幼児期の孤独を、キャリトンは「ミシンの単調なシュッシュッという音を思い出すと、一〇五番の体は憎悪でこわばった。母にたくさんの大事なことを話したかったのに、それに時間はとても短かったのに、母は自分を残して、ミシンのペダルを踏んで長い悲惨な旅に、彼の父が雪の下に眠るポーランドに行ってしまったのだと彼には思われた」と抒情的に記している。

ザカリアスが最初に女性と出逢うのは夢である。ポニー「ベッシー（ブラック・ベス）」に乗って現われ、アイルランドの親類や乳母の話をする少女は「クルッキー・ホール」の幼いキャリントンである。二人は過去の出逢いを覚えていないが、「夢物語」で王が野営地跡に残していった「肉桂（シナモン）棒一本と黒い羊毛の束と五本の鉄釘」から二人の記憶は蘇る。迷宮のなかに埋もれた記憶は夢で活性化され、物語は山場の魔術儀式へと展開していく。

「クルッキー・ホール」の庭の〈大池〉で二人は生贄儀式を執行し、ザカリアスは「ものの硬い表面をたたき割って、私たちが誕生以前に知っていたもの」を取り出す「魔術師や錬金術師」と化して新たな神話誕生を宣言し、少女＝アマゴヤ＝〈彼女〉は憑依され神子と化して〈彼女〉が日記で予言した「自分の内に潜む招魂の祭文（呪文）」を述べる。二人が古い節回しで歌うハンガリー語の歌「ブーイ・ブーイ・ゼルドォ・アーグ、ゼルド・レヴェレチュケ……開け、開け、小さな緑の葉、開け、開け、大きな石の扉。あなたは黒い牡羊、私は黒い牡羊、牡羊は死んだ、だから私はもう私ではなく、あなたは私、私はあなた……〈水〉がその場所、我らは今〈時間〉のなかで出逢った」は、逸話に応じて後半に新たな歌詞を付加して、ザカリアスの記憶を修正しつつ彼を洞窟の女性に導く呪文となる。

ザカリアスと女性の二度目の出逢いは、少年仲間の果物強奪冒険時の白昼夢である。真夜中の果樹園で林檎の老木に坐る女性は、《小島の家庭菜園》（一九四六年）にキャリントンが描くイメージである。目隠しされた女性の呼びかけに、ザカリアスは我知らず「僕は白い子供で、聡明な〈王〉で、ユダヤ人で、〈黒い牡羊〉で、天秤座だ」と自分のアイデンティティを叫ぶ。彼は林檎の木から落下し女性の姿は消えて女性の記憶は薄れていく。

青年となったザカリアスに薄れた記憶を呼び覚ますのは、古いオルゴールが奏でる「ブーイ・ブーイ・ゼルドォ・アーグ……」にはじまる歌と、キャリントンとヴァイズの永住の地メキシコの職人手作りの箱の詠唱である。大英博物館勤務のイギリス人や、六人からいつの間にか五人編成となった騎馬隊ら夢の登場人物たちが、ブダペストを出るザカリアスの現実の旅に侵入し、騎馬隊は夢で〈白い子供〉を連れ去ったように、ザカリアスを乗せて森に疾走する。

「言葉は砂漠の砂塵よりも無用である」と語ったのは、「夢物語」中の〈聡明なユダヤの王〉である。ザカリアスの埋もれた記憶を覚醒させるのは音楽、カラバシュ・クゥが「彼らの言葉は歌だ、歌でなければ喋れない」と語る、蛇の舌をもつ騎手たちが歌う原初的衝動の歌である。石、象牙、乳、木、鉄を象徴する騎手たちはチターを奏で、超音域のソプラノで〈聡明なユダヤの王〉への忠誠、石の扉への誘いを歌う儀式のなかで、ザカリアスはソロモン王の遺産「十角形の石」を受け取る。

既述したように、居酒屋の台所は魔術の場である。そこでは料理、エンバーミング（死体防腐処置）を待つ死者の夜伽（通夜）、葬送儀式、ザカリアスの覚醒とすべてがホリスティックに起こる。赤毛のシャーリは「ブーイ・ブーイ・ゼルドォ・アーグ、ゼルド・レヴェレチュケ」にはじまる長い葬送を詠唱し、騎馬隊は新たな世界創造に先立つ混沌の予言を歌う。シャーリのパイプから漏れ出る煙の音楽にザカリアスの目に涙が浮かび、「雪の女王」でカイの目に刺さった悪魔の破片を涙が溶かし去ったように、ザカリアスの二十年の苦悩は消えていく。運命を悟ったザカリアスはシャーリの忠告通り牡羊のあとを追ってオデュッセイア（使命遂行の旅）に旅立つことになる。

ザカリアスのオデュッセイアは童話的展開で進む。行く手を阻む一つ目ならぬ兎唇の巨人に、彼はアイルランド神話の大釜魔術でミイラを煮たて膨張させてズボンを縫い、ワインならぬミイラのだし汁を飲ませるウィットで難局を切り抜ける。義兄弟となった巨人との対話からユダヤ人が主張する「計画」は、意識の画一化を強制する社会秩序を拒否し、二項対立の意味設定と自己確認を解体することで達成されると明らかになる。

巨人は「大池」で少女が唱えたグノーシス教義の祭文を繰り返し、愛の成就を予言してザカリアスの旅を後押しする。大釜で煮た生贄の山羊の屍を骨組みに、シャーリの箒をマストにミイラの皮を帆に張った舟で、ザカリアスは地下の大海＝原初の海を渡る。鍵穴のない石の扉を開くのは、シャーリの歌うパイプ――それは「夢物語」で〈彼女〉が地面から掘り当てたパイプでもある――が奏でる歌、地中深く時間の背後に埋もれた祈りと生命の歌である。轟音をたてて扉は開き「埃と肉柱(シナモン)と麝香を含む熱い風」――情熱の嵐――が吹き荒れて愛の成就は象徴的に語られるが、二人の現実の出逢いの言及はなく、羊の大群を追って西に向かうザカリアスの旅の暗示で物語は終わる。キャリントンは《チキ、あなたの国》(一九四四年)に自分とヴァイズの横顔を描き入れて白い子供に導かれるかのような二人の旅を描いている。

III章　メキシコ・シティのイギリス人魔女

ニューヨークの「ピエール・マティス」画廊個展（一九四八年）を皮きりに「ガレリア・デ・アルテ・メヒカーノ」個展（一九五六年）を経て、キャリントンはメキシコで画家として頭角を現わし、オクタビオ・パスやカルロス・フエンテス、来墨したアレハンドロ・ホドロフスキーらと演劇活動にも参加、一九五〇年代メキシコの代表的知識人芸術家たちと共同創作活動も展開していく。[*49] パリではブルトン編集の『黒いユーモア選集』（一九五〇年）に「デビュタント」（一九三〇年代）が収録されてパリ・シュルレアリスト・メンバーに改めて名を連ねる。本書収録の「中性の男」「私の母は牛です」「私のフランネルのニッカーズ」は旺盛な一九五〇年代の活動の一端にすぎないが、「イタチの目」[*50] をした「魔女」キャリントンの実像を示す貴重な掌篇でもある。

魔術的芸術家の仮面

一九五〇年代キャリントンはメキシコの呪術的風土で、生来の「魔術」傾倒を深めていく。バロと「タピオカ・イカスミ」擬似キャビア料理でブニュエルを騙す錬金術実験に興じ、ジエラルド・B・ガードナーの主導する西欧の魔女信仰・自然崇拝復活運動「ウィッカ」にも戯れるが、[*51] この時期二人が真剣に関わったのは来墨したイギリス人グループのグルジェフ神秘主義伝道活動[*52] である。知性的で「実際的（プラクティカルな）バロ」（キャリントン談）がウスペンスキーが組織化したグルジェフ教義の意識拡大メソッドに傾倒し、それを詩的物語にイラスト化していくのに対し、キャリントンにとってグルジェフ教義は様々のスピリチュアリティ探求実験のひとつに終わり、聖杯探求物語のパロディ小説『耳ラッパ』に結実する。キャリントンが持ち前のユーモアと遊戯心で、伝道グループの通俗性・権威主義・女性蔑視を風刺した物語ではグループの本拠地は老人ホームに、グルジェフはホームの専制的監督ガンビット博士に、グルジェフ教義の「自己省察と厳格な自己管理」はホームの強制的日課にパロディ化され、九十二歳のマリアン（キャリントン）と仲間の老女たちはグルジェフ哲学修得修行ではなく、ヨーロッパの騎士道精神探求物語のシンボル聖杯を女神に奪回する冒険に乗り出す。同時期執筆の「中性の男」（一九五〇年初期、仏語執筆）は恐らくメキシコ・シティでディアスポラ的生活を送る伝道グループ周辺のカトリック神父や様々の魔術師気取りの群像の短篇化である。

当時のキャリントンの芸術観・魔術観の証言は、ブルトン最後の主要著書『魔術的芸術』（一九五七年）に収録されたアンケート回答である。過去と現在の芸術作品における魔術と芸術の関連性についての質問に、民族学者、歴史家、哲学者、詩人ら七十六名の回答者のひとりとして、四十歳のキャリントンは答える。

「〈真理〉とは奇妙なもの、〈驚異的なもの（マーヴァラス）〉です。私たちが〈現実〉だと考えているものはみな、地位と権力をもつ支配者たちが人間精神のなかに凝固させた小さな悪夢にすぎません。……現実とはカクテル・パーティの招待客を驚かせるために、アイス・キューブに潜ませた、悪戯のプラスティック・キューブに嵌め込んだ蝿のようなものです。……理念で作られた（権力者たちが人間精神に凝固させた）悪夢〈現実〉を破壊するために、芸術家は（魔術的芸術を自由に操作する）魔術師にならなければなりません。……」[53]（概訳）

一九九六年七十九歳のキャリントンは「この私の回答はあまりにもプラグマティックで演繹的でした。その主題（魔術）の領域はずっと広く、今私には定義は不能です。恐らく当時の私は、ブルトンの言葉遊び（ワード・ゲーム）にはまりこんでいたのです、彼は言葉遊びのうってつけの友人でした。でも魔術に関して言葉にはできない部分はすべて排除されていたのです。……若い女性として私は自分の意見を述べました、でもひとは変わります。今私には意見を定義するのは難しくなっています。……魔術は非常に多種多彩であり、魔術一般ではなく具体的にどの魔術かを選んで論じなければなりません」[54]と、この回答を修正することになるが、当時のキャリントンにとって魔術は「自分自身と病んだ惑星を救済」しうる手段であり、「順応主義者の敵意から身を守る盾・仮面」[55]（「ダウン・ビロウ」）でもあった。《オカルト風景》（一九五五年）、《パラケルススの庭》（一九五七年）、《無題（王太子妃の秘義神官）》（一九五八年）、《モノポテオシス》（一九五九年）、《神託の反映》（一九五九年）他のように絵画は魔術性・密教性を帯び、本書未収録のテクスト群には「ジェザマタティックス」他の解読不能な恐らくはキャリントンのカバラ関連造語や読者の意表を衝く表現が氾濫する。[56]当惑して意味を問う鑑賞者には「かつて私が受けた最大の賛辞は、私の造った仮面に犬が吠えたことであった」[57]と煙に巻く。

　気まぐれに気ままに（アクトアウト）行動するキャリントンは、ブルトンが記す、名のあるレストランの食事中に靴を脱いでせっせと足に芥子（けし）を塗りはじめたキャリントン逸話[58]にはじまり、アレハンドロ・ホドロフスキーが語る、ブニュエルにスタジオ兼密会部屋の鍵を渡され、翌早朝にひとりでそこを訪れたキャリントンが部屋の殺風景さに「モーテルのようで趣味が悪い」と経血を塗りつけて壁一面に手形を描いて立ち去った逸話[59]など多くの伝説を生み、ブルトンがジュール・ミシュレの『魔女』論に立脚して記す〈明晰な狂気のもたらす天啓〉〈ひとりでものを理解する卓抜な能力〉を備えた魔女[60]キャリントン像を定着させていく。

　キャリントンの御しがたい精神の昂りは《エル・ラルヴァロック》（一九六三年）にキャリントンが描く、ヒステリー症状で幻覚を視（み）る女性をユダヤ教のラビらや秘儀神官らしき一団が見下ろす光景に表象化されているかにみえる。だが明晰な観察眼をもつイネス・アモールは、「実生活でも、社会的にも、知性的にも、一度も限界を感じたことはないと語りながらも、その無秩序・乱暴・極端な生活のなかで、レオノーラには決して度を超えることがなく、節度ある自由、確固たる主義、姿勢があった[61]」と回想し、画家ペドロ・フリードベルグも「チウァアウァ宮殿の女王[62]」キャリントンの遊戯を看破して筆者に語る。

「チウァアウァ通りのレオノーラの家はシュルレアリスト宮殿のようでした、薄気味悪く、薄暗く、それでいてハッピーな雰囲気でした。レオノーラは素晴らしいユーモアの持ち主で、何時も笑いながらジョークをとばしていました。プラクティカル・ジョーク（悪ふざけ）です。……テーブルはいつも散らかった所にセットされ、時にはベランダに、時には居間とも台所ともなる部屋にセットされました。犬が吠えながら走っていて、そこはスタジオでもあって、いろんな事をする部屋だったのです。テーブルの上のナイフもフォークもカップも皿もマッチしていなくて、グラスの置き場もなく滅茶苦茶でした。そこは廃墟、素晴らしい廃墟でした。すべてが完全に狂っていました。しかしレオノーラは（以前のように）本当に狂っていたのではなく、そういう風に振る舞っていただけで、そのように生きていたのです[*63]」

仮面の裏の素顔――「私の母は牛です」「私のフランネルのニッカーズ」

「私の母は牛です」は「魔女を演じる（オーヴァーアクトする）」キャリントンが、「仮面」を外し魂の渇望と〈女神〉への帰依を真摯に綴る稀なテクストである。キャリントンは、コーンウォールのラム・クリークの一九三七年初夏にはじまる「狂乱的に恋してパリを駆けめぐった」若い自分を、童話「赤い靴」の美しい赤い靴に魅せられて踊り続けたカーレンに、エルンストを「彼は……叔母の娘のセイレンたちがどれほど彼と寝たがったかを、記憶していました、海豚（いるか）たちは美しい船乗りに比べると性的不能に見えたからです」と、ホメロスの『オデュッセイア』のオデュッセウス（英語名ユリシーズ）の船の乗組員に擬（なぞら）える。そして「絶対的愛人（マイ・グレイト・ラヴ）だった[*64]」エルンストへの愛を「『……私の体は皮膚の最後の層に覆われているだけで剝き出して、保護機能はありません。あなたは〈神々〉と面と向き合えるのだから、私を見捨てないで』これは人間の言葉では愛と呼ばれます」と、アステカ暦春分頃神官が剝ぎ取った生贄の生皮を被り再生と豊作を祈願したシペ神（死と再生の神）の祭儀の凄惨さで記す。

手足から血を流し踊り続けたカーレンは首切り人に靴を履いたまま足を切断され、「私は焼けるような足でふたたび踊りました。足はますます重くなり、ついには足から血を流しながら荷馬車馬のように跳びはねました」と踊り続けたキャリントンは、「……死刑執行人の紫の服を着た〈監視人〉が……私を独房に入れて鮫の腐肉の食餌療法をとらせました」と記すように精神病院に強制収容される。〈監視人たち〉あるいは大催眠術師たちは、「ダウン・ビロウ」に既述された〈順応主義者たち〉でもある。

「号泣し、脳天を砕こうとするほど壁に頭を打ちつける」荒療治ののち、キャリントンは荒廃した〈女神〉の聖域に跪き、不在の〈女神〉に生き直す術、「治療薬」を懇願する。「これらの踊りで犯す過ちはすべて、疑問に付されねばなりません、さもなければそれらは致命的に私たち人間の条件になります」

キリスト教の父神に歴史の隅に追いやられていた〈女神〉は、ユニコーンの治癒力の象徴「角」を備えた姿で顕現し、キャリントン特有のマネキン人形（「ひとりの人間は多数のマネキン人形である」）と編み物の比喩で、再生の可能性（「人は死んだマネキン人形をあとに残せば残すほど、人間の条件を永遠に離れることになる」）を語る。キャリントンは教会ではなく古代の神殿ジッグラトに坐り、細い糸（ストランド）を「蜘蛛の糸（スパイダー・ヤーン）」に紡ぎ直し、蜘蛛のように編み目の綻びを繕いながら、あるいは昼間編み上げた棺衣を夜に解いて誘惑者たちを誘いを拒み続けたオデュッセウスの妻ペネロペのように、誘惑を退けながら、新たな体を編み始める。〈女神〉が諭すように、〈大自然〉の叡知に遡る道程は直線ではなく螺旋である。

〈女神〉が告げる聖書逆転の教え（「〈血〉で記された〈象形文字〉は、物語が磔刑にはじまり、終わりから逆に遡って読まれれば意味をもつ――救世主にされた人間は十字架上で父を剝奪されたのだから」）は、抽象化権威化された知識を捨て、すべてを問い直しつつ生きるなかで獲得されるものである。これはキャリントンが生涯貫いた信念である（「それでは学んでも無駄なのですか?」「無駄だ。〈知識〉とは生きて書いていくものであり、生きることが最重要事項である」）。

キャリントンはセンティメンタリストでも人道主義者（ヒューマニテアリアン）でもなく、悲惨で惨めな現実を想像力とブラック・ユーモアで笑い飛ばすシュルレアリストである。「私の母は牛です」と対をなす掌篇「私のフランネルのニッカーズ」では、「蜘蛛の糸（スパイダー・ヤーン）」で体を編む真摯な女性は、世間の思惑には頓着せず自分を貫く現実主義者に変わる。もらい物の男物のゴルフ用ジャケットと素足に運動靴姿で、フランネルの下着を洗濯しては、交通量の激しい道路の陽あたりのいい信号機に針金を吊るして干す奇人である。

彼女の「格別目立たない身なり」と奇矯な行動は、聖人のそれと紙一重で、世人は彼女を「宇宙の羊毛（コスミック・ウール）」で「完璧な顔と肉体を編み上げた」預言者だと思い込み聖地巡礼を始める。

編み糸を「蜘蛛の糸（スパイダー・ヤーン）」から「宇宙の羊毛（コスミック・ウール）」に変えることによって、キャリントンは編み手に迷える羊を導くよき羊飼い・キリスト像を巧妙に織り込む。

友人の「ギリシャ人」に世人（迷える人々）説得には、「宇宙の羊毛」を分け与える（慈悲深く自己犠牲を行う）か、編み方を教える（よき羊飼いとして迷える人々を導く聖人・預言者になる）以外にないと忠告され、彼女は聖人の役割を担うことを断固拒否し、警官を蝙蝠傘で殴り刑務所入りするが、不条理（アブサード）にも模範囚に祭り上げられ、「過剰な報奨金」を貰い平穏無事な生活に戻る。轟音激しい道路脇に腰掛け、聖地巡礼する世人を尻目に、彼女は編み物を続け平然と日常を生きる。「耳ラッパ」に通じるキャリントンの破茶滅茶な笑い——聖性も地上性（日常）も同一線上にあり、すべては崇高で滑稽で日常的（地上のもの）であり、それゆえ本質的に滑稽である——の物語である。

Ⅳ章　ナンセンスと詩——『ス・ノッブ』誌寄稿作とその周辺作

一九六〇年代初頭のメキシコ・シティは、世界的文化潮流の例にもれず既成の価値とモラルに異議を唱える若者たちの無政府主義的前衛運動が台頭した時期であった。若い知識人・芸術家たちの急進的前衛活動の拠点のひとつ『ス・ノッブ』誌（一九六二年六月－十月、全七号）

で、創刊者サルバドール・エリソンド（一九三二―二〇〇六）を中心にファン・ガルシア・ポンセら編集陣は主流文化の価値観に異議を唱え、知的社会的支配層の権威と俗物根性を嘲り、その一方で数十年に渡りメキシコ文化界を席巻した壁画運動が禁じてきた欧米の前衛芸術、文学、ジャズ、政治・フェミニズム運動をランダムに紹介し、メキシコ文化の地方性と後進性を脱却しようと試みた。*[65] キャリントンは一世代若い編集陣の実験的遊戯的主旨に賛同し、越境的知識人メンバーのひとりとして、*[66] ドローイングと児童詩的童話群、*[67] 本書収録のスペイン語テクスト「製薬業創始法」（『ス・ノッブ』誌三号、一九六二年七月。原文タイトル「製薬業創始法またはゴムの棺」）を寄稿した。

「製薬業創始法」は「ポスト・アポカリプティック都市幻想」*[68] ともいえる、西暦紀元を遥かに過ぎた頃のメキシコ・シティの物語である。物語の話者「キャリントン夫人」がメキシコの超名門貴族ら二人の友人を招待するのは、「セレブ」御用達レストランではなく、歴史地区セントロに聳える廃墟化した「ラテンアメリカ・タワー」近くの墓地のピクニック・ランチである。墓地には墓石から「世評で非常に恐ろしい時代とされる遠い二十世紀」の苦悩の悪臭が漂い、「昔西暦紀元の終わりに……陰鬱な儀式が挙行され、信者たちが集まって牧師の説教を聴き、（今では死んでしまった）彼らの神、木造構築物に恐ろしいやり方で釘付けされ、見るも無残な激痛のうちに衰えていく哀れな男に思いを馳せた」教会跡には宗教同様に人間精神を活気づける酒場が建っている。「キャリントン夫人」がコラージュ的メキシコ料理の缶詰と「希少なインディアン酒」コカコーラを載せた荷物運搬用橇を引き摺り、『ハムレット』の一場面を想起させる墓掘人夫に頼まれて得意のプラクティカル・ジョーク（悪ふざけ）で横たわった（眠気を誘うほど心地よい）墓穴は、高名な女性学者「レディ・ホーティ（高慢）・コーナー」の「女性専用墓地」のそれである。

キャリントンの揶揄はジェンダー平等を唱えるはずの女性学者の特権意識や衒学性にとどまらず、リューマチ談義に終始する超名門紳士たちの俗物性にも及ぶ。彼らの主治医「大魔術師（メジャー・マジシャン）」の「猿革のパンツ」治療――父の愛読書であった工業化・技術化が進む十九世紀末のイギリス社会に逆行して流行した怪奇物語、ミイラの呪いとイギリス人の家族愛の葛藤を描いたW・W・ジェイコブの『猿の手』の黒魔術を捩（もじ）ったキャリントンの悪戯が垣間見える――の不平に「キャリントン夫人」は、父方の商才を発揮して自社製品を「業者価格」で勧めるユーモアで応じる。

物語は当選宝くじ賞品を持ち込む白衣の目鼻立ちの不明な人物の登場で一変し、以後はキャリントンのブリコラージュ性の独壇場となる。故「レディ・ホーティ・コーナー」の有名な論文に、ルイ・ポーウェル、ジャック・ベルジェ共著のサブカルチャー書『魔術師たちの朝』（一九六〇年）まがいの〈内務省〉の陰謀説（コンスピラシー・セオリー）を匂わせ、当選賞品「縮小ミイラを収めたゴムの棺」の歴代所有者リストには、歴史学者リサーチを真似たクリプトスカラーシップ（暗号史学・偽史学）遊戯で、スターリンからエリザベス二世、アメリカ大統領アイゼンハワー、バチカンの列聖祝賀記念行事まで巻き込み、国名造語で二大勢力アメリカとソ連をだじゃれで笑いのめし、最後にはバチカンのカトリックの詠唱か儀式を装う擬似ラテン語の銘で締め括る。エドワード・リア的ナンセンスと「パタフィジックス」（アルフレッド・ジャリ造語の科学パロディを目指すナンセンスな学問）性は、「キャリントン夫人」が「神の光に射しぬかれ」て起業した製薬会社の、ミイラの髭が起こす黒魔術――法外な万能薬効果――にまで及ぶ。

陳腐でありきたりの素材で即興的に物語を創り出すキャリントンのブリコラージュ性は、レメディオス・バロがラテン語を乱用し、いかめしい偽名でドイツ人人類学者を装いつつも、友人医師と共作して細心に科学論文戯文「ホモ・ローダンス」（一九五九年）を創作する慎重さや、戯文の主題を魚や鶏の骨で彫刻化する周到さとは対照的である。[69]

一九六〇年代に精神分析的心理療法（サイコアナリスティック・サイコセラピー）を受けていたキャリントンは、精神分析は試したものの「あまりの退屈さに（催眠療法なしに）眠り込んでしまった」（キャリントン談）とその教条性を笑う。擬似ラテン語タイトルを付した「エト・イン・ベリクス・ルナルム・メディアリス」[70]（一九六〇年代初期）は、「鼠」寄贈事件をきっかけに、当時の二大勢力米ソ間で右往左往するメキシコの支配層や専門職階級――特に当時流行の精神分析医たちの俗物性と凡庸さ――を笑い飛ばす物語である。

「製薬業創始法」同様にここでもキャリントンは言葉遊戯に興じる。フロイト、ユング、アルフレッド・アドラーらドイツ心理学権威者を念頭に、キャリントンがドイツ系名を冠した精神分析医らは、高級住宅地ラス・ロマスの本部で無能な議論を繰り広げる。議論中に「良い英語」を話すはずのメンバーがふと漏らすスペイン語卑語や俗語や、恐らくはドイツ語・スラヴ語・ヘブライ語の混合言語イディッシュのキャリントンの造語「クワッチ」で、キャリントンは「製薬業創始法」で名門紳士が発する「クワック」同様に、教養人を装う者たちの見せかけを暴露し笑い飛ばす。

精神療法の電気ショックや潜在意識説得療法を拷問手段に用いる専門職たちの無能さを尻目に、鼠たちが「ビタミン剤を食べて、電子音の流れる囲いの中で規則正しく運動」する滑稽さに加え、心理学者・精神分析医へのキャリントンの皮肉のクライマックスは、誘拐された医師がトイレに投げ込む精神分析医たちの所有物（時計、紐、靴）のなかで、エーリッヒ・フロムの『愛するということ』が主要配管詰まりを引き起こすことである。一九五七年クエルナバカで開催された国際会議「禅と精神分析」に出席したキャリントンは、鈴木大拙の気取りのなさとユーモア感覚を折に触れて回想するが（キャリントン談）、フロムについては沈黙を守る。

トイレ詰まりに集約される難題を解決するのは、専門知識と技術を誇る精神分析医ではなく、素朴で善意の配管工である。誘拐された医師と配管工のユーモラスで抱腹絶倒の会話は、心理学が対象とするのは体系化された理論・学識ではなく、生きた人間であるという教訓だけに終わらない。問題解決の立役者鼠たちは地底に消え、精神分析医ラフトナルガーは聖職者のレトリック（「……心理学とは肉体に存する。そして肉体なしに、我々の患者はありえない。ゆえに、肉体を失った骨一本ですら一匹の考える鼠以上に価値がある。……アーメン」）で難題終結を宣言する。マニアックとも言えるほどのナンセンスで精神分析界と教会を束ねて笑い飛ばしたあと、キャリントンは井戸の底から響く蛇の歌を唐突に引用して物語を終える。

蛇は古代メキシコ文明では生と死の領域を行きかう神秘的存在であり、異端キリスト教グノーシス主義とヘルメス錬金術哲学では、ヘルメス所有の「ヘルメスの杖」に人間の霊的進化経路の象徴として螺旋状に絡み合う蛇が描かれているように、人類を知識に導く恩恵者であった。読み漁った読書から摂取した神話・伝説・秘教哲学伝承情報を用いて、キャリントンは人間の俗物性連鎖の物語を、秘教詩的なぞなぞ遊戯に転化させる。

キャリントンがリア、キャロル、ジャリ並みのユーモアとナンセンスで、社会の常識・良識を木っ端微塵に粉砕し、真実（事実）と嘘（虚偽）の間を撹乱する物語群は、一年という短期間で消滅した若者たちの一九六〇年代の一季節の証言、エドワード・ジェイムズの言う「風に漂う金の藁」[*71]であったかもしれない。

エピローグ

文学活動終結期の背景

二〇〇〇年「大英帝国勲章」、二〇〇五年「国家科学芸術賞」（メキシコ）他様々の賞を受賞し、二〇一一年肺炎でメキシコ・シティの英国病院で九十四歳の生涯を閉じる最晩年まで、キャリントンは異形のイメージ群をデザインし、職人と共同で彫刻制作を続けるが、一九七〇年代以降は基本的に文学創作からは遠ざかる。一九七〇年代執筆の本書収録作群をキャリントンの最終作と仮定すれば、その背景となる一九六〇年代〜七〇年代にキャリントンは人生の新たな局面を迎えている。

一九六三年キャリントンは国立人類学博物館マヤ族の部屋の壁画《マヤ族の魔術世界》を完成するが、その年レメディオス・バロとホセ・オルナが死去し、二十年余に渡る共同体の緊密な一角が崩壊する。ブルトンが死去するのは一九六六年である。母性と創造に精神のバランスをとり、絵画、小説、短篇、詩、戯曲、オブジェ（仮面・人形・タピストリー）、舞台美術と旺盛な創作を続けてきたキャリントンは、大学生として独りだちしていく息子たちとの新たな関係や体調不良が重なり、一九六七年創作不能な鬱状態に陥る。[*72] 傷ついた動物に自らを投影したインク・水彩画《象女性の魂（仮題）》（一九六七年）や、半開きの眼にキャリントン特有の暗いユーモアの微笑を浮かべた頭部の素描《無題》（一九六八年）や、切り抜いた羊皮紙の両眼から水晶の涙を零す(こぼ)オブジェ《仮面》*73は、タブロー創作不能なキャリントンの自画像である。

一九六八年メキシコ・シティで台頭した学生運動は、オリンピックを控えて露呈されていく社会の矛盾に異議を唱え、八月十三日学生、様々の組織団体、一般人を含む十五万人がソカロ広場に向けて行進する大規模な政府抗議デモへと高まりを見せる。キャリントンはグラフィティのような作品《レピドプテラ》*74（一九六八年八月十三日）に、「蝶＝魔女」像を背負った鳥・動物の混成像と、二種のテクストを描き込んで連帯の意志を表明する。画面左半分にはスペイン語で「これはレピドプテラである。これは政治家の肖像ではない。彼女は機動隊（手榴弾兵士）ではない。軍隊にも属していない。誰も虐待しないし殺戮者でもない。この絵画は自由である。私は自分の自由を守りたい」と記し、右半分にはシェイクスピアを諳(そら)んじるかのように、イギリス形而上詩人ジョン・ダンの『唄とソネット』（一六三三年）から猟奇的な詩「毒気」（The Dampe）の断片を引用して、権威と暴力に対峙する姿勢を示している。

学生たちの抗議運動は十月二日二百五十名以上の死者を出したとされるトラテロルコ広場の軍・警察・機動隊による学生殺戮に終わる。*75警察の手入れを忠告する匿名の電話を受け取ったキャリントンは二人の息子とメキシコを脱出してニューオリンズの友人宅に身を寄せる。

数ヶ月後息子たちは帰国するが、キャリントンはニューヨークに移り、帰国するのは一九六九年である。[*76]

フェミニズムとの同質性と距離

帰国後キャリントンは抑圧と暴力に対する激怒を《ボアディケアの帰還》[*77]（一九六九年）や《ダンの詩同様に不気味で猟奇的な《手術　水曜日》（一九六九年）他に描き、その一方でメキシコのフェミニズム活動に積極的に参加していく。すでに一九五〇年代にキャリントンは「まだ起こっていないけれど、私の最も好きな日付は二十一世紀に起こる父権社会没落の日付です」[*78]とエレナ・ポニアトウスカに語っていたが、一九七〇年代にはテクストや絵画で女性の人権・権利を主張していく。

そのひとつは一九七五年にメキシコ・シティで開催された「第一回世界女性会議」のポスターである。《女性意識（ムヘーレス・コンシエンシア）》（一九七五年）と銘打ったポスターの中央には、生命の樹を背景に聖書でイヴを誘惑した蛇と古代メキシコの「翼ある蛇」神ケツァルコアトルが合体した一匹の巨大な蛇を描き、その両端に蛇に渡された林檎を持つ古いイヴと、彼女に「女性認識」という新たな知恵の果実を手渡す新たなイヴを描いている。グワッシュ画《シウァコアトル（翼ある蛇）》（一九七二年）を下敷に構成したこのポスターは、以後の世界女性会議にも使用され、一九九五年北京の「第四回世界女性会議」にも無断使用されるほど国際的に流布していく。*79

「解説*80（コメンタリ）」（一九七五年九月）は、女性論と詩的神話論が裏腹の関係にあるキャリントン特有の「思想」を示すテクストである。「私たちのほとんどは、女性は〈諸々の権利〉を主張する必要はないと気づいていているはずだ。〈諸々の権利〉は〈様々の神秘〉を含め、原初から私たちに備わっていながら、犯され盗まれ破壊されたものであり、それらは取り戻されねばならない」と述べた直後に、キャリントンは論理的にも見えながら、いつのまにか詩的文脈に変わっていくブルトンの文体にも似て、「歴史には奇妙なギャップがあり、聖書にも、歴史書同様に、ギャップと奇妙さがある。それは両者が様々の文明を抹殺してきた事実を隠蔽してきたためである……」と女性差別問題を神話論的文明論へとシフトさせる。

このキャリントンの詩的神話・文明論の基盤は、地中海沿岸と北ヨーロッパの古代神話詩に残る「白い女神（月の女神）」の変遷を辿ったロバート・グレイヴスの言語学的神話詩研究書『白い女神――詩的神話の歴史的手引き（グラマー）*81』（一九四八年）である。この書でグレイヴスは「真の詩とは旧石器時代に遡る『白い女神（月の女神）』崇拝の魔術言語である」と想定し、古代の女神崇拝は父権的宗教が正統となるにつれて歴史から抹殺され神話（ミス）と崇拝儀式は書き変えられてきたが、「女神崇拝の名残りはなぞなぞ、伝承、祭文、呪文、詩、儀式の形で今もイニシエイトたちに継承され続けている*82」（概訳）と論じる。

キャリントンは「解説」でなぞなぞ、伝承詩、童歌のようなフレーズを挙げて自らを白い女神崇拝者だと暗示したのち、文明の危機克服方法は「赤の女王がアリスに目的地に急いで到達するには、ゆっくり後ろ向きで進むことだと忠告した」ように、世界・歴史を逆転させることだと示唆する。そしてメキシコ先住民のペヨーテ巡礼の旅や錬金術伝承断片を引用して、フェミニズム概念とは無関係にテクストを閉じる。

メキシコでの活動とシンクロナイズして一九七〇年代にはパリで『耳ラッパ』（一九七四年）と『石の扉』（一九七六年）の仏語訳が出版され、「幸福な死体の物語」（一九七一年）と「メキシコのお伽噺」（一九七〇年代）*83の一部も仏語訳で出版される。既述したように『耳ラッパ』はキャリントンが、ケルト神話（ミソロジー）、幾重ものテクストを引用した枠物語や聖人伝、童話、女神伝承知識（ロア）、錬金術論、コラージュや混成論ほか様々の要素を、「魔女の大釜」のごった煮料理のように混合した「聖杯探求物語」のパロディ小説である。マリアンの行う諸々のウィッチクラフト（魔女儀式）や、蜂蜜のエキスで満たされる聖杯ほか様々な女神崇拝カルトを彷彿とさせる要素から、マリアンの聖杯奪回冒険を「女性中心の古代女神崇拝への回帰の旅」として、『耳ラッパ』をフェミニスト的な意味で読み解く視点が生まれていく。軽視されてきた女性知識人芸術家発掘研究の高まりのなかで、キャリントンはフェミニスト研究の中心的作家画家のひとりに位置づけられていく。*84

だがフェミニズムと接点をもちながらも、あらゆる抽象化概念化による一括化を拒むキャリントンの「未知の現実」「神秘」「絶対的智慧」探求は、エコ・フェミニズムを含む特定のフェミニズム理論の枠組みだけでは捉え切れない。ブルトン、ロブ＝グリエ、バタイユらのテクストを批判的に読み解き、ポストモダニズム・フェミニスト詩学のアヴァンギャルド性を分析する書でスーザン・R・スレイマンは、『耳ラッパ』を「聖杯探求をフェミニスト的にパロディ化したリライティング」と位置づけながらも、「……膨大な素材を網羅して日常の価値秩序を転倒させ、諸々の社会的観念（記号）を混沌化し意味の多義性の中におこうとする、キャリントンのカーニバレスクなインターテクステュアリティ（相互テクスト性）と、それらを巧妙に操るナラティヴやユーモアやアイロニーを見落とすと、フェミニスト的意味に偏り過ぎて、小説の構成（フレイミング）を見失う危険性がある」[*85]（概訳）と的確に指摘する。

最後の短篇群

「五十三年前、私は〈女性人間動物〉に生まれた。そう言われたから、私は女性ということだった。でもそれが何を意味するのか私にはわからなかった。男と恋をしても……母となっても……私にはわからなかった。私は誰なのか？　存在するのか？　誰なのか？　私は観察者だろうか、それとも観察される対象なのか？」[*86]とキャリントンは問い続ける。

物的・肉体的世界からの解脱を求める求道者キャリントンの探求は、西洋文化史上に伝承される神話的人物ヘルメス・トリスメギストスの錬金術哲学・占星術教義にはじまり、グノーシス主義、カバラ、マビーユ著作、ユング心理学、グルジェフ教義、中国の民間宗教道教、先征服期のメキシコ宗教・神話ほかの秘教書に拡大し、一九六〇年代に毛沢東の抑圧を逃れて亡命したチベット人ラマたちの「宗教的ドグマとは無縁の神秘的世界」チベット密教に惹かれ、ニューヨーク州の森でラマたちに学びダライ・ラマとも対話し、[*87] 禅仏教の実践活動にも参加する。[*88] チベットの『死者の書』はじめ秘教関連読書は、既述したルイ・ポーウェル、ジャック・ベルジエの共著やカルロス・カスタネダのヤキ族魔術関連書など一九六〇年代サブカルチャー書をも含み、晩年にはヒンドゥー・道教・禅と、原子内部の宇宙との相関関係を論じる量子力学論的秘教宇宙論「物理学の道教」領域すら網羅していくことになる。

「石の扉」で夢を移動手段(ヴィークル)として、現実・記憶・夢中での夢物語の放浪を言語化した作家キャリントンは、カンバスに表象化する領域は夢とは異なる空間(スペース)だと画家として語る。[*89] 百科事典的に増殖していくキャリントンの秘教読書と密接に関連する絵画分野の分析は保留して、主題を一九七〇年代に終結する文学創作に限定すれば、本書収録の一九七〇年代の物語群はエッセイに顕著なフェミニスト的主張は影を潜め、枠物語構成も異種混交体も多言語混用もなく平明な語り口の物語となる。一九二〇年代~三〇年代のシュルレアリスム・ゲーム「優美な死体」を捩(もじ)った「幸福な死体の物語」(一九七一年)は、語り手の幽霊(キャリントン)が亡き両親の地獄遍歴を息子に語るドライでユーモラスな幽霊物語であり、執筆年は不詳だが恐らくは同時期作と推定される「ジェミマと狼」でも両親や家庭教師やハイエナら戦前のモチーフが再登場するが、「狼男」(エルンスト)含めすべては石棺である城の迷路の果ての墓地に消えていく。

「メキシコのお伽噺」は「詩人キャリントン」が集積した神話伝説を基盤にした創作神話であり、素朴なインディオ少年少女の「呼吸するように確かな愛」[*90]の物語であり、スペイン人征服以降中南米──特にメキシコ社会に充満する（マチスモ）──男性の女性と弱者への暴力・虐待・フェミサイド（女性殺し）告発物語であり、森に住む「黒だけを好む」老祖母とA・Bと記号で記される孫たちの、個人的情緒を排した詩情豊かなシュールな童話「砂の駱駝」（創作年は不詳だが、少年の孫が登場することから例外的に一九八〇年代の執筆かと推定される）に通じるマーヴァラスな物語である。そして、幼虫からさなぎに成虫に蝶にと完全変態するレピドプテラのように、「翼ある蛇」ケツァルコアトル神と西洋の女神「ビーナス」が蛇・鳥・女神に、素朴なインディオ少年少女が神話と伝説の超自然に組み込まれ宇宙の星に古代神に変貌する、シュルレアリスムの基本モード・メタモルフォース（変貌）を語る、事実を超えた真実の物語でもある。

水道も学校もない農村で、「街に住んで黒い自動車を所有している」弁護士の手下の親方「ドン・ペドロ」の暴力に耐え、豚の世話をするインディオ少年フアンは、「廃墟から聞こえてきた」泣き声に誘われてメキシコ・シティの北東部メキシコ中央高原に遺るテオティワカン遺跡に辿りつく。アステカ族は壮大なピラミッド群の聳(そび)えるこの廃墟を巨人族建設の都市だと信じ「神々の場」と崇めたが、ファンが迷い込んだ幻想の聖地には「太陽のピラミッド」「月のピラミッド」「ケツァルコアトル」神殿だけでなく、西洋の女神ビーナスの〈ビーナスのピラミッド〉も聳えている。

廃墟は魔法にかかった宮殿のようで、〈偉大な母神〉の孫娘は「鳥」で「少女」で「風」でもあって、女神の使いにファンに「生命の水」を運び、「豚には天使が宿る」と神秘を告げる。蜂鳥の精のような孫娘の囀(さえず)りで、地面からサボテンが生え、サボテンはナイフで自らを切り刻むと豚の口に跳び込み、豚は肉片になって炙(あぶ)られる。天使の宿る炙豚肉を「聖体拝領」のようにトルティーヤに包んで貪ったファンの体は、黒土竜(くろもぐら)に切り刻まれ解体される。

インディオ少女マリアは酩酊した父ペドロに「雛のように首を捩(ね)じ曲げて」フェミサイドされるのを恐れ、「グアダルーペの聖母」に祈りつつ、古代の犬に導かれて廃墟に辿りつく。マゲイの棘に吊るされたファンの首はマリアの涙の粒を口に含むと泣き叫び訴える。マゲイの糸と針で、人形を縫うように、マリアはファンの切り刻まれた体を縫い合わせていくが、心臓は生贄の魂を天に運んだと言われる伝説の禿鷹に奪われる。エジプトの犬頭の「死神」アヌビスのような、古代メキシコの犬エスクィンクレに誘われて、二人は地下に降りていく。お伽噺は語る。「二人の頭上で大地は微笑んで口を閉じました。その微笑みはまだそこにあります、粘土の堅い長い割れ目です」

地下・冥界は「地球の深い入口」であり、迷路であり、《使者のように、私は深淵に降りた》（一九七七年）でキャリントンが描く心臓を抉り取られた生贄の屍が累積する深淵でもある。不安と恐怖と悲しみを経て迷路を通過していくうちに、マリアは賢い女性に変身して言う。「地球は生きているわ。……あなたの心臓を見つけるために、私たちは自らを捧げて地球を養わなければならない」。迷路ゲームの難関は、アステカの「五つの太陽」伝説で巨人族を食い滅ぼし「多くの心臓を食べて」きた血に飢えた赤いジャガーの突破である。マリアの零した涙の魔法でジャガーは石の玩具に変身し、戯れる二人を土竜は複数の顔をもつ女神に導く。

キャリントン文学に登場するエポナ、バルバルス、ヘカテ他の女神信仰の詩的基盤は、既述したロバート・グレイヴズの『白い女神』の「白い女神（月の女神）」である。ひとりの女神でありながら「ミューズ」他多くの名で呼ばれてきた古代地中海沿岸と北ヨーロッパの「白い女神」は、「生きとし生けるものの母であり、（古代の）恐怖と欲望の源（力）であり、雌蜘蛛あるいは女王蜂であって、その抱擁は死で」あり、「死者のような蒼白い顔に驚くような青い目をして鉤鼻と苺のような赤い唇をもつ痩身で金髪の美しい女性で……突然に、雌豚、雌馬、雌犬、雌狐、雌ロバ、イタチ、蛇、梟、雌狼、雌虎、人魚、忌まわしい老婆に姿を変える」[*91]変幻自在な存在でもあった。

ファンとマリアの前に坐す〈鳥〉〈蛇〉〈女神〉の合体した〈偉大な鳥〉神は、「白い女神」のように冥界の支配者・生命の破壊者であり、誕生・再生の統括者・生命の源であり、自然

〈蜜蜂〉と宇宙の神秘でもある。「〈鳥〉と〈蛇〉と〈女神〉として虹の七色を纏い、〈彼女〉はそこに坐していました。複数の顔には小さな窓があり、彼女は外を眺めながら、生者と死者すべての歌を歌っていました。このすべては蜜蜂の群飛のように、無数の動きでありながら静止したひとつの体でした」

女神は炎を吐き香木は燃え上がる。火に飛び込んだファンとマリアの体は固体の束縛から解放され、煙は夜空の星になって宇宙に拡散していく。生贄に反対して自ら生贄となった農耕神・風の神・平和神・文化神ケツァルコアトルの灰は、何羽もの美しい鳥になって虹の彼方に消えていったとも、金星に姿を変えたとも伝説は伝える。また史的伝説は、生贄に反対して追放されたケツァルコアトルを名乗るトルテカ族の王が「一の葦の年に復活する〈戻る〉」と予言して首都を去ったとも伝える。お伽噺は語る。「彼らは……天盤の竪穴から煙となって昇天して金星（イーヴニング・スター）の仲間になりました。ファンとマリア、彼らはひとつの完全な存在となりました。彼らは〈ケツァルコアトル〉と呼ばれる〈存在〉として、ふたたび地球に戻ってくるでしょう。ファンとマリアは戻り続けています。だからこの物語には終わりはありません」

＊　＊　＊

いわゆる「純粋シュルレアリストたち」から離れ、メキシコで個性化の道を辿ったキャリントンは、「美神」という周辺的存在として参加したシュルレアリスム運動を批判はしても完全に否定することはない。二〇〇五年のアイルランド展カタログに付したインタビューで、八十八歳のキャリントンは多少の記憶の混乱を見せながらも、シュルレアリスムをどう思うかとの問いに、「どのシュルレアリスムか、シュルレアリスムとは何か、限定が必要です」と前置きし、「私は母にはシュルレアリスムの本を贈られて、これらの人々と同質性があると感じました。でも私はシュルレアリストではありませんでした。ブルトンのようなシュルレアリストではありませんでした」と強調して、シュルレアリスト感性は生来のものでそれに従って制作してきたと主張する。「ではシュルレアリスムをどう定義するか」との問いには、「我々がまだ理解しない、未知の現実へのアプローチ（問いかけ）です」と明瞭に一貫して答えている。[*92]

註

＊1　筆者のキャリントンへのインタビュー、メキシコ・シティ、二〇一〇年九月。特に註を付さない限り、キャリントンの会話からの引用は、メキシコ・シティ、ニューヨーク、イリノイ州サウス・オーク・パークでの一九八五年～二〇〇〇年代の筆者のキャリントンとの対話と拙著『レオノー

ラ・キャリントン』（彩樹社、一九九七年）に準拠する。

＊2　Joanna Moorhead, *The Surreal Life of Leonora Carrington* (London: Virago Press, 2017) pp.29-32 及び Introduction by Marina Warner, *Leonora Carrington The House of Fear* (New York: E. P. Dutton, 1998) p.4.

＊3　Joanna Moorhead, *Surreal Spaces: The Life and Art of Leonora Carrington* (Princeton and Oxford: Princeton University Press, 2023) p.32. 記された両親の結婚年は不正確である。

＊4　混ぜ物を詰めたパイ料理の意から、様々の作者・原典・スタイルの断片を取り入れ混在させる文学・美術・芸術をさす。

＊5　筆者の「クルッキー・ホール」所有者G・ホリデイへのインタビュー、イギリス・コックルム、一九九〇年。

＊6　野中雅代『レオノーラ・キャリントン』前掲書、一六頁。

＊7　同右。

＊8　*Leonora Carrington, The Mexican Years 1943-1985* (San Francisco: The Mexican Museum, The University of New Mexico Press, 1991), Interview with Leonora Carrington, Paul De Angelis, p.33 及び Introduction by Marina Warner, op.cit., pp.3-4.

＊9　*10 Entrevistas por manuel ávila camacho lópez* (México: Fondo de Cultura Económica, 1975) p.43.

＊10　W. Y. Evans-Wentz, *The Fairy Faith in Celtic Countries* (New York: Library of the Mystic Arts, 1990).

＊11　*Leonora Carrington, The Mexican Years 1943-1985*, op.cit., p.42.

＊12　Joanna Moorhead, *Surreal Spaces: The Life and Art of Leonora Carrington*, op.cit., p.32.

＊13　Ibid., pp.40-42

＊14　レオノーラ・キャリントン『耳ラッパ』野中雅代訳、工作舎、二〇〇三年、二三－二四頁。

＊15　同右、二五頁。

＊16　*Leonora Carrington* (Monterrey: Sala de Exposiciones, 1979) 頁記載なし。

＊17　Joanna Moorhead, *Surreal Spaces: The Life and Art of Leonora Carrington*, op.cit., p.47.

＊18　野中雅代『レオノーラ・キャリントン』前掲書、四六‐四八頁。

＊19　レオノーラ・キャリントン『恐怖の館――世にも不思議な物語』（野中雅代訳、工作舎、一九九七年）収録。

＊20　André Breton, *The Anthology of Black Humor* (1950), trans. Mark Polizzoti (San Francisco: City Lights Books, 1997)。アンドレ・ブルトン『黒いユーモア選集2』山中散生・窪田般彌・小海永二他訳、河出書房新社、二〇〇七年。キャリントンの項、翻訳有田忠郎。

＊21　André Breton, *Manifestoes of Surrealism*, translated by Richard Seaver and Helen R. Lane (Chicago: Ann Arbor Paper backs, The University of Michigan Press, 1972) p.14.

＊22　*The International Surrealist Exhibition*, Thursday, June 11th to Saturday, July 4th, 1936 (London: New Burlington Galleries, 1936) pp.12-13 及びリードのイギリス文学とシュルレアリスム関係論に関しては Ed. with an introduction by Herbert Read, *Surrealism* (London: Faber and Faber Limited, 1936) pp.19-91 参照。

＊23　Whitney Chadwick, *Women Artists and the Surrealist Movement* (London: Thames and Hudson, 1985).

＊24　*Leonora Carrington, The Mexican Years 1943-1985*, op.cit., Interview with Leonora Carrington, Paul De Angelis, p.36.

＊25　野中雅代『レオノーラ・キャリントン』前掲書、六二頁。

＊26　Carlos Fuentes, 'Leonora Carrington o el sortilegio irónic,' *Leonora Carrington 1955/1965* (México: Instituto Anglo-Mexicano de Cultura, 1965).

＊27　レオノーラ・キャリントン「ダウン・ビロウ」『恐怖の館』前掲書、一七九頁。

＊28　Martica Sawin, *Surrealism in Exile and the Beginning of the New York School* (Cambridge, Massachusets London:

MIT Press, 1995) p.183.

＊29　*First Papers of Surrealism,* 14 October-7 November, 1942 (New York: C. coordinating council of French Relief Societies, Inc., 1942). キャリントンはキャロルの詩を捩ったタイトルを付したドローイング《Brothers and Sisters have I none》（一九四二年）と油彩《La Chasse》（一九四二年）を出品する。

＊30　André Breton, 'Prolegomena to a Third Surrealist Manifesto or Else,' *VVV*, number 1, June 1942, P.22.

＊31　筆者の、キャリントンの「アメデ・オザンファン・アート・アカデミー」の友人・写真家ステラ・スニードへのインタビュー、ニューヨーク、一九九〇年。

＊32　ブルトン、キャリントン、エルンストを含む亡命シュルレアリストの錯綜するニューヨーク生活はペギー・グッゲンハイムの回想に詳しい。Peggy Guggenheim, *Out of This Century: Confessions of an Art Addict* (New York: Universe Books, 1987) pp.230-286.

＊33　Juliana Gonzárez, 'Transmundo de Remedios Varo,' *Remedios Varo* (México D.F.: Ediciones Era, 1969) p.165.

＊34　筆者のアラン・グラスへのインタビュー、メキシコ、一九九〇年代。

＊35　レオノーラ・キャリントン『恐怖の館』前掲書、一七八－二三〇頁参照。

＊36　Leonora Carrington, *En Bas* (Paris: Editions Fontaine, 1945).

＊37　Leonora Carrington, 'Letter to Henri Parisot,' *En Bas* (Paris: Eric Losfeld, 1973) pp.7-8.

＊38　レオノーラ・キャリントン「ダウン・ビロウ」『恐怖の館』前掲書、一七八－一七九頁。

＊39　筆者のサロモン・グリンベルグへのメール・インタビュー、二〇二四年七月。

＊40　筆者のヴァルター・グルーエンへのインタビュー、メキシコ・シティ、一九九〇年代。

＊41　Gabriel Weisz Carrington, *The Invisible Painting: My Memoir of Leonora Carrington* (Manchester: Manchester University Press, 2020) pp.2-6.

＊42　Ibid.

＊43　筆者のサロモン・グリンベルグへのメール・インタビュー、二〇二四年七月。

＊44　レメディオス・バロは、I章のケンタウロス像のある塔を《風景　塔　ケンタウロス》、別名《ケンタウロスの塔　あるいは塔》（グワッシュ、一九四三年）に、II章の夢中の道沿いの光景らしき風景を《ジプシーとアルレッキーノ（イタリア喜劇の道化役）》（グワッシュ、厚紙、一九四七年）に描いている。

＊45　レオノーラ・キャリントン『恐怖の館』前掲書、一九二頁。

＊46　『石の扉』の最初の出版は、一九七六年フランス語翻訳版（*La porte de pierre*, translated into French and edited by Henri Parisot, Paris: Flammarion, 1976）である。キャリントンの校閲で最初の英語版が一九七七年ニューヨークのセント・マーティンプレス社より出版され、一九七八年にイギリス版（London and Henley: Routledge & Kegan Paul, 1978）が出版される。本書収録の「石の扉」はイギリス版に依拠し、抄録・短縮版収録のダットン版や、フランス語版に依拠した先行訳「石の扉」（妖精文庫28『「美妙な死体」の物語』嶋岡辰・大井正博訳、月刊ペン社、一九八一年所収）とは異なる。

＊47　*La porte de pierre*, op. cit., pp.80-85.

＊48　Gabriel Weisz Carrington, *The Invisible Painting: My Memoir of Leonora Carrington*, op.cit, pp.2-6.

＊49　一九五六〜五七年オクタビオ・パス他小説家、画家、知識人芸術家設立のアヴァンギャルド劇団「ポエシア・エン・ボス・アルタ」でパスの翻案戯曲「ラ・パチーニの娘」の舞台・衣装デザイン担当、自作戯曲「ペネロペ」（一九五七年）の舞台・衣装デザイン、メキシコ「シェイクスピア・ソサイエティ」の「テンペスト」（一九五九年）の舞台衣装担当他を含む多くの演劇活動に参加する。

＊50　筆者がキャリントンの褐色の目を表わした言葉を、キャリントンは笑って認可した。

＊51　バロはキャリントンと共有したウィッカへの関心を、ガードナー宛ての遊戯的手紙に残している。

「親愛なるガードナー氏　あなたのご本を知ったばかりで、とても興味をそそられました。私は英語を読むことも話すこともできませんので、友人のキャリントン夫人が親切にも翻訳してくれました。……私たち……キャリントン夫人と他に何人かの人々ですが、まだ遠くの地域で存続し、魔術の真の実践に関与している人々の事実と資料を探しています」（レメディオス・バロ『夢魔のレシピ――眠れぬ夜のための断片集』野中雅代訳、工作舎、一九九九年、九〇頁）。

*52　Teresa Arcq, 'In Search of the Miraculous,' *Five Keys to the Secret World of the Remedios Varo*, eds Teresa Arcq and Margarita de Orellana (México: Artes de México, 2008) p.19-90.

*53　Edited with Introductions by Penelope Rosemont, *Surrealist Women, an International Anthology* (Austin: University of Texas Press, 1998) pp.272-274 及びアンドレ・ブルトン『魔術的芸術』巖谷國士監修、河出書房新社、一九九七年、二八四頁参照。

*54　'On Magic Art: A conversation,' 1996, *Surrealist Women, An International Anthology*, op.cit., pp.272-274.

*55　レオノーラ・キャリントン『恐怖の館』前掲書、一七八－一七九頁参照。

*56　*Leonora Carrington*, op.cit.

*57　*Leonora Carrington: A Retrospective Exhibition*, Center for Inter-American Relations, New York City, November 26-January 29, 1976, University Art Museum, January 18-February 29 (Texas: The University of Texas At Austin, 1976) p.23.

*58　André Breton, *The Anthology of Black Humor*, op.cit., p.335. アンドレ・ブルトン『黒いユーモア選集２』前掲書、三〇八頁。

*59　Alejandro Jodorowsky, *The Spiritual Journey of Alejandro Jodorowsky*, trans. Joseph Rowe (Rochester: Park Street Press, 2008) pp.25-26.

*60　Ibid.

＊61　Jorge Alberto Manrique, 'Teresa Del Conde,' *Una Mujer en el Arte Mexicano: Memorias de Inés Amor* (México D.F.: Uninversidad Nacional Autónoma de México, 1987) p.124.

＊62　Ibid., p.171.

＊63　筆者のペドロ・フリードベルグへのインタビュー、メキシコ・シティ、一九九〇年。野中雅代『レオノーラ・キャリントン』前掲書、一七三－一七七頁。

＊64　エルンストとの関係に言及しなかったキャリントンが、唯一筆者に語った言葉である。

＊65　『ス・ノッブ』誌のメキシコ文化史におけるアヴァンギャルド性については、Abigail Susik, 'Losing One's head in the 'Children's Corner': Carrington's contributions to *S. NOB* in 1962,' *Leonora Carrington and the international avant-gard*, op.cit., pp.105-125 参照。

＊66　一九五五年ディアナ画廊での個展で注目を浴びる画家となったレメディオス・バロは、『ス・ノッブ』誌運動には距離を保ったが、カティ・オルナは精力的に参加した。オルナの写真物語シリーズのひとつ、《死姦症頌》（『ス・ノッブ』誌二号、一九六二年）はフロイトのフェティッシュ論をモチーフに、仮面・蠟燭・マネキン人形のような女性（キャリントンがモデル）を死の道具立てとしてキャリントンのチウァウァの家の寝室で撮影された。

＊67　本書未収録の童話群はキャリントン没後 *Leche del Sueño* (México: Fondo de Cultura Económica, 2013) と *The Milk of Dreams* (New York: The New York Review of Books, 2013) として刊行され、二〇二二年ベニス国際現代絵画彫刻展（美術展）は「第五十九回ベネチア・ビエンナーレ――夢のミルク」と題して開催された。

＊68　Jonathan Eburne in his 2011 article, cited by Abigail Susik in 'Losing One's head in the 'Children's Corner': Carrington's contributions to *S. NOB* in 1962,' *Leonora Carrington and the international avant-garde*, op.cit., p.111.

＊69　レメディオス・バロ『夢魔のレシピ』前掲書、五八－七〇頁。

＊70　Leonora Carrington, *The Seventh Horse and other Tales* (New York: E. P. Dutton, 1988) の巻末に付された収録作品注記に拠ると、本テクストの最初の出版はスペイン語版で『ス・ノッブ』誌だとされる。だが *Revista S. NOB*, Edición Facsimilar, Número 1 al 7/junio-octubre de 1962 (México: Editorial Aldus, 2004) に本テクストの収録はなく、キャリントンの記憶違いではないかと推測される。

＊71　*Leonora Carrington: A Retrospective Exhibition*, op.cit., p.20.

＊72　Salomon Grimberg, 'Inés Amor and the Galería de Arte Mexicano,' *Woman's Art Journal*, fall/winter 2011, p.10.

＊73　ブルトン、ヴォルフガング・パーレン企画の「国際シュルレアリスト展」（一九四〇年）の会場となった「ガレリア・デ・アルテ・メヒカーノ」の所有者イネス・アモールは、確かな審美眼をもつアート・ディーラーであった。彼女は優れた素描家キャリントンに、それまでの絵画に新たな素描を加えて「第四回サン・パウロ・ビエンナーレ」（一九六七年）参加を提案し、一九六八年には同画廊で素描展を企画した。キャリントンはアモールの支援に《仮面》を贈る。Salomon Grimberg, 'Inés Amor and the Galería de Arte Mexicano,' op.cit., p.10 及び筆者のマリアナ・ペレス・アモールへのインタヴュー、一九九〇年代。

＊74　蝶と蛾の仲間からなる鱗翅目（学名 Lepidoptera）。

＊75　エレナ・ポニアトウスカ『トラテロスコの夜——メキシコの一九六八年』北篠ゆかり訳、藤原書店、二〇〇五年参照。

＊76　筆者のサロモン・グリンベルグへのインタビュー。一九八〇年代半ばにはキャリントンはニューヨークに活動の拠点を移し、ニューヨークとシカゴで絵画制作を続け帰国するのは一九九〇年代である。

＊77　古代ブリトン人のイケニ族の女王ブーディッカの別名で、ブリトン島のローマ人支配に反旗を翻し撃破したが、最後に敗れ服毒自殺した。

＊78　Elena Poniatowska, 'Leonora Carrington,' *Novedades, México en la Cultura*, July 9, 1957.

＊79　筆者のサロモン・グリンベルグへのメール・インタビュー、二〇二四年十月。グリンベルグに拠ると、ポスターはコペンハーゲンの「第二回世界女性会議」か、ナイロビの「第三回世界女性会議」に使用された。

＊80　*Leonora Carrington: A Retrospective Exhibition*, op.cit., pp.23-24.

＊81　Robert Graves, *The White Goddess: A Historical Grammar of Poetic Myth* (1948) (New York: Farrar, Strauss and Giroux, 1966).

＊82　Ibid., p.24, Chap.4, p.64.

＊83　両短篇とも発表は *Le Nouveau Commerce*, nos. 30-31, 1975 である。

＊84　Gloria Feman Orenstein, 'Reclaiming the Great Mother: A Feminist Journey to Madness and Back in Search of a Goddess Heritage,' *Symposium*, 36, no. 1, (1982), pp.45-69 及び Gloria Feman Orenstein, *The Reflowering of the Goddess* (New York: Pergamon Press, 1990) を含む未刊行エッセイ、Whitney Chadwick, *Women Artists and Surrealist Movement*, op.cit.

＊85　Susan Rubin Suleiman, *Subversive Intent: Gender, Politics, and the Avant-Garde* (Cambridge, Massachusetts, and London: Harvard University Press, 1990) pp.169-178, 172-173.

＊86　Leonora Carrington, 'Female Human Animal' (Sep. 6, 1970), *Leonora Carrington: What She Might Be*, Dec. 23, 2007-Mar. 30, 2008 (Dallas: The Dallas Museum, 2007) p.11.

＊87　Salomon Grimberg, 'Leonora Carrington: What She Might Be,' op.cit., p.43.

＊88　キャリントンの仏教への関心はクリストファー・フリーマントルに負うとされる。オックスフォード大学卒業後、ロンドンのロイヤル・カレッジ・オブ・アートに学んだ画家でもあったフリーマントルは、一九五一年グルジェフ伝道グループの責任者に任命され、ほぼ三十年間夏の数週間をメ

キシコで過ごし、ニューヨーク、シカゴを含むアメリカの都市でも活動した。彼の妻で編集者でキリスト教学者でもあるアンは《アン・フリーマントルの肖像》（一九七四年）を描くほどキャリントンの親密な友人となり、彼らを通じてキャリントンはスコットランドの仏教修養会と接触、チベット密教や鈴木大拙の禅にも接近していく。

＊89 *Lenora Carrington: Recent Works* , May 10-June 4, 1988 (New York: Brewster Gallery, 1988) p.6.

＊90 Leonora Carrington, 'Female Human Animal' op.cit., p.12.

＊91 Robert Graves, *The White Goddess: A Historical Grammar of Poetic Myth*, op.cit., p.24.

＊92 *Leonora Carrington: The Celtic Surrealist* (Dublin: Irish Museum of Modern Art, 2014) p.165.

付記

「レオノーラが亡くなった、英国病院で」と国際電話で知らせてくれたのは、ボックス・アーティスト・画家アラン・グラス（一九三二－二〇二三）だった。最後にレオノーラと話したのは入院前の国際電話だった。次男のパブロが「レオノーラは具合が悪い」と言った。うろたえる私にパブロは「でも大丈夫だよ」と言い直して、レオノーラに受話器を渡してくれた。「マサヨ、今どこにいるの？　ここに（メキシコに）来たら電話してね。会うのを楽しみにしているから」それがレオノーラと交わした最後の会話だった。

数えきれない思い出が蘇る。イギリス繊維業界の大物資本家であった父は「日本人は東洋のイギリス人紳士で質の良い絹を生産する。いつか日本人と仕事をしたい」と語っていたという。父と良好な関係にあったヘイゼルウッド・ホール時代のレオノーラの思い出である。レオノーラのチベット密教研究は禅への興味にも発展し、精神分析的心理療法を受け瞑想もし、面識のあった鈴木大拙の人格とユーモアを愛していた。

制作の合間に数冊の書籍を平行して読むレオノーラは、英国文学を読むように日本文学も読んでいて、一時期の愛読書はドリス・レッシングやアンジェラ・カーターに並び、村上春樹やアーサー・ウェイリー英語訳『源氏物語』、カズオ・イシグロ『日の名残り』も愛読書リストにあったが、「『世界の終りとハードボイルド・ワンダーランド』という英語タイトルは意味をなさないよ」と言い、「レディ・ムラサキは偉大だけれど繰り返しが多すぎる」とオーセンティック・シンプリシティといえる文体をもつ作家レオノーララしいコメントだった。

レオノーラが無名に近かった二十世紀末の日本美術界で、東京新聞事業顧問・故夏目十郎氏と当時文化事業部長・森要造氏の英断により日本で企画された「レオノーラ・キャリントン展」(一九九七年十月－一九九八年五月、東京ステーション・ギャラリー、三重県立美術館他)に、飛行機恐怖症のレオノーラは来日できなかったが、『鏡の国のアリス』でアリスが読んだ「ジャヴァーウォックのものがたり」さながらに鏡書のメッセージを展覧会カタログに寄せてくれた。アリスの化身とも言えるレオノーラが歴史に記した証言だった。

「石の扉」と密接な関係にある本書の表紙絵《チキ、あなたの国》は長い間研究者には所在不明であったが、『ポポル・ヴフ』の翻訳者(元駐西大使)故林屋栄吉氏の友人収集絵画として奇しくも日本に潜んでいた。「レオノーラ・キャリントン展」展示後、《チキ、あなたの国》は競売に付され日本を離れることになる。

レオノーラと過ごしたシカゴ郊外のクリスマスと新年の日々、緑濃い夏の郊外のホテルの庭でレオノーラの語る回想を記録し質問をした日々。長男ガブリエルは「ヘイゼルウッド・ホール」の森でレオノーラが木立から滴った雨粒を「魔女のおしっこ」と語った幼い日の記憶を記している。シカゴ郊外の叢には「タラの丘」はなく妖精は潜んではいなかったが、雪一面の地面に残る様々の動物の足跡を特定し、雪曇りの空に伸びた木の枝にかかる鳥の巣を目ざとく見つけるレオノーラは、北ランカシャーの自然に育ち愛馬でモーカム湾沿いの海岸を駆けた「ヘイゼルウッド・ホール」時代のレオノーラだった。

カティ・オルナの家の結婚パーティ写真（一九四六年）そのままのベレー帽姿で、チウァウァの家の二階から現われた初対面のチキに驚愕して、思わず振り返った私に、「イタチの目」の片方を音が聞こえそうなほど閉じてウインクしたレオノーラ。高らかに口笛を吹いて愛犬たちを呼び、テーブルで香箱座りする『不思議の国のアリス』のチェシャ猫のような愛猫の顔面に、煙草に点けたマッチ棒を差し出して「吹き消して！」と命じたレオノーラ。

私たちは書店巡りをし、マンハッタンのパーク・アヴェニューを数十ブロック歩き下り、ニューヨークやシカゴの自然史博物館ではアマゾン先住民の縮小化ミイラの前で、死体縮小技術の不思議を語り合った。ニューヨークのアスター・プレイス近くにあった「サミュエル・ワイザー書店」が取り扱う東洋宗教、神秘主義伝承、秘教（密教）関連書は、レオノーラにとって大学出版局書籍と同等の重要な情報源であった。アカデミックな聖書・哲学・思想研究では踏み込めないもうひとつのスピリチュアリティを伝承するこの精神領土で、レオノーラの「推薦」図書のひとつは、プトレマイオス図書館の焼失を免れたソクラテス、ピタゴラス、プラトン、ゾロアスター他の哲学者の原稿（マニュスクリプト）の英語訳と銘打った*The Black Pullet, or the Hen with the Golden Eggs: Science of Magical Talisman* だった。

論理性を備えたキリスト教に比して仏教の曖昧さを指摘した私に、「あなたは風をつかまえられる？　陽の光をつかめる？　ほらね、神秘とは言葉では捉えきれないものよ」と笑い、「私はその気になれば、仏教の非論理性を論破できるけれど、大切なのは私がそれを好きだということ」と語ったレオノーラ。泣きやまない幼い孫娘に「アギー、どうしてそんなに息を無駄使いするの？」と笑って宥（なだ）めたレオノーラ。「かたち」も「色」もない風のような、視（み）えない存在・領域を全身に遍在する感覚・触覚で感知するレオノーラにとって、息は生きている人間の身体につねに出入りし、人間を生かしている風でもあった。

二重国籍を維持しイギリス人であり続け、ユダヤ人墓地に眠るチキと離れて、メキシコ・シティの英国人墓地に眠るレオノーラ。「マサヨ、セントラル・パークを歩こうよ」と夢で誘うレオノーラは、いつの間にか姿を消して探しても、探しても見つからない。夕暮れのダイニング・キッチンで鍋や皿を見て、「今私にはこれらがとても愛おしく思える。どうしてかしらね？」と聞かれ、私の答えにレオノーラはうなずいたが何と答えたか思い出せない。まだ多くの質問があったのに「レオノーラは魔女だから死なない」とどこかで信じて、時間を浪費したことを悔やみきれない。
チキ逝去後も二階を指差して「チキはまだあそこにいるのが私にはわかる」と語ったレオノーラは、チウァウァの家に棲みついているはずだった。今その家は売却され大学附属美術館として開館予定である。バロがヴァルター・グルーエンと住んだアパートも、今は取り壊されてアパートになったカティの「居心地のいい」家も、レオノーラの家の近くにあった。才能と知性を共有した彼女たちが、緊密な友情を保ちながら笑い、育児し、料理し、制作し、生きたコロニア・ロマの空間と時間は、今は私たちの記憶の中にしか存在せず、レオノーラ・キャリントンは伝説となっていく。

本拙訳はキャリントン校閲で刊行された *The Seventh Horse and Other Tales* (New York: E. P. Dutton, 1998) を底本とし、戯曲を除く全篇に、没後出版された *The Complete Stories of Leonora Carrington* (St. Luis: Dorothyproject.com, 2017) 収録の「砂の駱駝」「グレゴリー氏の蠅」「ジェミマと狼」を付加したものである。「石の扉」は底本収録の抄録版に代わり、*The Stone Door* (London and Henley: Routledge & Kegan Paul, 1978) の完全版に準拠し、仏語版を底本とする『「美妙な死体」の物語』中の既訳「石の扉」とは異なる。「彼らが丘の斜面を駆けたとき」「鳩よ、飛べ!」「三人の猟師」「シリル・ド・ガンドル氏」「悲しみにうちひしがれて」「私の母は牛です」「私のフランネルのニッカーズ」「製薬業創始法」「エト・イン・ベリクス・

ルナルム・メディアリス」「メキシコのお伽噺」と、右記「砂の駱駝」「グレゴリー氏の蝿」「ジェミマと狼」は本邦初訳である。

翻訳にあたっては元駐墨イギリス大使エドリアン・ソウプ氏、東京大学名誉教授井上健先生、元上智大学教授長谷川ニナ氏、池田和子氏に貴重なアドバイスをいただきました。特にソウプ大使には英語特有表現、アイルランド語、イギリス文化に関して数回にわたるメール解答を、ミヨコ・ソウプ夫人には数々の励ましをいただきました。「石の扉」中のキャリントンの不完全なハンガリー語詩に関しては、元東京ハンガリー文化センター所長ナジ・アニタ氏の協力を、元E・P・ダットン社編集長ポール・デ・アンジェリス氏には仏語原文他多くの情報をいただきました。『トリプルV』誌閲覧には学習院大学フランス語圏文化学科研究室の、『ヴィユー』誌閲覧には早稲田大学戸山図書館の協力を得ました。

キャリントン研究の第一人者で精神科医のサロモン・グリンベルグ氏には長年に渡る貴重な研究資料を提供いただきました。日本、メキシコ、アメリカの友人たちの励ましと夫野中明範に感謝します。予定以上に長引いた本書刊行に寛容にご尽力いただいた国書刊行会編集者鈴木冬根氏に謝意を表します。

そして今は亡きレオノーラ・キャリントンに尊敬と愛と感謝を捧げます。

二〇二四年十一月

野中雅代

レオノーラ・キャリントン

Leonora Carrington　1917-2011

イングランド生まれ。パリ、メキシコで活躍した画家、彫刻家、小説家。マックス・エルンストとの出会いからシュルレアリスム運動に参加。アンドレ・ブルトン編『黒いユーモア集』にも短篇（コント）が収録される。エルンストとの別れに精神的危機を迎えるが、メキシコ移住後はシュルレアリスムに魔術的な世界が融合し、独自の世界を展開。絵画はもちろん、不気味で、残酷で、ブラック・ユーモアに満ちた短篇・小説の人気も高い。小説の邦訳に『「美妙な死体」の物語』（月刊ペン社）、『恐怖の館』『耳ラッパ』（工作舎）がある。

野中雅代

のなか・まさよ

比較文学・文化研究者。美術史家。「レオノーラ・キャリントン展」（東京ステーション・ギャラリー他）、「レメディオス・バロ展」（神奈川県立美術館他）、「フリーダ・カーロとその時代」展（Bunkamura ザ・ミュージアム他）立案・監修。メキシコ国立近代美術館招聘キュレーター。著書に『レオノーラ・キャリントン』（彩樹社）、*Alan Glass* (Turner)、*Remedios Varo: The Mexican Years* (Editorial RM)、共著に *Frida Kahlo: Her Photos* (Editorial RM) 他、翻訳書に『恐怖の館』『耳ラッパ』（工作舎）、『夢魔のレシピ』（工作舎）、『アステカの歌』（編訳、青土社）、詩画集『クリスマスの歌』（共訳、GC プレス）がある。

シュルレアリスム叢書
石（いし）の扉（とびら）
キャリントン中・短篇集

2025年3月31日　初版第1刷発行

著者　レオノーラ・キャリントン
訳者　野中雅代
発行者　佐藤丈夫
発行所　株式会社国書刊行会
〒174-0056 東京都板橋区志村1-13-15
Tel.03-5970-7421　Fax.03-5970-7427
https://www.kokusho.co.jp

印刷　モリモト印刷株式会社
製本　株式会社難波製本
装幀　大倉真一郎

ISBN978-4-336-07706-6

シュルレアリスム叢書

【全5巻】
四六判上製筒函入

20世紀最大といって過言なきアヴァンギャルド運動。1924年の『シュルレアリスム宣言』から1世紀——。シュルレアリスムの次の100年に向けておくる初訳・新訳シリーズ。

アンドレ・ブルトン　フィリップ・スーポー
ポール・エリュアール
磁場・処女懐胎
中田健太郎 訳　ISBN978-4-336-07702-8　近刊

フィリップ・スーポー
パリの最後の夜
谷 昌親 訳　ISBN978-4-336-07703-5　4,180円

ロベール・デスノス
ワインが樽から抜かれたら……
谷 昌親 訳　ISBN978-4-336-07704-2　近刊

ルネ・マグリット
目に見える詩　マグリット著作集
利根川由奈 訳　ISBN978-4-336-07705-9　近刊

レオノーラ・キャリントン
石の扉　キャリントン中・短篇集
野中雅代 訳　ISBN978-4-336-07706-6　4,180円

ベル・エポック怪人叢書

【全3巻4冊】
四六変型判上製

首都パリ震撼、怪人たちが跋扈する！　ベル・エポックの華やかなりしフランス新聞連載小説と廉価本から、キャラクター随一の悪のアイコンを一挙集成。怪人ものの源流たる、初訳・完訳のダークヒーロー犯罪小説。犯罪は文学を刺激し大衆の欲望を満たす。

レオン・サジ
ジゴマ 上・下
安川孝 訳
上　ISBN978-4-336-07355-6　3,520円
下　ISBN978-4-336-07356-3　3,520円

ガストン・ルルー
シェリ=ビビの最初の冒険
宮川朗子 訳
ISBN978-4-336-07357-0　3,960円

ピエール・スヴェストル
マルセル・アラン
ファントマと囚われの王
赤塚敬子 訳
ISBN978-4-336-07358-7　近刊